中华译学佇立倡导与

以中华为根 译与学并重
弘扬优秀文化 促进中外交流
拓展精神疆域 驱动思想创新

丁酉年冬月许钧撰 罗卫东书

中华译学馆·中华翻译研究文库

许　钧◎总主编

傅雷与翻译文学经典研究

宋学智◎著

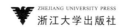
ZHEJIANG UNIVERSITY PRESS
浙江大学出版社

本专著为国家社科基金项目"法国文学汉译经典研究"

[12BWW041]结项成果中的傅雷翻译专题研究

总　序

改革开放前后的一个时期,中国译界学人对翻译的思考大多基于对中国历史上出现的数次翻译高潮的考量与探讨。简言之,主要是对佛学译介、西学东渐与文学译介的主体、活动及结果的探索。

20世纪80年代兴起的文化转向,让我们不断拓宽视野,对影响译介活动的诸要素及翻译之为有了更加深入的认识。考察一国以往翻译之活动,必与该国的文化语境、民族兴亡和社会发展等诸维度相联系。三十多年来,国内译学界对清末民初的西学东渐与"五四"前后的文学译介的研究已取得相当丰硕的成果。但进入21世纪以来,随着中国国力的增强,中国的影响力不断扩大,中西古今关系发生了变化,其态势从总体上看,可以说与"五四"前后的情形完全相反:中西古今关系之变化在一定意义上,可以说是根本性的变化。在民族复兴的语境中,新世纪的中西关系,出现了以"中国文化走向世界"诉求中的文化自觉与文化输出为特征的新态势;而古今之变,则在民族复兴的语境中对中华民族的五千年文化传统与精华有了新的认识,完全不同于"五四"前后与"旧世界"和文化传统的彻底决裂与革命。于是,就我们译学界而言,对翻译的思考语境发生了根本性的变化,我们对翻译思考的路径和维度也不可能不发生变化。

变化之一,涉及中西,便是由西学东渐转向中国文化"走出去",呈东学西传之趋势。变化之二,涉及古今,便是从与"旧世界"的根本决裂转向对中国传统文化、中华民族价值观的重新认识与发扬。这两个根本性的转变给译学界提出了新的大问题:翻译在此转变中应承担怎样的责任? 翻译在此转变中如何定位? 翻译研究者应持有怎样的翻译观念? 以研究"外译中"翻译历史与活动为基础的中国译学研究是否要与时俱进,把目光投向"中译外"的活动? 中国文化"走出去",中国要向世界展示的是什么样的"中国文化"? 当中国一改"五四"前后的"革命"与"决裂"态势,将中国传统文化推向世界,在世界各地创建孔子学院、推广中国文化之时,"翻译什么"与"如何翻译"这双重之问也是我们译学界必须思考与回答的。

综观中华文化发展史,翻译发挥了不可忽视的作用,一如季羡林先生所言,"中华文化之所以能永葆青春","翻译之为用大矣哉"。翻译的社会价值、文化价值、语言价值、创造价值和历史价值在中国文化的形成与发展中表现尤为突出。从文化角度来考察翻译,我们可以看到,翻译活动在人类历史上一直存在,其形式与内涵在不断丰富,且与社会、经济、文化发展相联系,这种联系不是被动的联系,而是一种互动的关系、一种建构性的力量。因此,从这个意义上来说,翻译是推动世界文化发展的一种重大力量,我们应站在跨文化交流的高度对翻译活动进行思考,以维护文化多样性为目标来考察翻译活动的丰富性、复杂性与创造性。

基于这样的认识,也基于对翻译的重新定位和思考,浙江大学于 2018 年正式设立了"浙江大学中华译学馆",旨在"传承文化之脉,发挥翻译之用,促进中外交流,拓展思想疆域,驱动思想创新"。中华译学馆的任务主要体现在三个层面:在译的层面,推出包括文学、历史、哲学、社会科学的系列译丛,"译入"与"译出"互动,积极参与国家战略性的出版工程;在学的层面,就翻译活动所涉及的重大问题展开思考与探索,出版系列翻译研究丛书,举办翻译学术会议;在中外文化交流层面,举办具有社会影响力的翻译家论坛,思想家、作家与翻译家对话等,以翻译与文学为核心开展系列活动。正是在这样的发展思路下,我们与浙江大学出版社合作,集合全国译学界的力量,推出具有学术性与开拓性的"中华翻译研究文库"。

积累与创新是学问之道,也将是本文库坚持的发展路径。本文库为开放性文库,不拘形式,以思想性与学术性为其衡量标准。我们对专著和论文(集)的遴选原则主要有四:一是研究的独创性,要有新意和价值,对整体翻译研究或翻译研究的某个领域有深入的思考,有自己的学术洞见;二是研究的系统性,围绕某一研究话题或领域,有强烈的问题意识、合理的研究方法、有说服力的研究结论以及较大的后续研究空间;三是研究的社会性,鼓励密切关注社会现实的选题与研究,如中国文学与文化"走出去"研究、语言服务行业与译者的职业发展研究、中国典籍对外译介与影响研究、翻译教育改革研究等;四是研究的(跨)学科性,鼓励深入系统地探索翻译学领域的任一分支领域,如元翻译理论研究、翻译史研究、翻译批评研究、翻译教学研究、翻译技术研究等,同时鼓励从跨学科视角探索翻译的规律与奥秘。

青年学者是学科发展的希望,我们特别欢迎青年翻译学者向本文库积极投稿,我们将及时遴选有价值的著作予以出版,集中展现青年学者的学术面貌。在青年学者和资深学者的共同支持下,我们有信心把"中华翻译研究文库"打造成翻译研究领域的精品丛书。

许 钧

2018 年春

目　录

第一章　聚焦傅雷与翻译文学经典

第一节　引　论

柳鸣九曾在不同场合说过,傅雷在中国"堪称一两个世纪也难得出现一两位的翻译巨匠"[①],而且,"在(未来)一两个世纪以内已经完全没有可能再产生出傅雷这样卓绝的翻译大师了"[②]。这样的名家及其名译,在中国产生了远远超出翻译领域的巨大影响。他毕生致力的翻译活动,他留下的量大质优的翻译作品,他的契合汉语言应用的翻译思想,以及他卓尔不群的文学观和文化观、高屋建瓴的艺术观和思想观,构成了一个丰满的翻译家形象,值得我们多视角、多维度地研究和学习,对其翻译活动、翻译成就、翻译影响等进行全面、深入的梳理和总结。

傅雷翻译研究在我国取得重要的成果,主要从改革开放始,经历了由浅而深、由随感而理论、由现象接近本质的变化,经历了从文艺美学到文化社会学和回归文本几个阶段,见证了中国文学翻译理论的发展,成为中国翻译研究领域不可忽视的一部分。在我国研究翻译家傅雷的学者中,罗新璋主要涉及译者的主体意识,关注傅雷臻于高度契合的人品与译品;许钧善于以小见大,揭示文学翻译所涉及的多个方面的问题,摆事实,重

---

① 柳鸣九.超越荒诞——法国20世纪文学史观.上海:文汇出版社,2009:27.
② 柳鸣九.纪念翻译巨匠傅雷.中国翻译,2008(4):21.

理性,说服力强,并具有方法论层面的启示;刘靖之不但从翻译的角度也从音乐的角度双管齐下,对傅雷译文的音乐艺术效果做了鉴赏性的分析、评论,在国内其他学者望而却步的地方,做出了可贵的探索;金圣华在傅译巴尔扎克方面取得了突出成就,其研究视角主要基于中国传统文艺学;谢天振在论著《傅雷:那远逝的雷火灵魂》中,对傅雷的翻译美学思想的来龙去脉做了简明扼要的分析,指出其翻译美学思想中重要的道家根源;王宏印、王秉钦也分别从中国传统译论和中国翻译思想的层面探讨过傅雷。但后三者由于不谙法语,无法从翻译实践的角度展开探讨。其他学者多从语言转换的层面,对傅雷的翻译进行了个案性的研究。2008 年是傅雷一百周年诞辰,在中国重要的学术期刊上先后出现了相对较多并有较高学术价值的探讨文章。这些文章从不同的角度,或其精神方面或其当代意义,或生态学诠释或语体选择,进行了多维度的探讨。国外研究者主要有法国学者 Ivan Ruvidith、Kim Gerdes 和德国学者 Nicolai Volland 等,他们注重纯语言层面和审美层面。也有批评和商榷的声音,或认为傅雷"过分求神似,过分求译文的通顺",或认为傅译"瑕不掩瑜、瑕瑜互见"。上述学人的成果均很重要,但均未从翻译文学经典的视角切入研究。2016 年《傅雷翻译研究》出版,该专著"着力于目前国内有关傅雷翻译研究的学术空白处,对傅雷的翻译世界进行了较为系统的研究"[①];"拓展了译者研究的维度与空间,为'译者何为'提供了新的答案,也为译者走出自身主体性困境提供了重要的启示——构建翻译的精神世界"[②]。

从经典视角研究傅雷的成果,可以追溯到宋学智 2006 年出版的《翻译文学经典的影响与接受》。虽然该专著从经典视角对翻译文学进行了考察和研究,但主要集中在傅雷与罗曼·罗兰之间,且基本侧重于比较文学视野下的影响研究,对一些基本问题只做了初探,提出了一些新见。在

---

① 许钧,宋学智,胡安江.傅雷翻译研究.南京:译林出版社,2016:封 4.
② 蓝红军.译者之为:构建翻译的精神世界——《傅雷翻译研究》述评.中国翻译,2017(1):68.

翻译文学、世界文学、翻译经典成为学界关注话题之当今，借此研究，一方面，更加深入、系统和全面地探讨傅雷与翻译文学经典之间的多重关系，进一步发现傅雷，认识傅雷；另一方面，试图探索翻译文学经典的认知和评价体系，廓清翻译文学经典的阐释空间。从外国文学关注原著的经典性到翻译文学侧重译著的经典性，这些都是我们分内的工作。经典是每个时代都需要的，在中国文化"走出去"的今天，我们更应该研究什么样的翻译才能被广大目的语读者接受，什么样的翻译才能成为经典并在目的语世界传播开来。

翻译文学经典是建立在优秀的翻译文学作品基础之上的，优秀的翻译文学作品是具有创造性的准确而优美的文学翻译活动的结果。所以，谈论翻译文学经典涉及翻译文学作品，谈论翻译文学作品涉及文学翻译活动。而站在翻译文学经典的高度，翻译研究可以面向超越传统的新领域，关注译作的影响传播空间、译语读者的审美期待和接受与反应，并由此反观翻译主体再创作活动中的选择、取舍、变通等处理方法及原则，提高翻译质量和对翻译活动本质的认识。鉴于此，本书以傅译经典为对象，深入、系统地探讨翻译文学经典生成的诸多内在要素，探讨翻译实践过程中决定译者表达原作神韵的形式和手法，探讨制约译者和读者接受活动的语言、文化、社会、历史和意识形态等因素，并上升到理论的层面，在现代文化语境中和现代理论意识下，进行分析和探索，以傅雷的翻译思想和文艺美学思想为依托，为翻译文学理论的新阐释和翻译文学经典话语机制的建构抛砖引玉。

从史的角度看，当前我国的翻译活动在广泛的文化意义上热烈展开，每年的翻译出版量居世界之首，正在构成中国翻译史上新的翻译高潮，但良莠不齐、粗制滥造、泥沙俱下等现象时有发生，其中既有译者技能的问题，也反映出部分译者的浮躁心态。为了给未来中国的文明和文化留下西方优秀文学资源的高质量翻译，我们非常需要在这个翻译的时代，树立起傅雷这样一个既追求完美的理想和境界又能踏踏实实、执着进取的榜样。在当前翻译理论的繁荣中隐蔽着困惑、翻译实践中浮躁的现象比较突出的状况下谈论傅译,也是希望用傅雷的翻译思想、翻译实践和翻译精神,给当前文学翻译界的理论与实践带来一些启示,给当前我们的翻译实践活动树立典范,给文学翻译基础理论的重新建构及应用带来新思考。对傅雷及其翻译经典系统性的总结研究,能够指导我们的翻译活动。傅雷成功的翻译实践及其翻译思想、翻译原则、翻译方法、翻译姿态、翻译精神等,会给中国文化"走出去"的翻译活动带来多方面的有益启示,这一点想必也毋庸置疑。

在以往的傅雷翻译研究中,论者多从传统的语言学层面或中国传统的文艺学层面,进行从文本到文本的转化性研究,其中虽不乏真知灼见,却使一代翻译名家的思想扁平、精神单薄,如同谢天振在其研究中强调指出的一样。要还原翻译家傅雷一个兼收并蓄中西文艺美学思想、具有大文明大文化胸怀的丰满立体的形象,需要在大文化和跨文化视野下探索研究翻译主体和翻译文学,这是对以往研究视野的超越。因此,要用令人信服的分析与阐释来描述一个中西合璧型的翻译主体的深层文艺思想和美学观念,"传达出一种东方人消化了西方文化后而生的精神气韵"①,不是一件轻而易举的事。

文学翻译活动的实质就是解构与重构,翻译文学经典是对原作精当的解构并用译语准确重构的典范性努力。本书聚焦傅雷翻译活动场域,主要在文学翻译和翻译文学两个范畴展开,探索外国文学名著如何变成翻译文学经典,翻译文学经典如何被译语读者接受,翻译文学经典的动态影响如何成为反观文学翻译活动的本质和意义,以及翻译文学的品格和特色的视角。笔者将对经典译作的生成进行还原性的演示,以揭开从理解到表达的翻译过程中操纵译者选择与取舍的深层动机;将从语言、文学、文化的层面,探讨傅雷翻译思想中经久不衰的理论价值和实践价值,对翻译文学经典的影响力和生命力、艺术价值和精神价值进行深入挖掘

---

① 陈思和. 评《傅雷传》//湖南省新闻出版局. 湘版书评五集. 长沙:湖南出版社,1994:234.

和多维透视；在传统与现代之间，探索文学翻译和翻译文学的阐释空间，探索傅雷的翻译活动为研究者留下的解读空间和为阅读者创造的接受空间。

首先，要正确认识傅雷，以科学的精神来评论傅雷，既不过度褒扬，无限拔高，也不妄自尊大给予浅薄指点；从有利于文学翻译事业发展的角度，去认识傅雷的翻译成就，去总结傅雷翻译活动中的某些局限和具体问题。借助对傅雷与翻译经典的剖析，着实研究文学翻译中的基本问题，进一步理解文学翻译活动的实质与意义，并尝试指出传统文学翻译理论扎实的价值性与局限性，尝试突破传统观念，在超越语言的层面，正确对待新问题，指向文学翻译基础应用理论的重新建构，探索文学翻译理论阐释的新形态。

其次，对傅雷的艺术观和翻译思想观做当代审视。本书主要从理论的层面，力图在傅雷的翻译美学和翻译思想与当代文艺美学和翻译理论之间寻求良性互动，既从傅雷的翻译观透视当代翻译理论，又从当代翻译理论来观照傅雷的翻译观。我们将重点探索傅雷"神似"思想在外译汉中的核心价值，以及其在我国翻译实践中的独特生命力，挖掘其中可以释放和转化的现代性因素，以及其在中国学派翻译理论建构中的潜在内涵。

再次，笔者的研究将指向翻译文学理论空间的阐发，在与外国文学的血脉、与民族文学的关系以及与比较文学的"紧张"中，思考翻译文学话语体系的进一步完善。鉴于翻译文学与世界文学之间的直接关联性，鉴于世界文学乃当今国际学界的热点话题，我们还会在文学翻译、翻译文学和世界文学三者中做出探索，挖掘翻译文学的深层价值，扩大翻译文学的研究空间，把握翻译文学未来的发展维度。

最后，笔者的研究落在经典上，将关注傅雷在翻译过程中如何在形合与意合之间实现传神与传情，探讨傅雷作为汉文化主体性的代表如何做到既维护汉语言的传统又展示汉语言的优美，既守住自己的文化根性又激活汉语表达灵性，从而创作了翻译文学经典。在此基础上，通过考察翻译文学经典生成的主要环节，以经典形成过程中的主要因素和关键因素为依据,宏观把握与微观剖析并重,对翻译文学经典性话语机制做学理层面的探索性研究。

总之,在研究傅雷文学翻译再创作和翻译文学经典生成的活动中,在考察傅译经典的传播与影响的过程中,应关注译者阐释过程中的创造因素和读者接受过程中的稳定元素,重视审美活动中的文学性、艺术性而不忽略现代理论视野中的文化性、人文性。在当代翻译实践和翻译理论、大文科和新文科、大文化和跨文化、交叉学科和跨学科的背景下研究傅雷与翻译,是力图寻求傅雷之于今天文学翻译的意义、翻译文学的意义、翻译经典的意义和世界文学的意义。

对于本书的研究,笔者坚持以下基本观点:翻译文学经典是文学翻译和翻译文学理论生发的源泉和批评阐释的重要凭借。翻译文学经典化既包含翻译主体对原作进行语言上创造性的转化过程,也包含静态的译本在译语文化场被权力话语合法化和读者解读本土化的过程;它是文本内部因素和外部因素"合力"的结果,但内部的"恒久之至道"具有长效性,外部的"现世利益"(马克思语)张目或遮蔽具有历史性。翻译文学经典性主要体现在它是两个民族创造性审美元素的化合,是原作艺术实质的创造性与译语语言比配的创造性两者的化合。翻译经典的世界品质不仅在于其具有双重民族性,更在于其通过跨文化跨文明的审美元素的创造性整合,用"第三只眼"(钱锺书语)丰富了人类的诗意的存在。翻译经典的实践价值在于为我们提供了可授性的范本,学术价值在于为我们提供了跨文化和跨学科的探讨视角。

笔者希望通过经典视角下的傅雷翻译研究,进一步探讨傅雷翻译思想和翻译成就的历史价值、现实意义和未来生命力,继而探讨从外国文学经典原著到翻译文学经典的内部生成转换和外部传播接受,努力为我国学界深入研究翻译文学经典提供有价值的参考。由于作者能力和水平有限,研究过程中一定会有不当的地方甚至错误的地方,还望读者赐教和指正。

本书根据笔者的国家社科基金项目"法国文学汉译经典研究"

[12BWW041]结项成果精选提炼而成。在从事国家社科基金项目的研究过程中,笔者发现,一方面,傅雷本身就是一座富矿,可以研究探索的空间很大,足以构成一部皇皇巨著;另一方面,原先计划的一些研究内容如王道乾与杜拉斯等的关系,从时间维度看,尚没有充分的积淀,虽不乏好评,但尚没有达到穿越时间的永恒性这样显性的条件。故本专著也暂且撇开已经做出的关于李健吾与福楼拜共铸经典的研究,单从傅雷与法国文学翻译、与翻译文学经典生成的关系,进入文学经典和翻译文学经典的研究场域,展开思考、挖掘、探索和研究,最终呈现在读者面前,接受读者的审阅和批评。

第二节 何谓翻译文学经典?

一、引 言

美国学者韦努蒂指出,"没有翻译,世界文学就无法进行概念界定","翻译深化了当前世界文学的概念"。① 当"世界文学"已经成为当下继"文学经典"后的热议话题的时候,我们似可以按巴斯奈特的意旨,"从现在起……把翻译学视为一门主要学科"②,首先来对翻译文学及翻译文学经典做出探讨。

对翻译文学经典概念的研究,较有代表性的有查明建的观点,他认为,翻译文学经典有三种定义:"一是指翻译文学史上杰出的译作,如朱生豪译的莎剧、傅雷译的《约翰·克利斯朵夫》、杨必译的《名利场》等;二是指翻译过来的世界文学名著;三是指在译入语特定文化语境中被'经典

---

① 韦努蒂. 翻译研究与世界文学//达姆罗什,等. 世界文学理论读本. 北京:北京大学出版社,2013:203-204.
② 方梦之. 译学词典. 上海:上海外语教育出版社,2004:402.

化'了的外国文学(翻译文学)作品。"①胡安江认为,这个定义"除了未将语内翻译所形塑的翻译文学经典包括在内,这一说法应该还是相当准确的"②。三种定义的划分简单说,一是翻译文学史经典,二是从经典到经典(即从原语文学经典到翻译文学经典),三是从非经典到经典(即从非原语文学经典到翻译文学经典)。在现在较有影响的观点中,也有认为翻译文学经典除具有"文学经典"的一般特征外(如布鲁姆指出的"审美的力量"所包括的"陌生性""原创性""代表性"等,③以及审美价值的永恒性和用伽达默尔的话说是"无时间性",即"超乎不断变化的时代及其趣味之变迁"④,用布尔迪厄的话说,即"得到广大的和持久的市场"的"长久的畅销书"⑤),还尤其强调其显在的对空间的跨越性,其超民族性,在此基础上,强调翻译经典所揭示的人性的普遍性以及"人性心理结构"的共通性。另外,学界也早已摒弃了过去轻视译者或矫枉过正来拔高译者的片面认识,从文化交流的角度指出翻译文学经典是译者与作者共同创造的优秀作品,具有双重国籍的特性。我们认为,翻译文学经典的概念至少应包含如下两个方面:(1)译作在译入语新的文化语境中,既具有长久的文学审美价值又具有普遍的社会现实价值;(2)译作的语言达到了文学语言的审美标准,为文学翻译活动树立了典范。关于第一点,可以是原语国文学经典在译入语文化语境中的再经典化,也可以是原语国非经典作品在译入语环境中找到了适应的文化土壤和文化气候而开花结果,被经典化。另外,文学经典的审美价值和社会价值之间没有绝对的比例标准,有的经典审美价值呈显性而社会价值可能呈隐性,相反的情况也同样可能。但无论怎样,一部经典不可能单靠其审美价值而成为经典,也不可能单靠其社会

---

① 查明建. 文化操纵与利用:意识形态与翻译文学经典的建构. 中国比较文学, 2004(2):87.
② 胡安江. 翻译文本的经典建构研究. 外语学刊, 2008(5):93.
③ 布鲁姆. 西方正典. 江宁康, 译. 南京:译林出版社, 2011:2, 23.
④ 转引自张隆溪. 经典在阐释学上的意义//黄俊杰. 中国经典诠释传统(一):通论篇. 上海:华东师范大学出版社, 2008:3.
⑤ 布尔迪厄. 艺术的法则. 刘晖, 译. 北京:中央编译出版社, 2011:115.

价值而成为经典。而"翻译文学史经典"应当指在翻译文学史上产生过影响，但随着某个特殊的历史阶段、某个特定的文化体制消逝而不再符合当下的权威规范和大众共识的翻译文学现象，或者说，从历史的角度考察，那些确实对译入语的文学或社会文化产生过影响的翻译作品，只是按照现在的审美鉴赏尺度和价值取向已不再是经典。翻译文学经典与翻译文学史经典的联系与区别在于，翻译文学经典必然是翻译文学史上的优秀作品，但翻译文学史经典不一定是当下的经典。下面我们将在通识层面对翻译文学经典概念做一般性考量，继而进一步在理论层面对其做深入探索。

二、通识层面上的翻译文学经典

1. 文学经典的视角

在通识层面，可以说，翻译文学经典既是文学经典也是翻译经典。从文学经典角度看，翻译文学经典是主要面向译语民族的展现异域风情的文学经典。一方面，在阅读的维度上，它为译语读者提供了具有陌生化审美价值的新产品，在别具特色的语言叙事风格中，为译语读者打开了异国文学、文明和文化的窗口，让译语读者了解异域民族的物质生活和精神生活的方方面面，在译语读者的审美鉴赏中，丰富了他们的精神感受，扩充了他们的文学观，也有助于培养他们更趋合理的文化观。在这个意义上说，翻译文学经典是诠释"同与异"对立统一的典范之作。所谓"同"在于，它让我们感受到不同民族共同的逻辑思维、共同的存在家园，以及"共享的历史经验和记忆""公认的道德观念和理想""共同的审美情趣和形象"；[①]所谓"异"在于，它让我们了解到外域民族不同的审美方式、审美视角、表达方式、表达技巧，从而丰富了译语民族的情感世界；它也让我们了解到外域民族不同的文学传统和审美范式、不同的价值取向和文化观念，让我们学会在相互认同的基础上对异质成分的理解、宽容乃至吸收转化，

---

① 江宁康. 世界文学：经典与超民族认同. 中国比较文学，2011(2)：16.

从而有助于培养我们的超民族认同的世界胸怀,扩充译语民族的精神空间。

另一方面,在接受的维度上,翻译文学能在译语民族成为经典,本身就意味着译语民族对它的接受,不仅仅是译语读者的接受,还有文学创作者对它的接受。翻译文学,用梅肖尼克的话说,就是"中心偏移"①,由原作中的艺术生命在原语国的生存情况偏移到译作中的艺术生命在译语国的拓展情况,或者说新的艺术生命在译语国的诞生和彰显。中国作家对翻译文学经典情有独钟的赏识,以及他们在自己的创作中对翻译文学经典里艺术手法的吸收运用,是翻译文学经典在译语民族的文学乃至文化发展中实现其影响价值的一个重要表征。钱锺书说:"研究现代中国文学而……不了解外国文学,就很难摸到底蕴。"②谈翻译文学经典而不谈其对中国现代文学和当代文学的影响,恐怕不周全。胡适早在 1918 年就呼吁:"赶紧多多的翻译西洋的文学名著做我们的模范。"③从中国现代文学开端到当代文坛的莫言,可以说,翻译文学经典于有形无形中已经成为中国本土文学创作的一种典范,为中国作家提供了创造美的新手段,让他们获得不少"高明的文学方法"④。

2. 翻译经典的视角

从翻译经典角度看,翻译文学经典是外国文学通过译者的再创作劳动在译语国的投胎转世。一方面,在经典生成的维度,我们认为,译者作为翻译主体尽管与创作主体和阅读主体有着种种关联,但无疑处于翻译活动的中心地位,发挥着关键作用,主导着整个过程。没有译者直接而具体的再创作劳动,就没有翻译文学经典的实在的生成。过去我们用外国文学来指称翻译文学,混淆了原语外国文学与翻译文学两个概念。尽管

---

① 许钧,袁筱一. 当代法国翻译理论. 南京:南京大学出版社,1998:159.
② 转引自张隆溪. 钱锺书谈比较文学与"文学比较"//北京师范大学中文系比较文学研究组. 比较文学研究资料. 北京:北京师范大学出版社,1986:91-92.
③ 胡适. 胡适全集(第一卷). 合肥:安徽教育出版社,2003:66.
④ 胡适. 胡适全集(第一卷). 合肥:安徽教育出版社,2003:66.

在当今图书分类与人文社科等分类中,仍然存在着用"外国文学"代替"翻译文学"的现象,并且这种现象可能还会存在下去,但外国文学之称与翻译文学之称还是有区别的,对"外国文学"的研究(尽管实际就是"翻译文学"而不是真正的原语外国文学)可以忽略译者,而对翻译文学的研究"不可以忽略译者,或者说少了译者就很欠缺"①。翻译文学的经典化首先是译者进行的文本的内部经典化,是译者借用新的语言符号形式对原作意义及蕴含的重新建构,创造出从内容上说不完全同于外国文学、从语言上说不完全同于本土语言遣词造句风格的具有自身审美特色的作品,而后,才是翻译作品因译语社会的文化权力和政治权力而进行的外部经典化。一味强调外部经典化而忽略文本经典化的内因,是当代文学经典研究跟风西方思潮的表现。一部优秀文学作品,其艺术价值不仅在于说了什么,更在于怎么说的,是怎么说构成了经典的艺术魅力。同样,一部优秀的翻译作品,其艺术价值也不在于译了什么,而在于怎么译的。但从技术难度上说,怎么译要比怎么说难,因为怎么说只涉及一种语言,而怎么译涉及两种语言,甚至是相隔万里的两种语言,因而涉及在两种不同的思维方式、文明形态和文化意象之间寻求沟通对等乃至视界融合。故是译者处处独运匠心,脚踏实地地变通权衡、推敲斟酌,才一步一步地完成了从词句到篇章的翻译文本内部经典化。译者的匠心和精湛译技是经典化不可或缺的内因,也是外部政治诗学寻求与内部纯诗学合谋建构经典的前提。

另一方面,在翻译实践维度,翻译文学经典是文学翻译实践的典范,它在理解原文的深度和表达原文的精度上,为后来的广大译者提供了可以学习和模仿的参照性强和启发性大的样本。它可以向我们展示一个优秀译者应具备的语言能力、鉴赏能力、理解领悟能力、艺术再现和审美表达能力等,揭示译者如何让原作的艺术生命灵魂出"壳",在译语中投胎转世,在"怎么译"的具体环节如何突破两种语言转换中的屏障,巧妙游

① 宋学智. 翻译文学经典的影响与接受. 上海:上海译文出版社,2006:273.

"刃",沟通双边,与作者和读者对话,更与作品中的人物对话,在两种语言中协商斡旋,取舍定夺,异中求同,最终达到异曲同工的文学效果。同时,翻译文学经典是翻译家倾心尽力的艺术结果,昭示了一个优秀译者在翻译过程中执着求真的艺术追求和实践姿态,如傅雷那样,"视文艺工作为崇高神圣的事业,不但把损害艺术品看做像歪曲真理一样严重,并且介绍一件艺术品不能还它一件艺术品,就觉得不能容忍,所以态度不知不觉的变得特别郑重"①。文学翻译事业发展的一个核心指标就是翻译质量的提高,而翻译文学经典的存在就是对提高翻译质量的一种鞭策和激励。如果说文学史是文学经典的生成与确立的历史,那么翻译文学史就是翻译文学经典的生成与确立的历史。翻译文学经典是指导文学翻译实践活动的典范,是文学翻译事业良性发展的基石。

三、理论层面的尝试性探索

1. 文学性间性与文化性间性

我们可以继续上升到理论层面进行探索,翻译文学经典的概念涉及其特有品格,这种特有品格可以围绕作者与译者的合作进一步展开。一方面,不管作者和译者多么志趣相投,他们都是受自身民族文学传统熏陶出来的,尤其关乎中西之间的文学翻译,两个民族的审美方式、审美视角、审美取向不尽相同,形成了各具特色的诗学形态。梅肖尼克认为,翻译是"两种诗学相互作用"的结果②,而翻译文学经典更是"两种诗学相互作用"的经典体现。另一方面,两个民族的语言符号反映了两个民族不同的表达方式、思维方式和思维定式,承载了两个民族各具特色的生存风格、审美品位和审美习惯。而文学是语言的艺术,文学性因语言的转换必有色彩的微妙变换,作者在作品中表现出一种穿越其个性特色而透示其民族文学特色的文学性,译者在变更语言符号的过程中,在试图还原作者及文

---

① 傅雷. 傅雷文集·文学卷. 合肥:安徽文艺出版社,1998:228.
② 转引自许钧,袁筱一. 当代法国翻译理论. 南京:南京大学出版社,1998:139.

本的文学性过程中不可能做到真正的透明,或多或少或增或减,都会将译入语语言符号承载的民族文学性以其个性化的方式融入译作中,所以翻译文学经典是作者个人及其民族的文学性与译者个人及其民族的文学性两者交融的结果。杜里申就认为,超出国别文学范围的"文学性"便转化为"文学性间性"的问题了①。从出发语说,翻译文学已经含有超出原语民族文学范围的文学性,从目的语说,翻译文学显然主要展现译语民族文学范围外的文学性,这是由两个不同国籍的作者和译者的合力,在打造翻译经典的过程中,带入翻译经典的具有各自民族特色的文学性。所以,翻译文学就属于杜里申所指认的"超种族、超国别的文学",如果继续杜里申的观点——"文学性"是文学的"基本品质","文学性间性"是"跨国别、跨种族语境中文学的基本品质",②那么,翻译文学经典就是"文学性间性"的经典体现。

翻译文学经典不仅是两种文学性绝妙交融,化合为"文学性间性"的问题,也是两种文化的绝妙交融,化合为"文化性间性"的问题。贝尔曼认为,翻译也是一种"文化移植",它使"外国文学进入一种语言文化的移植空间"③,而文化移植必然会发生原语文化与译语文化的间性问题。这一方面因为语言是文化的载体,译入语语言不可避免地附带译入语文化的某些色彩;另一方面因为翻译作品是在译入语的文化土壤和文化气候中转换再生的,它只有适应译入语的文化土壤和文化气候才能生存。翻译作品经典化的过程中就不可否认译入语的文化权力对它的操纵或调适、对作品中自己期待的文化因子的彰显和对作品中自己排拒的文化因子的遮蔽。上面已说,翻译作品在译入语民族被指认为经典,就是对它的接受、认同,但这种接受和认同也透示出译入语民族的文化观念、文化色彩、文化基调。所以,翻译文学经典的独有品格中的一个重要维度在于,它既

---

① 转引自查明建. 论世界文学与比较文学的关系. 中国比较文学,2011(1):8.
② 转引自查明建. 论世界文学与比较文学的关系. 中国比较文学,2011(1):8.
③ 许钧,袁筱一. 当代法国翻译理论. 南京:南京大学出版社,1998:269-271.

是两个民族的文学性的二元整合,也是两个民族文化性的二元整合。达姆罗什认为,世界文学与"原语文化与宿主文化"这"两种文化都有关联",而翻译是成就世界文学"不可或缺的核心"。① 不可否认,翻译文学经典也通过作者和译者个性化的方式,融合了两个民族的文化印迹、文化元素。翻译文学经典是创作主体怎么说与翻译主体怎么译的完美结合,而"怎么说"与"怎么译"的完美结合,既是两种文学性的有机化合,也是两种文化性的有机化合。

2. 翻译文学经典②:1+1=3 与 1+1>3

由文学层面的二元结合和文化层面的二元结合深入一步,我们发现,翻译文学不只是 1+1=2 的问题,即是说,不只是外国文学+中国文学=外国文学和中国文学两者的拥有,而是 1+1=3 的问题,因为两个民族无论文学性的交融还是文化性的交融,还会化合成一种新元素,既不完全等同于外国文学,也不等同于中国文学,它是在外国文学和中国文学之外出现的新样态。译入语语言形式与外国作品内容相结合的精神产品,无疑是一种新产品,虽与外国文学和中国文学有关联,但也显示了其独特的品格。从语言形式上说,它可以独立于原语国文学在新的地域生存,展开新的生命;从内容上说,它讲述的是域外的"山海经",吹来的是异国风情。从文学性的角度说,翻译文学呈现的新样态可能是新的审美视角、新的审美方式、新的审美感受、新的审美对象、新的审美发现等;从文化性的角度说,翻译文学呈现的新样态应当是一种新的文化意象、新的文化生态、新的文化意识和思想。甚至我们还可以说,翻译文学是 1+1>3 的问题,因为翻译文学不仅仅凸显了文学性间性或文化性间性的问题,它还具有文学与文化交叉融合推出的又一新样态。语言是文化的载体,用免不去汉文化色彩的汉语言转译外国的文学,就无法否认(中国)文化与(外国)文

---

① 达姆罗什,等. 世界文学理论读本. 北京:北京大学出版社,2013:255,10.
② 我们在这里探讨的翻译文学经典,是指出发语国作者和目的语国译者建构的优秀作品。——笔者注

学的交融,也不可否认汉语言表达的文学艺术性与外国作品中的文化性的交融。所以翻译的过程也是新的文学生命在两种文学和文化层面上交叉相融、转换再生的过程,翻译的结果即翻译文学作品也展现了两种文学性和两种文化性交叉融合后出现的新样态。这种由中国文学性与外国文化性的交融或由中国文化性与外国文学性的交融产生的新样态,是外国文学和中国文学都不具有的,是翻译文学所独有的又一新文学样态。翻译文学经典应当是 $1+1=3$ 与 $1+1>3$ 的最好诠释。

3. 进入世界文学范畴

翻译文学因超越了自身民族文学的界限走向世界而具有了世界文学的意义。从世界文学角度看,只有兼容了两个(或多个)民族元素的文学才能称为世界文学。如果把世界文学仅仅看成是各民族文学的总和,"既缺乏价值判断也缺乏实际研究的可操作性和文学研究意义"[1]。法国比较文学名家布吕奈尔早就明确指出:"世界文学不是各个民族文学的并列呈现,正如一座房屋不等于一堆用来建造的石头一样;换言之,各种元素之总和并不同于各种元素之综合。"[2]世界文学就是甲民族文学被乙民族翻译家灌输了新的血液而形成的。用韦努蒂新近的研究理论说:"译者在翻译一部作品的时候加入了他自己的独特的译读(interpretants)。所谓译读,这既是一个对等的概念,也是一种小说话语的概念,因此,译者在翻译过程中经过推敲措辞创造出的译文就会是一种独具神韵、意蕴精微的解读。"[3]而翻译文学就是两个民族元素的综合,进一步说,是两个民族元素的有机化合,是原语民族的文学内容和译语民族的语言形式两大主块的有机化合,是两个民族的文学性之间以及两个民族的文化性之间融合与交叉融合而幻化出的新样态。这种新样态既来源于两个民族又不为两个

---

① 查明建. 论世界文化与比较文学的关系. 中国比较文学, 2011(1): 6.
② P. Brunel, C. Pichois, A. M. Rousseau. *Qu'est-ce que la Littérature comparée?* Paris: Armand Colin, 1983: 74.
③ 韦努蒂. 翻译研究与世界文学//达姆罗什, 等. 世界文学理论读本. 北京: 北京大学出版社, 2013: 201.

民族曾经所有,因为它们是在超越民族的高度上交融化合出来的,进入了真正意义上的世界文学的范畴,构成了世界文学的本质内涵。韦努蒂曾经指出,"所谓世界文学与其说是原文作者创作出来的作品,还不如说是翻译过来的作品","翻译文本构成世界文学"。① 桑塔格认为,"世界文学的理念是一个世界读者的概念:读翻译文学","翻译是世界文学的流通系统"。② 我们可以说,世界文学对两个(或多个)民族的审美元素的兼容、整合出新,是经过翻译活动完成的,翻译活动是真正意义上的世界文学诞生的重要途径,翻译文学是经过作者的创作和译者的再创作在异域文学和本土文学之上生发的新样态,翻译文学经典的品格也构成了世界文学经典品格的核心要素。所以我们更倾向于这样的说法:与其说翻译文学属于中国文学,不如说翻译文学属于世界文学。

4. 打开文学又一扇大门

翻译文学由于具有了新的符号形式作为其在异域传播的工具而"独立于……原义义本"③,由于讲述的内容是异域风情而独特于译语民族社会之外,其相对独立性和独特性已渐渐被人们所认识,这种独立性和独特性使它有充分理由作为一个独立的文类获得存在。这种主要由外国文学作品的内容与译语语言形式整合而成的文学作品,具有不完全等同于原语外国文学也不可能等同于译语民族本土文学的独特的价值,这种独特的价值使翻译文学可以成为一个独特的本体。带着这样的理解去阅读桑塔格的"圣杰罗姆文学翻译讲座"发言稿,其言"每一部文学作品都是文学的一部分,而文学大于任何一种语言的文学"④就给我们这样的启示,翻译

---

① 韦努蒂. 翻译研究与世界文学//达姆罗什, 等. 世界文学理论读本. 北京:北京大学出版社, 2013:203, 211.
② 苏珊·桑塔格. 同时:随笔与演说. 黄灿然, 译. 上海:上海译文出版社, 2009:178, 181.
③ 韦努蒂. 翻译研究与世界文学//达姆罗什, 等. 世界文学理论读本. 北京:北京大学出版社, 2013:211.
④ 苏珊·桑塔格. 同时:随笔与演说. 黄灿然, 译. 上海:上海译文出版社, 2009:181.

文学如同外国文学和中国文学一样,不但是一种独立的存在,首先是一种新的存在,而这种新的存在作为"文学的一部分",丰富了文学系统,扩充了文学系统内的存在。"文学翻译的'再创造性'乃至'创造性叛逆的性质'既然能决定翻译文学不是外国文学,也就能把翻译文学与中国文学区别开来。"①乐黛云认为:"翻译文学由于其进入了另一种文化语境,在另一种语言结构中,并通过译者个人的思想和语言习惯来表达,这就构成了一种新的文学——翻译文学。"②所以在外国文学与中国文学之间出现的翻译文学丰富了文学的品种、类别,打开了文学的又一扇大门,而翻译文学经典进一步确立了自身在大文学中的地位。

四、结 语

对任何一个概念的探讨,似都应该放在与之相邻、相近的概念的比较中进行,这样我们才能更好地理解它,更清晰地辨识它的边界,更深刻地认识它的本质。翻译文学的概念涉及出发语文学和目的语文学,对我们来说,就是外国文学和中国文学,同时涉及国别文学、本土文学、民族文学和世界文学。通过上文分析我们认为,翻译文学的特色在于,从内容上说,虽然它试图呈现异国情调,但因目的语语言符号不可避免的民族色彩,其内容的展现客观上不可能完全等同于原外国文学中的内涵、意蕴;从形式上说,虽然文学作品的艺术形式并不完全等于其语言形式,但因目的语语言并不具备原语言表达原语民族的思维方式和审美方式的那种适宜性,故不得不迁就原作的表达方式而使译语的文学语言风格不同于本土作家笔下的文学语言叙事和描写风格。贝尔曼认为,翻译文学中"精美的'文域'""决不是归化为目的语语言的精美,正相反,它应该是作为一种全新的……文字形式出现在目的语语言文化中……一种目的语从未经历

---

① 宋学智. 翻译文学经典的影响与接受. 上海:上海译文出版社,2006:274.

② 乐黛云. 中国翻译文学史·序//孟昭毅,等. 中国翻译文学史. 北京:北京大学出版社,2005:序1.

过的空间的结合"。① 翻译文学对于我们来说,是在外国文学和中国文学之间建立内在联系,有机交融,化合出新的文学,这样的文学样态已经超出了国别文学、民族文学的意义,不再是纯粹的英国文学、法国文学、德国文学或俄国文学等,也不可能是中国文学,因为它与土生土长的中国本土文学实不相同。它已经进入世界文学的范畴,具有世界文学的品质与内涵。歌德当年谈论的世界文学也就是民族文学经过文学翻译,变成翻译文学而走出民族文学的边界,进而在世界范围传播的文学,一如当时他正在阅读的激发他世界文学话语的法译中国小说那样。而翻译文学经典更让我们对两个民族的语言、文学、文化与文明的同与异深入领悟后,不但扩大了我们的心智和视界,也提升了我们的认识高度,即便在"帮助我们认识总体文学乃至人类文化的基本规律"(钱锺书语)②上成效微小,也至少加深了我们对两种语言、文学、文化与文明之间的互识互参,互证与反证,并提供给我们认识双边的"第三只眼"(吴元迈语)③,使"民族的片面性和局限性日益成为不可能"④。

翻译文学经典是在文本内部译者不遗余力的再创作实践和文本外部风调雨顺的译入语文化政治气候中诞生的,前者构成的内因和后者构成的外因共同促成了翻译文学经典的生成。翻译文学经典同文学经典一样是纯诗学和政治诗学协调下的产物。翻译文学经典虽然"不是本土文学的一个内在部分,而是一个外加的,在某种程度上自治的领域"⑤,但它精彩地发掘出译入语语言的表达潜能,大大丰富了译入语文学的表现手法,扩大并提高了译入语文化的视界。翻译文学及其经典虽然主要面向译入语民族,但它的价值还在于向我们打开了世界文学及其经典的大门,翻译

① 许钧,袁筱一. 当代法国翻译理论. 南京:南京大学出版社,1998:260.
② 转引自张隆溪. 钱锺书谈比较文学与"文学比较"//北京师范大学中文系比较文学研究组. 比较文学研究资料. 北京:北京师范大学出版社,1986:92.
③ 转引自高玉. 文学翻译研究与外国文学学科建设——吴元迈先生访谈录. 外国文学研究,2005(1):5.
④ 马克思,恩格斯. 共产党宣言. 北京:人民出版社,1971:27.
⑤ 许钧,袁筱一. 当代法国翻译理论. 南京:南京大学出版社,1998:258.

文学经典是世界文学经典的重要源头之一。翻译文学经典本身也诠释着翻译的精神:沟通交流,对话开放,融合发展。对翻译文学经典的探讨活动应当透示出这样的精神来。

第三节 翻译文学经典研究中的问题与思考

一、被外国文学经典遮蔽的翻译文学经典

1. 遮蔽现象描述

自20世纪90年代以来,翻译文学在陈思和与谢天振等人的推动下,渐渐引起我国文学界和外国文学界的关注。翻译文学经典之研究也在文学经典大讨论的语境中得到借鉴,开始摸索和建构自己的话语空间。然而我们发现,相当一段时期以来,受传统认识和知识结构的影响,还有相当部分学人用"外国文学经典"的概念代替"翻译文学经典"的概念,造成"外国文学经典"的概念对"翻译文学经典"的概念长期遮蔽的现象依然存在。例如,《走进经典 体悟经典——谈外国文学经典的教学》就不是谈真正的原语外国文学经典在中国的教学,而是谈翻译过来的外国文学经典即翻译文学经典在中国的教学;[①]"外国文学经典的阅读研究"也不是对原语外国文学经典的阅读所做的跨文化、跨媒介研究,而是以翻译文学经典为对象的研究;[②]《中国社会意识形态对外国文学经典的影响》显然不是指中国社会意识形态对原语外国文学经典产生的影响,而是对翻译过来的外国文学经典即翻译文学经典化的影响;[③]《20世纪外国文学经典化问题》不是发生在美国、英国、法国等外国的文学经典化问题,严格说,是翻

① 何玉蔚. 走进经典 体悟经典——谈外国文学经典的教学. 才智, 2013(23): 20-21.
② 张丽君. 外国文学经典阅读的跨文化跨媒介重构分析. 语文建设, 2013(27): 77-78.
③ 苏睿. 中国社会意识形态对外国文学经典的影响. 安徽文学, 2013(6): 92-93.

译过来的外国文学在中国本土的经典化问题,即翻译文学的经典化问题①。

翻译文学经典与外国文学经典的不同,近年来,已渐渐得到我国的外国文学界尤其其中的译学界和比较文学界学人的认同。查明建在《文化操纵与利用:意识形态与翻译文学经典的建构——以 20 世纪五六十年代中国的翻译文学为研究中心》一文中,明确使用"翻译文学经典"代替"外国文学经典"②。在我国可以说,持"翻译文学是中国文学的独特组成部分"观点的人,都是认同两者之间差异存在的,否则他们不可能把翻译文学归入中国本土文学。简单说来,原作与译作的不同在于:原作是原作者个人所为,译作是原作者与译者共同所为。翻译主体通过语言的变更、语境的变迁,不可避免在译作中融入其个性化的审美习惯和译入语民族的审美风格。虽然"创造性叛逆"的目的不是叛逆作者的意图和文本的蕴含,但文学是语言的艺术,语言是文化的载体,翻译作品生成后的文学性与外国原作的文学性在客观上必然存在差异。这种差异既反映了译者与作者之间细微的个性化差异,也透示了出发语与目的语两个语境间的民族性差异。

有些论者也意识到了翻译文学经典与外国文学经典两者的不同,虽然他们没有使用"翻译文学经典",但明确表示"英国文学经典并不等同于中国的英国文学经典"③,"西方文学经典并不等同于中国的西方文学经典"④。即便一篇文章的标题是"外国文学经典的重构",我们也可以在特定的语境中理解文章作者的所指乃外国文学经典在中国翻译、传播与接受过程中其经典地位在新环境中的重新建构。然而我们无法否认,在语

---

① 张立群,王瑾. 20 世纪外国文学经典化问题. 淮阴师范学院学报(哲学社会科学版),2006(2):243-247.

② 查明建. 文化操纵与利用:意识形态与翻译文学经典的建构——以 20 世纪五六十年代中国的翻译文学为研究中心. 中国比较文学,2004(2):98.

③ 曾艳兵. 中国的英国文学经典. 天津师范大学学报(社会科学版),2010(2):65.

④ 曾艳兵. 中国的西方文学经典的生成与演变. 湘潭大学学报(哲学社会科学版),2009(4):126.

义学上,"外国文学经典的重构"这样的标题也可以表达:外国文学经典在外国遭遇解构和重构的历程,如同一个中国学者向我们概述发生在国外的文学经典论争引发的文学经典的重构问题一样。当然我们还可以理解为:翻译过来的外国文学经典在中国确立了经典地位后,又经历了政治性的解构(如"文革"),在改革开放后其经典地位的二度确立。在这种情况下,"外国文学经典"实际上就代替了"翻译文学经典",因而可以说它遮蔽了"翻译文学经典"。

此外,过去高校中文系即如今高校文学院里的老先生,在介绍自己的教学与研究工作时会说,"我是搞外国文学的""我是搞西方文学的"等,或更具体,"我是搞英国文学的""我是搞法国文学的"等。可是他很可能并不懂外国语,完全是通过翻译作品来从事"外国文学"的教学与研究的。再者,如果你的一位朋友正在阅读一本已经翻译成中文的外国小说,你问他在读什么,他一定会说在读一本外国小说(而不会说在读一本中国小说),或具体一点,在读一本法国小说(把外国文学的范围缩小)。如果那个作者有名,他也可能直接回答在读比如巴尔扎克的《高老头》,或更简单《高老头》。总之,他的回答极可能意味着他把翻译文学完全等同于外国文学了,把中国译者如傅雷翻译的《高老头》完全等同于巴尔扎克创作的原作了。上述这些情况说明翻译文学被外国文学遮蔽的现象确实存在着。

2. 遮蔽现象分析

那么怎样解释这种现象的存在呢?我们认为,这首先应是传统认识的因袭性使然。从翻译文学作品出现以来,我们基本上都是把它当作外国文学的等值品来阅读、了解和认识的。从"西洋文学介绍到中国影响最大的第一部小说"①《巴黎茶花女遗事》起,"支那荡子"就发现了一个别有风味的西洋文学景观,它与中国传统文学颇不相同,以致我们只顾欣赏异域风情,而全然忽略了译者再创造性质的参与,忽视了译文被"灌输一部

---

① 郭延礼. 中国近代翻译文学概论. 武汉:湖北教育出版社,2005:210.

分新的血液进去"①。从学生时代我们走进书店、走进图书馆起,我们便习惯了在"外国文学"分类中寻找各国文学的翻译作品,默认了翻译作品就是外国文学的划分。这种现象的存在是否合理呢?直面这个问题,我们不得不说,把翻译文学等同于外国文学并非全无道理,因为翻译文学与外国文学的内在的本质性的联系是不可否认的,是剪不断理还乱的。然而,如果我们认为翻译文学完全等同于外国文学,那就忽视了翻译文学与目的语本土文学(具体说中国文学)的关联甚至是密切的关联,那就说明我们可能还在沿袭业已形成的思维定式,只注意到翻译文学与出发语国文学(即外国文学)的关系了。

文学翻译活动是文化交流的一种方式,翻译文学是文化交流的一种结果,而文化交流的交往互动性在翻译文学上的一个表现,也许就是出发语的影响与目的语的接受两者间的互动(当然还可以有其他的交往互动)。翻译文学在目的语文化语境中的生成过程,免不了目的语民族特有的文学性和文化性元素通过语言的变更而介入,忽视这种介入必然会使我们的认识偏于一面,也就导致我们把认识的部分合理性当作涵盖整体的合理性。

造成这种现象的第二个原因可能在于,过去很长时期内,我们的思维就处在非此即彼、非白即黑的二元对立的认知模式和二元论的认知框架中。从中国视角说,呈现在我们面前的文学作品不是中国文学就是外国文学,似乎只有这两种划分。至于世界文学,要么从所谓周全的视角说,是各民族文学或各国别文学的总称;要么从实用的意义上说,就是指向外国文学,如同期刊《世界文学》一样。在外国文学和中国文学这两种选项中,文学院里从事"外国文学"教学的老先生只能说他是搞外国文学的,而绝不能说是搞中国文学的;《悲惨世界》的阅读者也只能说他读的是外国文学而不是中国文学。甚至,即使我们认识到翻译文学既属于外国文学也属于中国文学,具有了国籍的双重性,我们也只是"摆脱了二元

---

① 傅雷. 傅雷文集·书信卷. 合肥:安徽文艺出版社,1998:478.

对立,却没有摆脱二元论"①。翻译文学作为跨语言和跨文化的创造性活动的产物,一方面,与外国文学和中国文学保持着密切关联,它是原语民族的文学内容和译语民族的语言形式两大部分的有机化合;另一方面,相对于外国文学和中国文学,它又具有自己独特的品格,即独特于原语文学的新文化空间里的新生命形态,和独特于译语文学的异国风情、异域文明。若细说,虽然它主要是外国文学的内容,但译语语言本身的文化积淀必然使翻译文学或多或少地粘连上译语文化的某些韵味;虽然它使用的是译入语的语言形式,但原语的不同词法、句法、文法必然使译入语也或多或少地带有挥之不去的洋腔洋味,因而它自身已经形成一种并不等同于外国文学和中国文学的别样的、新颖的、带有陌生化的审美范式。

在多元论取得硕果的当代,在摆脱二元论的开放的视野里,随着学科越分越细和研究领域越做越专的趋势,一些有影响的论者指出,"翻译文学由于其进入了另一种文化语境,在另一种语言结构中,并通过译者个人的思想和语言习惯来表达,这就构成了一种新的文学"②;翻译文学是介于外国文学和本土文学两者之间的文学形态③;翻译文学是一个"独立的文学类型,是文学作品的一种存在方式",它"既是一个中介性的概念,也是一个本体性的概念"④;"外国文学被翻译成中文以后在特点、性质和文学性上都会与原来的外国文学有很大的不同"⑤。所以,与其把翻译文学束缚在传统的学科分类里,不如给翻译文学一个应有的独立地位,这将既是翻译文学自身的一个好出路,也是比较文学和世界文学的一个新天地。

① 宋学智. 翻译文学经典的影响与接受. 上海:上海译文出版社,2006:275.
② 乐黛云. 中国翻译文学史·序//孟昭毅,李载道. 中国翻译文学史. 北京:北京大学出版社,2005:序1.
③ 孟昭毅,李载道. 中国翻译文学史. 北京:北京大学出版社,2005:1.
④ 王向远. 翻译文学导论. 北京:北京师范大学出版社,2004:6,11.
⑤ 高玉. 文学翻译研究与外国文学学科建设——吴元迈先生访谈录. 外国文学研究,2005(1):1.

然而,要想纠正长期以来人们"将翻译文学等同于外国文学"的"模糊的认识"①并不容易,上述观点并不能全面清除在认识论上外国文学遮蔽翻译文学的现象,传统的二元论思维模式似乎还在迫使翻译文学要么属于外国文学,要么属于中国文学,阻止了翻译文学自成体系,剥夺了翻译文学独立存在的合法性诉求。

二、翻译文学经典化问题

1. 外部经典化与意识形态

随着我国文学经典研究的展开,翻译文学经典化问题也成为近年来研究关注的一个热点。美国学者勒菲弗尔在佐哈尔的多元系统论和福柯的"权力话语"论的基础上,提出了操纵文学翻译的三种基本力量,即意识形态、诗学和赞助人三要素。他的论点在中国学界得到有力的回应,在中国的翻译文学经典化研究中被广泛应用,仿佛专门为中国定制,无论中国的翻译小说、翻译诗歌还是翻译戏剧,抑或中译外的文学作品,都可在这三要素中找到翻译作品经典化的理论支援,不少文章在摘要中就做出鲜明提示和指认。

然而,以三要素剖析中国语境里的翻译经典化问题,严格说来,不能算我们的研究成果,而只能说明三要素理论具有较强的阐释力和较广的适宜性,我们不过是帮助勒氏验证了三要素理论的正确性和普适性。其实对于我们来说,重要的还在于,我国的翻译文学经典化现象是否都能在三要素中找到答案,有没有中国特有的语境产生的特有的现象超出了三要素的解释范围,那里的研究可能才是真正属于我们自己的研究成果和创新所在。

中国当代的意识形态政治化或许是最有表现性的,我们就以意识形态视角为例做个考察。我们发现,我国学人的翻译文学经典化研究有以下几个现象:第一,在翻译文学经典化研究中,意识形态的操控似乎只有

———————

① 谢天振,查明建. 中国现代翻译文学史. 上海:上海外语教育出版社,2004:1.

负面的更能引起我们的关注，无论是把所谓"名不见经传"的西方作品"拔高"为经典，还是把西方具有经典地位的翻译作品打压下去。我们似乎更多地关注政治对艺术的"绑架"或"操纵"，而不太关注政治与艺术的真正的"合力"，似乎意识形态的正面的影响显示不出那只"看不见的手"，只有负面的影响与操控才能把那只"看不见的手"展示得清楚。第二，我们近年来在对翻译文学作品经典化的探讨，似乎通过种种实例举证和个案分析，得出了确为意识形态的操控这个结论便大功告成。我们认为，这方面的研究不应当仅仅是运用了别人的新的理论观点说明了某个现象，而最好是在运用别人的新的理论观点时，又有新的启示、新的发现，对别人的新观点有所超越，有所突破。先说西方，当代西方文学经典化与去经典化的博弈，不仅仅是集团之间、阶级之间的意识形态的争辩与较量，说到底，在各种意识形态试图操纵经典的背后，在各种文化主体性争夺话语权的背后，是各种集团、各个阶级的利益之争。比如，或者是为了维护长期盘踞文化中心地位的"已死的欧洲白种男人"所代表的利益，或者是为了能位移给处于边缘地位的少数族裔、黑人和女权主义者，体现他们的利益。再说中国，当代中国各家出版社即赞助人，纷纷地、成套地推出外国文学翻译经典，不仅仅是因为这种行为符合当下国家意识形态的动向，还明显在于市场经济的利益驱动；"文革"期间我国对外国文学翻译作品的经典化的拔高还是去经典化的打压，虽然看不到明显的经济利益，但维护政治话语权所带来的实际利益，远远大于看得见的经济利益。意识形态本来就是在一定的经济基础上形成的一种观念形态，它是上层建筑的组成部分，而经济基础决定上层建筑。因而"社会观念形态的解释不是最终的解释，只有社会经济关系的解释才是最终的解释"①。在此借用恩格斯对早期宗教狂热背后的原因分析，可以说，"在每一次意识形态转移的背后，'都隐藏有实实在在的现世利益'"。这样的情况下，"与其说是什么'意识

① 童庆炳，陶东风. 文学经典的建构、解构和重构. 北京：北京大学出版社，2007：84.

形态操控',还不如说是'现世利益'操控"。① 第三,意识形态不只是存在于文本之外的既对文本虎视眈眈又让你看不见手的幕后操纵者。意识形态也存在于文学作品中,因为任何一个作者都有自己的世界观、社会观,而意识形态作为一种观念形态就是指"人对于世界和社会的有系统的看法和见解"(《现代汉语词典》)。只不过堪称经典的文学作品不会露出政治说教的痕迹,优秀的作者会把他的世界观、社会观以及他的人生观、价值观用成熟的艺术手法,包括艾略特所指出的那种"心智的成熟、习俗的成熟,语言的成熟以及共同文体的完善"②融入自己的文学作品中。进一步说,"文学的本意就是意识形态"③,因为文学是艺术的一种形式,而艺术是意识形态的一种"具体体现"(《现代汉语词典》)。否则,鲁迅恐怕也不会弃医从文了,梁启超也不会"将文学作为政治改良和社会变革的手段"④,不会"以译西书为强国第一义"⑤。我们过去也不会称西方的精神文化为"糖衣炮弹"了。需要说明的是,同样,译者也有自己的意识形态。勒菲弗尔说:"翻译为文学作品树立什么形象,主要取决于两个因素。首先是译者的意识形态;这种意识形态有时是译者本身认同的,有时却是'赞助者'强加于他的……"⑥所以从意识形态角度说,翻译文学经典化是文本以外的意识形态与文本内部的意识形态的合力实现的,要么是文本内部的意识形态观念顺应了文本以外的主流意识形态倾向,要么是文本以外的意识形态对艺术价值高的文本(因为艺术价值高的文本可以最有

---

① 童庆炳,陶东风. 文学经典的建构、解构和重构. 北京:北京大学出版社,2007:
    84;恩格斯语见:恩格斯. 论早期基督教的历史. 马克思恩格斯全集(第 22 卷).
    北京:人民出版社,1965:526.
② 王恩衷. 艾略特诗学文集. 北京:国际文化出版公司,1989:194.
③ T. Eagleton. *Literary Theory*: *An Introduction*. University of Minnesota Press,
    1983:20.
④ 查明建. 文化操纵与利用:意识形态与翻译文学经典的建构——以 20 世纪五六
    十年代中国的翻译文学为研究中心. 中国比较文学,2004(2):87.
⑤ 转引自谢天振,查明建. 中国现代翻译文学史. 上海:上海外语教育出版社,
    2004:47.
⑥ 陈德鸿,张南峰. 西方翻译理论精选. 香港:香港城市大学出版社,2000:177.

效地宣传主流意识形态的观念,达到潜移默化的效果)中的意识形态进行了挖掘和放大,或进行了"六经注我"式的阐发,达到为我所用的政治操控目的。换言之,翻译文学经典化是原作者有意无意表露出的意识形态观和译者通过主动或被动的选择而表露出来的意识形态观与赞助人及文化政治权力机构的强势意识形态四方的默契或协商,或前两者被后两者绑架、操控来完成的。第四,翻译文学经典揭示了政治意识形态的可变性与艺术价值的不变性的关系。我国当代的西方文学经典大都经历了建构、解构和重构的历程。以《约翰·克利斯朵夫》为例,20 世纪三四十年代至新中国成立之初,它是新老两代进步青年的宝典;但 50 年代中期至"文革"期间,它受到"一层层'左'的意识形态"的拷问与解构,是新中国成立之后"外国文学中不仅不被善待,反而最受虐待的一部名著,对它的'严正批判'、'肃清流毒'、'清除污染',几乎从未中断"。① 70 年代末起,随着改革开放和文化开禁的春风,它再度拥有众多的新老读者。也就是说,《约翰·克利斯朵夫》在我国经历了经典化、去经典化和再经典化的过程。极左思潮控制主流话语的历史告诉我们,外部政治意识形态虽然可能对某个时期的经典的确立与颠覆起着决定作用,但这种决定论并不能穿越历史、穿越时间,真正决定一部文学经典化过程的,还有作品自身的文学价值,是经典作品的文学价值使其穿越了历史、穿越了时间。文学标准虽然不时会受到政治标准的绑架,但政治价值不可能因意识形态的暴力而获得与文学价值一样的恒久性。真正的文学经典以其不变的艺术价值面对不断变化粉墨登场的政治意识形态话语。真正的经典经得起政治意识形态的解构,正如柳鸣九所说,《约翰·克利斯朵夫》的"价值是永恒的,不会随制度、路线、政治、帝国、联盟的嬗变而转移"②。所以,从短期看,文学作品只有顺应政治意识形态才能获得当下经典的地位;从长期看,决定一部

① 柳鸣九. 罗曼·罗兰与《约翰·克利斯朵夫》的评价问题. 社会科学战线,1993 (1):273.

② 柳鸣九. 永恒的《约翰·克利斯朵夫》//柳鸣九. 超越荒诞——法国二十世纪文学史观. 上海:文汇出版社,2005:31.

经典留在艺术殿堂的是其艺术价值而不是政治价值。

2. 关于译本内部经典化

认为社会的主流意识形态的操纵使文本经典化的人,很注重文本的外部因素在经典化过程中的作用,似乎任何一个文本都可以在主流意识形态的颐指气使下获得经典化。于是我们接受了这样的观点,"在文学系统里,文本在经典化的过程中不起任何作用,而是这种过程的结果";"经典地位是某种行动或者活动作用于某种材料的结果,而不是该种材料'本身'与生俱来的性质"。① 主流意识形态为什么选择此文本而非彼文本进行经典化,似乎并不重要,然而这个问题还是值得追问的。据查明建统计,从 1949 年至 1958 年,仅中国翻译出版的苏俄文学作品就达 3526种②,但被我国主流意识形态确立为经典的恐怕只有其中的百分之一。那么我们要问的是,政治文化权力部门会抽签式地随意指点某部作品对其经典化吗? 会单单选择那些最能表现政治意识形态话语的作品来经典化吗? 答案显然是否定的。它一定会选择政治意识形态与文学价值结合得相对最完美的作品来经典化,因为道理很简单,只有潜移默化、润物无声的教化才能突破读者的防线,那种赤裸裸地图解政治意识形态的作品不会真正受读者欢迎,因而也不可能理想地实现教化功能。所以,《钢铁是怎样炼成的》经典化不仅仅因为它是"共产主义思想教育的很好的教材"③,也因为其中有令当时青年读者心动的爱情故事。爱尔兰的《牛虻》在我国的经典化,也不仅仅因为它的革命性和爱国主义,还因为《牛虻》"在官方话语解读之下的'政治骨头'之外包裹着丰盈的肉身",可以让"人

---

① 佐哈尔. 多元系统论. 张南峰,译. 中国翻译,2002(4):22,25.

② 查明建. 文化操纵与利用:意识形态与翻译文学经典的建构——以 20 世纪五六十年代中国的翻译文学为研究中心. 中国比较文学,2004(2):89-90.

③ 查明建. 文化操纵与利用:意识形态与翻译文学经典的建构——以 20 世纪五六十年代中国的翻译文学为研究中心. 中国比较文学,2004(2):87.

性不曾泯灭"的读者能抚摸到"艺术的乳房"。①

外部的政治意识形态只能告诉我们,经典文本不是诞生在真空里,而是诞生在一个有利于其生存的政治文化场域中。但这并不等于说,文本内在的艺术价值可以忽略。孔雀蛋在适当的温度下可以孵化出孔雀来,但不会孵化出鸡来。如果我们认识到,作品自身的审美价值和审美空间构成了文学经典的内部要素,那也应该认同,文学经典的内在要素也是文本经典化不可或缺的生成要素。经典的建构是人为的活动,我们不能说在这人为的活动中只有政治权威、文化权威、学术权威以及读者、发现人、赞助人等,而唯独少了作者本人。甚至我们完全可以说,作者是文学经典的开创者,文本自身的审美价值和审美空间首先是作者创作出来的,他为政治权威、文化权威等形形色色的"巧妇"提供了经典化活动可以持续下去的"有米之炊"。如果我们指出,文学作品的经典化是从作家的创作开始的,而不是从文本的形成之后开始的,那是因为其一,如果仅从文本形成之后开始,那就意味着任何作品形成之后都可以经典化了,文本自身的生成过程和生成结果并不重要了,而这显然说不通;其二,确立经典的一个目的,就是为文学系统里的创作活动提供典范,而我们想要搞创作需要学习的是作品里的艺术手法,不是作品外的意识形态的操控手段;其三,经典的艺术价值在作品完成之时已基本确立,不会因为意识形态的变化和褒贬而发生质的改变。总之,我们不可能把任何形成的文本交给意识形态去操控就能完成经典的建构,"而那遗漏的那一半从定义上讲更真实、更富活力、更有本质意义……那遗漏和缺失了的东西就是文学、美学……或者诗学"②。鉴于这样的认识,我们也许可以把作者的艺术创作视为文本经典化的第一步,把外部的社会文化政治的调适乃至操纵视为文本经典化的第二步,或者,把前者称为文本的内部经典化,把后者称为

---

① 卢玉玲. 不只是一种文化政治行为——也谈《牛虻》的经典之路. 中国比较文学, 2005(3): 187-192.

② 塞尔顿,等. 当代文学理论导读. 刘象愚,译. 北京: 北京大学出版社, 2006: 328.

文本的外部经典化。

文学创作如此,文学翻译亦然。如果说,文本的艺术价值和可阐释空间是作者创作出来的,那么译本中的艺术价值和可阐释空间就是译者再现出来的,其再现的过程就是译本内部经典化的过程。翻译活动的经典化,不仅仅在于译者对文本的选择和翻译策略的制定等环节上,更在于译者在化合原作的精神蕴含和译语的语言形式为一体的过程中,其艺术匠心的超凡展现,其审美观、价值观、诗学观以及鉴赏力、判断力、阐释力如何让读者折服,留给读者经典的回味。提起巴尔扎克,我们就会想起傅雷的译本。但傅雷同时代还有两个译者,一个是语言学专家高名凯,共翻译了巴氏 21 部作品;另一个是穆木天,也翻译了巴氏 10 来部作品。傅雷翻译出版的是 14 部。"三者皆曾留学法国,所译巴氏作品,以穆木天为最早,以高名凯最为系统","傅雷翻译巴尔扎克作品既非最早,亦非最多"。①然而今天,高氏与穆氏几乎淡出读者的视野,年轻的读者甚至还不知道有这两位译者,而傅雷已经成为巴尔扎克在中国的代言人。三个译者的作品都经历了相同的社会政治与文化历史语境,但唯独傅雷的译本流传下来,这或许可以说明,对于文学作品包括翻译文学作品来说,在政治意识形态的制约以外,还有文学自身的价值体系在起作用,而傅雷的艺术再创作实践经典化了翻译作品,这些作品才会被一代代的读者接受,奉为宝典。

所以,忽视了译本经典化过程中译者的艺术再现之功,而只关注译本在译入语的政治意识形态和文化权力之下的经典化,应当是片面的。2010 年第五届鲁迅文学奖中"优秀文学翻译奖"获奖作品空缺,原因在于翻译作品质量的下降。这也从反面说明,翻译文学本身的质量问题是形成翻译文学经典的首要条件和内在条件。有时,译者的经典化不但是抹不去的,而且可能远远大于译语社会意识形态的经典化。例如爱伦·坡,

---

① 杨小洲. 傅雷译巴尔扎克独特魅力在哪里？//宋学智. 傅雷的人生境界. 上海：中西书局，2011：144.

我们一定认同他是由波德莱尔的翻译而成为世界经典作家的,但我们恐怕不会说,他是由于译入语社会的意识形态操纵而成为经典作家的。

唯物辩证法认为,内因是事物发展变化的根本原因,外因只是事物发展变化的第二位的原因;内因是变化的根据,外因是变化的条件。从这个认识层面看,文学作品包括翻译文学作品经典化的决定因素,应在于文本或译本自身的诗学价值。外部的政治意识形态和文化权力只是促使其经典化的条件,哪怕这条件是重大的、必不可少的,它也只能通过内因才能起作用,也就是说,通过挖掘艺术价值高的作品中的政治诗学价值,来构建符合其意识形态话语解说的文学经典。当然,唯物辩证法也认识到,内因与外因不是绝对区分、一成不变的,在一定条件下是可以互为转化的。例如我国 20 世纪 50 年代中期至"文革"期间,"左"倾思潮不断强化政治意识形态话语,牢牢掌控着国家的上层建筑,主宰着无产阶级社会主义文艺的发展方向。在这种"政治标准第一、艺术标准第二"的社会文化语境中,必然把政治摆在了第一位,把艺术摆在了第二位。那么,政治意识形态就成了决定一切的内因,成为事物发展的根本原因;艺术只能是第二位的存在,只能成为服务于政治、满足社会主义政治发展需求的可以利用的条件,因而从政治角度出发,艺术只能转化为外因。这或许也是为什么我国运用佐哈尔、勒菲弗尔等人的意识形态论研究翻译文学经典化的文章,大都选择了这段特殊的历史时期和特定的历史条件作为研究探讨的语境的。

三、一点思考

尽管"翻译文学"一词早在 1920 年就出现在梁启超的文章中,但它作为一个有实质内涵的本体概念的出现,还是近十年来的事,严格说,还在建构着的进行时中。这就给了我们两点感想:一方面,我们的认识常常是因袭传统的,所以会在"外国文学"的标签中寻找"翻译文学"的家园;我们的思维常常是惯性的,所以会习惯地走进二元对立的认知模式里。另一方面,学术的创新,偏偏需要我们跳出传统的认识,打破因循守旧,才能发现新的耕耘天地。翻译文学经典之研究,对于探索世界文学的新标识将具有重要意义。

关于翻译文学经典化,就目前我们的认识而言,一方面,它既是翻译文本自身的艺术生命在译入语社会找到了适宜生长的文化气候和文化土壤的结果,也是译入语社会的政治意识形态在翻译文本中找到了可以利用的政治诗学价值的结果;另一方面,没有译者在艺术再创作过程中的匠心打造所完成的内部经典化,就谈不上译本形成之后在译入语社会流通与传播过程中的外部经典化。最后一点,文化学派的研究宗旨,是要我们在文学赖以生存的文化场域加以探讨翻译现象,要我们把握整体,不逼仄于局部,希望在文化空间里更全面地认识文学和翻译活动。而对我们来说,探讨文学的文化层面,是为了拓展文学的空间;超越文学,不是为了抛弃文学;走出文学的封闭圈,是为了从文化的高度更好地认识文学本身,是要在文学以外的天地发展文学性,彰显文学的特性。因为"文学的生命主要在文学性而不在文化性,同样,文学作品之所以感染人,主要也在文学性而不在文化性"①。所以,对于翻译文学及经典研究,文学性是第一位的,文学价值是决定经典的长效因素。而"事实上'审美价值'就是文化资本"②。以语言为基础、以文化为视野、以文学为目的的探索或许更有价值。总之,不能因为大文化了,就小文学了;更不能因为文化了,就不再文学了。

---

① 宋学智. 翻译文学经典的影响与接受. 上海:上海译文出版社,2006:285.
② 杰洛瑞. 文化资本——论文学经典的建构. 江宁康,等译. 南京:南京大学出版社,2011:311.

第二章 研究场域与外部关系

第一节 翻译文学经典研究的大场域
——文学经典研究在中国

文学经典的探讨是追随着人类文学活动的脚步一路走来的。远一点说,西方早有关于 canon 与 classic 的指认,中国有《文心雕龙》中的诠释。近一点说,19 世纪,法国圣伯父阐述过《什么是古典作家》;而在中国,"现代经典讨论或许开始于新文化运动,而在之后的 1949 年、1966 年和 1978 年,经典问题因为政治和文化的重大变动而一再成为大规模的学术实践"①。但 20 世纪 70 年代以来的西方"经典热"引发的论争,持续时间之长、波及国家之广和探讨密度之高,都是史上少有的:如果我们把 1971 年希拉·狄兰妮出版的《反传统》文集作为引发西方"经典热"的开端,至今已历时 40 余年;经典论争从英国波及美国再到中国,是一个明显的蔓延轨迹。继英国诗人艾略特 1944 年的《什么是经典作品》和阿根廷博尔赫斯 1965 年撰写的《论古典》(又译《论经典》)之后,意大利卡尔维诺 1981 年撰写的《为什么读经典》以及南非库切 1991 年演讲的《何谓古典》等,足以说明当代"经典热"是一个世界性的话题;再说探讨之密度,以中国为

---

① 宋炳辉. 理论的生成辐射和本土问题意识——兼论四年来关于"经典的解构与重构"问题的讨论. 中国比较文学, 2006(4): 24.

例,据 CNKI 统计,仅 2000 年至 2015 年,以"文学经典"为关键词来搜索相关文章,就有 387 篇;以"文学经典"为主题来搜索,就有 2524 篇。如果我们把 1993 年佛克马在北京大学所做的题为"文学研究和文化参与"的学术报告,作为引发当代我国学界对文学经典讨论的开端,至今也持续了20 多年。研究较多围绕着经典性和经典化(包括去经典化和再经典化)内容,在传统文学研究和现代文化研究领域展开。从文学活动和文学理论的发展史看,有必要对发生在中国的"经典热"之讨论进行梳理,对中国经典之争取得的成就和存在的不足、在世界经典之争中参与对话的力度等方面进行考察,尝试为未来经典之研究及其理论的发展维度做出建设性思考。我们将梳理工作分为以下几个方面。

一、经典性研究

经典性研究涉及经典的概念与内涵、品格与特征、作用与功能等。

1. 经典的概念与内涵

对经典概念的探讨,向外的视野,大都要从古希腊语 kanon(棍子,芦苇)演化到英语 canon,从拉丁语 classicus 演绎成英语 classic 说起;向内的视野,大都要从《文心雕龙·宗经》说起,或上溯到更早的《说文解字》乃至《尔雅·释诂》等。这方面代表性的探索,有刘象愚的《经典、经典性与关于"经典"的论争》一文。据刘象愚研究,"经典"一词大约从汉魏时期就开始使用,主要用来指儒家典籍,后扩大到宗教经籍,继之,凡具有权威、能流传久远并包含真知灼见的典范之作均被称为经典。所以刘勰说经典是"恒久之至道,不刊之鸿教",可谓一语中的。英语中与"经典"对应的大约是 canon 与 classic。canon 从古希腊语 kanon 逐渐引申出"规则""律条"等义,从原初具有宗教意味扩大到指涉文学的经典;classic 源自拉丁语 classicus,原意"头等的""上乘的",属税收等级术语,自文艺复兴始,多称古希腊和古罗马作家为"经典作家"。"经典"也就成了"典范"和"标准"的同义词。从中外对"经典"概念的由来与含义的考察可以看出,"经典"

指那些权威、典范的作品①。因文艺复兴后的"古典主义"以古希腊罗马文学为典范,所以 classic 可以汉译为"经典"或"古典"。童庆炳认为,文学经典就是承载文学之"至道"和"鸿论"的各类文学典籍,但所谓"至道"和"鸿论"并非对所有人来说的,不同时代有不同观点,所以,文学经典是时常变动的,它不是被某个时代的人们确定为经典后就一劳永逸地永久成为经典。② 黄曼君认为,长期以来,人们对于经典的理解存在着一系列悖论,它"既是永恒的和绝对的,又是暂时的和相对的;既是自足和本体的,又是开放和超越的;既是群体的,又是个人化的"。就个人而言,他倾向于认为:"经典既是一种实在本体又是一种关系本体的特殊本体,亦即是那些能够产生持久影响的伟大作品,它具有原创性、典范性和历史穿透性,并且包含着巨大的阐释空间。"③陶东风认为:"经典具有规范、典范、法则、范例、准则的意思,它不但指历史上流传下来的、经过时间考验、以文字或其他符号形式存在的权威性文本,更包含此类文本所藏含的制约人的思维、情感与行为的文化规范之义。"④

在此有必要指出的是,我国《辞海》1985 年之前的版本对"经典"的定义有一条是:"一定的时代、一定的阶级认为最重要的、有指导作用的著作",而从 1987 年起,把这一条定义改成了"最重要的、有指导作用的权威著作"。这种修订似乎要说明,在经过了一轮又一轮的政治斗争和"文革"后,我国的知识权威机构试图摆脱阶级斗争的阴影对学术研究的干扰和影响。然而在同一时期的西方,文化相对主义论者正在通过"谁的经典?"和"谁的标准?"的追问,不遗余力地揭示经典背后隐藏的阶级性、时代性、族群取向和性别取向。

① 刘象愚. 经典、经典性与关于"经典"的论争. 中国比较文学,2006(2):45-47.
② 童庆炳. 文学经典建构的内部要素. 天津社会科学,2005(3):86-88.
③ 黄曼君. 中国现代文学经典的诞生与延传. 中国社会科学,2004(3):149.
④ 陶东风. 文学经典与文化权力(上)——文化研究视野中的文学经典问题. 中国比较文学,2004(3):59-59.

2. 经典的品格与特征

黄曼君曾撰文认为,从本体特征看,经典"是原创性文本与独创性阐释的结合"。经典是阐释者与被阐释文本之间互动的结果。在存在形态上,经典"具有开放性、超越性和多元性的特征"。个人的阅读、感性经验和无意识则是经典具有超越性和开放多元的重要途径。从价值定位看,"经典必须成为民族语言和思想的象征符号"。① 黄曼君还另外撰文《回到经典 重释经典——关于 20 世纪中国新文学经典化问题》,从"思、诗、史"三个角度或标准来把握文学经典,即"在精神意蕴上,文学经典闪耀着思想的光芒";在艺术审美上,"文学经典有着'诗性'的内涵";从民族特色看,"文学经典往往在民族文学史上翻开了新篇章,具有'史'的价值"。"文学经典是特定历史时空与文化语境中思、诗、史相交融的结晶。"②陶水平认为,文学经典的经典性就在于其"独创性、丰富性、完美性、超越性、永恒性、审美性等内在品质"③。

还有一些论者撰文专门探讨了文学经典的品格或品性、品质。《文学经典品格谈》一文首先从已经证明是能够超越时空的、世界公认为典范的文学作品中,归纳出考量文学品格的准则,随后就其中的部分准则展开论述,具体指出,"优秀的艺术品都具有某种丰富性和层次性,多义性和模糊性以及时间超越性",最后认为,经典文学作品总是那些超越了认知价值而在追求审美价值方面取得突破性成就的作品,经典文学的品格是由具体的"经典场面""经典情节""经典细节"描写营造出来的。④《经典的品性与守望》一文认为,"超越时空性、内涵普适性和民族文化史诗性,是经典赖以穿透商业文化而亘久焕发生命力的品性特征"。而其中超时间性是检验文本能否称得上经典的基本尺度,内容的普适性是经典的核心价值

---

① 黄曼君. 中国现代文学经典的诞生与延传. 中国社会科学,2004(3):150.

② 黄曼君. 回到经典 重释经典——关于 20 世纪中国新文学经典化问题. 文学评论,2004(4):108-109.

③ 陶水平. 当下文学经典研究的文化逻辑. 黑龙江社会科学,2007(1):104.

④ 韦苇. 文学经典品格谈. 浙江师范大学学报(社会科学版),2000(3):1-4.

所在。①《文学经典必备的品质》一文认为,对文学经典的品质做出明确的界定是不可能的,因为无论在西方还是在中国,其所指都因认定机制而滑动;也是不明智的,因为文学创作属于人文科学,而人文科学不像自然科学那样可以量化、标准化。但既然经典在社会的约定俗成中与尺度、规范、标准等概念发生了关系,就说明它还是有相对稳定的内涵。从已有的文学经典中,可以总结出一些能被人们接受,同时又是文学经典必备的品质:"经典应该是民族文学与美学传统的承载者与推动者,经典应该是文化主体性的捍卫者,经典应该是民族语言与文体运用的典范。"②刘象愚认为,经典之所以成为经典,除外在原因外,有其更为重要的内在本质特征,这种本质性的特征可以称之为"经典性",即具有"内涵的丰富性""实质上的创造性""时空的跨越性"和"无限的可读性"。他也补充说,"除上述原则外,审美性或者说艺术性的强弱,必然是一部文学艺术品能否成为经典的一个重要标准"。③ 也有论者认为,"经典作品似乎都具有这样的特点,都服从这样的律则:易感性、普遍性、永恒性、正极性和给予性"④。

上述关于经典的种种界定几乎是同一种思路下的纷纭阐释,但陈众议却把当下的下现实主义写作与经典背反联系起来,做了深刻思考,指向问题核心。他认为,经典性"不仅能够适应时代的变迁,而且可以为不同的时代和取向提供取之不尽的精神财富和文化源泉,因此它首先必得是一种精神,这种精神概括为背反,即对时流、对大众价值的背反精神。从历史的角度看,高高耸立在世界文学史上的大都具有这种背反性"。而目下"对下现实主义的背反不仅必要,而且紧迫。这也是由文学,尤其是文学经典的理想主义本质所决定的"。⑤

关于经典的指称与标准,吴义勤的认识具有代表性。他认为,经典

---

① 胡友笋. 经典的品性与守望. 宁夏社会科学,2008(4):154-156.
② 肖四新. 文学经典必备的品质. 广东外语外贸大学学报,2010(1):75.
③ 刘象愚. 经典、经典性与关于"经典"的论争. 中国比较文学,2006(2):44-58.
④ 李建军. 经典的律则. 小说评论,2007(5):5.
⑤ 陈众议. 下现实主义与经典背反. 当代作家评论,2010(6):201-203.

"是人类历史上那些杰出、伟大、震撼人心的文学作品的指称"。"经典既有客观性、绝对性的一面,也有主观性、相对性的一面,经典的标准也不是僵化、固定的,政治、思想、文化、历史、艺术、美学等因素都可能在某种特殊的历史条件下成为命名'经典'的原因或标准。"①

3. 经典的作用与功能

南帆认为:"经典并非实体性而是功能性概念,它是特定文化空间中的建构物,背后存在参与复杂博弈的各种势力。"②金健人认为,经典作品与速朽作品的区别在于,经典作品的"显结构"之下往往藏有"潜结构",从"显结构"到"潜结构"包括题材层、字面形象层、特殊问题层、一般问题层、普遍问题层、基本问题层、终极问题层、人性内核层,并且在最表层与最深层之间,往往形成"复调和声",由此产生作品的"形而上性质"。一部作品要想超越时空,必须在"显结构"中孕育着"潜结构",文本结构的艺术和审美功能转化,是通过由表及里的逐层"投射"来完成的。经典文本的"潜结构"为其艺术功能与审美实现提供了契合。作品越是经典,越具有由浅而深的穿透力,并达到各结构层面之间的"复调和声",并得到"形而上性质"。③《论文学经典的心灵依托功能——兼谈否定主义文艺学的经典观》一文在质疑否定主义文艺学的经典观的同时,认为"文学经典的心灵依托功能,是指独特的文学世界可以让人获得短暂离开和忘却现实的心灵居住感。这种功能既区别于一般文学抒发主体的现实苦闷所产生的情感和快感,也区别于法兰克福学派的'艺术否定现实'的'审美之维'。文学经典尚无现实之用而自成一个世界,与现实的关系是'不同而并立',而不是'优于现实'和'批判现实'的。文学经典存在的奥秘,正在于任何现实性的人生关系,都替代不了文学经典的非现实性心灵依托。今天,面对艺术

---

① 吴义勤. 我们该为经典做点什么? ——"2004 年度小说经典"序. 小说评论,2005(2):11-12.
② 南帆. 文学经典、审美与文化权力博弈. 学术月刊,2012(1):92.
③ 金健人. 文学经典的结构与功能. 文艺理论研究,2008(5):103-109.

生活化所造成的'泛审美化'问题,只有作为好文学存在的文学经典,才能让人们与已经艺术化存在的现实保持'并立'的平衡张力而不被现实吞没"①。

在经典研究过程中,也有一些学者面对概念泛化、语义含混的现象,在"经典"的界定上做了更细化的区分。温儒敏提出了"文学史经典"和"文学经典"的划分。② 此后,张立群、郭玉斌等分别表达了同样的观点。③ 莫聿对托托西《文学研究的合法化》一书中指出的"恒态经典"和"动态经典"两个概念进行了阐释,"前者是一种经过千锤百炼、脍炙人口、具有恒久价值和超越性意义的经典形态";后者是一种相对的、历时性的经典形态。同时,他也对"文学经典"和"文学史经典"做了进一步的辨析和厘定,认为"文学经典是一个比文学史经典更高一层的概念",文学史经典与文学经典的差别就在于,后者是经典化、历史化了的"经典",前者是尚未经历这一历史化和经典化的经典,它只具有文学史意义,两者的逻辑关系类似恒态经典与动态经典。④ 李玉平根据汉语"经典"一词对应的不同英译classic 和 canon,提出将"文学经典"划分为两种,即文学经典 I 和文学经典 II。文学经典 I 起源于古典学研究,必然是古典作品,强调普遍人性与文学经典的唯美性和永恒性。文学经典 II 有着浓厚的宗教渊源,将文学经典政治化,彰显文学经典的建构性及其背后的权力斗争。文学经典 I 在数目上具有更大的包容性和柔韧力,文学经典 II 是一个集合概念,是排他的。文学经典 I 是"超验所指"式的,在现代文明的形成中扮演了基础性的角色;文学经典 II 是互文性的,在多元文化时代不断更迭与重组。文学经典 I 和文学经典 II 作为理论上的区分,代表着不同的经典观,前者"凸显

---

① 黄一澜. 论文学经典的心灵依托功能——兼谈否定主义文艺学的经典观. 文艺理论研究,2009(1):137.

② 转引自金宏宇. 90 年代的文学经典化之争. 光明日报,1999-06-24.

③ 转引自张立群. 论文学经典与文学史经典——以"红色经典"为例. 重庆社会科学,2005(11):70-73;郭玉斌. "速朽",还是"经典"? 文学自由谈,2010(3):150-155.

④ 莫聿. "文学经典"解读. 中国社会科学院研究生院学报,2007(3):94-101.

的是老式的经典观",后者"代表的是现代的经典观","在文学实践中两者
有着千丝万缕的联系"。①

二、经典的建构与经典化研究

"经典化"作为文学经典论争中的关键词,二十年来得到广泛和深入
的探讨,现也已成为多个研究综述的主题:《90年代的文学经典化之争》和
《近二十年文学经典化研究述评》已不言自明,而《文学经典问题研究在中
国》和《透视当前关于文学经典的理论研究》②实质还是以"经典化"和"经
典性"作为梳理的要点。

关于文学经典的建构问题,童庆炳发表了一篇重要文章,不但阐述了
自己的观点,也具有相当的代表性。在童庆炳看来,文学经典建构的因素
虽多种多样,但起码应含有下列六要素:文学作品的艺术价值、文学作品
的可阐释空间、特定时期读者的期待视野、发现人、意识形态和文化权力
变动、文学理论和批评的观念。前两项属于内部要素,后两项属于外部要
素,中间两项是内部和外部的连接者。他认为,"文学经典建构中的内部
要素是不可或缺的,一味强调文化权力的外部要素的作用而忽略内部要
素的观点是片面的"。这篇文章篇幅不长,但具有很强的说服力。文章最
后指出,"不重视文学作品内部的因素,就寻找不到文学经典建构的基础
和条件,也就寻找不到文学经典建构的'自律'。我们承认意识形态和文
化权力对于文学经典建构的巨大作用,但那种认为意识形态和文化权力
决定一切的观点,由于忽略了作品内部要素的重要作用,因而是不可取
的"。③ 童庆炳在同年发表的《文学经典建构诸因素及其关系》一文中,再

---

① 李玉平. 此"经典"非彼"经典"——两种文学经典刍议. 南开学报(哲学社会科学
版),2011(6):96-102.
② 金宏宇. 90年代的文学经典化之争. 光明日报,1999-06-24;李蕊芹. 近二十年文
学经典化研究述评. 文艺评论,2012(6):36-39;彭书雄. 文学经典问题研究在
中国. 中州学刊,2010(3):232-236;郁玉英. 透视当前关于文学经典的理论研
究. 宁夏大学学报(人文社会科学版),2009(6):150-153.
③ 童庆炳. 文学经典建构的内部要素. 天津社会科学,2005(3):86-88.

次强调指出,"文学作品本身的艺术价值是建构文学经典的基础","政治意识形态的变动,文化权利的变动,对于文学经典的建构的影响是很大的。但第一不能把这种'影响'归结为'决定作用',第二不能认为只要是意识形态的影响都是'操控',都是负面的"。当代人文科学中,受西方理论的影响,特别强调意识形态的"操控"作用。然而作者在文中清醒地指出,在文学经典建构的外部要素中,"最终起决定作用的并不是作为观念形态的意识形态,而是社会的经济关系。社会观念形态的解释不是最终的解释,只有社会经济关系的解释才是最终的解释"。因为"在每一次意识形态的转移的背后,'都隐藏有实实在在的现世利益'(马克思)"。① 刘象愚认为,经典的形成离不开下列四个因素:具有大师地位的学者或批评家的肯定具有决定性的作用,教育是经典形成的另一个关键因素,以及读者的阅读与判断,这三点是经典形成的外在因素。还有一点就是自身内在的更为重要的本质性特征,可以称其为经典性。② 这一点已在上文陈述。周宪则"以现代性的经典建构的编码和后现代去经典的解码为焦点,分别讨论了经典争论中的美学理想主义和政治实用主义模式。通过对两种理论的批判性考察",最后认为,"经典乃是从美学到政治的多重因素合力作用的协商性结果,人为地将某些因素夸大无益于对经典的认识"。③陈平原指出,"文学生产、文学接受以及文本阐释"是经典形成的三个方面。④ 王宁认为,经典的构成"在很大程度上取决于特定的批评话语、权力机构及其他一些人为的因素"⑤,同时也认为"文学市场、文学批评家和大学的文学教科书"⑥是形成经典的最主要因素。有论者在经典建构问题

---

① 童庆炳. 文学经典建构诸因素及其关系. 北京大学学报(哲学社会科学版),2005(5):71-78.
② 刘象愚. 经典、经典性与关于"经典"的论争. 中国比较文学,2006(2):44-58.
③ 周宪. 经典的编码和解码. 文学评论,2012(4):85,95.
④ 陈平原. 经典是怎样形成的——周氏兄弟等为胡适删诗考(二). 鲁迅研究月刊,2001(5):33.
⑤ 王宁. 文学经典的构成和重铸. 当代外国文学,2002(3):123.
⑥ 王宁. 现代性、翻译文学与中国现代文学经典重构. 文艺研究,2002(6):38.

上,引入文学制度的视角,"力图阐明文学制度为经典建构提供了空间与动力",进而"说明经典建构中美学价值与社会力量的辩证关系"。①

20 世纪 90 年代以来的中国文学经典化问题,在金宏宇看来,"是 20世纪文学行将结束时的总结性反省性话题"②。黄曼君分四个阶段描述了中国 20 世纪新文学经典化的历程及其复杂的历史变动,并对阐释中的新文学经典世界给予关注,在经典化的描述中,"展示出思、诗、史关系的不同组合带来的经典之间、经典阐释之间以及新文学史之间的类型区分与矛盾冲突局面"③。朱国华对经典化理论进行了"侧重于美学质素的本质主义与侧重于文化政治的建构主义的区分"。他指出,"本质主义理论无法描述构成经典文本的普遍的美学本质,建构主义者忽视经典文本的美学经验,而且各种建构主义理论之间也存在着冲突。法兰克福学派通过将形式本身加以文化政治化,从而弥补两者的缝隙……但有欧洲中心主义偏见"。朱国华最后指出,既然我们无法寻找到具有普遍性的经典化结构原则,那么就应该从历史的维度辩证地认识经典的发生法则。"一方面,各种经典的合法化来源都是独特的,我们应对其进行语境还原;另一方面,在一个个具有连续性的历史长时段中,可能存在着相对稳定的经典化规则。"④程正民根据巴赫金的对话理论,认为"文学经典不是孤立的文本,它总是在一定的历史文化语境中生成的,是在作者同前代作家的对话中,在作者文本的内在对话中,在作者同各代读者的对话中生成的"⑤。也有论者指出,文学经典在很大程度上是由持续的重写行为所造就的,重写是有效发挥文学的继承与发展关系、传播与接受效应的一个重要成果。文学的创造与影响寓于文学的接受中,所以,以文学接受为前提的重写,

---

① 刘勇. 文学制度视角下的经典建构. 文艺评论,2012(7):26-29.
② 金宏宇. 90 年代的文学经典化之争. 光明日报,1999-06-24.
③ 黄曼君. 回到经典 重释经典——关于 20 世纪中国新文学经典化问题. 文学评论,2004(4):108.
④ 朱国华. 文学"经典化"的可能性. 文艺理论研究,2006(2):44-51.
⑤ 程正民. 经典在对话中生成. 文化与诗学,2008(1):121.

是促成文学文本经典化的重要途径之一。①

　　与传统观点不同,吴义勤认为,"文学经典化过程,既是一个历史化的过程,又更是一个当代化的过程,它不应是'过去时态',而应该是'现代进行时态的'"。笔者认为,如果我们换一种说法:经典化不应只是"过去时态",也应该是"现代进行时态的",这样表述似乎可接受性更大。但笔者完全认同吴义勤下面的观点:"文学的经典化时时刻刻都在进行着,对于一部经典作品来说,它的当代认可、当代评价是不可或缺的。"吴义勤还指出:"不能把对文学的判断权完全交给权威或者时间。同代人对作品的理解肯定要超过后代人的理解,所以不要只等着后人的挖掘。"②也有一些论者表达了相同的观点,如:"决不可因为经典的鉴定需要几代人的努力才可成功,就放弃对当代经典的挑选与推荐。即便出错的几率非常高,文学史上推荐同时代经典的这个传统也不能在当代中断"③。再如:"文学作品的经典化,自然是需要时间的淘洗,需要审美的距离,但这绝不意味着当代文学不能经典化、不能历史化。历史每时每刻都在书写,文学的经典化从作品诞生的那一刻就已经开始,而且永不停止地进行着生命的洗礼与更新。"④

　　关于经典化,陈众议的探讨别具视野。他依托本土资源,对什克洛夫斯基的"陌生化"概念提出新见,通过考量"陌生化"与"童心"的关系,对相关的中国古典学说和文学经典做出了评论。在他看来,经典化似就是一种陌生化,而童心"不仅仅是'陌生化'的最佳载体,同时可能还是'熟悉化'的最佳载体……无论李贽的'童心说'还是曹雪芹的《红楼梦》,都鲜明而且奇妙地指向了'陌生化'的重要源头:童心"⑤。

①　黄大宏. 重写:文学文本的经典化途径. 陕西师范大学学报(哲学社会科学版),2006(6):93-98.
②　吴义勤. 我们该为经典做点什么? ——"2004 年度小说经典"序. 小说评论,2005(2):11-12;吴义勤. 文学的经典性与当代文学的走向:在宁夏青年作家创作座谈会上的发言. 朔方,2009(6):107.
③　王坤,蓝国桥. 经典与文艺学学科生机的反思. 学术研究,2008(3):154.
④　张丽军. 文学评奖与新时期文学经典化. 南方文坛,2010(5):26-27.
⑤　陈众议. "陌生化"与经典之路. 中国比较文学,2006(4):21-22.

三、经典的消解与去经典化

随着西方的解构主义、女性主义、后殖民主义、文化相对主义等理论思潮涌进中国,有论者开始在全球化语境中考察中国的经典问题。如朱立元就对 20 世纪 90 年代中国审美文化中的经典及其观念的消解进行了审视和分析。他首先描述了颠覆经典的种种现象,如大众文化全面开花后对经典作品生存空间的挤压,"经典"的观念、意识和趣味的日趋淡化,对"经典"的反讽等,继而分析了经典及其观念消解的原因:全球化语境中的多元化的生态环境和文化格局,作者中心论与文本中心论的颠覆,作家的写作受到读者市场的决定性制约,文艺自身的目标和性质的"变革",在疾步迅跑中缺乏沉淀、积蓄、深化和提升等。最后他认为,"经典的时代暂告结束,这正是中国 90 年代审美文化的一个新的重要特征"①。在人们普遍感到人文精神缺失的当今,也有论者对文学经典主义进行了旗帜鲜明的批评。《从文学信仰时代到文学失仰时代——对文学经典主义的批判》一文认为,文学经典主义是一种产生于人类经典文学时代的文学价值观和文学理论信仰体系,其实质是人类对文学的神学崇拜和信仰。在一个"后文学时代"里,文学由神学传统所制造的神圣光环已经逝去不再。在文学被社会经济主流"边缘化"的当代,信仰被抛弃是文学无法回避的历史命运。当人类社会走进了以数字技术为支撑的现代社会后,如果我们再坚持文学经典主义,再坚持文学信仰,是极其错误的。我们应当是一个文学的历史主义者,必须看到人类文学生存条件所发生的历史性变化。如今,我们所身处的就是这样一个新的历史阶段。因此,我们不仅没有必要,也再无可能去对文学加以信仰了。在一个文学"失仰时代"里,文学边缘化、文学社会教化功能的降低,都是一种历史的必然趋势。② 也有论者

① 朱立元. "经典"观念的淡化和消解——对 20 世纪 90 年代"全球化"语境中中国审美文化的审视之二. 文艺理论研究,2001(5):62.

② 黄浩,黄凡中. 从文学信仰时代到文学失仰时代——对文学经典主义的批判. 吉林大学社会科学学报,2007(4):112-119.

指出,"前现代和现代是生产经典的时代。后现代的商业与消费时代则是文本解构和经典对抗的时代。……从前现代到后现代,文本生产的总体风格发生了根本的转变"。当下的文本特征迥异于传统的经典文本生产规范,文本生产策略已转变为:大众化的娱乐,内部技术向外转(从模仿走向戏仿、自足走向拼贴、隐喻走向反讽)、自我中心主义和求浅、求怪、求幻。所以在一个大众文化的时代,"作为人类文化传承之重要路径的文学经典不仅不再被人阅读,也已无法生产出新的经典。鉴此,今天我们所遭遇的无疑是一个后经典时代"。①

早在 20 世纪 90 年代中期,就有论者撰文指出,文学经典机制在当代社会转型期内的式微,"既表现在过去的文学经典的示范作用已大大减弱,还表现在新的文学经典形成过程的滞缓"。无论是内因还是外因,都使得经典机制不太可能像以前那样有效地运作。"可以认为,在当代的文学生活中,文学经典已不再有多少影响当代创作的规范力量了……它更多的是被人当成了古董,成为人们怀旧情愫的寄托物。反过来,后文学经典机制却在并不具备前者的权威性的情况下,(通过文学的评奖制、文学演进中的潮流化趋势和视觉文化的迅速崛起,)在实际中发挥着对它的补偿、替代作用。"文学经典已俨然失去过去照耀文学的光彩,经典的和非经典的界限正在模糊。② 黄浩认为,经典文学时代的有限传播方式已经被消解,"'经典文学时代'正在离我们远去,而一个新的'后文学时代'则正在向我们走来"。"在文学的历史看来,'后文学时代'是一个没有文学英雄和巨人的时代,是一个充满了普通'作者'的时代"。③ 孟繁华认为:"对中国而言,20 世纪既是现代小说发生的世纪,也是现代小说成熟和终结的世纪。""21 世纪是一个没有文学经典的世纪。不是因为别的,只因为这是文

---

① 万书辉. 后经典时代的文本生产策略. 文艺理论研究,2007(1):17-23.

② 张荣翼. 文学经典机制的失落与后文学经典机制的崛起. 四川大学学报(哲学社会科学版),1996(3):44-51.

③ 黄浩. 从"经典文学时代"到"后文学时代"——简论"后文学社会"的五大历史特征. 文艺争鸣,2002(6):37-39.

学的宿命。"①

另外,经典化与去经典化的关系有时是辩证的。赵毅衡在探讨经典重估或经典更新时,可以说,就把"去经典化运动"当作"实际上"的"另样经典化运动",并用"两种经典化方式"即"批评家重估经典"和"群选经典"加以阐述。②

四、危机中的焦虑与经典守护和重构

在大众文化对文学经典造成巨大冲击的当下,有论者明确指出了文学经典所面临的危机和挑战。李春青分析了文学经典产生的社会的与文化的逻辑,并针对前者指出,"在多元化的、变化节奏快的现代社会,没有任何一个社会阶层可以真正掌握人们的思想,因而,也很难形成相对稳定的价值观,这样的社会形态不利于文学经典的产生";针对后者指出,"今日之文学经典,无论是中国古代的旧经典,还是现代以来形成的新经典,抑或是外来的洋经典,都面临一个空前强大的对手的挑战,这就是大众文化"。它"以其无可比拟的娱乐性功能将文学经典挤出了人们的业余时间",又"以其巨大的解构功能摧毁了文学经典的神圣性"。所以"作为人类精神之梦的话语表征,文学经典自然也具有历史性,绝对不是超越历史的永恒之物。随着文化历史语境的变迁,昔日的文学经典迟早会受到冷落直至被弃置不顾"。③ 也有论者指出,"在消费意识形态和价值观的笼罩下,在追赶潮流的强烈欲望驱使下,'经典'也不可避免地成为一种大众符号。'经典'的滥用,使'经典'这个词语一度贬值,让我们看到了'经典'的危机"④。还有论者撰文指出,与前现代和现代相比,后现代的时间观念发生了深刻的转变,最突出的一点就是时间的连续性遭到破坏,人们只关注当下和现在;二是时间的永恒性被置换成了一种瞬时的消费经历和体验。

---

① 孟繁华. 新世纪:文学经典的终结. 文艺争鸣,2005(5):8,9.
② 赵毅衡. 两种经典更新与符号双轴位移. 文艺研究,2007(12):5-7.
③ 李春青. 文学经典面临挑战. 天津社会科学,2005(3):95-98.
④ 李岩. 关于"经典问题"的几点思考. 安徽文学,2008(10):339-340.

在这样的情势下,写作成了创作主体意识心灵的当下呈现,叙事成了一次没有确定目的地的流亡,时间被片段化,所指也失去了依傍,只剩下语言能指的舞蹈。不仅创造经典成了一种奢望,就是阅读过去的经典也成了问题。在后现代社会,经典失去了存在的时间性地基,可谓命途多舛,前景堪忧。①

在传统经典被"无情放逐",面临被快餐化的命运,成为颠覆解构的对象之时,《光明日报》和《人民日报》分别发表了《"经典颠覆"的隐忧》和《颠覆经典的背后》两篇文章。前者中,一些学者对经典遭遇"大话""戏说"和"水煮"的命运表示担忧。陶东风就认为,"经典颠覆的流行","对主流文化无疑是釜底抽薪之灾","一味的游戏、戏说态度是一把双刃剑,一方面消解了人为树立偶像、权威之类的现代迷信的可能性,但另一方面,这种叛逆精神或怀疑态度,由于采取了后现代式的自我解构方式,由于没有正面的价值与理想的支撑,很容易转变为批判与颠覆的反面,一种类似犬儒主义的人生态度"。温儒敏认为,"强调'多元标准'当然是一种解放,但由此产生的相对主义所造成的社会影响应引起重视。放弃了基本的价值评判标准,表面上似乎可以包容一切,结果却造成此亦一是非,彼亦一是非"。他强调指出,经典不是不能被颠覆,但这种颠覆应是"有选择的,有标准的"。② 在后者中,面对解构名著、颠覆经典大肆风行的状况,论者指出利益驱动的背后,是历史虚无主义、文化虚无主义思潮在作祟,是传统文化和正史教育的缺席。论者最后发出令人深长思之的疑问:"以话语狂欢方式游戏人生的阅读态度会造就什么样的文化精神? 被篡改的历史、被荼毒的经典会将我们的未来带向何方?"③

面对经典遭受的"消解""颠覆"乃至"终结"的种种现象,不少学者对经典既表现出依旧的人文情怀,也表现出理性和辩证的思想认识。陈众

---

① 詹冬华. 时间视阈中的文学经典. 文学评论,2009(4):36-39.

② 转引自曹建文."经典颠覆"的隐忧. 光明日报,2005-06-20.

③ 李舫. 颠覆经典的背后. 人民日报,2006-04-18(11).

议就"多元时代、虚拟时代还能否造就文学经典"的问题做出回答:"无论后现代主义如何颠覆逻各斯中心主义,如何消解真理的客观性","只要人类还是社会的人类","文学就像那个只能用羽毛来等量的灵魂一样,始终具有存在的确切性和必要性。""文学作为情感表现、精神交流的媒介,将依然发挥作用。"因为"经典是个人情感心态与时代认知方式、价值判断和审美取向的和而不同的美妙结合"。①

面对经典是否陷入了"危机",余岱宗辩证地指出:"戏仿文学经典现象,与其说是经典产生了'危机',不如说今天的人们对经典又有了新的理解、新的表达方式和新的挑战。真正的文学经典,面对所谓'危机',实际上是一种'转机'。""经典真正的'危机',倒是大众和文学专业人员以遗忘和沉默的方式对待之。"②也有论者指出,"以历史名义进行的经典解构或否定,不过是造势的危言耸听"。"当下学术界的经典危言及颠覆经典的尝试,则不仅证明着大众趣味权力化的事实,而且也是精英标准面对大众的退缩。"③对于德里达及米勒的所谓文学终结论,王坤和蓝国桥认为,"德里达及米勒所说的将要终结的文学,并不是我们今天在谈论文学时内心里默认的文学,而是指进入电信时代以后,原先在印刷时代占据统治地位的文学"④。

在经典遭到质疑和解构的同时,也有论者探讨了经典的重构问题,如王宁"从接受美学、比较文学和文化研究以及修正主义理论的角度阐述了西方文学史上经典的构成以及隐于其背后的权力关系",指出"中国文学在内的东方文学的优秀作品长期以来被排斥在经典之外"的事实,强调"从跨文化的视野对既定的经典进行质疑乃至重铸"的可能性。⑤ 在《现代性、翻译文学与中国现代文学经典重构》一文中,王宁认为,"现代性在中

---

① 陈众议. 明天的记忆——虚拟时代的文学经典. 外国文学动态, 2007(1): 35-36.
② 余岱宗. 文学经典: "筛选"与"危机". 东南学术, 2007(1): 140-146.
③ 高楠. 文学经典的危言与大众趣味权力化. 文学评论, 2005(6): 145, 149.
④ 王坤, 蓝国桥. 经典与文艺学学科生机的反思. 学术研究, 2008(3): 152.
⑤ 王宁. 文学经典的构成和重铸. 当代外国文学, 2002(3): 123.

国的登陆在很大程度上取决于翻译的中介作用,而翻译文学对中国现代文学经典的形成以及文学史的重写也做出了重要的贡献"。王宁选择"重构"来描述中国现代文学经典的"形成",可能是想强调在翻译文学的直接干预和作用下,"中国现代文学形成了一种既不同于自己的古代传统同时又迥异于西方文学的独特传统"。① 董希文从文学活动"四要素"(即经典文本、语境、作者和读者)出发探讨了当前文学经典的重构,认为"对文学经典重构问题进行研究,单纯从纯文学角度入手显然是不够的,毕竟经典确定、经典重构是一个社会文化事件,社会文化语境参与了这一进程"②。也有论者探讨了经典的建构—解构—重构的系列问题,如陶东风的《精英化——去精英化与文学经典建构机制的转换》和王宁的《经典化、非经典化与经典的重构》。前者"从精英化和去精英化的角度,探讨新时期以来文学经典的建构—解构—重构机制及其背后所体现的社会文化力量的较量与博弈"③;后者从"经典形成的人为因素之解构""中国文化语境下的经典形成与重构""文化研究与经典的重构"几方面再次探讨了经典问题。④方忠则探讨了文学的经典化与中国现代文学史的重构关系,认为文学经典化"影响着现代文学史的格局、深度",并"决定着现代文学史的影响力"。⑤ 还有《文化研究语境中文学经典的建构与重构》及《全球化语境中文学经典的解构与重构》等文。⑥

---

① 王宁. 现代性、翻译文学与中国现代文学经典重构. 文艺研究,2002(6):38.
② 董希文. 从文学活动"四要素"看当前文学经典的重构. 中州学刊,2007(4):236.
③ 陶东风. 精英化——去精英化与文学经典建构机制的转换. 文艺研究,2007(12):16.
④ 王宁. 经典化、非经典化与经典的重构. 南方文坛,2006(5):30-34.
⑤ 方忠. 论文学的经典化与中国现代文学史的重构. 江海学刊,2005(3):189.
⑥ 和磊. 文化研究语境中文学经典的建构与重构. 文艺研究,2005(9):155-157;孔莉. 全球化语境中文学经典的解构与重构. 吉首大学学报(社会科学版),2010(7):118-120.

五、传统文学研究中的经典问题

经典论争往往都是传统文学表现形态与其赖以生存的文化土壤和文化气候里的新因子的冲突引发的。无论在西方还是我国,在经典论争中,"正典派"总是依傍"伟大的传统","非典派"总是标举形形色色的文化大旗,尽管实际探讨中,论者们或同一论者可能会根据具体的问题和具体的研究对象,调整自己的观点和主张,可能会在现代文化大语境中的某一现象或某一新因子上持反对意见,在另一现象或另一新因子上持肯定或折中的观点,但从传统文学和现代文化的视角加以梳理,应当视为对从经典化和经典性视角加以梳理的重要补充。

1. 个案性研究

传统文学研究可以分为个案性与综合性两类。在个案性研究中,童庆炳探讨了"红学"与文学经典化问题。通过对《红楼梦》艺术品质的分析、对"红学"流变的分析,作者发现经典化有两极:"一极是著作的艺术品质,另一极是文本的接受。只有艺术品质高、意义空间辽阔的作品,具有权威地位参与阅读和评论的作品,实现了两极连接的作品,才可能成为文学经典。"①在对我国传统的文学经典作品的研究中,刘毓庆对《诗经》由文学转为经学的四个阶段的考察,指出"诗"是作品"自身的素质","经"则是社会与历史赋予作品的"文化角色"。"在中国文化的承传中,它不是传递一种文化知识,而是凭着一种情感力量,唤起华夏民族的内心世界……使华夏文化以鲜活的状态影响多种文化群体。""它所承载的一切……最真实、最无欺诈性。"②也有研究从经典角度探讨了《论语》解读中的传承与创新问题。③ 贺玉高通过分析《赵氏孤儿》被伏尔泰和中国两位导演的改写

---

① 童庆炳.《红楼梦》、"红学"与文学经典化问题. 中国比较文学,2005(4):36.
② 刘毓庆. 从文学到经学. 名作欣赏,2010(10):75-79.
③ 沈小燕. 经典与解读——浅论《论语》解读的传承与创新. 中国校外教育,2010(4):49.

指出,"经典不该被看作是一个固定的文本,而应该是一个不断重新建构的过程"①。也有研究或从原创性和历时性出发,或从审美品格的现代性出发,解读了《狂人日记》中的经典性。② 其实这期间,对鲁迅多部作品经典地位的讨论时有发生。陈平原通过对周氏兄弟为胡适删诗的周详的考察,着力阐发了《尝试集》之所以成为"现代中国文学史上声名显赫的经典之作","很大程度上是'革新与守旧'、'文言与白话'、'诗歌与社会'等冲突与对话的产物"。这篇文章的重要性还在于作者对文学生产、文本阐释和文学接受三者在经典形成过程中的关系做了深刻的洞悉。③ 个案研究涉及较多的作品还有《三国演义》《水浒传》《西游记》《聊斋志异》《论语》《狂人日记》《阿 Q 正传》《孔雀东南飞》和其他古典诗词,以及当代作品《随想录》《青春之歌》《黄金时代》等。

个案性人物研究中,有对我国经典人物及其思想的研究,如郭明浩对孔子"述而不作"与经典传承关系进行探讨的,文章认为,孔子的"述而不作"思想可以进行现代转化,"'述'与'作'辩证统一和有机结合的阐释策略是现代语境下经典传承的必由之路"。④ 对朱熹的探讨包括《经典与诠释——论朱熹的诠释思想》《朱熹经典诠释方法现实意义探析》和《论朱熹对经典文本的体验诠释》⑤等。也有论者探讨了李贽的经典观⑥、金圣叹作为"文艺理论家"的经典价值。在对经典作家的探讨中,张福贵针对鲁

---

① 贺玉高. 通过经典的对话. 中国比较文学,2004(4):49.

② 谭英. 从原创性和历时性特征解读《狂人日记》的经典性. 牡丹江师范学院学报(哲学社会科学版),2011(4):18-19;谭英. 说不尽的狂人——从审美品格的现代性解读《狂人日记》的经典性. 名作欣赏,2011(23):102-103.

③ 陈平原. 经典是怎样形成的——周氏兄弟等为胡适删诗考(一)(二). 鲁迅研究月刊,2001(4):28-39;2001(5):18-36.

④ 郭明浩. 孔子"述而不作"与经典传承. 社科纵横,2011(5):95-98.

⑤ 潘德荣. 经典与诠释——论朱熹的诠释思想. 中国社会科学,2002(1):56-66;李圣锋. 朱熹经典诠释方法现实意义探析. 黑河学刊,2009(7):30-31;尉利工. 论朱熹对经典文本的体验诠释. 中州学刊,2010(6):161-165.

⑥ 蔡方鹿、陈欣雨. 李贽的经典观探析. 西南民族大学学报(人文社科版),2010(2):186-190.

迅研究中出现的"接近负面的个体化理解",指出"鲁迅思想的经典性价值就在于提出了一些对中国现代化转型有着至关重要的课题,而这些课题又是经过鲁迅阐释却未能在中国历史和现实中真正完成的";"鲁迅思想的经典性表现为历史的总结和预言,具有广泛的实用性价值"。① 康长福探讨沈从文的经典观的文章认为,"沈从文在长期的艺术实践中,形成了他的现实主义品格、历史审美价值、世界人类意识三者相统一的独特经典观。重新认识沈从文的经典内涵,应对探讨 20 世纪中国文学经典缺失的原因和新世纪的经典创造不无启示"②。同时期,还有论者通过解读沈从文的文学批评理论,探讨了文学自由与经典重造的关系。③ 此外,对张爱玲、赵树理、金庸等人的经典地位的建构或解构与维护方面,论述也较多。

2. 综合性研究

在综合性研究中,首先包括对中国文学阶段性的总体研究:吴承学、沙红兵的《中国古代文学的经典》,通过对经典的形成、品质、类型及影响等几个中心问题的梳理,"呈现古代文学经典悠久的历史、丰富的实践及其在古代文学与文学批评中的核心地位,同时从更宽广的现代学的语境与问题出发,把中国古代文学经典作为平衡传统与现代之间张力的古典资源之一"④。黄曼君的《中国现代文学经典的诞生与延传》,在系统考察了中国现代文学经典诞生及延传的历史进程后指出,"意识形态、精神价值以及知识、审美诸系统的变化与整合促成了中国现代文学经典的诞生;革命化与审美化、民族化与现代化、大众化与精英化三对关系是中国现代文学经典延传的不同路向;而新时期对于中国现代文学经典的重读与反

---

① 张福贵. 不变的主题:鲁迅经典价值的当代意义//童庆炳,陶东风. 文学经典的建构、解构和重构. 北京:北京大学出版社,2007:312.
② 康长福. 论沈从文的经典观. 德州学院学报,2007(5):1-4.
③ 张华. 文学自由与经典的重造——沈从文的文学批评理论的解读. 民族论坛,2007(8):42-43.
④ 吴承学,沙红兵. 中国古代文学的经典. 中山大学学报(社会科学版),2004(6):14-15.

思,则展现了现代文学经典在延传中变异和重构的发展趋势"①。洪子成的《中国当代的"文学经典"问题》,围绕 20 世纪 50 至 70 年代中国文学经典重评话题,探讨了文学经典在当代社会生活中的位置、经典重评实施的机构与制度、重评的焦点、经典确立的标准以及遇到的难题等。② 陈红旗以新时期文学第一个十年为对象,探讨了经典性的缺失和意义的祛蔽。③陈文忠则对经典作家接受史研究进行了全方位的反思,通过对经典作家的经典地位、经典序列、艺术风格、典范影响和人格精神的传播等多元历时考察,为读者展示出一部经典作家精神生命的"身后史",一部"接受主体与接受对象之间的多元审美对话史和多重意义生成史"。④

综合性研究也包括对文学类别或作品题材方面的研究,如对"伤痕文学"中的热点作品所做的"经典穿越"和"局限评述"⑤;对"红色经典"的探讨,如陶东风的《红色经典:在官方与市场的夹缝中求生存(下)》⑥;以宋词为中心的经典生成研究⑦。也有文章以"十七年"散文的文学史叙述变迁为对象,探讨文学经典的"生成"语境与"指认"困境⑧。

传统文学研究还包括对传统文学思想和文学理论及其他方面的研究。《价值视野中的文学经典》通过"回溯中国文学经典的承续与发展历程,着力探讨文学经典能超越时空历久存在的一个重要的内在因素","即

① 黄曼君. 中国现代文学经典的诞生与延传. 中国社会科学,2004(3):149.
② 洪子成. 中国当代的"文学经典"问题. 中国比较文学,2003(3):32-43.
③ 陈红旗. 经典性的缺失和意义的祛蔽. 小说评论,2011(4):4-9.
④ 陈文忠. 走出接受史的困境——经典作家接受史研究反思. 陕西师范大学学报(哲学社会科学版),2011(4):26-37.
⑤ 吴炫,陶文婕. 穿越当代经典——"伤痕文学"热点作品局限评述. 社会科学,2003(3):110-119.
⑥ 陶东风. 红色经典:在官方与市场的夹缝中求生存(下). 中国比较文学,2004(4):31-48.
⑦ 郁玉英. 论文学传播中的共生现象及其对文学经典生成的影响——以宋词为中心. 江西社会科学,2012(3):86-91.
⑧ 席扬. 文学经典的"生成"语境与"指认"困境——以"十七年"散文的文学史叙述变迁为例. 文史哲,2009(3):98-103.

文学经典的儒、道性根源。探究儒、道性根源的具体体现,如思想性与审美意识性,并在当今价值视野下思考文学经典之'道'所能产生的价值与意义启发"。① 《思想史语境中的文学经典阐释——问题、路径与窗口》一文也同样认为,"文学文本只有在思想史语境中才能更好地确认其价值与意义"②。杨道麟以人物、情节、环境三大元素作为经典小说的基本构件,撰文指出,"细致地塑造人物是经典小说的中心任务、应有价值和特有功能,巧妙地设置情节是其文体特征、独特追求和重心所在,生动地描绘环境是其特殊要求、基本品格、根本目的。这些方面基本上体现了经典小说三大元素的美学特质"③。探讨经典与文学史之间关系的文章大都认为,"文学史的叙述即是将一系列的经典连缀为一个体系"④;"文学史的不断重写就是在不断地调整经典的名单"⑤;"文学史……就是经典的确立与颠覆的历史"⑥。在"经典热"中,也有论者表达了另一种冷静的观点,如叶廷芳的《重视经典,谨防经典主义》一文指出,"在对待经典的问题上,文学艺术史上有一条重要经验值得记取,那就是,既要重视经典,又要避免滑向'经典主义'"。在关于传统与创新、理论与创作的关系上面,作者指出,"'反传统'并不是不要传统,而只是强调不重复传统而已。因为重复乃是匠人的习性,而创造才是文学艺术家的本色";"创作作为实践的主体,它是第一性的,是决定理论的",因为"每到重要时刻,它从来都不顾及固有理论的禁令,径自前行"。⑦ 这篇文章与前面的《对文学经典主义的批判》一文的不同在于,它是从传统文学的视角出发的,后者是从后文学时代的视角出发的。

---

① 晓华. 价值视野中的文学经典. 文学评论,2008(6):18.
② 葛桂录. 思想史语境中的文学经典阐释——问题、路径与窗口. 福建师范大学学报(哲学社会科学版),2012(3):55.
③ 杨道麟. 经典小说三大元素的美学特质. 喀什师范学院学报,2011(2):71.
④ 南帆. 文学史与经典. 文艺理论研究,1998(5):10.
⑤ 周宪. 经典的编码和解码. 文学评论,2012(4):85.
⑥ 孟繁华. 文学经典的确立. 光明日报,1998-02-03.
⑦ 叶廷芳. 重视经典,谨防经典主义. 文艺争鸣,2009(12):23-25.

对经典的研究也超出经典作品和经典作家的范围,上升到学科和跨学科的层面。曹顺庆就文化经典与比较文学的关系进行了探讨,他认为只有处理好中国文化经典与西方文论话语的关系,"以自我的学术规则为主,融汇西方文化进行创新",才能搞好比较文学研究。① 曹顺庆所言的文化经典,实是中国传统的文论经典,而不是当代文化视野中的多元经典。王坤、蓝国桥就经典与文艺学学科生机进行了探讨,他们认为,"重视经典作品,是为文艺学的发展带来学科生机的重要因素之一","文艺学在应对诸多挑战时,已经隐约显示出一种分野的趋势",但"即便产生经典文艺学与非经典文艺学的分野,文艺学仍然不能脱离经典作品的支撑"。②

六、现代文化研究中的经典问题

1. 对文化研究的肯定性探讨

在经典话题伴随着文化研究的浪潮出现在中国学界的初期,王宁就撰写了名为《"文化研究"与经典文学研究》的前沿性文章,分析了时下经典文学研究面临的诸多挑战,如在文化研究和文化批评之外,还有来自接受美学、后现代主义、女权主义、后殖民主义的挑战,动态回顾了文化研究继后现代主义和后殖民主义之后崛起的原因,最后,面对文化研究的"非边缘化"和"解构性"的冲击,面对所谓的"经典的挽歌",提示了一个"经典的重构"时代即将到来。文章表现了作者对国外学术新潮的敏锐捕捉能力和对文学经典走出西方中心的积极展望。③ 王宁在之后的《文学的文化阐释与经典的形成》中,探讨了如何正确处理文学和文化的关系,肯定了西方学界走出文学研究与文化研究二元对立死胡同的努力方向,即"把文学的文本放在广阔的语境之下,也即把 text 放在广阔的 context 之下来研

---

① 曹顺庆. 文化经典、文论话语与比较文学. 学术月刊,2007(3):100.
② 王坤,蓝国桥. 经典与文艺学学科生机的反思. 学术研究,2008(3):151,155.
③ 王宁. "文化研究"与经典文学研究. 天津社会科学,1996(5):90-94.

究,通过理论的阐释最终达到某种文学的超越"①。在《文学研究疆界的扩展和经典的重构》一文中,王宁指出,文化研究"侵入"文学研究后,"文学研究疆界的扩展既削弱了既定的(西方)经典之霸权,同时也为新的(世界文学)经典的形成和重构奠定了基础"②。能够顺应文化研究之诉求,从其合理性和正当性出发探讨的文章,还有陶东风的《文学经典与文化权力(上)——文化研究视野中的文学经典问题》,作者认为,文学经典"不仅体现了特定阶段与时代的文学规范与审美理想,同时也凝聚着文化权力"。他强调指出,"西方的文化研究对经典提出了许多意见,其中不乏振聋发聩的深刻之论,虽片面却可以纠正我们许多习以为常的传统观念"。文中他对文学经典与民族文化认同的关系做了深刻分析并指出,"从民族国家文化认同的角度可以勘测国家话语与文学话语之间的复杂关系,有助于我们认识国家权力如何作用于或渗透到这种经典化的过程之中"。③ 周宪针对文化研究的"去经典化"问题撰文指出,文化研究冲破了学科界限和经典束缚,其"冲动首先就来自它对学术制度化和经典化的反动。它冲破了学科业已形成的悠久的'条条框框',赋予思者更多的自由和更加广阔的学术视野";再者,其"非经典化的冲击,带来了研究的多学科交叉的可能性"。④ 陶水平认为:"我国当下文学经典研究是由文化研究引起的,……后现代文化语境中的文学经典将是一个开放的文本世界系统或相似的家族系统。"⑤也有论者就图像时代文学经典的命运与美育意义撰文指出,"'图像时代'是一种新的文化趋势,图像的霸权已经势不可挡。当更多的文学经典似乎都是借影视得到更大更广的传播时,我们首先应肯定文学自身。正是文学经典的魅力才使相应的影视作品叫响,文学是

---

① 王宁. 文学的文化阐释与经典的形成. 天津社会科学,2003(1):102.

② 王宁. 文学研究疆界的扩展和经典的重构. 外国文学,2007(6):69.

③ 陶东风. 文学经典与文化权力(上)——文化研究视野中的文学经典问题. 中国比较文学,2004(3):58,60,64.

④ 周宪. 文化研究的"去经典化". 博览群书,2002(2):26-27.

⑤ 陶水平. 当下文学经典研究的文化逻辑. 黑龙江社会科学,2007(1):102.

影视成功的前提。同时,也不能完全排斥或贬低图像文化,应该以一种包容的态度勇于接纳融合,依据其必然性的优势达到对文学的张扬,这是我们立足文学经典,正视现实最明智的选择和最应有的态度。进行文学经典审美教育,立足文本阅读的同时,应该让图像形象为其服务,作为接受的辅助工具和手段"①。面对市场文化和媒介文化时代的到来,陈定家认为,市场和网络"在分化和瓦解文学经典精英读者群体的同时,也激发了文学经典多种潜在的文化功能"②。还有论者"从中国现当代文学的学术视野考察文学经典的建构,更多地看到文学经典生成的外部作用,看到每一个文学经典的特定的文化话语场,看到文学经典处在一个不断被建构的开放体系之中",进而认为,"文学研究者可以而且能够通过文学史叙事体的作用,去影响集体无意识的主流文化,进而促使国家话语霸权顺应时代文化的潮流"。③ 南帆也撰文指出,"文学经典不存在某种特殊的普遍性质,经典的确认取决于一部作品在文化场域中的位置……经典并非实体性而是功能性概念,它是特定文化空间中的建构物,背后存在参与复杂博弈的各种势力"。"文学经典的认定不是一劳永逸的;文学经典的合法性必须时刻交付重新开启的历史语境给予论证。"④

2. 对文化研究的质疑性探讨

在文化语境论中,我们可以感受到文学经典面临的种种挑战和冲击:大众文化和网络文化勾搭无间不断张目,后现代主义文化价值观下文化批评的冲击力横扫传统文学领域,消费时代享乐主义文化和大话文化借视图媒介普遍流行等。传统的精英文化和经典文学遭到颠覆与解构,自然也会引出不同的声音。王蒙在《泛漫与经典:当前文艺生活一瞥》中,针对当前文艺格局的泛漫化以及"无经典、无高潮、无权威"的文艺现状指

---

① 凌建英,宗志平. 图像时代文学经典的命运与美育意义. 文学评论,2007(2):202.
② 陈定家. 市场和网络语境中的文学经典问题. 文学评论,2008(2):44.
③ 陈学超. 论中国现当代文学的经典建构. 陕西师范大学学报(哲学社会科学版),2007(1):71.
④ 南帆. 文学经典、审美与文化权力博弈. 学术月刊,2012(1):92,101.

出,泛漫是一种文化生活的民主化,也是整个社会走向民主的一个进程。但千万不要以为民主一扩大,文化就能上去,文化上质与量不一定协调。大家参与文化,如网络文艺,也许反映的是大多数网民的平均数,而不可能是文化的高峰,不可能出现文艺的奇葩。① 童庆炳认为,"文化研究或文化批评对于文学研究是具有启示意义的。这主要是它为文学研究提供了新鲜的视角"。但是,文化研究对于文学批评的负面作用起码有两点:"第一,文化研究并不总是以文学为研究对象,甚至完全不以文学为研究对象。……第二,文化研究或文化批评理论本身具有公式化的局限性。"②在文化语境论中,我们可以感受到文学经典面临的种种挑战和种种危机:来自后现代文化价值观的挑战、来自享乐主义文化和消费文化的挑战、来自电子时代视图文化的挑战等。传统的精英文化和经典文学遭到颠覆与解构,大众文化和通俗文学不断张目,因此也引出了不同的声音。陶东风在"经典热"之初就撰文,从文化经典在中国近现代的命运,谈到当今作为消费对象的文化经典,他指出:"消费时代对于经典的后现代式的嬉戏态度,是源于缺乏精神维度的商业冲动与物欲冲动,他要将所有曾经是神圣的一切不加选择地都变成消费品与装饰物以供人消遣娱乐。这是比近现代源于政治热情与意识形态热情的疑经叛经更为可怕的消解力量,因为它所消解的不是特定的几部经典文本,而是经典赖以生存的社会文化语境,是人们的神圣情感和对神圣之物、终极之物的敬畏之情。"在他看来,"从对经典的非理性的膜拜走向对经典的同样是非理性的……嘲弄",都不可取。③ 他在《大话文学与消费文化语境中经典的命运》和《大话文学与当代中国的犬儒主义思潮》两文中,"分析了大话文学的语体特征,即通过拆解、戏拟、拼贴、混杂等方式,对传统或现存的经典话语秩序以及这种话语秩序背后支撑的美学秩序、道德秩序、文化秩序等进行戏弄和颠覆",指出

① 王蒙. 泛漫与经典:当前文艺生活一瞥. 文艺研究,2010(7):39-46.
② 童庆炳. 文艺学边界三题. 文学评论,2004(6):56-57.
③ 陶东风. 文化经典在百年中国的命运. 文艺理论研究,1995(3):38.

了"大话文学和大话文化是思想解放的一枚畸形的果实，……它在破坏权威主义的同时，也挖空了探索真理和建设价值的根基"，批判与妥协、冒犯与合作是大话文化的双重特征。① 陈太胜认为，今天"诸多与文化研究相关的'理论'，更多的是一种社会理论而非文学批评理论"。而"接受史的研究充分证明了过去的种种理论发生在类似莎士比亚剧作上的一切，我想也将证明其后会发生的事。因此，一种新的理论究其根本仍然不能改变一个文本，至多只是提供了文本的一种暂时的解释。所以，就另外一个角度而言，这种'变'对一些文学经典而言，又是'不变'，变化的只是'理论'及与之相关的阐释模式，而不是文学经典文本本身"。② 他在另一篇文章中，"通过文化研究中颇有代表性的萨义德的后殖民批评中处理诗歌经典的例子，说明诗歌的复杂性与多义性在文化研究中如何被忽视的问题，并借此提倡一种能够超越单一的身份政治研究的开放的文学研究立场"③。陈雪虎对文化研究做了一分为二的分析，在指出文化研究在经典问题探讨过程中大有可为的同时，也提请注意，"文化研究内部非常复杂，因此，要力避体制化和教条化，以免在时髦的政治化或商业化浪潮中放逐了文学"④。赵学勇认为："消费时代'经典'的尴尬或面临的危机，源于文学经典与消费文化语境的冲突"；"只有当我们清醒地意识到消费时代文学经典所处的外部矛盾和自身悖论时，才不会陷入困境与迷茫"；"在文学经典价值坐标的厘定中，构建精英文化和大众文化的互动平台，寻找两种文化的契合点尤其重要"。⑤

3. 文化时代的经典阅读

经典解读是经典研究的前提，无论是普通大众还是专业人士的解读，

① 陶东风. 大话文学与消费文化语境中经典的命运. 天津社会科学，2005(3)：89；陶东风. 大话文学与当代中国的犬儒主义思潮//童庆炳，陶东风. 文学经典的建构、解构和重构. 北京：北京大学出版社，2007：220.
② 陈太胜. 文学经典与理论：变与不变的辩证. 天津社会科学，2005(3)：99-101.
③ 陈太胜. 文学经典与文化研究的身份政治. 文艺研究，2005(10)：49.
④ 陈雪虎. 当代经典问题与多元视角. 天津社会科学，2005(3)：105.
⑤ 赵学勇. 消费时代的"文学经典". 文学评论，2006(5)：206-208.

都关系到经典如何被接受的问题,所以这一块应当引起我们足够的重视。在网络视图文化、享乐主义消费文化、通俗快餐文化时代,也有不少论者关注着、倡导着文学经典的阅读。葛兆光于 2002 年在《文汇报》上撰文指出,阅读经典不仅仅是历史与文化的普及,常常也是传统的接续和思想的提炼,经典是"可以唤醒族群与文化认同的象征"。① 叶朗在《中国教育报》上谈了"多读经典和细读经典"的读书方法。② 钱理群发表了《我们为什么要读经典》和《我们怎样读名著》等文章。他认为,文学作品阅读中,那种"'一主题二分段三写作特点'式的机械、冷漠的传统阅读方法,是永远也进不了文学世界的。要用'心'去读,即主体投入地感性地阅读"。经典的阅读,"也是对自我潜在精神力量的发现与开掘"。"经典的真正魅力要你去发现,通过你的感受、体验、想象而内化为你的精神。"③他还认为,读者自己的"'第一(原初)感觉、感悟、涌动、冲动'是最可贵与最重要的,它是文学阅读(欣赏)最基本的要求,也是以后的文学分析的基础"④。关于经典,杨义提出了"直接面对经典"的阅读方法,这种阅读方法包含去理论化与回到生命本源的经典细读方法。所谓去理论化,就是要去掉那些专家学者对经典进行的评说、阐释、论证所形成的"理论化的遮蔽"。杨义以李白诗为例说明过这个道理,"我说李白的诗是写给我看的……李白昨天晚上跟我一块儿喝酒,他拿起杯子来就做了这首诗。我直接面对这个生命,我先读它,读了之后得出我的第一感觉,得出了我对作品的体验和解释,我才去跟宋元明清的人对话。而且,在这个对话中,完善我的体系,补充我的不足,或者是产生新的一些想法"。⑤ 所谓回到生命本源,就是"要超越陈陈相因的文学史框架,要超越简单刻板地讲时代背景、作家身世、思想性、艺术性、作家影响这种'五段式'的惯性解读","直接走进经典文本

---

① 葛兆光. 现在,还读经典么?. 文汇报,2002-10-25.
② 叶朗. 多读经典和细读经典. 中国教育报,2004-03-18.
③ 钱理群. 我们为什么要读经典. 基础教育,2006(12):36-37.
④ 钱理群. 我们怎样读名著. 视野,2006(10):52-53.
⑤ 杨义. 经典的发明与血脉的会通. 文艺争鸣,2007(1):1-3.

作者的情感世界","突进到文本的生命本源"。① 杨义的"直接面对经典"
不仅是阅读方法,更是他的治学方法,因为"经典的发明,实际上是经典的
品质和现代人的知识能力的创造性遇合。以此来读楚辞,读李杜,就能读
到前人的知识能力未能到达的新深度,发明楚辞和李杜的现代诗学之价
值。而当我们的知识能力已达到现代世界的水平的时候,我们所发明的
楚辞和李杜的现代诗学价值也就具有现代世界的意义"②。杨义倡导的
"直接面对经典"与"回到中国文化原点"的学术观点已经在中国学界产生
了重要影响,给人文学科的研究带来了启示,正在形成学术研究的新思
路。胡淼森也在"当前戏说和误读经典之风盛行的状况之下",借举荐王
岳川的《大学中庸讲演录》之契机,论及了"如何才能走近经典"的话题,认
为读者应以尽可能纯净之心态直接面对对象本身,力求还原文本原意与
历史语境,获得尽可能不失真的原始图像,在此基础上再尝试解释学和接
受美学的所谓"视界融合"。面对经典,应抛弃自我,以"丧我"心态凝神进
入古人的思想世界,充分厘清问题后回到自我,以今天人类的共同问题同
昔日东方经典构成对话与交流。要"从中西方思想发端的原初点入手进
行横向的文化比较","从事中西文化精神互释,在'太空文明'时代守正创
新,重铸中国文化形象"。③

如何解读文学经典,如何欣赏文学经典,在孙绍振看来,需要"确立一
个基础的观念,艺术美首先是假定的,通过假定/想象达到客观现象的某
一特点和作家精神的某一特点的水乳交融"④。孙绍振在东南大学关于文
学经典的演讲,既抓住了艺术的本质和经典的核心价值,又浅显易懂,开
启感悟。⑤ 也有论者专门探讨了中国现代文学经典的重读话题。当代关

① 潘辛毅. 直接面对经典——杨义学术思想的一个重要原则. 新闻爱好者,2010
(4):136-137.
② 杨义. 经典的发明与血脉的会通. 文艺争鸣,2007(1):3.
③ 胡淼森. 如何能走近经典. 中国图书评论,2009(3):105-107.
④ 孙绍振. 解读文学经典的意义——在东南大学的演讲. 名作欣赏,2003(4):99.
⑤ 秦弓. 略论中国现代文学的经典重读. 江苏行政学院学报,2004(3):111-117.

于文学经典的解读,可以说,是在充斥着大量引进的西方文论话语的语境中展开的,孙绍振对此撰文指出:"引进理论,解读经典文本,不应简单地求同,而应着力在求异之中达到突破和创造","光是求同,充其量不过是验证了外来文论的有效阈限,从根本上来说,还谈不上创造"。① 郭继民则探讨了解读经典的三种方式,即"全景式阅读、同质阅读与异质阅读三种模式"。他指出,"虽然不同的阅读方式各有其特点,但经典阅读之目的乃是为了通过'开发'经典来开掘今人之思想,不仅仅在于慧命相接,更在于拓展、创新"。② 刘俐俐"以我国文学经典问题域业已成为基本判断"提出文学经典重读问题,认为文学经典重读"需要置于现代与后现代相互交融的'思考和感觉方式'中"。③

七、"经典热"的其他表现

除了上述介绍外,"经典热"在我国学界的表现还有以下几个方面:第一,关于经典的学术会议多,如 1997 年 10 月,广东现代外语界举办的探索"文学经典化问题"研讨会;2002 年 9 月,由中国比较文学学会和河南大学联办的全国"经典阐释与文化传播"学术研究会在河南大学拉开帷幕;2005 年 5 月,由首都师范大学文艺学重点学科、北京师范大学文艺学研究中心和《文艺研究》联合主办的"文化研究语境中的经典的建构、解构和重构"国际研究会在京召开;2006 年 4 月,由中国社科院文学研究所、《文学评论》编辑部和陕西师范大学文学院共同主办的"文学经典的承传与重构"学术研讨会在陕西师范大学举行;2007 年 10 月由首都师范大学文学院举办的"文学经典化问题:文学研究与人文学科制度国际学术论坛"在北戴河举行;2009 年 6 月,由湖南省比较文学与世界文学学会主办的"经典的生成与经典的阐释"学术研讨会在衡阳师范学院召开;2010 年 9 月,

① 孙绍振. 西方文论的引进和我国文学经典的解读. 文学评论, 1999(5):15, 24.
② 郭继民. 如何解读经典. 重庆社会主义学院学报, 2011(5):93.
③ 刘俐俐. 后现代视野与文学经典问题域的新问题. 南京社会科学, 2012(3):137.

中国现代文学研究会第十届年会暨"现代文学语言研究的突破与经典的当代阐释"研讨会在四川师范大学召开。上述会议均从文学经典的角度出发，尚不包括从其他角度如从纯哲学角度对经典的探讨，如 2001 年 12 月 15 至 16 日在广州中山大学举行的"什么是经典"学术研讨会。

　　不仅会议多，对文学经典问题在中国的研究进行综述或述评的工作也有不少人在做，除上文介绍的洪子成的《中国当代的"文学经典"问题》①和下文陈述的宋炳辉的《理论的生成辐射和本土问题意识——兼论四年来关于"经典的解构与重构"问题的讨论》②，以及上述其他文章中或多或少牵涉到的综述或述评外，还有《文学经典问题研究在中国》③、《文学经典研究现状扫描》④、《透视当前关于文学经典的理论研究》⑤、《近二十年文学经典化研究述评》⑥等文。而金宏宇的《90 年代的文学经典化之争》⑦则是一篇具有高度概括性的述评，虽写于 1999 年，但指出的我们研究中存在的问题有的至今仍值得我们重视。

　　第二，不少学术期刊开设了经典问题探讨专栏，这既反映了出版发行机构对"经典热"的关注，也反映了我国的专家学者对经典课题的研究热情，更反映了经典问题本身的重要性。期刊中最有代表性的应是《中国比较文学》，从 2003 年至 2007 年，特开辟了"经典的解构与重构"专栏，"与其他学术活动(如学术会议)相互呼应"。宋炳辉在 2006 年底做过报道："已经发表的 26 篇专题论文，充分显示了栏目的开放性和包容性特点……也在一定程度上显现了论题本身的学术魅力。"专栏开设以来，"已

---

① 洪子成. 中国当代的"文学经典"问题. 中国比较文学，2003(3)：32-43.
② 宋炳辉. 理论的生成辐射和本土问题意识——兼论四年来关于"经典的解构与重构"问题的讨论. 中国比较文学，2006(4)：23-35.
③ 彭书雄. 文学经典问题研究在中国. 中州学刊，2010(3)：232-236.
④ 许军娥. 文学经典研究现状扫描. 时代文学，2008(1)：96-98.
⑤ 郁玉英. 透视当前关于文学经典的理论研究. 宁夏大学学报(人文社会科学版)，2009(6)：150-153.
⑥ 李蕊芹. 近二十年文学经典化研究述评. 文艺评论，2012(6)：36-39.
⑦ 金宏宇. 90 年代的文学经典化之争. 光明日报，1999-06-24.

经在这些方面程度不同地取得了收成,尤其体现了中国学者对于多元时代文化现实的关注努力以及清醒的学术本土意识"。①《中州学刊》也曾在"消费文化背景下的经典命运"笔谈栏目下,发表过组稿。②《陕西师范大学学报》则开辟了"学术前沿:文学经典的承传与重构"专题。③《文学评论》虽没有设立专栏,但毋庸置疑是发表探讨经典问题的文章的重镇之一。

第三,关于经典问题的不同观点的交锋时时出现。在文学经典探讨期间,自然会发生真正意义上的种种争鸣与商榷的情况,或者说是观点的交锋,有两种表现形式:其一,集体大讨论式。如据金宏宇文载:"1997 年谢冕、钱理群主编的北京大学出版社出版的《百年中国文学经典》和谢冕、孟繁华主编的海天出版社出版的《中国百年文学经典》隆重推出,掀起了文学经典问题的讨论高潮。山东的吴义勤、施占军首先发表文章表示异议。接着公刘在《人民日报》发表《且慢经典》,否认《百年经典》所收他的诗是经典之作。《文艺报》8 至 10 月也连刊韩石山等人讨论文学经典的文章 8 篇。广东现代文学界也在 10 月份举行讨论会探讨文学经典的确立。"④编者之一孟繁华也发表了《文学经典的确立》和《文学经典的确立与危机》⑤等文回应。这场大讨论的焦点是"经典"或"精华"的厘定及遴选标准问题。

此外,王一川 1994 年在其主编的《20 世纪中国文学大师文库》中给我国现当代文学名家排座次、鲁迅经典地位的解构与维护、金庸及其作品的经典化问题,都引起过较为广泛的和程度不同的热议。

其二,双方对抗式,即既有观点的提出,也有质疑性的商榷,甚或还有

---

① 宋炳辉. 理论的生成辐射和本土问题意识——兼论四年来关于"经典的解构与重构"问题的讨论. 中国比较文学, 2006(4): 30, 34.

② 见中州学刊, 2005(4).

③ 见陕西师范大学学报, 2008(2).

④ 金宏宇. 90 年代的文学经典化之争. 光明日报,1999-06-24.

⑤ 孟繁华. 文学经典的确立. 光明日报, 1998-02-03;孟繁华. 文学经典的确立与危机. 创作评谭, 1998(1): 24-26.

再次的回应。交锋一:关于"后文学时代"话题。黄浩在《文艺争鸣》上撰文,通过简论"后文学社会"的五大历史特征(即生活资源的"丰裕化"与"超量供应"、文学人口全民化、信息技术为"后文学"提供了"无限传播"的现实可能、文学作者普遍化和矮化、消费型读者正在成熟)后指出,"我们的文学生活正在发生着有史以来的最大变化。……'经典文学时代'正在离我们远去,而一个新的'后文学时代'正在向我们走来"。而"在'后文学'中,我们以往所拥有的经典文学理想,经典文学价值和经典文学的努力,在今后均不会再发生主流作用了"。① 盖生提出批判性商榷,指出"所谓'后文学时代',至少在当下中国并不是一种历史发展的必然趋势,没有社会语境和文学发展逻辑的支持,它只是一种人为的理论虚构,一种欧美后现代主义及大众文化研究的寄生话语"。所以,"当务之急是立足本土实际,思考如何满足最广大民众对文学的真实需求,而不是按照西学所给出的思路虚构一些即生即灭的时尚化理论"。② 黄浩与张春城做出批判性回应:"我们今天是一个正在与前文学社会告别,同时又在开启后文学社会历史的过渡时期。"对于这样一个时期而言,"在经典文学时代里所形成和铸就的文学理论、文学批评观念,已经基本丧失了阐释功能和价值。必须重新思考对文学和文学史的理论理解,必须重新思考我们对经典文学的依恋情结"。③

交锋二:关于消费时代与文学经典终结。吴兴明在《中国比较文学》上撰文,从消费关系座架探讨文学经典的商业扩张,认为"传统意义上的文学经典在消费社会的命运是:走向终结"。他进一步认为,消费关系座架体制之逻辑"不仅决定了当前社会文学经典的流变趋势,而且决定了当

① 黄浩. 从"经典文学时代"到"后文学时代"——简论"后文学社会"的五大历史特征. 文艺争鸣, 2002(6):37,39.

② 盖生. 文学理论的时尚化批判——以"后文学时代"为例. 甘肃社会科学, 2003(4):101,98.

③ 黄浩,张春城. 文学经典主义批判——兼答盖生先生. 吉林大学社会科学学报, 2005(3):66,58.

前社会价值秩序的位移,决定了传统文学经典在未来时代的终结"。① 郑惠生对此在《学术界》撰文指出,吴文在分析"文学经典的商业扩张"时,"明显表现出一种贬斥文学经典'精英取向'的态度"。"文学经典的命运远非取决于'经济力量'。""假使真的出现了文学经典全部消失的这一天,那么,这一天既是文学最为悲哀的一天,又是人类极其不幸的一天。"②

交锋三:关于文学经典的存在方式。王确在《文学评论》上撰文认为,"文学经典的生成依据,主要并不在经典本身,而是在人们认识文学这一现象时所选择的认知策略";经典"是'读者认知需要的代表'","是人认识自身和自身处境的最好方式";"那些努力守护经典的人们和试图颠覆经典的人们犯着同一个错,即把经典视为外在于阅读事件的自足存在";"存在着的经典既不是其原作,又不是读者的信仰和期待,而是一种新的构成物";"无论是原作还是曾在读者都只能为此在读者提供源泉,谁都无法为他者确定哪部作品是经典,哪部作品不是经典"。③ 郑惠生提出商榷,认为王文"忽略了事实判断与价值判断的真假依据不是或不完全是'我',而是或部分是客体的客观属性。王确的'蒸发论'完全是建立在他的'认知策略'以及'我读故经典在'的这一错误'生成论'的基础上的";"文学经典既是事实判断的结果,也是价值判断所使然";文学经典的生成"是认知与评价、规制与创造、流动与稳定的统一";文学经典的魅力也许"正在于它总是处于人类'共识与争论'的统一体中"。④ 笔者认为,王确的认识似有本体论诠释学的影子,注重理解意义的生成性和主体性。但为避免双方诠释"过度"或"不及",这个问题仍然值得深入探讨。

交锋四:关于经典与误读。陆扬在《文学评论》上撰文认为,"经典和误读作为当代文学批评的两个关键词,大体可视为传统和解构立场的二

---

① 吴兴明. 从消费关系座架看文学经典的商业扩张. 中国比较文学, 2006(1): 20.
② 郑惠生. 驳"文学经典的终结"——与吴兴明教授商榷. 学术界, 2009(1): 121.
③ 王确. 文学经典的历史合法性和存在方式. 文学评论, 2007(2): 67, 73.
④ 郑惠生. 论文学经典的生成、意义和特性——兼与王确《文学经典的历史合法性和存在方式》商榷. 社会科学评论, 2009(1): 11, 14-15, 17.

元对立"。他通过对哈罗德·布鲁姆的经典和误读理论的分析,力图"呈现经典和误读在跨文化语境中的不同实践状态"。他认为,经典"本身是向解构和误读开放的。借用布鲁姆的术语,强悍的读者总是处心积虑为他天马行空的误读意志寻找一个可望达成普遍性的阐释范式……但对于经典的阅读,保持一份敬畏之心,应是一个无条件的前提。……所谓'去圣'、'去魅',一味用在经典的阐释上面,未必是适当的"。[①] 曾宏伟针对该文指出,国内学界对于布鲁姆及"经典"与"误读"的研究"存在着诸多问题,既包括知识性的或事实性的错谬,也包括理论演绎、思维方式和研究范式的失当,还有意义表述或理论言说的含混不清乃至自相矛盾等"。他认为陆文"关于'影响的焦虑'发生、存在或适用的时间(范围)的论述有误",陆文"对布鲁姆的文学观理解和把握不准"等。[②]

交锋五:关于文学经典鉴别机制中的纵横两轴。赵毅衡 2007 年发表了《两种经典更新与符号双轴位移》一文,指出"批评性经典重估,主要是纵聚合轴上的比较选择操作;群选的经典更新,主要是横组合轴上的黏合连接操作。目前,西方传来的后现代思想破坏了批评自信,连批评家也从比较转向连接"[③]。南帆认为,赵文"参照结构主义的图式,根据纵聚合轴与横聚合轴考察文化的经典化,按照符号学的观念,认为文化可以视为'社会表意活动的总集合',因此,任何表意活动都依赖纵横双轴展开",所以他才有上述认识。南帆阐明自己不同的观点:"相对地说,我更为重视横轴的衡量。纵轴仅仅显示了传统、规范停泊在什么地方;横轴显示了重新写出文学经典的动力,以及传统在什么地方被重新激活。横轴方向的内容是主动的,纵轴只能在横轴的带动之下延伸。""与其信任某一个终极标准,不如具体地分析纵横两轴制造的关系网络";"文学经典与时代声音

---

① 陆扬. 经典与误读. 文学评论,2009(2):83.
② 曾宏伟. 经典能这样误读吗? ——就《经典与误读》一文与陆扬先生商榷. 学术界,2009(5):119,124.
③ 赵毅衡. 两种经典更新与符号双轴位移. 文艺研究,2007(12):4.

之间的交流更多通过横轴传递"。① 刘俐俐认为,双方分歧是本质主义和建构主义之根本问题在批评标准上的再次浮现,双方就批评标准的论述依然是在理论层面,而纵横轴哪个为主导的分歧,是现代与后现代理论范式之区别在文学经典标准问题上的另一表现。②

上述两种表现形式是从观点交锋的角度来梳理的,从文艺争鸣的角度看,还有一种表现形式,即论者虽然没有针对具体人物提出的观点,但针对"经典热"中出现的问题或现象,发表了自己的鲜明观点。如陈思和就表明,不赞成"红色经典"这个提法,"因为这个概念不科学,"也"很模糊","这个概念本身对'经典'这个词是一种嘲讽和解构"。③

"经典热"以来发生的观点争鸣与商榷,既反映了我国学者对文学经典问题探索的热情和求真的意志,也反映了经典话题本身的学术价值和"学术魅力"。争鸣与商榷涉及传统与现代、精英文学与商业文化、本质主义与建构主义、认知主体与客体、经典的终结与守护、正典与误读等二元对立关系,也涉及经典的生成、标准及批评标准等核心问题。这些焦点问题和核心问题实质也是经典论争中的热点话题,或者说,是我国"经典热"期间探讨话题的一个个缩影。

中国学界的"经典热"不仅表现在源源不断发表的探讨经典问题的学术文章上,也表现在时时面世的学术著作上。其中具有代表性的著作有童庆炳与陶东风主编的《文学经典的建构、解构和重构》,这是 2005 年 5 月首都师范大学、北京师范大学和《文艺研究》联合主办的"文化研究语境中的经典的建构、解构和重构"国际研究会的重要论文集。不少论文已在结集前发表,也已在前面得到引用。内容主要集中在"什么是经典""经典化、去经典化和再经典化""文化研究与文学经典"以及"中国文学的经典

---

① 南帆. 文学经典、审美与文化权力博弈. 学术月刊, 2012(1): 92, 98, 101.
② 刘俐俐. 后现代视野与文学经典问题域的新问题. 南京社会科学, 2012(3): 137-143.
③ 陈思和. 我不赞成"红色经典"这个提法. 南方周末, 2004-05-06.

化问题"四个方面。童庆炳与陶东风在导言中做了梳理和评价,此处从略。① 林精华等编的《文学经典化问题研究》,是 2007 年首都师范大学举办的"文学经典化问题:文学研究与人文学科制度国际学术论坛"的论文集。② 李玉平的《多元文化时代的文学经典理论》,在多元文化语境中探讨了文学经典的性质与功能、生成与流变、拓宽与消解。③ 此外还有黄曼君的《新文学传统与经典阐释》④等。在此,我们有必要提及 2008 年华东师范大学出版社出版的台湾学者黄俊杰主编的《中国经典诠释传统》套书,该套书由《通论篇》《儒学篇》和《文学与道家经典篇》三册组成,"希望深入挖掘中华文化的思想资源,从中国经典中开发具有普遍意义的价值意识,并且从东亚知识分子长达二千年的读经解经传统中,建设具有东亚文化特色的经典诠释学"⑤。

八、经典的未来探索空间

综上所述,20 世纪 90 年代起文学经典在中国的讨论,取得的成果是丰硕的。文学的经典性和经典化(以及去经典化和再经典化)之探讨、经典在文学和文化层面的剖析,都呈示出逐步深化、理论化和透过现象逼近本质的努力;从研究模式看,"无论是发现新的材料、运用新的理论、引入新的参照系、采用新的方法,还是提出新的问题……(都)程度不同地取得了收成"⑥,并对传统研究有所突破,显示了时代特征:现代性与后现代性的理论背景、文学与文化之间的张力、传统与现代之间的抗衡、各种"权

---

① 童庆炳,陶东风.文学经典的建构、解构和重构.北京:北京大学出版社,2007:导言 1-14.
② 林精华.文学经典化问题研究.北京:人民文学出版社,2010.
③ 李玉平.多元文化时代的文学经典理论.天津:南开大学出版社,2010.
④ 黄曼君.新文学传统与经典阐释.武汉:湖北教育出版社,2005.
⑤ 黄俊杰.中国经典诠释传统(一):通论篇.上海:华东师范大学出版社,2008:序 3.
⑥ 宋炳辉.理论的生成辐射和本土问题意识——兼论四年来关于"经典的解构与重构"问题的讨论.中国比较文学,2006(4):34.

力话语"之间为争夺"文化资本"展开的博弈、跨学科和交叉学科的方法等等。中国学界的研究表现出中国学者在全球化语境下参与国际学术讨论的意识,展示了中国学者不可忽视的学术成就,把文学经典研究推向一个新阶段和新高度。

需要说明的是,我们这里对"经典热"引发的探讨的梳理,只涉及中国学者对"文学经典"问题以及与中国文学经典相关问题的研究,外国学者关于文学经典的研究以及中国学者对国外文学经典理论的专门性研究,将归入"外国文学经典"和"翻译文学经典"在中国的研究范畴,因而对《西方正典》(布鲁姆)、《文学研究与文化参与》(佛克马、蚁布思)、《文学经典论争在美国》(阎景娟)、《经典传播与文化传承》(吴笛)以及《文化翻译与经典阐释》(王宁)等著作以及相关论文的梳理,将另文专讨。同时也要说明,尽管做了这样的分类处理,但用现有的篇幅概述我国二十年来的经典论争,难免发生挂一漏万和遗珠之憾的情况。

任何时代的文学经典研究都不可能是终结性的,文学经典的超越性决定了文学经典研究的开放性和永远的未完成时态。据 CNKI 统计,仅2015 年,以"文学经典"为关键词来搜索,就有 33 篇文章;以"文学经典"为主题来搜索,就有 268 篇文章。我们不可能在每部作品上找到完全一致的经典性品格和经典化过程,甚至完全可以说,同一部作品在不同时代表现出的当下性也不尽一致,这是文学的本质和天性决定的,也是文化研究的关键词之一的"多元化"可以佐证的。面对文学蕴含的丰富性和经典魅力的魔幻性,面对中国文学特有的文化土壤,我们首先要反思过去的研究。马克思在《黑格尔法哲学批判·导言》中说过:"理论在一个国家实现的程度,总是决定于理论满足于这个国家的需要的程度。"[①]这句名言可以包含这样一层意思,即理论能否在一个国家实现,取决于理论能否满足于这个国家的需要。笔者试图说明,在中国已持续二十年的文学经典探讨,主要是因为中国出现了消费文化社会的种种现象:传统文学与商业市场

---

① 马克思. 黑格尔法哲学批判. 北京:人民出版社,1962:10.

文化、网络视图文化、享乐主义和消费主义文化之间的种种矛盾生发、暴露出来,急需解决或调节,处在自身求变的动力和需要中,这些情况构成了我国"经典热"的内因。传统文学到 20 世纪末已经"成熟"到不能仅仅按传统价值形态继续存在下去,是根本原因。西方种种"后"理论的到来只能是诱因,是外在条件,从外部催发了甚至也可以说加快了我国的文学经典论争。我们不能忽视西方理论思潮的作用,但无论这种外因作用多大,都是通过我国文学与文化的内部要素之间的矛盾运动和变化来起推动作用和影响作用的。从这个认识出发看,我们在过去的经典研究中,是否过度地依傍了西方理论,而忽视了在本土文化中上下求索?而面向未来,在文学经典论域,我们认为还存在着"丰富的学术潜力"有待我们今后进一步发掘。

(1)在经典性的研究中,我们还应当把经典的恒态性内涵与动态性内涵有机地结合起来,兼顾其历史的稳定性和现实的当下性,在绝对意义与相对意义中互动,来做进一步考量;在经典化的研究中,我们不仅要关注文本传播过程中的外在经典化,还应关注文本生产过程中的内在经典化,并对文本内外经典化加以综合研究。文学作品的经典化是其内外因共同作用的结果,而对经典化内外因的整合性探索尤其值得进一步关注。

(2)经典的阐释空间离不开作者的创造,也离不开读者的解读。接受美学认为,文本没有经过读者的阅读,没有被读者接受,是不具有生命的。这样的观点不一定得到普遍认同,但我们完全可以说,文学经典的形成绝不可缺少阅读这一环节。所以如今,"文如其人"中的"人"不再只是创作者,也完全可以指涉解读者。文学经典作品是创作者内心世界的曾经反映,但在每个时代,又是解读者内心世界的当下揭示。读者解读到的往往揭示了读者自己的理想世界和生命追求,往往是他自身存在意义的写照。认识到这一点,或许可以让我们更进一步理解作品中的"意义"之意义,进一步理解读者与作者的关系。然而我们对读者从审美期待到审美接受的心理解读研究,在理论上和方法上都有待深化和拓宽。

(3)在主体性充分彰显的当代,我们除了把自己与经典的关系看作研究主体与研究客体的关系外,也应对两者之间"相互对话的参与式关系"加以探讨。据张隆溪研究,伽达默尔"认为自然科学把研究对象作为外在客体来看待,是一种客观主义的模式,但人文学科的自我意识所关注的对象并不是自然客体",文学经典"不是与解释者无关的外在客体"。① 所以,我们似也可以把经典文本当作一个"此在",深入理解、彼此映照、"相互对话","把我们自己与经典所能给予我们的东西融合在一起"②,共建心灵世界的可能,这样才能体现人文学科与自然科学的区别。一味注重主客体的关系,把人文学科当作自然科学来研究,往往忽视了人文学科自身的特性。

(4)对话的关系还应表现在本质主义与建构主义两者之间。本质主义与建构主义的关系不应是相互排斥的,而应是共建的。文学经典的自律与他律并存。两者应在对立中建立对话机制。仅仅强调本质主义的美学内涵或建构主义的社会文化因素成就了经典,显然失之片面。周宪提倡"美学理想主义"与"政治实用主义"之间"需要超越非此即彼的思维模式,而转向一种更具包容性的亦此亦彼模式",③是经典研究的新路径。另外从读者角度说,对话的关系不仅应表现在读者与作者之间、读者与作品中人物之间、读者解读中自问自答式的内心独白,还可以表现在读者与读者之间、研究者与研究者之间,他们相互启发相互参照,才有可能把文学之"象"摸索得更清楚一些。

(5)在文化研究与回归文本交错的当下,有必要重新审视文学与文化的关系。本质主义与建构主义的关系实质也是文学与文化关系的一种表现。文学与文化具有融合性,因为文本之内也有文化因素,文本之外也有

---

① 张隆溪. 经典在阐释学上的意义//黄俊杰. 中国经典诠释传统(一):通论篇. 上海:华东师范大学出版社,2008:2,6.
② 张隆溪. 经典在阐释学上的意义//黄俊杰. 中国经典诠释传统(一):通论篇. 上海:华东师范大学出版社,2008:6.
③ 周宪. 经典的编码与解码. 文学评论,2012(4):93.

文学因素。文学与文化具有区别性,在文学经典问题上,文学研究是内部研究,文化研究是外部研究,两者是内视与外延的关系。这种区别性也表现出一种互补性,所以,我们既要看到文学的审美自律,也要看到其赖以生存的文化土壤;既要看到文化对文学经典的祛魅,也要看到它对文学审美的遮蔽。总之,只有立足大文化的视野同时回归文学性,文学经典研究才可能会有自己的真正的理论建树。

(6)传统文学在消费文化时代出现转型,新的文化存在样式必然催生新的文学表现样式,传统理论往往无法解释这种新样式,但只要这种样式是客观的存在、必然的存在,我们就应当学会用超越传统框架的目光来审视这一新现象、新元素、新观念。若把新的文学价值表现形态视为格格不入而加以否定,只能使传统理论故步自封,失去生命力。同样,在消费社会诞生的新的价值观,不应全盘否定传统,后现代社会主张颠覆和解构的,恐怕只是传统经典的存在样式,而非经典本身,因为可以说,人类社会永远离不开经典,永远需要经典相伴。关于经典的论争看似总围绕着要不要经典的问题,但说到底却是要什么样的经典的问题。消费社会也依然在追逐经典,只是经典的载体不同于传统而已。在这层意义上,打开他者的视界而非屏蔽他者的视界对双方都有益。

(7)我们也应回到经典成为"问题"的那个语境,还原经典问题产生的土壤和形成问题的气候,由表入里地剖析,才能发现问题的根由和关键所在。只有还原真实的语境,找到问题的真正起点,才能看清问题的两面、冲突的双方、矛盾的两边。在正视和审视新现象新元素的必然性和实然性的过程中,才能以"大方的姿态"在自己的理论视阈中容纳"构成的他性",①从而建构自己超越局限的理论新释,扩大自己理论解释的有效性畛域。

(8)在未来的文学经典研究中,杨义提出的"回到中国文化原点"对于

---

① See Cahoone,L.(ed.). *From Modernism to Postmodernism*. Oxford:Blackwell, 1996:16;转引自周宪. 经典的编码与解码. 文学评论,2012(4):93,95.

我们尤为重要，"回到自己文化的立场点，是学理原创上的关键。因为我们对自己的文化，无论在知识储备上，还是由血肉到精髓的体验上，都具有不可否认的优势，也最能说到位，最有发言权。想在世界文化对话上发出自己的声音，不可脱离这种优势；要看出西方理论的所谓世界性是'有缺陷的世界性'，也不可不依凭这种优势"①。我们应从自我出发，在本土思想和世界理论之间、在传统资源和当代思潮之间纵横捭阖，融会贯通。只有建立在自己的特色、自己的优势上的研究探索，才可能实现真正独有的理论创新，才可能为世界文学经典研究做出独有的贡献。国际对话需要的也正是这种真正意义上的中国学派的声音。在这一方面，我们虽有所作为，但还可以大有作为。

第二节　翻译文学经典研究的小场域
——外国文学经典研究在中国

一、译介情况

佛克马1993年在北京大学做了"文学研究与文化参与"的学术报告，如果我们以此作为引发20世纪以来我国文学"经典热"的开端，那么，佛氏演讲本身也意味着外国文学经典研究在中国拉开了序幕。当然关于外国文学经典的话题，此前在我国也早有出现，这想必能为学界方家理解，因为众所周知，经典或文学经典的话题古已有之，这是由经典穿越时间的本质属性决定的。

1989年出版的《艾略特诗学文集》中，就有《什么是经典作品》的名篇，但当时的译者多半是把艾略特作为"当代最伟大的诗人"和"英美新批评理论的奠基者之一"加以介绍的，艾略特的"经典标准"只是构成其文学批评基本内容的一个要素，经典的话题并没有被放大、加热。此后，博尔赫

①　杨义. 经典的发明与血脉的会通. 文艺争鸣，2007(1)：1-2.

斯的《论经典》、卡尔维诺的《为什么读经典》、库切的《何谓经典》相继并各自重复地出现在中国学者面前①。甚至 19 世纪的阿诺德、圣伯父关于经典的论说也重新刊发。一方面,他们作为世界知名作家受到读者关注,另一方面,他们关于经典的论说,虽带有各自的主观色彩,但是建立在他们自身富于独创性的写作经验基础上的,因而也成为中国学者进行经典研究和探讨的坐标和参照。

2004 年发表在《外国文学》上的《经典》,虽属于"概念与术语"栏目,但长达一万五千字的介绍,对"在多元化的今天引起争议,成为文学界热衷讨论的'经典'作了透彻和深入的'大背景解说'"②。我们没有把此文归入"文学经典研究"而归入"外国文学经典研究"③的范围,因为作者主要介绍了经典的西方宗教意义,介绍了外国文学经典的形成与相关论争。作者对以女性主义、后殖民主义和少数族裔为代表的"拓宽经典"的呼声和挑战,对以布鲁姆为代表的捍卫传统经典的努力和回应,对试图从社会学和经济学理论另辟蹊径的基洛里(即杰洛瑞)的"文化资本"论等,做了清晰的梳理,其分析、认识和结论在十年后的今天看来,仍不失其肯綮。作者仅有的一点脉络偏差在于,忽视了基洛里的《文化资本》出版于 1993 年,而布鲁姆的《西方正典》出版于 1994 年。刘意青的《经典》之后与金莉的《经典修正》又出现在《西方文论关键词》(2006)一书中。

2005 年,美国学者科尔巴斯的《当前的经典论争》译文发表,文章是其

---

① 博尔赫斯的《论经典》出处有:博尔赫斯. 博尔赫斯文集·文论自述卷. 王永年,陈众议,等译. 海口:海南国际新闻出版中心,1996;博尔赫斯全集(散文卷). 王永年,等译. 杭州:浙江文艺出版社,2000。卡尔维诺的《为什么读经典》文章出处有:《书城》2001(1);文集《为什么读经典》. 黄灿然,等译. 南京:译林出版社,2006。库切的《何谓经典》出处有:文汇报,2003 年 10 月 24 日;世界文学,2004(2);库切. 异乡人的国度:文学评论集. 汪洪章,译. 杭州:浙江文艺出版社,2010。

② 刘意青. 经典. 外国文学,2004(2):45.

③ "外国文学经典研究"在此包含两层意义:一是外国学者或外国名作家关于经典问题的研究和论说在中国的情况,可以理解为"外国的文学经典研究";二是中国学者对外国文学经典的研究,可以理解为"外国文学经典的研究"。——笔者注

研究专著《批评理论与文学经典》(*Critical Theory and the Literary Canon*)中的第二章。作者撰文的目的"不是要在两个极端之间采取中间道路,也不是要试图调和这两种对立的观点,而是要证明西方经典的捍卫者和以多样性或多元主义为名想要'开放'经典的人之间的意识形态相近性"①。作者对 20 世纪的最后二十年发生在美国的经典论争进行了批判性的梳理,让国内学者更周详地了解到捍卫经典派内部大同小异的观点和开放经典派方法论上的问题,从"开放或保持西方经典的雄辩和夸饰的争执中",认识到双方"几点让人惊讶的相亲性"。不过,文章标题似乎应译为"当代经典论争"("The Contemporary Canon Debate"),三万多字的长文前后都强调了"20 世纪的最后二十年"的经典论争。

同年,佛克马的《所有的经典都是平等的,但有一些比其它更平等》译文发表在《中国比较文学》上,文章试图说明,"从历史和社会的角度来说,所有文学经典的结构和作用都是平等的","但它们中的价值观和世界观并不是对每个人都有吸引力",这就使作者"看似矛盾性地……提出有些经典比另一些要'更平等'",即是说,每一部经典"都带有自己的优点和怪癖,但是总有一些文本的经典性比另一些更有说服力"。② 如果说,佛氏在 1993 年做"文学研究与文化参与"讲座时,还是"小心翼翼地表述着他的文化相对主义的解构主张"③,那么,此时的佛氏已经明确提出"经典的权威性是由支持它们的批评家的权威决定的"④。该文探讨的经典问题的研究途径、确认方法和形成状况分析模式给中国学者带来启示。

可以说,2005 年之前,外国文学经典研究在中国主要是译介的工作,包括 2005 年出版的布鲁姆的《西方正典》。实质性的研究探讨,据我们的

---

① 科尔巴斯. 当前的经典论争. 文学前沿,2005(1):30.

② 佛克马. 所有的经典都是平等的,但有一些比其它更平等. 李会方,译. 中国比较文学,2005(4):52,54,60.

③ 宋炳辉. 理论的生成辐射和本土问题意识——兼论四年来关于"经典的解构与重建"问题的讨论. 中国比较文学,2006(4):25.

④ 佛克马. 所有的经典都是平等的,但有一些比其它更平等. 李会方,译. 中国比较文学,2005(4):60.

资料查找和收集,主要发生在 2005 年之后。20 世纪 90 年代以来我国的"经典热",首先表现在对"文学经典"和"中国文学经典"的探讨上面,外国文学经典研究是随后的探讨活动。

2. 外国文学经典的综合研究与国别研究

在世界文学的"形而上形态逐渐被形而下倾向所取代"的当今,陈众议发表了《经典背反及其他》,文章旨在说明,经典诞生与其背反潮流有密切关联。马尔克斯的《百年孤独》因"逆历史潮流而动",而"演绎了一部可歌可泣的经典神话";塞万提斯的《堂吉诃德》虽"是反骑士道的,但实际效果却在浪漫派之后的接受中获得了背反,即它被大多数浪漫主义者和革命家当成了理想主义的经典";在"世界文学经典之旅"中,荷马史诗、索福克勒斯悲剧、但丁《神曲》无不透示着种种"不满足于时代气息"的背反精神。即便"乔伊斯和卡夫卡等现代巨匠也为文学的背反提供了新的注解。这主要不在其意识流或表现主义形而上形式,而在其更为本质的现实主义精神及其体现幻灭的彻底和反向追怀的极致"。在如今世界文学呈现自上而下、由高而低的轨迹特征时,"对下现实主义的背反不仅必要,而且紧迫。这也是由经典文学的理想主义本质所决定"。[①] 陈文能够穿越经典本身的复杂性和丰富性,抓住世界文学发展的一条轨辙,评骘当今世界文学创作中形而下的普遍倾向,研究方法和探索模式能够裨益后学。

国外的外国文学经典并不等同于中国的外国文学经典,这一观点是谢天振最早提出的。曾艳兵的《中国的英国文学经典》指出:"那些成了中国的英国文学经典必然经过了文化的过滤和转换。英国文学经典的中国化与中国译介者的眼光和视野是分不开的,并与中国的政治意识形态、主流文学传统紧密相关。"英国文学经典中国化后,对中国文学和读者也产生了重要影响。作者在文章最后指出的民族根基问题,应当引起我们的重视:"研究莎士比亚的非西方学者,最高目标和理想就是将来有一日能得到英国的莎士比亚专家的首肯和赞扬……而那些西方汉学家,似乎并

---

① 陈众议. 经典背反及其他. 外国文学研究,2010(2):71-79.

不太在意中国学者说了些什么。"①我们认为,文化交流的目的,从单边说,是为了取长补短,完善自己,巩固自身,而绝不是在文化交流中迷失了自我,抛弃了民族文化的根基。

杨金才的研究专著《美国文艺复兴经典作家的政治文化阐释》出版后,有书评认为,本书一大特色是"站在当下意识形态的高度,以文化批评之维重释经典"。"作者以一位中国学者的视角重新审视西方经典作品而对西方学者传统观点的颠覆和超越,丰富了传统经典作家研究的维度及其文本的内涵,展示了作家及其作品的复杂性、矛盾性和兼容性……是对国外相关美国文艺复兴时期经典作家意识形态研究视角的重要补充。"②也有一些论者或探讨了美国文学经典的修正与重读问题,或从《诺顿美国文学选读》一书的视角研究了美国文学经典重构"。③

汪介之的《20世纪俄罗斯文学经典的重新认识》,"根据对于文学史的深入了解及相关的阅读经验",列举出六部"可以当之无愧地被称为20世纪俄罗斯文学经典的作品并予以扼要介绍,认为这些作品印证了南非作家库切关于文学经典的见解":"历经过最糟糕的野蛮攻击而得以劫后余生的作品……那就是经典。经典通过顽强存活而给自己挣得经典之名。"④其论证有条有理,干净有力。

三、外国文学经典作家与作品研究

托·斯·艾略特是世界闻名的现代主义经典诗人,也是英美世界经典问题的权威批评家。其经典观对后世影响深远,至今不绝。他的《什么

---

① 曾艳兵. 中国的英国文学经典. 天津师范大学学报(社会科学版), 2010(2): 65, 69.
② 姜礼福. 经典重释之范例——评杨金才《美国文艺复兴经典作家的政治文化阐释》. 外国文学研究, 2010(4): 173-174.
③ 参见程锡麟,秦苏钰. 美国文学经典的修正与重读问题. 当代外国文学, 2008 (4): 61-67;金文宁. 从《诺顿美国文学选读》看美国文学经典重构. 上海理工大学学报, 2011(1): 30-38.
④ 汪介之. 20世纪俄罗斯文学经典的重新认识. 南京师范大学文学院学报, 2010 (2): 45-51.

是经典作品》和《传统与个人才能》及一系列相关文评,在我国"经典热"中,成为众多学者探讨、引用和阐发的对象。董洪川的《托·斯·艾略特与"经典"》一文,从"经典"的边界与内涵、"经典"重评与"经典"重构、"传统"意识与文学经典三个方面"梳理和论述了艾略特的'经典'思想及其对'经典'研究的贡献"。作者认为,"广涵性""普遍性"和"成熟性"构成了艾略特的经典性的内涵;"艾略特重评经典的一个根本出发点,就是纠正维多利亚以降的审美标准与情趣","艾略特对作家作品的批评实践,其核心是经典重构";他"首次从理论上明确了传统意义与文学经典的紧密关系",艾略特在半个世纪前提出的关于"经典"问题的深刻见解,"为我们今天的'经典'研究提供了重要的学理基础"。①

莎士比亚在布鲁姆看来是"经典的中心"。有论者对 17 世纪莎士比亚的经典化过程进行了探讨,认为"莎士比亚很快的经典化过程与他积极融入主流文化密切相关","莎士比亚的经典化,呈现出文学场复杂的权力关系","包含了较多原本不该忽略的实践知识"。②

在中国,乔伊斯给读者的第一反应恐怕就是世界名著《尤利西斯》的作者、西方现代派文学的四大奠基人之一。《乔伊斯的"经典"观》一文认为,乔伊斯虽然"没有写出有关'经典'问题的专论,但他具有强烈的、颇具叛逆性的'经典意识',并通过'叛逆者'的宣言、'批评家'的原则和有关'经典'的言论阐明了自己的'经典'观。其'经典'观的核心是对'经典性'的认识,认为'经典'具有'挑战性'、'独创性'、'深奥性'、'争论性'、'不朽性'、'完美性'等本质属性。这些观点在乔伊斯的意图式写作和乔伊斯批评中得到了充分印证,深深影响了 20 世纪现代经典文本创作,并在当代西方文论中得到了阐释延伸"③。

弥尔顿的鸿篇巨制《失乐园》虽已成为英国文学中的经典,但批评和

① 董洪川. 托·斯·艾略特与"经典". 外国文学评论,2008(3):104-112.
② 彭建华. 17 世纪莎士比亚的经典化过程. 外语与外语教学,2013(3):74,79.
③ 杨建. 乔伊斯的"经典"观. 外国文学研究,2006(6):86.

质疑其经典价值的声音也时而有之,其中还有对爱伦·坡和托·斯·艾略特的微词。张隆溪撰文指出,《失乐园》的伟大和不凡之处在于,"打破了传统史诗的传奇和冒险格局,使善与恶的问题、知识和自由的困惑、乐园的概念和对乐园的追求等等这些带有深刻意义的哲学和宗教问题成为这部史诗的核心,也正是这些问题使弥尔顿的史诗具有永恒的魅力";另一方面,夏娃忏悔的形象的塑造,说明弥尔顿"是一个与当时流行观念格格不入的激进的思想家"。作者最后指出:"在经过了各种批评理论的考察评论之后,经典仍将长存于世,永远给人启示",这正是一部真正经典作品的特质。①

《堂吉诃德》是在诞生一个多世纪后才"踏上经典之路的",它对骑士小说的戏仿"意在为后者掘墓,但同时也为后者树起了丰碑"。陈众议撰文,通过《堂吉诃德》"经典化的过程,探究其中的偶然性和必然性,并借以论证某些决定因素,比如作品的一系列二元关系"即宗教与滑稽、理想与现实、真实与虚构、知与行、新与旧等。陈众议最后指出,"作品中的所有二元对立几乎都构成了既相互解构又彼此衬托的奇妙关系,它们并不会因为后现代主义或解构主义风潮而受到轻视。恰恰相反,它们为后现代语境提供了不可多得的场域与切入点,并因此受到了更多的关注"。② 文章做到了理论舒展和实例陈述相结合。

卡尔维诺的《为什么读经典》从 2006 年收入同名著作出版至今,多次再版。那极具特色、缜密而感性的"经典"解说方法,给读者带来的领悟自不待说,也招来一个颇具特色的解读。《为什么读经典和〈为什么读经典〉》③一文,以一个职业写手十分自信的笔调,臆测了一个垂垂老者从秋日深夜的梦境中起床,写作《为什么读经典》的心路,其解读本身恰恰展示了经典作品强大的包容性和无限的阐释空间。

---

① 张隆溪. 论《失乐园》. 外国文学, 2007(1): 36-42.
② 陈众议. 经典的偶然性与必然性——以《堂吉诃德》为个案. 外国文学评论, 2009(1): 17, 30.
③ 续小强. 为什么读经典和《为什么读经典》. 小说评论, 2011(3): 147-151.

　　也有论者以荷马史诗的三个后续文本为例,探讨了经典的普遍性与文化阐释的多元性,文章认为,"经典不是孤立的文本,而是处于一个动态过程,是一种历史的编织物,经典会在不断衍生的后续文本中变化发展。经典的普遍性与文化的多元性并不矛盾,而是相辅相成,互动互补的"。"普遍性寓于多元化的文化阐释中"。① 也有论者把《哈姆雷特》作为"经典中心"的中心加以论说,认为"《哈姆雷特》里的一切都接近完美,它是现实性的展现,也是哲理性的象征"②。

四、外国文学的经典化和再经典化研究

　　经典化是当代经典研究中的一个关键词。西方关于文学经典化的谈论,按照中国学者朱国华的研究,可以分为本质主义经典化和建构主义经典化。③ 本质主义的代表可推布鲁姆,他从个人的美学经验出发,把文学作品的内在美学质素如"审美的力量""陌生性""原创性"等看作经典建构的条件和要因。建构主义由文化相对主义、女性主义、后殖民主义、族群主义、新历史主义为代表,它们本身就表达了文学经典化的种种外部因素,均是"已死的欧洲白人男性"价值观的反动,它们强调这些外部的文化政治在文学经典化中的决定作用,同时也构成了解构传统经典的方方面面。形形色色的论者中似乎没有一个可以单枪匹马挑战布鲁姆,但他们的车轮大战确乎构成了颠覆传统的力量,并成功地拓宽了经典的疆界。我国关于文学经典化的研究,起先触及的是文学本体论的研究和中国文学的经典化研究,20 世纪 90 年代就有探讨,随后扩大到外国文学经典,则主要发生在进入 21 世纪以后。而外国文学经典原典与翻译成中文的外国文学经典并不完全相等,这一点在学界可以说已达成共识,国内学者几乎也都认识到,不是所有的外国经典都能在中国实现经典化,中国的外国

① 张德明. 经典的普遍性与文化阐释的多元性——从荷马史诗的三个后续文本谈起. 外国文学评论, 2007(1): 19, 26.
② 李梦馨. 作为"经典中心"的中心——论《哈姆雷特》. 南方文坛, 2011(1): 78.
③ 朱国华. 文学"经典化"的可能性. 文艺理论研究, 2006(2): 44-51.

文学经典在国外也不一定都是经典。"中国新文化场域既具有掩盖和消解这些作品原有功能和意义的力量，又能够为这些作品赋予新的功能与意义"①，这与中国的文化土壤和政治气候有关。对此，王钦峰特别强调，"外国文学作品在中国获得经典化的过程，同时也是一个以汉译外国文学经典为言述对象的政治性赋义系统的形成过程"②，当然在这形成过程中潜伏了危机。但是把当时的国人或正处于"自我蜕变过程中的中国新文学和新文化"视为一个"阅历丰富""具有导师眼光的严格的挑选者"，似乎有点儿自我拔高。我们似乎更倾向于接受这样的观点："西方文学经典'中国化'后，对中国文学的发展和演变发挥着十分重要的作用，甚至在某种程度上影响并改变了中国文学的基本精神和特征。"③这一观点，谢天振、王向远也早有论述。曾艳兵文最后表达了与其《中国的英国文学经典》文相同的两个观点，其一是民族文化根基问题，上文已论及；其二是："我们曾经因为西方人对中国经典的不同认识和阐释启发了我们的思考，对中国经典进行过解构和重构；我们也是否应该对西方的经典有自己的理解、认识和阐释，以便西方人能够借用'他者'的眼光和视角来重新认识和理解他们自己的经典？"④其实，这真不是我们"清醒地意识到这一点"就能解决的，再者，这是西方人的事，确切说，这是西方人的"问题"。

也有论者认为 20 世纪外国文学本土的经典化过程经历了四个阶段，即初始期、发展期、单向接受与整体排拒时期和外国文学经典的再度涌入与频繁涌入的融合期。⑤ 时间节点与《回到经典　重释经典——关于 20

① 王钦峰．中国新文化场域中的外国文学经典．文艺理论研究，2008(5)：112.
② 王钦峰．中国新文化场域中的外国文学经典．文艺理论研究，2008(5)：114.
③ 曾艳兵．中国的西方文学经典的生成与演变．湘潭大学学报(哲学社会科学版)，2009(4)：126.
④ 曾艳兵．中国的西方文学经典的生成与演变．湘潭大学学报(哲学社会科学版)，2009(4)：129-130.
⑤ 张立群，王瑾．20 世纪外国文学经典化问题．淮阴师范学院学报(哲学社会科学版)，2006(2)：243-247.

世纪中国新文学经典化问题》①中的四个阶段多处吻合,可见,中国的外国文学经典问题和中国的新文学经典问题都是处在同一种文化语境和文化气候中彼此牵连的文学问题。

西方后现代文学有无经典化的作品?或许我们的惯性思维并没有停留在这里。然而有论者撰文指出,"在西方,文学经典化的过程是和去经典化同时并存的,因而不能因为后现代时期重视对经典的颠覆与解构就否认这个时代有经典。后现代文学经历半个多世纪的发展,已经形成了自己的经典。这些经典是我们理解和把握后现代意识以及后现代文学思潮精神品质的入口"。作者强调,"后现代作为一种独特的文艺思潮,必定会出现一些充分表现该思潮典型特征的文学作品",这"是今天就可以确定的,并且在我们的研究中已经给予了相当的关注"。② 也有论者把萨义德的《文化与帝国主义》作为"阐释经典,重构西方文化史"的一部著作加以评论,认为《文化与帝国主义》所采用的"对位阅读"批评方法"成为后殖民理论美学分析的经典阐释模式"。③

有经典化就有去经典化(解构)和再经典化(重构)。所谓去经典化,如一部外国文学经典译介过来而失去了经典的光环,就是去经典化;所谓再经典化,如一部外国文学经典经过译介而在中国又成为经典,就可称为再经典化(即二度经典化)。当然外国的经典通过译介仍为经典,即实现了中国的本土化,也仍可以称为在中国的经典化。同一部外国文学经典译作在中国也可能几经风雨,几经沉浮,呈现出去经典化和再经典化的演变过程,如傅雷翻译的罗曼·罗兰的《约翰·克利斯朵夫》。种种解释都可以自我定义。不过,无论是去经典化(解构)还是再经典化(重构),都离不开作品内部的诗学审美和外部的文化政治所发挥的作用。可以确定的

---

① 黄曼君. 回到经典　重释经典——关于 20 世纪中国新文学经典化问题. 文学评论,2004(4):108-114.

② 马汉广. 西方文学经典与后现代意识. 文艺研究,2011(12):59-60.

③ 许晓琴. 阐释经典,重构西方文化史——读赛义德《文化与帝国主义》. 中国图书评论,2006(12):107-109.

是,外国文学经典的建构与重构,一如文学经典的建构与重构,需要本质主义与建构主义内外因素的合力才能完成,尽管合力之中内外因素会根据不同的作品、不同的时代发生不同的能量比;而解构一部经典,只需要单方面的不作为或反动就能实现。

在经典研究中,我们常常借用当代西方理论,从主流意识形态和主流诗学两个权力话语加以观照,也取得可观成果。也有论者从跨文化经典重构的层面探讨了文化主体性问题。提出在外来文化移入过程中重新确立文化主体性的重要性,它是"为确保民族文化身份不被湮没而作的一种努力","尊重异质文化并不等于照搬异质文化","接受异域文学,也应该对他者有所选择、过滤与调适"。面对他者,要固守"我们的文化身份"和"文化主体性地位",因为"文化身份的趋同","是文化殖民主义的变相形式",是"交互主体性"的消失。① 王腊宝针对外国文学研究中普遍存在的矛盾心态和后殖民困境,于十多年前就指出了问题:我国的外国文学研究必须克服"在阅读外国文学过程中因文化身份而引发的矛盾",克服"对某些西方国家文学的盲目崇拜",应该"对我国外国文学阅读视角和我们到目前为止业已形成的外国文学经典进行全面的非殖民化的反思,与此同时,还必须在放眼世界各民族文学的基础上拓展甚至重建我们的外国文学经典"。②

五、外国文学"经典热"的其他表现

表现之一,多场以外国文学经典为主题的学术研讨会先后召开,如:《外国文学研究》编辑部和湖北省外国文学学会与中南民族大学共同主办的"新时期外国文学经典的研究与教学"学术讨论会(2005 年 12 月,郑州),中国社会科学院外文所《外国文学评论》编辑部和厦门大学外国语学

---

① 肖四新. 文学经典论争与外国文学经典的重构. 中国政法大学学报,2009(3):84-88.

② 王腊宝. 阅读视角、经典形成与非殖民化——关于我国外国文学研究的一点反思. 外国文学研究,2000(4):23.

院共同主办的"'与经典对话'全国学术研讨会"（2006 年 10 月，厦门），中国社会科学院外文所与四川外语学院联合承办的"走近经典——中国外国文学年会第九届年会"（2007 年 10 月，重庆），中国外国文学学会主办、东北师范大学联合承办的"当代文化视野中的外国文学经典暨纪念列夫·托尔斯泰逝世 100 周年"学术研讨会（2010 年 7 月，长春），浙江大学世界文学与比较文学研究所、浙江省比较文学与外国文学学会、浙江省作家协会外国文学委员会共同主办的"世界文学经典与跨文化沟通国际学术研讨会"（2010 年 11 月，杭州）等。其中，"'与经典对话'全国学术研讨会"和"世界文学经典与跨文化沟通国际学术研讨会"反响较大。后者的论文集《经典传播与文化传承》由吴笛主编出版。

表现之二，是外国学者、名家研究或论及经典的各种著作译介出版和我国学者关于外国文学或文论经典研究著作的出版。前者如布鲁姆的《西方正典》《批评、正典结构与预言》，杰洛瑞的《文化资本——论文学经典的建构》；外国名家文集如《艾略特文学论文集》、《艾略特诗学文集》、《博尔赫斯文集》、《为什么读经典》（卡尔维诺）、《异乡人的国度：文学评论集》（库切）、《西方经典文论导读》（杨义）等，其中多部译著一版再版。后者据有限阅读，有《文化翻译与经典阐释》（王宁）、《价值重估：西方文学经典》（曾艳兵）、《黑色经典：英国哥特小说论》（李伟昉）、《美国文艺复兴经典作家的政治文化阐释》（杨金才）、《比较文学视野中的经典阐释与文化沟通》（傅守祥）、《西方文论经典阐释》（李秀云）等，不一而足。当然对外国经典作家及作品的研究，并不一定冠以"经典"之名。

在此有必要提及阎景娟的《文学经典论争在美国》，该书以 20 世纪 80 年代以来发生在美国学界的文学经典论争为考察和研究对象，"对论争中最重要的和最富于启发性的维度做出描述和分析，揭示出使文学经典论争成为可能的学术视野"①。它的重要性在于让中国学者了解到美国学界在经典大讨论中做了什么，怎么做的，取得什么成果，给我们什么借鉴。

---

① 阎景娟. 文学经典论争在美国. 北京：社会科学文献出版社，2010：3.

六、结　语

可以说,二十年来,外国的文学经典研究的主要理论和实践形态,在我国得到了充分的介绍,也得到了相当程度的吸收、借鉴和转化;我们自己对外国文学经典的研究也取得了前所未有的长足发展:从单一地研究内部因素或外部因素转向综合研究各方面因素,从关注经典的恒态性内涵或动态性内涵到把两者有机地结合起来,在绝对意义与相对意义中互动等。对未来的外国文学经典研究,吴笛提出四点建议:"首先,外国文学经典研究应从原有的文本研究转向文本生成渊源考证与生成要素的研究";"其次,外国文学经典研究应从文学翻译研究转向翻译文学研究";"再次,外国文学经典研究应从纸质文本的单一媒介流传转向音乐美术、影视动漫、网络电子的复合型的跨媒体流传";"最后,外国文学经典研究应从'外向型'研究转向关注中外文化交流和民族文化身份建构与民族形象重塑"。[1]

我们还认为,未来研究中,对待外国文学经典如同对待概而论之的文学经典一样,我们既要看到文学的审美自律,也要看到其赖以生存的文化土壤;既要看到文化对文学经典的祛魅,也要看到它对文学审美的遮蔽。尝试把经典化中的二元对立性作为一个整体、作为事物的正反两面加以思考,以期在新的高度获得新的认识和新的发现。

上文也说到,关于经典的论争看似总围绕着要不要经典的问题,但说到底却是要什么样的经典的问题。我们既不必把新的文学价值表现形态视为格格不入,也不必用消费社会诞生的新的价值观来全盘否定传统。传统学派与新学派不仅都要打开他者的视界,还要有融合他者、化合他者的理论意识和努力,在传统理论与新观念之间进行整合,寻求扩大自我理论地图的新坐标,或在两者的碰撞中寻求突破,发现理论的新增长点。

20 世纪 90 年代以来在中国发生的有关外国文学经典的探讨,再次见

---

[1]　吴笛. 经典传播与文化传承. 杭州:浙江大学出版社,2011:1-2.

证了西方形形色色的理论在中国的轮番上演。中国学者运用解构主义、女性主义、族群主义、后殖民主义、后现代主义、文化相对主义等理论做出的研究成果,无疑是中国学者探索之结果,但我们也不能否认,那也是西方理论在中国的开花结果。借此,中国学者在国际学术对话中也不可能真正发出自己的声音。所以在未来的外国文学经典研究中,我们应从自我出发,做到"立足中国文化根基"与"把握西方理论前沿"相结合,在本土思想和世界理论之间融会贯通。另一方面,我们也要"回到经典生成语境",深入理解西方文化底蕴与审美渊源,同时,也更要"找到自我心灵回音",沉入自我内心深处,用心品读,聆听经典作家的心灵呼唤,用自己纯真的生命律动和本真的个性去解读、沟通经典独到的个性,在"共通的人性心理结构"上,借"人类共通的同情心",真正独创地发现经典那普遍的人间性。

第三节　翻译文学经典与外国文学经典 及世界文学经典的关系

一、引　言

翻译文学经典研究是在两个学术背景下出现的:一是 20 世纪 90 年代前后关于翻译文学地位的热烈讨论,二是西方开展的文学经典论争引发国内的文学经典大讨论。前者与陈思和、谢天振等大力张目分不开。进入 21 世纪,由春风文艺出版社推出的一年一部翻译文学集,不但把翻译文学作为一个文类突出呈现在我们面前,也暗示着所收入的年度优秀或最佳翻译作品(2001 年卷就标明《2001 年中国最佳翻译文学》)的某种经典品质。后者把经典论争变成了全球化语境下的一个讨论热点。在国内二十年来关于经典的讨论中,文学研究界凭借自己的实力在经典研究的深度和广度上取得重大进展,外国文学研究界凭借自己的优势在国际对话与文化交流中取得收获,翻译文学由于与外国文学剪不断理不乱的关系,也在经典讨论中构建并扩大自己的话语机制。探讨三者的关系需要我们厘清三对概念:翻译文学经典与翻译文学史经典、翻译文学经典与外国文学经典、翻译文学经典与世界文学经典。

二、翻译文学经典与翻译文学史经典

文学翻译的文学性侧重从原本到译本转换过程中的文学性研究,翻译文学的文学性侧重译本生成后的文学性研究。文学翻译与翻译文学的不同主要在于前者更关注语言转换过程中由两种语言和两种文化引起的文学间性和文化间性的具体问题,后者更关注作品的艺术生命在异域文化场的延伸与调适、演化与催生等情况。

我们在第一章里探讨"何谓翻译文学经典"时,谈到过"翻译文学经典"和"翻译文学史经典"两种划分。关于翻译文学经典,可以是原语国文学经典在译入语文化语境中的再经典化,如傅雷翻译的巴尔扎克作品和朱生豪翻译的莎士比亚作品,也可以是原语国非经典作品在译入语环境中找到了适应的文化土壤和文化气候而开花结果,被经典化,如中国唐代边缘诗人寒山作品在美国的经典化,如爱尔兰作家伏尼契的《牛虻》在我国"文革"期间的经典化。同时也提到,(1)文学经典的审美价值和社会价值之间没有绝对的比例标准;(2)一部经典不可能单靠其审美价值而成为经典,也不可能单靠其社会现实价值而成为经典。

此外,文学作品的审美价值和社会现实价值都具有历史性,如雨果的《艾那尼》(*Hernani*),其文学价值主要在于确立了法国浪漫主义取代古典主义的胜利变革;而《钢铁是怎样炼成的》曾经彰显的社会现实价值已成为历史,这就牵涉到文学史经典的话题。所谓"翻译文学史经典",除第一章里的观点外,其实它可以指当下依然具有经典意义的翻译作品,但大多数情况下,我们一般认为,它的经典价值是历史性的,是鉴于它在翻译文学史上产生过影响的,而不是当下性的,因为它不再符合当下的权威规范和大众共识了。

三、翻译文学经典与外国文学经典

《文化操纵与利用：意识形态与翻译文学经典的建构》一文不用"外国文学经典"而用"翻译文学经典"，在作者查明建看来，"因为中国大部分读者接触的'外国文学'实际上是翻译作品，'外国文学'很多时候指的就是翻译文学"①。王向远认为，"将'外国文学'与'翻译文学'混为一谈，已经造成了教学与研究上的许多不便乃至混乱。例如大学里中国语言文学专业的'外国文学'与外国语言文学专业的'外国文学'有什么不同？设在中文专业的'外国文学'既然不属于'中国文学'的范畴，那为什么要开设这门课？"②尽管梁启超在1920年就论述过"翻译文学"的话题，为什么过去相当长的时间内，会造成这些不便与混乱？会造成用"外国文学"代替"翻译文学"的现状？

这里就需要我们对外国文学经典的概念做进一步的厘定，外国文学经典下应有两个次概念：巴尔扎克用法语创作的 *Eugénie Grandet* 是原语外国文学，可以称为外国文学经典 I；傅雷翻译成中文的《欧也妮·葛朗台》是翻译过来的外国文学，可以称为外国文学经典 II③，它与翻译文学经典实指同一对象。过去相当长时间用外国文学经典 II 指称外国文学经典 I，一是因为真正的原语外国文学(即外国文学经典 I)的缺席，二是因为外国文学经典 II 和外国文学经典 I 之间的血缘关系。还有，学科发展之初的粗线条把外国文学经典 II 和外国文学经典 I 混在了一起。加之过去我们对翻译文学地位的轻视，造成用"外国文学"代替"翻译文学"的现象长期存在。这种现象从学理上讲是混乱的，但从翻译文学学科发展的初始

---

① 查明建. 文化操纵与利用：意识形态与翻译文学经典的建构——以 20 世纪五六十年代中国的翻译文学为研究中心. 中国比较文学，2004(2)：98.

② 王向远. 翻译文学导论. 北京：北京师范大学出版社，2004：9-10.

③ 参见李玉平. 此"经典"非彼"经典"——两种文学经典刍议. 南开学报(哲学社会科学版)，2011(6)：96-102. 此文把文学经典划分为文学经典 I 和文学经典 II，对这里我们划分外国文学经典 I 和外国文学经典 II 有启发，但李文中的两种划分与本文中的两种划分的内涵不同。——笔者注

轨迹看是可以理解的。甚至可以说，用"外国文学"代替或包括"翻译文学"的现象，可能还会存在下去，至少目前，国家社科基金项目申请中，仍把"翻译文学"归入"外国文学"的学科分类中。但这一点已超出我们的"概念"话题，故且略去。

翻译文学经典与外国文学经典的不同在于，翻译文学经典既强调这个文学经典是外国的，也同样强调这个文学经典的翻译价值，通过翻译而展现的文学再创造性和新的艺术生命。虽然外国文学经典 II 等同于翻译文学经典，但使用"翻译文学"而不用"外国文学 II"，是避免把外国文学经典 II 和外国文学经典 I 混淆起来的一种有效办法。另外，外国文学 II 与翻译文学虽实指同一对象，但两者看问题的侧重点可能有别，恰如文学院里不懂外语但从事外国文学研究的老一辈学者所为，把外国文学 II 即翻译作品当作外国原作来研究了。即便被他们研究的翻译作品已被译者改写，他们也在一种想象的外国文学空间探索研究。

翻译文学更关注译本新生命在译入语环境中的诞生与延绵，不但关注原语作品里的文学性，也关注翻译过后的文学再表现性和艺术再创造性以及与译入语文学的关系，关注译入语社会的文化土壤、文化气候，因为翻译文学经典也可能在原语国不是经典。王向远认为，"之所以将'翻译文学'与'外国文学'混为一谈，主要是由于单纯地将'翻译文学'视为'外国文学'的一种延伸、文学交流的一种媒介与手段"。而很显然，"翻译文学"不单纯是"外国文学"的一种延伸，因为它不再是原作者一人所为，而已经融入了译者再创造性的劳作。据王向远分析，过去"在'翻译文学'作为一种本体概念没有确立的时候，人们只能习惯地将'译自外国的文学'称为'外国文学'"，"而我们一旦确认'翻译文学'是一个本体概念，就使得'翻译文学'有了同'外国文学'这一本体概念对等的资格，因为两者都是本体概念"。[①] 那么，既然翻译文学可以作为本体概念，它所面对的就不只是和外国文学的关系了，它还要解释和世界文学的关系。

---

① 王向远. 翻译文学导论. 北京：北京师范大学出版社，2004：10-11.

四、翻译文学经典与世界文学经典

1. "世界文学"溯源及共同点

歌德是世界文学的开山鼻祖,这一点似乎已经众所周知了。早在1827年,他就提出"世界文学"(weltliteratur)的术语:"民族文学在现代算不了很大的一回事,世界文学的时代已快来临了。"①二十年后,马克思与恩格斯在《共产党宣言》中也指出,随着世界性的生产与消费的出现,"各民族的精神产品成了公共的财产……于是由许多种民族的和地方的文学形成了一种世界的文学"②。马恩的"世界文学""是超越民族文学之上的一种新型文学形态"③,不可能在《共产党宣言》中进一步展开。朱光潜是《歌德谈话录》的最早译者之一,他在脚注中说,两个"世界文学"的说法,"基本的区别在于歌德从唯心的普遍人性论出发,而马克思主义创始人则从经济和世界市场的观点出发"④,这对歌德不免带有过去那个年代的认识痕迹。其实,在歌德之前,还有一位人物具有世界文学的意识,那就是德国狂飙运动的代表人物赫尔德。他对长期以来的欧洲中心说提出尖锐的批评:"现在我们的欧洲文学史太狭窄了,它遗漏了世上许多精彩的艺术珍品……我们应该排除狭隘的民族局限性框框,和全球各民族建立精神商品的自由交换……使我们的文学史成为包罗万象的全世界文学史。"⑤从今天看,赫尔德的世界文学观更能被当代各国学者包括西方世界的学者接受。歌德虽尊赫尔德为导师,但他的世界文学本质上可能还是欧洲文学,正如他的一篇文章《欧洲文学,即世界文学》这个标题所揭示的。歌德是在1827年读了中国的《风月好逑传》,感到中国人是德国人的"同类人"时提出"世界文学"的,但当时他也并不认为,"文学的真谛就在

① 转引自朱光潜. 朱光潜全集(十七卷). 合肥:安徽教育出版社,1997:364.
② 马克思,恩格斯. 共产党宣言. 北京:人民出版社,1971:27-28.
③ 查明建. 论世界文学与比较文学的关系. 中国比较文学,2011(1):3.
④ 朱光潜. 朱光潜全集(十七卷). 合肥:安徽教育出版社,1997:364.
⑤ 转引自胡良桂. 世界文学与国别文学. 长沙:湖南人民出版社,2004:54.

中国文学……里,追寻典范的话,我们应经常回到古希腊人那里,他们的作品塑造了优美的人类"①。作为中国人,我们不必感情用事,或因歌德读了"一部中国传奇"提出世界文学而大加称颂,或因其排除文学的真谛在中国而大为不悦。客观地说在那个年代,歌德的心胸与眼界已经大大超出了那些络绎不绝慕名来访的西方各国的以欧洲为世界文学中心的鸿儒名士。而在马克思和恩格斯之前,别林斯基于1841年至1842年也谈到了世界文学的话题:"人类精神获得发展的一切领域,都是由互相有机地联系在一起并且一个从另外一个里面陆续不断地产生出来的许多事实所构成,除了这一个或者那一个民族的文学之外,还有着总的、人类的、全世界的文学。"②根据别林斯基对古希腊文学和新民族文学的发展演化史的比较研究,我们认为,别林斯基眼里的世界文学应当是民族文学经过各自"分离""独立"和"独特"的发展,得到"深入""完备"和"完美"的提高后,"汇合"而成的高出民族文学之上的"新的、完整的和统一的""精神才禀"。③

上述赫尔德、歌德、别林斯基、马恩的世界文学观有一个共同点,那就是要超越民族文学的局限和狭隘,不仅仅歌德是这样的,赫尔德也提出"应该排除狭隘的民族局限性框框";别林斯基则看到"各个民族之间的民族性的墙壁逐渐倒塌"④;马恩更明确指出:"民族的片面性和局限性日益成为不可能。"⑤上述世界文学概念的代表人物还有一个共同点,即强调民族之间的交流,尽管他们未必使用"交流"这个词,但确实表达了"交流"的含义:赫尔德提出"和全球各民族建立精神商品的自由交换";歌德"乐观的预见……民族之间交往的日益频繁"⑥;别林斯基强调"人类精神"要"互

---

① 歌德. 歌德论世界文学. 查明建,译. 中国比较文学,2010(2):5.
② 别林斯基. 别林斯基选集第三卷. 满涛,译. 上海:上海译文出版社,1982:120.
③ 别林斯基. 别林斯基选集第三卷. 满涛,译. 上海:上海译文出版社,1982:129.
④ 别林斯基. 别林斯基选集第三卷. 满涛,译. 上海:上海译文出版社,1982:129.
⑤ 马克思,恩格斯. 共产党宣言. 北京:人民出版社,1971:27.
⑥ 歌德. 歌德论世界文学. 查明建,译. 中国比较文学,2010(2):5.

相有机地联系在一起";马恩更明确指出了"各民族的各方面的互相往来和各方面的互相依赖"代替"过去那种地方的和民族的自给自足和闭关自守状态"的趋势。① 这就引出一个问题:民族文学之间的交流如何进行?通过怎样的方式进行?

2. 翻译与世界文学

当代美国学者达姆罗什以意大利作家卡尔维诺的《看不见的城市》为例,揭示了几千年前世界文学的最初形式:来自不同国家的商人相会在"贸易之城"欧菲米亚,他们在入夜后的篝火旁相互讲述关于"狼""妹妹""情人"等词语及亲身经历的这类故事。② 这种相互讲述的方式里必有语言的转换,即便甲国商人通晓乙国语言,在把乙国故事带回自己的国度后,也要经过翻译才能加以传播。所以一个或许被我们忽略的环节,由隐性变成了显性,那就是翻译的重要性。

当代西方比较文学研究者对翻译学的重视是前所未有的,他们对翻译领域的探索,或者说,从翻译视角关照比较文学,不仅大大拓宽了比较文学研究空间,也进一步证明了翻译学的跨学科的属性及其开放性的功能,进而论及了文学翻译、翻译文学与外国文学、世界文学及比较文学的密不可分的关系。达姆罗什曾以梵语写的印度动物寓言《五卷书》为例做过描述:自玄奘以后,它先后被译成汉语、藏语、蒙古语、爪哇语、老挝语等在东亚流传,在向西方流传的过程中,先后被译成波斯语、阿拉伯语、希伯来语、拉丁语、德语、法语等,之后还流传到东非,并通过西非的黑奴传到美国。若没有语言的变更,这些故事不可能在那些不同的民族流传,不可能出现希腊的《伊索寓言》、法国的《拉封丹寓言》、阿拉伯世界的《卡里来和迪乃木》。达姆罗什认为,世界文学"并没有一套固定的模式,世界上不同地区有多种多样的'世界文学'"③。然而,无论世界文学有多少模式,无

---

① 马克思,恩格斯. 共产党宣言. 北京:人民出版社,1971:27.
② 达姆罗什,等. 世界文学理论读本. 北京:北京大学出版社,2013:4.
③ 转引自查明建. 论世界文学与比较文学的关系. 中国比较文学,2011(1):5.

论世界不同地区有多少定义,事实上的一个共同点是不可否认的,即世界文学必经过语言上的翻译转换。达姆罗什认为,作为阅读模式的世界文学,"是以一种超然的态度与外在于我们时间和地域的人类社会进行交往的一种形式"。那么这种交往显然不能离开翻译,所以他强调指出:"世界文学是在翻译中获益的作品。"①

翻译之于世界文学的重要性,在韦努蒂的《翻译研究与世界文学》一文中,得到十分明确的指认。韦努蒂开门见山地指出:"没有翻译,世界文学就无法进行概念界定……所谓世界文学与其说是原文作者创作出来的作品,还不如说是翻译过来的作品……翻译促成了文学文本的国际接受。"韦努蒂一方面指出"翻译在形式和语义上的获益界定了世界文学",另一方面从解读原文的翻译活动和译本在接受文化中所产生的经典范式两角度,审视了"翻译在创生世界文学过程中的作用",最后旗帜鲜明地指出:"翻译文本构成世界文学。"②

当然,达姆罗什的观点也未必全都令人信服,他认为,世界文学"是超出起源文化疆域之外,以源语言或者通过翻译在世界范围传播的文学作品,即具有国际传播性和对他者文化产生影响的那些文学作品"③。我们却认为,以"源语言"在世界范围传播的文学作品不能算严格意义上的世界文学,英国作家创作的作品可以不经过翻译在美国和澳大利亚流通传播,但只能是限定性的世界文学作品即英语世界文学作品。美国和澳大利亚两个民族除去土著先民外,在血缘上与英国有着传承关系,那种跨民族性应该是有限的。

通过上文论述可以说明,翻译是世界文学的必由之路,世界文学是通过翻译展现的。刘洪涛在阐释韦努蒂的观点时说,"没有翻译就没有世界

① 达姆罗什,等. 世界文学理论读本. 北京:北京大学出版社,2013:255-256.
② 达姆罗什,等. 世界文学理论读本. 北京:北京大学出版社,2013:203,206-211.
③ 转引自陈琦. 文化研究视角下"世界文学"的学科边界. 中国比较文学,2013(2):16-25.

文学"①。那么,翻译文学在由外国文学脱胎变成世界文学的过程中,发生了什么? 哪些要素的出现决定了它不再等于原来的外国文学,而变成了超越民族文学的世界文学?

3."世界文学"的新认知

在我们已经接受的认识空间里,翻译文学与外国文学的不同在于,它不再是原作者个人的精神活动产品,而是作者与译者共同打造的作品。巴尔扎克的原著 *Eugénie Grandet* 只能算法国文学作品,傅雷译成汉语的《欧也妮·葛朗台》算作世界文学,是因为它是法国作家和中国译者共铸的成果,因而具有国籍的双重性,进一步说,无论译者主观上如何忠实于原著,客观上都不可避免地在译文中融入他的个性化的审美解读、审美认知和审美风格,而在这些个性化的审美元素背后,必然透视着民族文化的价值判断、信仰观念、思维惯性以及审美品位。傅雷针对傅聪"用东方人的思想感情去表达西方音乐,而仍旧能为西方最严格的卫道者所接收"时,对傅聪说:"唯有不同种族的艺术家,在不损害一种特殊艺术的完整性的条件之下,能灌输一部分新的血液进去,世界的文化才能愈来愈丰富,愈来愈完满,愈来愈光辉灿烂。"②世界文学就是在甲民族文学的基础上被灌输了乙民族文学的新的血液而形成的,正如韦努蒂所说:"译者在翻译一部作品的时候加入了他自己的独特的译读(interpretants)。所谓译读……是一种独具神韵、意蕴精微的解读。"③乙民族翻译家赋予作品的"译读"或"解读",不可避免地带有乙民族文学的某些特色、某些方式、某些习惯和某些这样那样的元素。当然无论韦努蒂所说的"翻译中发生的增益或损失",都是译者融入自己的审美解读、审美认知和审美风格的表现。

文学作品的价值就在于文学性,如果说翻译改变了外国文学,那是因

---

① 刘洪涛. 世界文学观念的嬗变及其在中国的意义. 中国比较文学,2012(4):16.
② 傅雷. 傅雷文集·书信卷. 合肥:安徽文艺出版社,1998:478.
③ 转引自达姆罗什,等. 世界文学理论读本. 北京:北京大学出版社,2013:210.

为作者在艺术创作中赋予了作品一种文学性,而文学翻译不可能百分百还原原作的文学性,译者在再创作的过程中,又多多少少融入译者自己的审美品位和再现风格,从而赋予译作一种不可否认的新的文学性。译作中对原作文学性有意无意地增减,都是译者的文学性的表现和文化观的反映。作者在原作中表现的文学性与译者在译作中融入的文学性,往往带有两个民族和两种文化上的印迹。更因为文学是语言的艺术,语言的变更必然给译著带来别样的文学性。这种别样的文学性不做比较恐怕还不会注意,曹雪芹笔下的汉语和翻译家王道乾笔下的汉语就是不一样的。对这样的差异王小波有过深刻的认识。这就引出了当代捷克学者杜里申的"文学性间性"(interliterariness)理论,他将"'文学性'简括为所有文学的'基本品质',包含了由各种不同文学构成的框架内所有文学关系及其强度、规模和制约方式。一旦这种关系的强度、变异性、相互关系或契合性超出了国别文学的范围,那么,'文学性'就自动转化为'文学性间性'。因此,文学性间性就是跨国别、跨种族语境中文学的基本品质和本体决定性。这种决定性及其框架涵括了所有可能的关系、契合性、国别文学、各种各样超种族、超国别的文学,以及文学性间性的最高形式——世界文学"。在杜里申看来,超出了国别文学范围的文学性,就自动转化为"文学性间性","世界文学就是文学性间性的最高体现"[1]。我们已经说明,世界文学是通过翻译文学呈现出来的,所以合乎学理逻辑的说法应当是,翻译文学因为具有了文学性间性而成为世界文学。

达姆罗什关于比较文学和世界文学的研究,使其成为当代国际学界的重要人物。他关于世界文学的许多新观点引起国际学界的强烈反响和普遍重视。在 2003 年出版的《什么是世界文学》一书中,达姆罗什提出一条十分新颖的定义:"世界文学是民族文学的椭圆形折射",意在说明"原语文化和宿主文化各自提供一个焦点,从而形成一个椭圆形空间,一部作品作为世界文学存在于此,和两种文化都有关联但并不受制于任何一

---

① 转引自查明建. 论世界文学与比较文学的关系. 中国比较文学,2011(1):8.

方";也意在表明"民族文学在进入世界文学空间时,不是简单、直接的'反射',而类似于穿越了一些介质(例如语言、文化、时间、空间等)的'折射';民族文学透过介质'折射'成为世界文学,与它本源的样子已经大为不同"。① 达姆罗什新观点的每一句论证能否得到普遍的认同有待探讨,重要的是它给我们认识翻译文学和世界文学的关系带来新的启示。民族文学(此即原语外国文学)进入世界文学空间的过程包含文学翻译的过程,它经过了译入语的介质如语言、文化、时间和空间的"折射",才由文学翻译的动态活动转变成翻译文学的静态结果,翻译文学涵盖了"原语文化和宿主文化"两个焦点而构成一个椭圆形空间,与其说"世界文学存在于此",不如说这个椭圆形空间就是"和两种文化都有关联"的世界文学空间。简单一点说,翻译文学因涵盖了"原语文化和宿主文化"双焦点而形成了世界文学。

4. 世界文学、外国文学与翻译文学三者的关系

翻译文学因原语作者和目的语译者的合力打造,因文学性间性的充分展现,因涵盖了"原语文化和宿主文化"两个焦点而成为世界文学,那么,当翻译文学、外国文学 II 和世界文学三者指称的实际对象完全同一的时候,如何看待三者之间的关系呢? 我们认为,把翻译文学称为外国文学(确切说外国文学 II)的时候,是把它假设为外国作者创作的作品来研究的,就像从前我国高校中文系外国文学教研室的一些老一辈学者所做的那样,他们可能并未读过原作,而把实际上的翻译作品当作外国原作的代用品加以研究,他们关注的是那个发生在国外的故事,考察研究的是异国文明、异国情调,他们基本忽略了翻译活动的存在,忽略了翻译活动本身的正负能量。而指认其为翻译文学,则主要关注发生在译语国国内的事,例如如何由文学翻译变成翻译文学? 作为翻译文学又如何独立于原语文学的活动能力,借用新语言在译语国社会拓展新的生命空间,安家落户? 而称其为世界文学,则是站在比外国文学和翻译文学更高的层面,超越了

---

① 达姆罗什,等. 世界文学理论读本. 北京:北京大学出版社,2013:255.

民族文学、中外文学,既注重跨文明、跨文化过程中凸显的价值,也注重异质成分在跨文明、跨文化的交流中的相互调适和有机整合。从我们中国人的角度说,外国文学 II 可能更倾向跨文化的那一头,翻译文学可能更倾向跨文化的这一头,而世界文学则试图兼顾和兼容双边,并打开新视野。翻译文学与世界文学的关系,如同对一个人,我们可以称其为市民,他在城市中有他的一份营生;我们也可以称他为公民,而作为公民,他的权利和义务是超越市民身份的,是上升到国家高度来谈论的。所以,世界文学更关注跨民族性和超民族性,既关注跨民族的共性现象也关注超民族的个性现象,既关注文学性间性也关注文化性间性。三者的关系如图 1 所示。

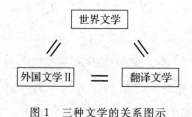

图 1　三种文学的关系图示

　　世界文学的研究范围,在此从翻译角度看,应囊括原语民族和译语民族,世界文学的研究成果也应惠及原语民族和译语民族。翻译文学因其双重民族性等因素而具有了世界文学的意义,所以傅雷翻译的《欧也妮·葛朗台》作为世界文学可以惠及中国文学和汉语民族(也惠及华语世界),但法兰西民族阅读的是巴尔扎克的 *Eugénie Grandet* 原作,它并不具有世界意义,至少不具有显性的世界意义,这是值得思索的。当然法国文学可以以移译中国文学作品作为受惠于世界文学的一种补充。

　　世界文学不仅要从两个民族的共同之处来确认普遍性的人文精神和价值观念,还应从两个民族的个性特色寻求超民族的文化认同。原语民族和译语民族共同的价值观念不属于超民族认同的内涵,民族以外的认识不同于民族之内的认识,才能构成超民族认同的前提。如同罗曼·罗兰在普法战争时期,宁可被国民视为卖国贼,也要超出狭隘的民族主义立场呼吁和平,把自己视为世界公民那样。两个民族共同的东西可以让我们在更大的范围内更深刻地认识世界的本质和揭示人类生存的真谛;两个民族不同的东西可以让我们学会宽容和理解,并在更高的层面寻求相通,探索人类的精神家园。更重要的在于,在融合两个民族之共有和独有的视野中,形成有别于民族双方视野的"第三只眼",它是世界文学的重要价值所在,可以解释民族目光感到困惑的事物和现象,也可以带来"一种独特的发现"①。

5. 余 论

本文所说的翻译文学经典,指原语国作者与译语国译者合力创造的经典,并不排除原语国作者和原语国译者合作完成的经典,但认为前者情况更能得到普遍的认同。此外,从翻译视角研究世界文学,并不等于世界文学仅仅是翻译视角下呈现出的概念,况且我们的研究也仅仅是翻译视角下的一个维度。中外学者对"世界文学"的定义之多,正如上文中达姆罗什所说,世界文学"并没有一套固定的模式,世界上不同地区有多种多样的'世界文学'"。形形色色的世界文学之定义在此不能一一陈述,但大都离不开跨国传诵与异域生根的基本条件。从文学性间性的角度说,从世界文学是两个(或两个以上)民族的文化元素的融合之角度说,伏尔泰的《中国孤儿》(取材于纪君祥《赵氏孤儿》)和图尼埃的《礼拜五——太平洋上的灵薄狱》(改编笛福的《鲁滨孙漂流记》)不可否认也是世界文学,也是真正意义上的改写。但美国翻译理论家韦努蒂所言的"翻译绝不是对原文文本的复制,而毋宁说是对原文的改写……即使译者所力求达到的是一种严格的形式对等和语义对等,他的译作依然是一种改写"②,这种观点是把文学作品科学化了,是其对文学翻译活动的实质的"独特"见解。但他的"改写"论可以解释菲茨杰拉德翻译的《鲁拜集》,解释斯奈德翻译

---

① 转引自高玉. 文学翻译研究与外国文学学科建设——吴元迈先生访谈录. 外国文学研究,2005(1):5.

② 转引自达姆罗什,等. 世界文学理论读本. 北京:北京大学出版社,2013:203-204.

的寒山诗的经典化历程。

泰戈尔在一百多年前撰写的《世界文学》一文,至今仍不失其影响。他认为,"只有当作者的内心意识到人类的思想并在作品中表达人性的痛苦时,其作品才能被置于(世界)文学的殿堂",世界文学"所展示的是普遍的人性",世界文学探求普遍的人性。① 一些论者进而做出诠释,指出世界文学表现了人类的共同情感和"普遍价值"。② 我们认为,世界文学的意义并不局限于展示或表现了"普遍的人性",而更在于展示或表现"普遍人性"的个性方式,那种带有民族特色、地方特色的个性方式。应当指出,世界众多民族的价值取向不尽相同,是极正常的事,难道表现了非普遍的价值就不能成为经典? 所以我们似乎这样说更合理:世界文学不一定表现了普遍的价值,但一定是被普遍关注的价值;另一方面,即使是普遍价值,对我们来说,更感兴趣的也是表现普遍价值的不同的个性方式。世界文学不应只是多民族的共同之处的展示,而更应是世界文化多元性的相汇相容、调适整合和交融出新,是兼容了多元文化因素后在更高层面上的新认识、新发现。其实,细品泰戈尔的《世界文学》,我们认为,泰戈尔的"普遍人性"还是包含那一层意思的,如他所说,"寻求个别的人性与人类普遍人性之间的联系也是人类灵魂的本性",世界文学"是借助表达的丰富性来揭示人类灵魂渴望显现自身的那些亘古不变的艺术形式",以及"在每位作家的作品中发现文学的总体特点,在这些总体特点中,我们应该……感悟其相互关系"。③ 以其最后一句来分析,总体特点主要不在于共性特点,而在于众多个性特点的相容,不同个性之间的相互关系比共性之间的相互关系更值得文学探索与研究。

世界文学及世界文学经典是继世界范围的文学经典讨论后出现的热议话题,有关文学经典的新认知、新观念也给我们当下的世界文学(经典)

---

① 转引自达姆罗什,等. 世界文学理论读本. 北京:北京大学出版社,2013:62-64.
② 刘洪涛. 世界文学观念的嬗变及其在中国的意义. 中国比较文学,2012(4):12.
③ 转引自达姆罗什,等. 世界文学理论读本. 北京:北京大学出版社,2013:56,63,64.

研究带来或多或少的启示。达姆罗什指出："世界文学是一种传播和阅读模式。"①这种认识突出了世界文学经典的动态建构性,世界文学的动态概念基本上已经成为学界主导性的认识。对此我们认为,首先,世界文学经典的动态性研究应当作为过去我们片面关注文学经典的静态性研究的必要补充,而不能用其动态性取代其静态性,或只强调其动态性而否认其静态性的存在。因为动态和静态是相对而言的,也是可以互为转换的。即便在世界文学的动态性之中,如在民族文学经典进入世界文学经典体系的运作机制中、在推动或阻碍其在世界范围流布影响的社会文化政治等深层动因中、在文学经典化过程中所凸显的文学本身的种种现象之中,必存在着静态的确定的因素可供我们判断,否则一切都让我们无法"盖棺定论"。其次,世界文学经典的动态性研究不应仅仅理解为原文经典转变成译本后在译入语民族的传播与影响的研究,不应仅仅限于译本替代了原本在异域旅行过程中于异域各种权力话语的"赞助"和"共谋"下的经典化研究,这只是译本形成之后的外部重构问题。我们还应探讨原文到译文转换过程中译者的经典化再创作活动,探讨译者作为翻译主体在对原作进行语言上创造性的转化过程中,其诗学品味和意识形态观念等所发挥的作用,关注翻译主体在作者意图、文本意图和历史语境中所进行的超越语言层面的文化移入。毕竟,世界文学的经典性体现在它是由作者和译者所代表的两个民族创造性审美元素的有机整合,是原作艺术实质的创造性与译语语言比配的创造性两者的化合,它兼容了两个民族的文化优长。这是翻译文学经典即世界文学经典形成过程中的内部重构问题。总之,如果我们承认世界文学经典源自翻译文学经典,那么似乎也应承认,世界文学经典是文本内部因素和外部因素两者合力的结果。

---

① 转引自查明建. 论世界文学与比较文学的关系. 中国比较文学,2011(1):5.

第三章　历史钩沉与当下撮要

第一节　傅雷翻译研究述要

一、傅雷生平及翻译活动扫描

1. 生　平

傅雷,字怒安,1908 年 4 月 7 日出生于上海市郊县南汇。1921 年,13岁的傅雷考入上海市南洋中学附小,次年,以同等学力考入上海教会学校徐汇公学读初中,开始了每天两节课的法语学习,为后来留学法国和从事法国文学翻译活动打下伏笔。但三年后,傅雷因公开激烈的反宗教言辞被校方开除。1924 年,他仍以同等学力考入上海大同中学附中。不久,因"五卅"惨案激起了热血少年的爱国情,傅雷和同学一道走上街头,随后,又由于带头掀起反对学阀的"大同风潮",他不得不辍学离校。但那时还是高中生的傅雷,已经在很有影响的《北新周刊》和《小说世界》上发表了《梦中》和《回忆的一幕》等短篇小说,让我们见识了日后一代翻译大家的文学才华。1926 年 9 月,18 岁的傅雷以同等学力考入上海持志大学,入校不久,因这所大学的教学状况和学习环境令他失望,加之"四一二"白色恐怖,时局动荡,傅雷决定赴法留学。1927 年 12 月 31 日,傅雷在黄浦江畔登上了开往法国的邮轮"力蓬"号。《法行通信》的写作主要就在这段海上航行期间完成,书中记载了一个正直、善良、爱国、多情的文学青年丰富的心声。

傅雷乘"力蓬"号于一个多月后抵达马赛,后乘火车到巴黎,在郑振铎的帮助下,在伏尔泰旅馆安顿下来。机缘巧合的是,后来他还翻译了《伏尔泰传》(即《服尔德传》)。经过半年的法语巩固学习,傅雷考入巴黎大学文科,主修文艺理论,也去校外兼听美术史课程和艺术讲座。后来因受罗曼·罗兰影响,他又爱上了音乐。在法期间,一方面,他与日后在国内外文坛艺海的知名人士刘海粟、刘抗、庞熏琴、梁宗岱、朱光潜等交往谈艺;另一方面,又常与好友结伴,饱览西欧名胜,拜访名流,凭吊先贤,浸淫于大大小小的博物馆和艺术馆,尤其在卢浮宫流连忘返,观赏研析。

在法期间,傅雷还与后来在南京中央大学和北京大学教授法语、任北平中法大学文学系主任的曾觉之,著名散文家孙福熙,著名文学编辑孙伏园等交往。他曾两度前往法瑞交界的景色优美、令人精神愉悦的莱芒湖休养、度假,与好友结伴在此游览、畅谈。有评论认为,莱芒湖"成了他灵魂栖息的圣地……长久浸润着他的艺术之魂和创作之灵。他任何不朽的译作、创作和评论,都弥漫着莱芒湖水的仙气……它打开了潜藏在他身上的艺术之灵,成了他绵绵不绝、取之不尽的文思源泉"①。

1931 年 8 月,在法留学已近四年的傅雷,与刘海粟结伴回国。抵沪之日适逢"九一八"事变。回国后,23 岁的傅雷即被刘海粟聘任为上海美术专科学校办公室主任,同时教授西方美术史和法语。1932 年 1 月,傅雷与朱梅馥完婚,从此两人一道,历经风雨,走完坎坷多难的人生。1933 年 9 月,傅雷因看不惯刘海粟"商店作风"的办学方式,辞去美专职务。是年,他的第一部译著《夏洛外传》以"自己出版社"名义自费出版。他下定决心,从此闭门译书,"以他自己的方式"开始未来的生命旅程。

这一时期,他主要翻译了罗曼·罗兰的《巨人三传》。1934 年 3 月,他致函罗曼·罗兰,信中有道:"偶读尊作《贝多芬传》,读罢不禁号啕大哭,如受神光烛照,顿获新生之力,自此奇迹般突然振作。此实余性灵生活中

---

① 谢天振,李小均. 傅雷——那远逝的雷火灵魂. 北京:文津出版社,2004:12.

之大事。尔后,又得拜读《弥盖朗琪罗传》与《托尔斯泰传》,受益良多。鉴于此番经历,愚曾发愿欲译此三传,期对陷于苦恼中之年轻朋友有所助益。"①罗曼·罗兰回信中就傅雷提到的"英雄主义"给予答复:"为公众服务而成为伟大。"应当说,这话对傅雷选择翻译服务民众,致身社会有着重要影响。抗日战争全面爆发后,傅雷几乎"闭门不出,东不至黄浦江,北不至白渡桥,避免向日本宪兵行礼"②。也正是隐遁于这般境域,傅雷于1936年至1941年翻译出版了《约翰·克利斯朵夫》,给黑暗年代的读者送来了精神支柱,也因此"迎来了其翻译生涯中的第一个高峰"③。

在那个年代,傅雷也会和一些志同道合的友人定期聚会,论文艺,谈时局,也会和像钱锺书这样的学人串门谈艺。1942年,傅雷倡议筹办了"黄宾虹八秩诞辰书画展览会"。他大力推介黄宾虹,他和黄宾虹之间的忘年友情在中国美术发展史上传为佳话。1944年,傅雷发表了《论张爱玲的小说》,对这位风头正健的女作家的创作倾向提出中肯的批评,该文至今仍然是张爱玲文学研究中的重要论文。1949年12月,傅雷经天津到北京,清华大学吴晗有意请傅雷前来教授法语,傅雷宁愿教美术史,而不愿教法语,故未应。他决计仍回上海干他的本行,与法国文学大师们"朝夕与共"。之后,傅雷热心投身社会文化政治活动,撰写有关知识分子、文艺界出版界问题及整风问题的各种文稿,认真履行上海市政协委员的职责。但自1957年夏至1958年春,傅雷受到错误批判,被打成"右派"。1961年9月,有关部门才摘掉其"右派"的帽子,但傅雷面对报纸没有笑容:"当初给我戴帽,本来就是错的。"

以后的四五年间,傅雷深居简出。1966年,"文革"烈火波及傅雷家门。9月3日,因惨遭批斗、折磨和凌辱,傅雷夫妇愤而弃世。

2. 翻译活动

傅雷的翻译活动始于1929年赴法求学之时,终于"文革"初年,共计

① 傅雷. 傅雷文集·书信卷. 合肥:安徽文艺出版社,1998:3.
② 傅雷. 傅雷文集·书信卷. 合肥:安徽文艺出版社,1998:5.
③ 谢天振,李小均. 傅雷——那远逝的雷火灵魂. 北京:文津出版社,2004:20.

译著 34 部,五百多万言。罗新璋曾以 1949 年为界,把傅雷的翻译活动分为前后两个时期。前期翻译用傅雷自谦的话说,"还没有脱离学徒阶段";而以 1949 年 6 月出版的《欧也妮·葛朗台》为标志,"傅雷的翻译进入成熟时期,达到新的水平,形成独自的翻译风格"①。

傅雷在法求学时期,为了学法文,曾翻译都德的两个短篇小说集和梅里美的《嘉尔曼》,但没有投稿。1929 年,他在攻读美术史的同时,开始翻译丹纳的《艺术哲学》第一编第一章,取名"艺术论",同时撰写了《译者弁言》。同年 9 月他在莱芒湖度假期间,译出《圣扬乔而夫的传说》,载于次年出版的《华胥社文艺论集》,这应是他最早发表的译作。留法期间,傅雷还翻译了《贝多芬传》,寄给商务出版社被退回;1933 年翻译了莫罗阿的《恋爱与牺牲》,寄给开明亦被退回。上述两部译作后来出版,都是他重新译的。而译著《夏洛外传》的译稿先在几家出版社那里遭拒,傅雷才决定"自己"把它诞生下来。在此,我们一方面看到,傅雷的翻译之路刚刚起步之时,还不可能一帆风顺,另一方面,我们也可以看到傅雷坚定、执着的翻译追求和对自己翻译才能的信心。所以接下来,从 1935 年到 1936 年,便有了他的译著《弥盖朗琪罗传》《托尔斯泰传》《人生五大问题》《服尔德传》等相继问世。

1937 年至 1941 年间出版的译作《约翰·克利斯朵夫》和 1946 年出版的译作《贝多芬传》,奠定了傅雷翻译名家的形象。傅雷在法期间就读到《贝多芬传》,发现"贝多芬以其庄严之面目,不可摇撼之意志,无穷无竭之勇气,出现于世人面前,实予我辈以莫大启发"②。回国后,他又与罗曼·罗兰书信来往,表达了与罗兰"十分契合"的英雄主义观。《约翰·克利斯朵夫》出版于抗战时期,一方面,我们要用"顽强的意志"去追求崭新的天地;另一方面,"在你要战胜外来的敌人之前,先得战胜你内在的敌人"③,

① 转引自傅敏. 傅雷谈翻译. 北京:当代世界出版社,2005:代序 1.
② 傅雷. 傅雷文集·书信卷. 合肥:安徽文艺出版社,1998:4.
③ 傅雷. 傅雷文集·文学卷. 合肥:安徽文艺出版社,1998:254.

所以要坚持、要忍耐,"但愿克利斯朵夫在此大难未已的混乱时代能成为一个坚强而忠实的朋友"(罗曼·罗兰)①。而《贝多芬传》无论其重译于1942年,还是出版于1946年,都是"阴霾遮蔽了整个天空"的危急时代,"我们比任何时都更需要精神的支持,比任何时都更需要坚忍、奋斗,敢于向神明挑战的大勇主义"②。傅雷选择这两部著作翻译,一方面是要把他曾经受到的罗兰的恩泽转赠年轻的一代,另一方面也反映出,一个伟大的翻译家总是把自己的翻译工作与国家、民族的利益结合起来的,他要用文化武器武装公众,激励进步青年,服务于民族伟业。所以,傅雷的翻译生涯因其契合时代脉搏的文本选择和饱含激情的转化移译,在此显得熠熠生辉。傅雷曾经说过:"我回头看看过去的译文,自问最能传神的是罗曼·罗兰,第一是同时代,第二是个人气质相近。"③同时在第一个高峰期里,傅雷还翻译出版了巴尔扎克的《高老头》、罗素的《幸福之路》、杜哈曼的《文明》等作品。

如果说,傅雷前期译事活动以翻译罗曼·罗兰为主,那么后期译事活动就是以翻译巴尔扎克为主;罗曼·罗兰的作品汉译如《约翰·克利斯朵夫》《贝多芬传》等为傅雷赢得了广大读者,而其汉译巴尔扎克的《人间喜剧》则确定了傅雷是巴尔扎克在中国的最佳代言人。傅雷一生翻译了十五部(出版十四部,"文革"遗失一部)巴尔扎克的作品。《高老头》初译于1946年,重译于1951年,再译于1963年,《亚尔培·萨伐龙》发表于1947年,《欧也妮·葛朗台》发表于1949年,其余各部均完成于1949年后,累计约二百五十万字。完全可以说,巴尔扎克的著作构成傅雷后半期翻译的重心。而且,由于傅雷的倾力,不少作品脍炙人口,深受读者喜爱。为何傅雷在后半期主要选择了巴尔扎克?傅敏对此做过解释:"他翻巴尔扎克主要是考虑到政治问题,当时国内的情况,翻译巴尔扎克最安全,如果

---

① 转引自傅雷. 傅雷全集(第七卷). 沈阳:辽宁教育出版社,2002:8.
② 傅雷. 傅雷文集·文学卷. 合肥:安徽文艺出版社,1998:265.
③ 傅雷. 傅雷文集·书信卷. 合肥:安徽文艺出版社,1998:155.

不是在这种情况之下,他不一定会翻巴尔扎克,但是他翻了,也很喜欢。"①
马克思和恩格斯对巴尔扎克和《人间喜剧》都给予过肯定性的评价,这在
我国无产阶级对资产阶级进行专政的时期里,如同意识形态领域内特设
的通行灯,给译者的翻译活动提供了政治上的安全保障。② 对此,谢天振、
李小均借助当代翻译理论中的"操纵学派"的研究成果,从"意识形态、诗
学、赞助人"三个维度出发,把傅雷翻译转向背后的权力制约关系放在历
史的宏大语境中进行了考察和分析,首次把傅雷翻译活动与当代译论结
合起来,打开了傅雷翻译活动的现代阐释空间。

傅雷选择巴尔扎克,也不完全出于政治考虑。早在 1938 年,他就
始打巴尔扎克的主意。③ 或许因为巴尔扎克的浩瀚博大,傅雷需要假以时
日,准备酝酿。金圣华做过"傅雷与巴尔扎克"的专题研究,她认为:"剖开
巴尔扎克表面的浪漫与不羁,正是文学巨人无比的意志、毅力、自律与执
着;而透过傅雷表面的冷静与含蓄,却满是艺术家的激情与狂热。傅雷个
性外冷内热,正适合翻译巴尔扎克这位写实派大师气势磅礴,但又细致入
微的作品。"④而且,《人间喜剧》描绘了 19 世纪上半叶法国社会方方面面
的风貌,十分契合傅雷的文学观,即:"文学既以整个社会整个人为对象,
自然牵涉到政治、经济、哲学科学、历史、绘画、雕塑、建筑、音乐,以至天文
地理、医卜星相,无所不包。"⑤此外,除了作者与译者性情相近,对文学的
看法一致,两人的工作习惯也不谋而合,虽跨越时空,却依然心心相印。
傅雷也确实把翻译巴尔扎克作为后来的主要工作。他在 1954 年说过:
"大概以后每年至少要译一部巴尔扎克,'人文'决定合起来冠以《巴尔扎
克选集》的总名,种数不拘,由我定。我想把顶好的译过来,大概在十余
种。"重要的是,傅雷在翻译巴尔扎克的过程中,确实表现出作者与译者的

---

① 金圣华. 傅雷与他的世界. 北京:三联书店,1997:77.
② 许钧,宋学智. 走进傅雷的翻译世界. 北京:高等教育出版社,2008:157-158.
③ 转引自傅敏. 傅雷谈翻译. 北京:当代世界出版社,2005:8.
④ 金圣华. 江声浩荡话傅雷. 北京:当代世界出版社,2006:200.
⑤ 转引自傅敏. 傅雷谈翻译. 北京:当代世界出版社,2005:9.

心有灵犀。还在 1951 年,他就说过:"我的经验,译巴尔扎克虽不注意原作风格,结果仍与巴尔扎克面目相去不远。只要笔锋常带情感,文章有气势,就可说尽了一大半巴氏的文体能事。"①

在后期翻译活动中,傅雷除了主攻巴尔扎克外,还翻译了梅里美、伏尔泰和丹纳的作品,这些翻译不仅显示出傅雷高雅的艺术品位,也显示出傅雷在翻译风格上具有不止一枚印章的大译家的才华。一方面,傅雷的翻译一步一步地突破艺术的难关,逐步达到艺术的高峰;另一方面,由于"左"倾政治运动无端而又无情的打击,傅雷被戴上"右派"的帽子,几部译稿均不能出版。出版社建议他,如果用笔名当可以印行,但被他拒绝:"要嘛还是署名傅雷,要嘛不印我的译本。"②这表现出仅靠稿费维持全家生计的傅雷刚直的骨气,当然同时,也揭露了在特殊时期政治意识形态对翻译活动的操控是很不利于翻译家的翻译活动的。不久后爆发的"文革",就把一个度过了"艺术大难关"的翻译巨匠傅雷推进了死亡的深渊。

二、傅雷翻译研究述要

我国的傅雷翻译研究大体经历了四个阶段:(1)传统研究独领风骚时期;(2)现代研究的介入与傅译研究的拓宽时期;(3)现代研究取得重要成果时期;(4)后傅雷时代。

1. 20 世纪 50 年代初期—20 世纪 80 年代中期:传统研究独领风骚

传统研究独领风骚,是从 20 世纪 50 年代至 20 世纪 80 年代中期。虽然时间跨度较长,但从研究成果的分布看,改革开放前只有严格意义上的一篇评论;改革开放之初则出现了傅雷翻译研究的第一个热潮。

1952 年,赵少侯的《评傅雷译〈高老头〉》开傅雷翻译研究之滥觞。赵文试图根据自己对傅译的审读提出,傅雷这种"过分求神似,过分求译文

① 傅雷. 傅雷文集 · 书信卷. 合肥:安徽文艺出版社,1998:165,156.
② 金梅. 傅雷传. 长沙:湖南文艺出版社,1997:291.

通顺"的翻译方法"是需要有节制的"。① 赵文的举例一半点赞一半质疑，但如果因此把赵文仅仅归入正误式的批评，恐怕就缺乏今天的理论透视了。赵少侯是当时人民文学出版社的责任编审。从某种意义说，他就是赞助人，至少是赞助人的代表，这使我们想到了勒菲弗尔的《翻译、重写以及对文学名声的操纵》。这个赞助人或赞助人的代表对于同时期的巴尔扎克的翻译家高名凯和穆木天，可以毫无顾忌地给予十分严厉的批评②，显示了出版机构的强势地位和不可低估的制约力量。两人被批后，都赶紧在期刊上做自我检讨。③ 但面对傅雷，赵少侯的态度和措辞却相当谨慎，语气总是商榷的，没有了那种不客气的直白和犀利。他甚至在后来的审稿意见中写道："傅雷先生的译笔自成一家，若由编辑部提意见请他修改，不惟他不同意，事实上也有困难。"④尽管赵氏不是出版机构的决策人，但他对巴氏三译家的两种不同的态度，还是说明译者与赞助人的关系并不都是勒氏笔下的那种单纯的关系，很有可能因人或因事而异的，而这往往正是需要我们根据具体情况做出新的分析来的。

改革开放后，傅雷翻译研究由罗新璋拉开大幕。1979 年，《文艺报》发表了罗新璋的《读傅雷译品随感》，《读书》发表了傅雷致罗新璋的《论翻译书》，并配发了罗的《附记》。前者虽是"随感"，却全面而简要地评论了傅雷的翻译成就、神似特色，客观评价了傅雷的译文风格，肯定了傅雷"自成一种译派"的翻译实践；后者引发了傅雷翻译研究中的第一场论争，主要围绕着直译与意译的话题。反对方以洪素野的《直译、硬译与意译》⑤为代

---

① 赵少侯. 评傅雷译《高老头》. 翻译通报，1952(7)：13.
② 参见赵少侯. 评穆木天译《从兄蓬斯》. 翻译通报，1952(3)：19-21；赵少侯. 评高名凯译《三十岁的女人》中译本. 翻译通报，1952(4)：14-15.
③ 参见穆木天. 穆木天同志的答复. 翻译通报，1952(3)：21-23；穆木天. 我对翻译界三反运动的初步认识. 翻译通报，1952(4)：5-6；高名凯. 我在翻译中的官僚主义作风. 翻译通报，1952(4)：4.
④ 转引自傅雷. 傅雷文集·书信卷. 北京：当代世界出版社，2006：649.
⑤ 洪素野. 直译、硬译与意译. 读书，1980(4)：153-154.

表,捍卫方以许渊冲的《直译与意译》[①]为代表,最终以反对方销声匿迹而告终。这一时期,罗新璋还发表了《傅译管窥》和《我国自成体系的翻译理论》。[②]《傅译管窥》介绍了傅雷的翻译艺术,《我国自成体系的翻译理论》肯定了傅雷神似观在中国翻译理论建设中的贡献,成为研究"中国翻译理论"的学者不得不读的重要力作。

从改革开放到 80 年代中期,仍是传统研究独领风骚的时期。所谓传统研究就是从传统的认知结构、方式方法所做的研究,包括随感式、赏析式、正误式、漫谈式、随笔式等研究方式。我们划分到 80 年代中期,是因为到 80 年代中期前,现代翻译理论包括西方翻译理论的新概念、新思路、新视野还没有介入进来,所以说是传统研究独领风骚的时期;我们强调"独领风骚"还因为,改革开放后,学界百家争鸣,傅雷翻译研究就出现了第一个热潮;同时也想说明,传统的东西并非就是落后的,随感式的探讨不一定就低于纯理论式的研究。我们绝不会认为罗新璋的《读傅雷译品随感》和《傅译管窥》的含金量低于当今的某些理论性的研究。他在两篇文章里的很多真知灼见被后来学人引用发挥,就是很好的说明。

这一时期较有力度的传统型研究,还有陈伟丰的《谈傅雷的翻译》和郑永慧的《文学翻译的基本功》。我们注意到这一时期,在对一般性的文学翻译基本原理和基本技巧的探讨中,也能看到论者对傅雷及其翻译的引用。如张成柱的《浅谈翻译的理解和表达》(理解和表达正是传统认知中翻译过程的两个方面)和《谈谈文学翻译》。[③] 而许渊冲的《翻译的理论和实践》超出法国文学翻译领域,在肯定傅译《约翰·克利斯朵夫》的基础上,用自己和他人的翻译实践比较和检验了"神似""形似"和"意似"三者

---

① 许渊冲. 直译与意译(上). 外国语,1980(6):26-32.

② 罗新璋. 傅译管窥. 图书馆学通讯,1985(3):78-83;罗新璋. 我国自成体系的翻译理论. 翻译通讯,1983(8):8-12.

③ 张成柱. 浅谈翻译的理解和表达. 外语教学,1980(2):52-57;张成柱. 谈谈文学翻译. 翻译通讯,1983(3):25-27.

关系,提出了独到的见解。① 在非傅雷翻译研究和非法国文学翻译研究中引用傅雷,足可见傅雷的影响已经超出法国文学翻译范围而波及外国文学翻译领域了。

2. 20 世纪 80 年代中期—90 年代中期:现代研究的介入与傅译研究的拓宽

20 世纪 80 年代中期始,傅雷翻译研究不再局限于传统研究的模式。随着中国翻译理论的发展与西方翻译理论的引进,研究者的理论意识渐渐萌发或增强。许钧的《关于风格再现——傅雷先生译文风格得失谈》,把传统研究的实例论证放在西方现代理论的观照下,对傅译风格得失问题做了理性的考量。该文应当视为翻译的理论意识及现代理论本身的运用介入傅雷翻译研究的标志。此后,现代理论(无论是翻译理论还是广义的文学理论或语言学理论)中的新概念、新知识、新动向,渐渐被运用到傅雷翻译研究中,如《翻译的"多元性"给我们的启示》②和《模糊学在文学翻译中的应用》③。虽然论者可能并未深究"多元性"和"模糊学"的现代本体内涵及其学理,只是对两者做常识性的理解和领悟之后的一种启发性的试用,但也表现出把新知识、新概念引入傅雷翻译研究的积极倾向。西方20 世纪七八十年代的文化转向,也给这一时期的傅雷翻译研究带来启示。《从〈家书〉看傅雷的中西文化观》虽从《家书》出发,但也试从文化的视野评价了傅雷翻译活动对我国文化事业的贡献以及他在两种文化交流中"化"出原作神韵的才能。④ 许钧的《关于文学翻译批评的思考》通过引用傅雷及其他译者的译文,更明确地强调了"一个成功的翻译,不再是原文与译文之间的封闭性转换,而应考虑到文化因素……从文化角度去追求更高层次的意义近似"⑤。上述研究中的现代理论及其概念确实为傅雷翻

①　许渊冲. 翻译的理论和实践. 翻译通讯, 1984(11): 5-10.

②　石雨. 翻译的"多元性"给我们的启示. 中国翻译, 1988(3): 43-46.

③　张成柱. 模糊学在文学翻译中的应用. 中国翻译, 1989(2): 19-21.

④　易严. 从《家书》看傅雷的中西文化观. 群言, 1992(1): 41-43.

⑤　许钧. 关于文学翻译批评的思考. 中国翻译, 1992(4): 30.

译研究拓宽了研究领域，提供了新的思路。我们可以感受到现代意识的初步介入给傅雷翻译研究打开的视野，在传统研究之外开拓了新途径、新渠道。但并没有取代传统研究。所以这时期，我们依然能读到罗新璋的《〈罗丹艺术论〉读后记》和《傅译罗曼·罗兰之我见》①。罗文也依然保持着对傅雷及其翻译的感性的认知，但并不失其启发后学的作用。而且《傅译罗曼·罗兰之我见》一文还把"傅译效应"与译者的"主体意识"结合起来，体现出传统学人开放迎新的治学姿态。同样，金圣华的《傅雷与巴尔扎克》从传统角度探讨了译者与作者的气味相投，但也暗含了现代层面上翻译主体与创作主体的"契合无间"②。两文均可视为传统与现代之间的过渡论文。金圣华的另一篇《傅译〈高老头〉的艺术》，虽然选择了翻译技巧的角度，却展示了作者十分成熟的传统研究方法，把传统研究的优长淋漓尽致地表现出来。③ 这一时期的传统研究中较为突出的成果，还有《读傅译巴尔扎克的名著〈贝姨〉》和《文学翻译中的情感移植》。④

　　傅雷先生不仅是杰出的翻译家，也是洞幽见微的文艺批评家，所以这时期也能看到不少这方面的研究成果。金梅在 1987 年就发表了三篇文章《做一个严肃高明的批评家——傅雷文艺思想札记之一》《做一个德艺俱备，人格卓越的艺术家——傅雷艺术思想札记之一》及《从〈傅雷家书〉

① 罗新璋.《罗丹艺术论》读后记//傅敏. 傅雷谈翻译. 北京：当代世界出版社，2005：88-90；罗新璋. 傅译罗曼·罗兰之我见//傅敏. 傅雷谈翻译. 北京：当代世界出版社，2005：137-140.

② 金圣华. 傅雷与巴尔扎克//傅敏. 傅雷谈翻译. 北京：当代世界出版社，2006：78-87.

③ 金圣华. 傅译《高老头》的艺术//傅敏. 傅雷谈翻译. 北京：当代世界出版社，2005：91-114.

④ 彭长江. 读傅译巴尔扎克的名著《贝姨》. 中国翻译，1992(2)：34-38；张成柱. 文学翻译中的情感移植. 中国翻译，1993(4)：13-16.

看傅雷的艺术思想》。① 此外还有刘凌的《傅雷的审美理想》和郑适然的《论傅雷的艺术思想》。② 这些论者虽然不从事翻译研究,但不可否认的是,他们的研究成果客观上成为傅雷翻译研究的参考资源,尤其对于全面了解翻译家傅雷的文学观、艺术观和审美观具有重要价值。

探索傅雷的成功经验和赏析其精彩译文的研究虽然为多数,但也免不了质疑或批评的文章发表。孙恒的《评卡门的两个中译本》(即傅雷译本和郑永慧译本——笔者注)还引发了郑永慧的《浅谈翻译的“信”》③,后者提醒人们傅译与绝对的“信”之间仍然存在着差距。而《论格调》④一文贬低傅雷的艺术格调和情趣、翻译水平和成就,似乎到了无法让读者接受的地步。但《瑕不掩瑜　瑕瑜互见——读傅雷先生译文札记》⑤一文在指出傅译瑕疵的过程中,还是保持了客观公允的立场。

3. 20 世纪 90 年代中期——21 世纪 00 年代中期:现代研究取得重要成果

从 20 世纪 90 年代中期到 2005 年,可以视为传统研究与现代研究并存的第二个阶段。这个阶段与 80 年代中期到 90 年代中期的十来年相比,无疑又上了一个台阶。1996 年许钧的《译者、读者与阅读空间》⑥可以视为傅雷翻译的现代研究进一步发展的标志。因为之前十年里,文化转向给傅雷翻译研究带来的,一般是文化视野的打开而已,一种启示而已。

① 金梅. 做一个严肃高明的批评家——傅雷文艺思想札记之一. 天津师范大学学报(社会科学版),1987(5):68-73;金梅. 做一个德艺俱备,人格卓越的艺术家——傅雷艺术思想札记之一. 辽宁师范大学学报(社会科学版),1987(6):55-61;金梅. 从《傅雷家书》看傅雷的艺术思想. 文艺理论与批评,1987(3):79-88.

② 刘凌. 傅雷的审美理想. 齐鲁学刊,1990(5):82-86;郑适然. 论傅雷的艺术思想. 广西社会科学,1992(6):85-88.

③ 郑永慧. 浅谈翻译的“信”. 世界文学,1990(3):290-299.

④ 何满子. 论格调. 社会科学,1986(5):71-74.

⑤ 端木华. 瑕不掩瑜　瑕瑜互见——读傅雷先生译文札记. 中国翻译,1991(2):30-32.

⑥ 许钧. 译者、读者与阅读空间. 外国语,1996(1):32-36.

我们可以看到一些论作开始对文化维度的留意,不过似乎点到而止,并未深入。但在这一篇文章里,我们可以看到从"文化体系""文化意义"和"文化色彩"等角度所做的具体、深入,具有实质内涵的探索,使得译作的"阅读空间"渐渐丰满,不再只是一个学术新词而已,不再像之前的"多元性"和"模糊学"那样差不多还是一个浅表性的符号,与其说这些新视角在傅雷翻译研究中得到了应用,不如说给傅雷翻译研究展开了新视野,预示了新景观,促发了探索新领域的欲望。谢天振、李小均的《傅雷:那远逝的雷火灵魂》是这一时期从跨文化视角研究傅雷的重要收获。作者不"从狭隘的语言学角度切入,管窥其翻译的得失",而"把傅雷放在古今中西文化交汇的宏大坐标上",从"翻译的政治"维度,"对傅雷翻译的主观选择以及客观限制条件做一番深究,然后再考察其翻译美学"。① 这是第一部用现代观念研究翻译家傅雷的著作。

《译者、读者与阅读空间》主要是对傅译《邦斯舅舅》的某些处理发表不同见解,背后是作者许钧复译的巴尔扎克的《邦斯舅舅》。这就引出名著复译的话题。名著复译既是 90 年代中期起渐行渐热的翻译现象,也是傅雷翻译研究中的一个新课题;既是时代特征在傅雷翻译研究中的反映,也是傅雷翻译研究发展过程中的一种历史的必然。这一时期,许渊冲发表了《为什么重译〈约翰·克利斯朵夫〉》②,由于他在文学翻译实践方面的建树,由于他极具特色的翻译主张,傅译经典的翻译(即许渊冲说的"重译")问题,引起了我国译界的普遍关注。我们这里所谈的傅译经典的复译,绝非只求经济效益不顾翻译质量的滥译,而是一项严肃的工作,许渊冲和许钧都表达了自己的明确的动机,前者要与傅雷竞赛,与作者竞赛,为了建立可与创作文学比美的世界文学;后者为了深入傅雷的译文宝库中去发掘其价值。无论是许渊冲还是许钧,都是把傅雷作为一个榜样,把傅译作为一种典范,在虚心学习的基础上希望"有所超越"的。也正因为

---

① 谢天振,李小均. 傅雷——那远逝的雷火灵魂. 北京:文津出版社,2005:2, 86.
② 许渊冲. 为什么重译《约翰·克利斯朵夫》. 外国语,1995(4):37-40.

译者的认真和论者的求真,关于复译的探讨发表了重要成果。许钧的《作者、译者和读者的共鸣与视界融合——文本再创造的个案批评》①对傅雷、许渊冲、韩沪麟三个译本的《约翰·克利斯朵夫》做了一番小中见大、宏观与微观互动的比较研究,既涉及文学翻译的多个层面,又涉及名著复译的评判与考量;既有西方现代理论对症下药的观照剖析,又有翻译批评的方法论上的启示;既肯定了傅译经典经久不衰的价值,又不否认严肃的复译作品的价值。

如果说 80 年代中期至 90 年代中期,是现代理论介入到傅雷翻译研究中并打开我们的研究视野的时期,那么,90 年代中期往后的十来年期间,是现代理论深入到傅雷翻译研究中并发挥了理论的作用的时期。现代研究与传统研究并存、互补,甚至有机地交织在一起。《译者、读者与阅读空间》运用了接受美学、阐释学和读者反应批评理论,《为什么重译〈约翰·克利斯朵夫〉》也从忠实于原作"升华"到忠实于读者的现代观念,《作者、译者和读者的共鸣与视界融合》应当是传统与现代结合的范例。翻译研究的文化转向和社会学转向大大突破了传统研究中的"原文本中心主义",超越文本的研究不时出现,如《傅雷的"引进观"》《关于傅雷精神的反思》《傅雷的历史观念与世界眼光》《试论傅雷的艺术主体思想——兼谈艺术的审美表现》《傅雷:翻译家的学人风范》②等。如果说这些文章是出于傅雷多重主体形象的一种巧合,那么金圣华的《文学翻译的创作空间》和《傅雷翻译巴尔扎克的心路历程》则是典型的超越传统文本的翻译研究论文。前者探讨了傅译《约翰·克利斯朵夫》至今仍被奉为经典的内在因素,揭示了辽阔的创作空间对译者的多重期盼;后者对傅译巴氏十多部作

---

① 许钧. 作者、译者和读者的共鸣与视界融合——文本再创造的个案批评. 中国翻译,2002(3):23-27.

② 胡思勇. 傅雷的"引进观". 学习月刊,1996(1):45;丹晨. 关于傅雷精神的反思. 博览群书,1997(6):4-6;金梅. 傅雷的历史观念与世界眼光. 文学自由谈,1998(2):72-78;周铁项. 试论傅雷的艺术主体思想——兼谈艺术的审美表现. 河南大学学报(社会科学版),2002(4):110-114;冻凤秋. 傅雷:翻译家的学人风范. 21 世纪,2003(9):44-45.

品的经典之路的俯瞰式考察,突破了传统的翻译之"技"的探讨,在翻译过程的现代认知层面追寻傅译巴氏作品的经典之旅。① 肖红、许钧的《试论傅雷的翻译观》②把副文本作为专门材料来研究,明确地突破传统的研究范围。也有论者把"傅雷对巴尔扎克的接受与传播"作为探讨的主题。③

我们看到了现代研究在传统研究之外发挥了明显的作用,成为传统研究的重要补充,发挥了不可替代的作用,但也不可能遮蔽传统研究。郑克鲁的《略论傅雷的翻译成就》就是传统研究中重要的一篇,它的价值不仅仅在于从傅雷译作的几个特点考察了傅雷的翻译成就,更在于指出了傅雷翻译研究中存在的一个问题,即有人"一味去寻找优秀翻译家的错误",而不是花力气"总结他(们)的成功经验"的倾向。④ 然而傅译经典又同其他经典一样,总是免不了会遭到这样那样的批评和颠覆。2005 年,张承志批评傅雷译文粗糙的新闻在网络上一度沸扬。许钧用回到文本、还原真相的方法,对张承志过于"敏感"的"失度"的批评做出回应,收到正本清源的效果。⑤ 这一时期还出版了两本书,是研究傅雷翻译的人爱读的,《傅雷与他的世界》和《傅雷谈翻译》⑥。前者在超越翻译的层面评价了傅雷的多个方面,给研究者带来诸多参考;后者成为傅雷研究者乃至更广泛的文学翻译研究者引经据典的重要资源。

4. 后傅雷时代

2006 年起至今,傅雷研究进入了"后傅雷时代"。在这个时代里,我们

---

① 金圣华. 文学翻译的创作空间. 翻译季刊,1995(2):66-76;金圣华. 傅雷翻译巴尔扎克的心路历程//金圣华,黄国彬. 因难见巧. 北京:中国对外翻译出版公司,1998:146-172.
② 肖红,许钧. 试论傅雷的翻译观. 四川外语学院学报,2002(3):92-97.
③ 蒋芳. 傅雷对巴尔扎克的接受与传播. 衡阳师范学院学报,2005(5):42-47.
④ 郑克鲁. 略论傅雷的翻译成就//耿龙明. 翻译论丛. 上海:上海外语教育出版社,1998:174.
⑤ 见许钧. 粗糙、失误还是缺乏警觉——谈张承志对傅雷的"批评". 粤海风,2005(6):60-62.
⑥ 金圣华. 傅雷与他的世界. 北京:三联书店,1996;怒安. 傅雷谈翻译. 沈阳:辽宁教育出版社,2005.

既看到不同于从前的翻译生态,也看到西方现代理论与中国传统研究的并重,还看到译学对其他学科的介入。2006 年 10 月,施康强发表了《文学翻译:后傅雷时代》,指出了傅雷之后文学翻译空前繁荣背后泥沙俱下的尴尬、翻译家的学养不足以及文学翻译生态本身存在的问题①。尽管施公曾于 1999 年就发表了《傅雷之后》,但并没有明确指向后傅雷时代翻译领域的问题,似乎也没有引起学界的关注,但可算作后傅雷时代的学术先声。2006 年发表的《谈傅雷精神的内涵及其当下意义》和《一部翻译文学经典的诞生》,实质是针对后傅雷时代的一些现象和问题来谈的,前者探讨的傅雷精神与后者探讨的傅译成功的必要条件及充分条件,都是后傅雷时代的翻译实践中所缺失的且亟需继承、发扬和光大的品格。② 许钧这期间强调了傅雷从"一部书"到"一棵常青树"再到"一个大写的人"的翻译家形象③,也称颂了他的赤子之心和人文情怀及不懈追求真理的精神。④李景端把"崇高的职业道德"和"可贵的傅雷精神"作为怀念傅雷的主要内容。⑤ 柳鸣九在指出傅雷译事成就所启示的"翻译正道"和"翻译通途"的同时,"根据一个时期以来的人文精神、人文文化的状况与趋势",认为"在一两个世纪以内已经完全没有可能再产生出傅雷这样卓绝的翻译大师了",让我们不禁对"后傅雷时代"大师的漫长缺席有所深思。⑥

今日傅雷开辟的翻译道路上虽如柳鸣九说的"前者呼后者应",但盛况背后是质量的下降、繁荣背后是译文的粗糙。因为傅雷所代表的翻译大师时代的远去,我们才会倍感他之于今天翻译活动的意义。故有文章

① 施康强. 文学翻译:后傅雷时代. 文汇报,2006-10-16.
② 宋学智,许钧. 谈傅雷精神的内涵及其当下意义. 外国语,2006(5):53-56;宋学智. 一部翻译文学经典的诞生. 中国翻译,2006(5):41-44.
③ 许钧. 阅读傅雷,理解傅雷. 中国图书评论,2007(1):99-101.
④ 许钧. 赤子之心,人文情怀——傅雷永远活着. 中国翻译,2008(4):20-21.
⑤ 李景端. 文学翻译史上的一座里程碑——怀念傅雷. 中国翻译,2008(4):26-27.
⑥ 柳鸣九. 纪念翻译巨匠傅雷. 中国翻译,2008(4):21.

侧重探讨"傅雷翻译实践的成功路径"①,或把傅雷作为"20 世纪伟大的文学艺术翻译家"加以总结②,希望有助于提高今天文学翻译的质量与水平。我们也才会从实践者众发展到研究者众,把傅雷翻译研究不期然地变成一种集体有意识的行为。于是有了 2006 年的"傅雷著译作品研讨会"和2008 年的"傅雷诞辰百年纪念暨傅雷与翻译国际学术研讨会"及 2011 年"傅雷文化研究中心成立大会"等活动。进而,我们有了《江声浩荡话傅雷》这样的包含众多专家学者论述的文集,和《傅雷的精神世界及其时代意义——"傅雷与翻译"国际学术研讨会论文集》,以及《傅雷的人生境界——傅雷诞辰百年纪念总集》等走向聚合的努力。并且随着研究的深入,随着傅雷翻译的影响及学术价值的逐步彰显,先后有了国家级研究课题"傅雷翻译研究"和"法国文学汉译经典研究"以及省部级研究课题"傅雷与翻译经典研究"等。

（1）西方理论的应用

- **主体性与主体间性**

西方现当代译论及文论进入中国后,不断被用在傅雷翻译研究之上,2006 年以后,又取得进一步的收获。其中,从主体性或主体间性的角度探讨傅雷翻译活动的研究尤其为多。而较为突出的有《从主体论的角度看傅雷先生的翻译》,作者袁莉通过傅雷在文学翻译动态过程中所体现出来的翻译视野、翻译策略、翻译风格,论证了"其不输于原作者的文化创造者身份",从主体论的角度探讨了"傅译作品中所体现出来的诗性创造"。作者指出:"作为一个特殊的理解和阐释主体,翻译的过程,对于译者而言,不仅只是一个认知和表达的过程,而且还是存在的过程,一种诗意的存

---

① 宋学智,许钧.傅雷翻译实践的成功路径及其意义.江苏社会科学,2009(6):
154-157.

② 余烨,夏文琴,余协斌.傅雷:20 世纪伟大的文学艺术翻译家——纪念傅雷先生诞辰 100 周年.解放军外国语学院学报,2008(3):81-84.

在。"①有论者认为,傅雷的翻译行为为主体间性研究提供了特定范本,"他把自己在音乐、美术、文学等等方面的艺术观点拿去与罗曼·罗兰探讨……把自己的生命和艺术同巴尔扎克的艺术紧密地联系在一起"②。就连年轻的法语专业硕士研究生也选择了《傅雷译者主体性研究》③作为自己的硕士学位论文的主题,使得傅雷研究后继有人。

• 文化、社会与意识形态

翻译研究的文化转向和社会学转向在傅雷翻译研究中也有卓著表现,许钧通过考察傅雷译作文本选择、其翻译策略和语体选择等情况,清晰地揭示出傅雷译作的文化意义,有助于我们"充分理解傅译文学经典的社会价值及其人文意义",并"重新认识傅译语言及其对于本土主流文学规范的影响"。④ 也有一些论者敏锐地注意到我国从 1949 年到 1966 年这十七年的文化语境,或者说政治意识形态主导一切的社会语境,借用西方的意识形态理论,探讨了"当时主流意识形态和出版体制控制下"的傅雷的后期翻译。⑤ 他们也认为,虽然傅雷在最后十七年的翻译活动留下了深刻的受主流意识形态与社会规范影响的"烙印",但"我们仍然需要回归'诗学'与'审美'的角度去观察傅雷的译作本身"⑥。

• 超越文本和传统翻译过程

翻译研究的文化转向和社会学转向也使傅译研究突破了文本(texte)研究的传统框架,在热内特等国外学者的启示下,从副文本(paratexte)和

---

① 袁莉. 从主体论的角度看傅雷先生的翻译//许钧. 傅雷的精神世界及其时代意义——"傅雷与翻译"国际学术研讨会论文集. 上海:中西书局,2011:294.

② 唐桂馨,王向东. 傅雷翻译活动的主体间性研究. 西南民族大学学报(人文社科版),2013(3):199.

③ 李晓霞. 傅雷译者主体性研究. 济南:山东大学硕士学位论文,2010.

④ 许钧. 傅雷译作的文化意义. 外语教学与研究,2011(3):437.

⑤ 王云霞,李寄. 论傅雷的后期翻译. 外国语文,2010(3):100-104.

⑥ 崔峰. 翻译与政治:论"十七年"文化语境中傅雷的翻译活动//许钧. 傅雷的精神世界及其时代意义——"傅雷与翻译"国际学术研讨会论文集. 上海:中西书局,2011:78-79.

超文本(extratexte)的更大范围研究傅译。这方面的显著成果《从傅雷译作中的注释看译者直接阐释的必要性——以〈傅雷译文集〉第三卷为例》强调了对原文本的直接阐释在重构文化语境中的必要性,指出傅雷的读者意识"是傅译本历时半个多世纪而不衰的重要因素之一"①。也有年轻的学者"通过对译者的序言、献辞等文章研究分析,并与文本、外文本相互参照,归纳出译者的翻译观和历史观"②。此外,研究范围的扩大也包括从传统的狭义的翻译过程走向现代观念下的广义的翻译过程,即包括文本再创造过程前的文本选择与准备和译本生成后的传播、影响与接受问题。《现代翻译研究视阈下的傅译罗曼·罗兰》就是其中一篇,该文也指出了在超越传统研究范围探索傅雷的翻译主体性和其读者观的重要意义。③

- **翻译诗学、接受美学、释意理论等**

这期间的傅雷翻译研究中运用的西方理论还有翻译诗学、接受美学和释意理论等。从翻译诗学角度探索的主要成果表明:梅肖尼克与斯坦纳的翻译诗学观是我们"对傅雷的翻译进行诗学研究"的重要途径,有助于我们"讨论傅雷译作对原作节奏的再现和翻译家在翻译过程中实现的对原作和译作的双向补偿"。④ 傅译《老实人》就突破了句法层面的藩篱,创造性地再现了原作的风格和效果。⑤ 也有论者把傅雷与本雅明和梅肖尼克做了比较,"试图在东西方翻译与诗学理论语境的穿梭中"探索傅雷

① 杨振,许钧. 从傅雷译作中的注释看译者直接阐释的必要性——以《傅雷译文集》第三卷为例. 外语教学,2009(3):82-84.
② 修文乔. 从傅译副文本看傅雷的翻译观和读者观. 广东外语外贸大学学报,2008(6):69.
③ 宋学智. 现代翻译研究视阈下的傅译罗曼·罗兰. 外语与外语教学,2008(3):4-6.
④ 曹丹红. 两种翻译诗学观的比较及其启示. 外语研究,2007(1):47.
⑤ 曹丹红. 诗学角度看傅译《老实人》对原作风格的再现//许钧. 傅雷的精神世界及其时代意义——"傅雷与翻译"国际学术研讨会论文集. 上海:中西书局,2011:387-400.

"独成一家的翻译艺术境界"。① 从某种角度说,接受美学在翻译研究领域的应用,是我们突破传统的翻译过程把译作的传播与接受纳入研究视野的努力。《从傅雷的〈艺术哲学〉的翻译看翻译的接受美学》尝试指出,傅译"获得受众欣赏的成功因素",就在于他在翻译活动中创造性的兼顾并调和了接受美学和翻译美学的双重维度。② 而释意理论也再次成为硕士研究生学位论文的理论观照。③ 甚至也有论者选择了生态翻译学视角,对傅雷翻译思想进行了以共性化为主的解读。④ 然而,在把傅雷与西方论家进行对比研究中,还存在着一些仓促的认识。我们可以说"神似"对"求信"的超越,但说前者颠覆、解构了后者,恐怕还嫌生硬,不能令人信服。⑤对傅雷与本雅明之间的比较,也不能只看到皮相就下结论,无论探索两者翻译观的相同点还是不同点,都应透过现象看本质,只有深入的识见才可能逼近问题的本质,避免机械的攀比带来认识的偏差。⑥

运用西方现当代理论进行傅雷翻译研究,至今仍具有下列双重意图:"一是试从现当代翻译研究的视角,探讨傅雷翻译活动、翻译思想和翻译精神中蕴含的现代性因素和永恒价值;二是试以傅雷具有典范性的翻译实践,得到实践印证的翻译思想和堪称楷模的翻译精神,来审视现当代翻译理论'解释的有效性'。"⑦

---

① 姜丹丹. 傅雷与本雅明、梅肖尼克——傅雷翻译诗学的境界重构//许钧. 傅雷的精神世界及其时代意义——"傅雷与翻译"国际学术研讨会论文集. 上海:中西书局, 2011:401-411.

② 邵炜. 从傅雷的《艺术哲学》的翻译看翻译的接受美学. 四川外语学院学报, 2008(6):88-92.

③ 栗丽进. 从傅雷的《高老头》译本看释意理论的应用. 重庆:四川外语学院硕士研究生学位论文, 2008.

④ 胡庚申. 傅雷翻译思想的生态翻译学诠释. 外国语, 2009(2):47-53.

⑤ 王洪涛. 傅雷与霍姆斯面对面——在中西互鉴中走向翻译标准的解构与重建. 上海翻译, 2008(4):8-12.

⑥ 张文英, 訾岩. 对本雅明与傅雷译者显性翻译观的解读与对比. 当代外语研究, 2011(2):53-57.

⑦ 宋学智. 现代翻译研究视阈下的傅译罗曼·罗兰. 外语与外语教学, 2008(3):6.

(2)传统研究的成果

• **重要论点小辑**

2006 年是傅雷逝世 40 周年;2008 年是傅雷 100 周年诞辰。"傅雷著译作品研讨会"和"傅雷诞辰百年纪念暨傅雷与翻译国际学术研讨会"不但汇集了全国范围的傅雷研究者的研究成果,开启了集体有意识的傅雷翻译研究的新潮流,也在汇聚之中突显了中国的外国文学与翻译领域的名家学者的重要论点。由于他们长期致力于专业研究而形成的学术地位和学术水平,他们针对傅译所发表的论点颇有历史的眼光和认识的高度,尽管大都出现在纪念性的文章中,却代表了当今我们对傅译研究的水准。法国文学翻译与研究领域的许钧、罗新璋、金圣华等发表过较多观点。其中,许钧还强调了傅译文学经典的生成,"与译者的主体意识、价值判断、审美追求以及翻译实践过程中译者执着求'真'的精神和姿态密切关联"[1]。罗新璋指出,傅雷"正是在外国文学整体翻译质量呈提高趋势的年代里,……臻于自己译艺的最高水平,铸就其一生译业的辉煌,而成为 20世纪文学翻译高峰期的杰出代表"[2]。金圣华指出:"傅雷先生在作品中所体现的是对人间的挚爱与关怀,而他一生为人处事,身体力行的都是超越生命局限的气魄与胸襟。"[3]柳鸣九指出,傅雷是"一位最有文学史家的价值辨析力与艺术鉴赏力的译家","一位真正品味纯正的优秀文化遗产的继承者与传播者"。[4] 在谢天振看来,傅雷的翻译打破了"三个神话":"译者只能是原作者的影子","在文学翻译中,译者是不应该有自己的风格

---

[1] 许钧. 傅译巴尔扎克的启示. 外语与外语教学,2008(3):3.

[2] 罗新璋. 江声浩荡话傅雷//许钧. 傅雷的精神世界及其时代意义——"傅雷与翻译"国际学术研讨会论文集. 上海:中西书局,2011:136.

[3] 金圣华. 纪念真学人、真君子傅雷先生//宋学智. 傅雷的人生境界. 上海:中西书局,2011:16.

[4] 柳鸣九. 纪念翻译巨匠傅雷. 中国翻译,2008(4):22.

的",“译作总是短命的,它的寿命一般只有二十到三十年”。① 金志平认为,傅雷先生对文学翻译理论的卓越贡献,在于“开创性地提出了三个‘相提并论’,即将译者与原作者相提并论,将译作与原作相提并论,将中文与原文相提并论”②。其实这也是傅雷翻译实践的巨大贡献。也有论者认为,傅雷笔下翻译文学经典的诞生还在于,“傅雷在翻译实践中,把儒家精神中的执着进取与道家思想中的推崇天然之美完好地结合起来”③。

- **回归文本**

译学研究在经历了文化转向和社会学转向后,出现了回归文本的研究倾向,傅译研究也体现了这种发展演进。一方面,回归文本已不再局限于《高老头》《约翰·克利斯朵夫》等广为人知的名篇,而扩大到《艺术哲学》《巨人三传》《老实人》《欧也妮·葛朗台》《高龙巴》等佳作,甚至《都尔的本堂神甫》的手稿。代表性的研究有《傅雷文学翻译的精神与艺术追求——以〈都尔的本堂神甫〉为例》④、《傅雷的对话翻译艺术——以傅译〈都尔的本堂神甫〉为例》⑤、《从三版〈高老头〉看傅雷的“翻译冲动”》⑥和《从〈欧也妮·葛朗台〉看傅雷笔下的文言和方言》⑦等。另一方面,这种回归文本并不等于单纯的回归传统的文本研究,而是经历并穿越了现当代

① 谢天振. 论译者的地位——为纪念傅雷诞辰一百周年而作//许钧. 傅雷的精神世界及其时代意义——“傅雷与翻译”国际学术研讨会论文集. 上海:中西书局,2011:31-33.
② 金志平. 傅雷译论的贡献//宋学智. 傅雷的人生境界. 上海:中西书局,2011:123.
③ 宋学智,许钧. 傅雷翻译实践的成功路径及其意义. 江苏社会科学,2009(6):157.
④ 许钧,宋学智. 傅雷文学翻译的精神与艺术追求——以《都尔的本堂神甫》为例. 外语教学与研究,2013(5):744-753.
⑤ 宋学智,许钧. 傅雷的对话翻译艺术——以傅译《都尔的本堂神甫》为例. 外语教学,2010(6):87-90.
⑥ 孙凯. 从三版《高老头》看傅雷的“翻译冲动”. 法国研究,2013(1):52-60.
⑦ 鲍叶宁. 从《欧也妮·葛朗台》看傅雷笔下的文言和方言//许钧. 傅雷的精神世界及其时代意义——“傅雷与翻译”国际学术研讨会论文集. 上海:中西书局,2011:247-252.

理论的审视,因而在回归之中融合了现代的视角、现代的理论及方法,在回归之中有所超越,有所提升。《译者的隐身——论傅译作品的语体选择》就突破了传统的归化框架,在与韦努蒂的"阻抗式"翻译观的比较中,从傅雷的文化思想和翻译理想出发,探讨了傅译文本的本土化语体选择;①《诗学角度看傅译〈老实人〉对原作风格的再现》和《从傅雷对〈艺术哲学〉的翻译浅谈翻译的接受美学》分别可见现代理论(翻译诗学和接受美学)在回归文本中所发挥的作用;②而《走进傅雷的翻译世界》③是迄今我国对傅雷的主要译品概括的周到而精要、评析的全面而有重点的著作,其中也透视出现代翻译理论的观照,如《现代翻译研究视域下的傅译罗曼·罗兰》一文。再一个方面,利用语料库研究傅译文本也首次出现在这一时期,《进入傅雷译作》和《傅雷风格之量化》既向我们展示了从语料库研究傅译的成果和价值,也表达了健全傅译语料库的重要性和可能的困难。④

- **傅译特色研究**

傅雷作为一个翻译主体,有着如下几个鲜明的特色:(1)他有明确的"神似"翻译追求;(2)他的翻译实践形成了不可否认的傅译体;(3)傅雷的艺术修养极高,造诣极深。这期间在这三方面的研究也硕果不断。关于傅雷的"神似",下文将做系统的议论,此处从略。关于傅译体或傅雷风格,罗新璋、金圣华早先也有过论述。此间有研究认为,衡量风格的得失,可以在比较中见分晓,我们可以取一部原著的多个译本来比较风格传达

---

① 胡安江,许钧. 译者的隐身——论傅译作品的语体选择. 中国翻译,2009(2):28-33.
② 曹丹红. 诗学角度看傅译《老实人》对原作风格的再现;邵炜. 从傅雷对《艺术哲学》的翻译浅谈翻译的接受美学//许钧. 傅雷的精神世界及其时代意义——"傅雷与翻译"国际学术研讨会论文集. 上海:中西书局,2011:387-400,275-285.
③ 许钧,宋学智. 走进傅雷的翻译世界. 北京:高等教育出版社,2008.
④ 凯德金,缪君. 进入傅雷译作//许钧. 傅雷的精神世界及其时代意义——"傅雷与翻译"国际学术研讨会论文集. 上海:中西书局,2011:351-366;缪君. 傅雷风格之量化//许钧. 傅雷的精神世界及其时代意义——"傅雷与翻译"国际学术研讨会论文集. 上海:中西书局,2011:367-386.

的优劣(如傅雷和其他译家笔下的罗曼·罗兰),也可以取一个译者笔下多个风格不同的作家来比较风格传达的成败(如傅雷笔下的罗曼·罗兰、巴尔扎克和伏尔泰)。不能单纯地对傅译体进行片面诟病。还应发现,在传达原作风格上面,像傅雷这样的大家拥有不止一颗印章。也有研究从诗学和美学角度探讨了傅译文本中对原作风格的创造性再现。①

同样,由于傅雷自身极高的艺术情怀,也由于其不少译著本身的艺术品质,这期间对傅译"艺术性"的挖掘也取得了成果,如《傅雷:20 世纪伟大的艺术翻译家》②和《论傅雷的艺术翻译观》③。还有不少研究专门选择了傅译《艺术哲学》来探讨傅雷的翻译艺术。而江枫则指出:"傅雷作为一位翻译家的出色成功,正在于他以相应的汉语形式,'忠实而生动'地再现了一整批法语文学作品",他是"一位相当长时期以来被误读了的真实的语言艺术大家"。④ 同时,文章对傅译研究中的"离形得似""离形得神"的观点以及"傅雷的成功在于意译"的认识进行质疑,形成了这期间不同观点的重量级的交锋。

(3)从拓展译学边界到介入其他学科

由于自 20 世纪 40 年代以来傅雷翻译活动对我国一代又一代读者的不断影响,由于傅雷翻译活动对我国语言、文学及文化思想具有的重要意义,由于傅雷翻译实践对中国的法国文学翻译乃至外国文学翻译实践的长期典范效应,关于傅雷翻译的影响研究既符合当前的时代语境,也具备

---

① 如曹丹红. 诗学角度看傅译《老实人》对原作风格的再现//许钧. 傅雷的精神世界及其时代意义——"傅雷与翻译"国际学术研讨会论文集. 上海:中西书局,2011:264-274;吴志杰. 以神驭形——文学翻译中再现风格的美学攻略//许钧. 傅雷的精神世界及其时代意义——"傅雷与翻译"国际学术研讨会论文集. 上海:中西书局,2011:387-400.

② 余烨,夏文琴,余协斌. 傅雷:20 世纪伟大的文学艺术翻译家——纪念傅雷先生诞辰 100 周年. 解放军外国语学院学报,2008(3):81-84.

③ 黄勤,王晓利. 论傅雷的艺术翻译观. 西安外国语大学学报,2010(1):67-70.

④ 江枫. 傅雷:一位被误读了的语言艺术家//许钧. 傅雷的精神世界及其时代意义——"傅雷与翻译"国际学术研讨会论文集. 上海:中西书局,2011:319-320.

了一种水到渠成的研究条件。在这期间的研究成果中,2006年出版的《翻译文学经典的影响与接受》①选择了译界普遍公认的翻译家傅雷的一部翻译文学经典作为对象,对传统的文学翻译的基本问题进行了针对性的探讨,对新兴的翻译文学的本体研究进行了切合实际的思考,对我国传统的翻译研究即从文本到文本的研究领域进行了尝试性的突破,把翻译活动的静态结果的动态传播、影响与接受的过程纳入翻译研究的新视野。傅雷百年诞辰之际,钱林森通过傅译《约翰·克利斯朵夫》在中国的命运,揭示了罗兰精神与中国现代知识者文化人格建构的关系,进而针对人文精神普遍失落的当下,指出傅译经典的现实意义和永恒价值。② 学界普遍认为,傅雷翻译的影响是多方面的,而且在当下尤为重要。许钧等根据自己对傅雷翻译及研究的长期关注,及时指出,傅雷"翻译作品、翻译思想、翻译精神和翻译价值随着时代的发展越来越具有当代意义。傅雷的翻译对于中国的民族精神、语言文字、文学创作、翻译研究、文化交流等方面都产生了深远影响。傅雷影响的深度与广度体现了其丰富的社会、历史与审美价值"③。如果说,上述研究明显受到现代翻译思想的启示,把传统的狭义翻译过程之外的译本传播、影响、接受以及超越文本的翻译主体的思想和精神纳入翻译研究的对象,扩大了翻译研究的领域,甚至与相邻学科交汇,把比较文学的影响研究(翻译学视角)视为译学研究的一部分,从而拓展了译学边界,那么,我们还会从下面学人的研究中得到新的发现。

翻译学的跨学科性(综合性)离不开翻译研究活动中语言学、文艺学(包括诗学、美学)以及哲学等多学科理论的介入。近二十多年来,译学领域内的研究人员不断从语言学、文艺学和哲学等学科"拿来"可资借鉴的

① 宋学智. 翻译文学经典的影响与接受. 上海:上海译文出版社,2006.
② 钱林森. 傅雷翻译文学经典与现代中国知识者文化人格建构//许钧. 傅雷的精神世界及其时代意义——"傅雷与翻译"国际学术研讨会论文集. 上海:中西书局,2011:94-106.
③ 许钧,沈珂. 试论傅雷翻译的影响. 外语与外语教学,2013(6):62.

理论资源,来建构自身的理论框架,催生自己的话语机制。同时,我们也注意到,语言学、文艺学、哲学等领域的专家学者也不断聚焦翻译领域,锁定一个个翻译现象、翻译问题,让我们真实感受到,翻译活动的影响越来越大,翻译学的学科地位正在上升。然而,语言学、文艺学、哲学以及比较文学、符号学、社会学、心理学等专业的行家里手都是站在自家学科的基础上,把翻译活动中的一些现象和问题纳入他们的研究范围,他们似乎并不是要帮助我们建立翻译学,而恐怕是想要突破自家理论的阐释边界,扩大自家理论的辐射范围。

《世界美术名作二十讲》是傅雷 1934 年为上海美术专科学校的美术史课程准备的讲稿。王宁、刘辉撰写了《从语符翻译到跨文化图像翻译:傅雷翻译的启示》,该文依托雅各布森的"语内翻译、语际翻译和语符翻译"的理论,指出《世界美术名作二十讲》"是广义的文化翻译中的语符翻译的结晶",并认为傅雷的跨文化语符翻译的成功实践"预示了雅各布森多年后从理论上对语符翻译的阐述"。[1] 似乎翻译学不再只是供其他学科拓展自身的新垦地,不再只是其他学科验证自家理论法力无边的附庸疆域,它也开始以主体的身份,介入其他学科,对其他学科的问题或现象加以审视,加以阐释,比如对美术领域的研究加以翻译学视角的观照,就像其他学科之前对翻译学科的问题进行观照一样。同样,《西洋音乐的"中译"——评傅雷的音乐观》一文也把翻译视角延伸到音乐研究领域,认为傅雷对西洋音乐的"介入性阐释"就是一种"翻译",他把中国文化的审美感受"翻译进了西洋音乐"。[2] 这些文章"启示"我们,翻译学自身的主体性和独立性已从理论上的阐释走向实际运行中的客观存在了。尽管翻译学还年轻,仍然在建构中,但在与其他学科的互动探索中成熟起来,使我们

---

[1]　王宁,刘辉. 从语符翻译到跨文化图像翻译:傅雷翻译的启示. 中国翻译,2008 (3):28. 另据吕作用研究,《世界美术名作二十讲》是傅雷翻译的作品,在早年傅雷是否只翻译出版了《夏洛外传》,还有待进一步考证。——笔者注

[2]　陈广琛. 西洋音乐的"中译"——评傅雷的音乐观//许钧. 傅雷的精神世界及其时代意义——"傅雷与翻译"国际学术研讨会论文集. 上海:中西书局,2011:459,470.

开始用翻译学的头脑介入其他学科,思考其他学科。而这正是傅雷翻译研究的深化给翻译学带来的可喜的发现。

第二节　傅雷翻译研究中的几度波澜

傅雷是我国现代以来数一数二的文学翻译家,但对他的研究并不总是寻宝式的那种只探索其成功经验的研究,实际上,还自始至终伴随着对他质疑的声音、批评的声音、挑战的声音甚至反对的声音。下面我们就将傅雷翻译研究中经历的几次风雨波澜做一番梳理,一方面,以便读者考察傅译经典的建构过程中发生了什么,翻译大师及其翻译经典是如何一路走来的;另一方面,对傅雷翻译批评的开展也发表一点思考。

一、第一次波澜:关于直译与意译的论争

傅雷翻译研究的第一个热潮是伴随着改革开放的春风而来的。实际上,它是以傅雷翻译研究中的第一次波澜拉开了序幕。在思想解放的文化大背景下,在学界冲破禁锢、开始百家争鸣的学术语境中,我们首先看到了围绕傅雷及其翻译引发的直译与意译的论争。

1979 年,《读书》第 3 期发表了傅雷致罗新璋的《论翻译书》。罗新璋写了《附记》随信发表,主要记述了他向傅雷求教,受惠于"严师"的过程,也提到了"不妨把傅译作为一种译派,把他的主张作为一家之言对待……以推进整个文学翻译事业"①的观点。总之,这是一篇纪念性的文章,寄托了一位后学对一位"把毕生精力贡献给文艺事业的翻译界前辈"的哀思,发表在傅雷即将被平反昭雪之际。但紧随罗新璋《附记》之后的是《许崇信教授论直译与意译》一文,作者认为,意译的优点,"像架设在两种文字的此岸与彼岸之间的桥梁,特别平坦,走过去时有康庄大道之感",其消极的一面,"在于它的保守性,因为他容易排斥新的表达形式,总是把新的表

---

① 罗新璋.《论翻译书》附记. 读书,1979(3):122.

达形式改造成自己的面貌"。所以,"在一般情况下,直译应成为翻译方法的基础,因为直译更能忠实于原文,更能反映异国的风光与情调,更能吸收我们心里所有而笔下所无的新的表达手段"。① 许文的观点虽与傅雷和罗新璋的观点不同,但似乎是各抒己见,并没有形成直接的对立。

如果说许文当时还算是不温不火地表达自己的观点,那么《直译、硬译与意译》一文却旗帜鲜明地站到对立面去了。文章开门见山,明确表达不同意罗新璋"提倡的译法",认为意译"看不出民族国家有什么区别,也看不到作者特有的风格,尽管译的是不同作者的作品,却只能看到译者个人的笔调"。作者洪素野特别指出了"另一种"意译,"任意变更原文的句式和句法,改用中国的句式和句法,使'译文必须为纯粹之中文',他们的最高理想是'重神似不重形似',因此也可以随便增减字句"。作者似乎对翻译家傅雷很有研究,评骘傅译似乎句句"中的":"傅雷先生翻译的巴尔扎克的小说,毛病也就在于""总是把新的表达形式改造成自己的面貌";"读傅氏的译品,往往使人闻到一种油腔滑调的气味,读起来不费劲,但象读的本国小说,总觉得这里面短了一些东西,原因就在于他'要求将原作(连同思想、感情、气氛、情调等等)化为我有',化的结果,原作者不见了,读者看到的是貌似合而神离的译者在说话,所以失望了";甚至还有,"傅氏……可惜走错了路子,使他的译作好多需要重译(……),为了以后的译者不至于重陷这个覆辙,特写了以上几句"。然而,作者一会儿注明,傅雷"译的罗曼罗兰和服尔德的书尚未读到,故未论及";一会儿又注明,"象泰纳的《艺术哲学》或许不必重译吧,此书未见"。② 这让读者不得不怀疑这位批评家,他是在做有选择的已经定向的批评,也是在回避某种难以否认的论点(如罗新璋之前恰对傅译评论道:"服尔德的机警尖刻,巴尔扎克的健拔雄快,梅里美的俊爽简括,罗曼·罗兰的朴质流动,在原文上色彩鲜明,各具面貌,译文固然对各家的特色和韵味有相当体现,拿《老实人》和

① 许崇信. 许崇信教授论直译与意译. 读书,1979(3):123.
② 洪素野. 直译、硬译与意译. 读书,1980(4):153-154.

《约翰·克利斯朵夫》一比,就能看出文风上的差异"①);或许他也担心自己关于"直译与意译"的看似有道理的观点,完全是脱离了翻译实践的想当然的议论,是把翻译实践看成一种简单的文字转换活动而形成的一种简单思维。作者最后还指出,"《读书》编者把许教授论翻译的文字与罗文同时刊出,我认为这样做是很好的,好使读者知道哪一种译法是对的"②。然而,今天的读者或翻译工作者想必可以判定,对直译与意译非此即彼的否定与肯定,本身就是错误的、落后的认识观的表现。

《直译、硬译与意译》一文鲜明突兀的观点,引起了翻译家许渊冲的长文商榷。1980 年,《外国语》从第 6 期起,分上、中、下三篇,连续三期发表了许渊冲的长文《直译与意译》。许渊冲说:"傅雷的意译到底是'神似'还是'貌似合而神离'呢?'入于化境'是不是就不能'反映客观实际'呢?检验真理的标准是实践。"许氏选了《高老头》的一段原文和傅雷的译文,对洪素野的论点一一做了批驳。他认为,"意译并不是'无法吸收新的东西',也不'排斥新的表达形式',而只是不吸收生硬拗口的字句,排斥难以理解的表达方式";"傅译'读起来不费劲,但象读的本国小说',那正是傅译的成功之处,难道读起来要生硬拗口,才算是异国情调吗?难道外国人说话本来就是生硬拗口的吗?说到'貌合神离'问题,我看这四个字要用到那些'形似'的译文上才合适";"许崇信、洪素野批评意译,我觉得还应该把意译和傅译分开来,因为傅雷是直译、意译,兼而用之的";"翻译的艺术就是要找到既'形似'又'神似'的译文";"傅雷译法高人一着的地方,正是得力于这个'化'字,……难道不应该这样把作者、连同书中人物的思想、感情,都化为译者所有吗"?③ 洪素野文中还认为鲁迅译的《死魂灵》"可以说是标准的译法,是近数十年译作中的精品"④。对此,许渊冲又做了鲁译《死魂灵》篇章的研读分析,最后指出,傅雷和鲁迅"共同之处是:两

① 罗新璋. 读傅雷译品随感. 文艺报,1979(5):59.
② 洪素野. 直译、硬译与意译. 读书,1980(4):154.
③ 许渊冲. 翻译的艺术. 北京:中国对外翻译出版公司,1984:27,31-32.
④ 洪素野. 直译、硬译与意译. 读书,1980(4):153.

人都是直译、意译兼而用之……不同之处是：鲁迅的直译多，傅雷的意译多；鲁迅更重'形似'，傅雷更重'神似'；鲁迅有时会'硬译'，傅雷有时会过分'归化'……两种译法谁高谁低呢？……我赞成罗新璋'提倡各种翻译风格竞进争雄'，也就是说，在翻译问题上也要执行'百花齐放，百家争鸣'的方针，等历史来作结论"①。平心而论，许渊冲的观点及其所做的比较还是很客观公正的。尽管他力挺傅雷，但也在论述中指出了傅译的几处不妥。

到1983年，仍有文章对洪文观点给予驳斥。陈伟丰在《翻译通讯》上撰文，探讨了自己对傅雷翻译活动的认识，最后批评道，"有一种极不负责任的说法，说傅雷的译文油腔滑调。估计讲这话的人没有对照原文看傅译就随便发表意见"②。至此，围绕傅译引发的直译与意译的论争基本结束。

在第一次论争后不久，出现了几篇探讨傅译成功之处的研究。罗新璋的《傅译管窥》首先对傅雷的翻译生涯进行了扫描，展示了傅雷走向成熟、形成自己的翻译观和风格特色的发展之路；而后，在介绍傅雷的翻译艺术的同时也指出，对于"重神似而不重形似"和"译文必须为纯粹之中文"，应辩证地领会，避免极端化的理解。③ 郑永慧的《文学翻译的基本功》对傅雷的翻译经验进行了归纳，认为那些经验"谈的就是怎样加强基本功问题"④。张鸿才的《闲话傅雷的学问和文章》强调了"出色的翻译家应该兼有学者的渊博和作家的才华"⑤。罗新璋还趁热打铁，对"神似"说进行了深入探索。他指出："傅雷把我国传统美学中这个重要论点，引入翻译理论，把翻译提高到美学范畴和艺术领域。传神说的提法，标志着几十年来我国翻译事业的巨大进步，翻译思想的深入发展。"他还把"神似"放在

① 许渊冲. 直译与意译（上）. 外国语，1980（6）：31.
② 陈伟丰. 谈傅雷的翻译. 翻译通讯，1983（5）：11.
③ 罗新璋. 傅译管窥. 图书馆学通讯，1985（3）：81-82.
④ 郑永慧. 文学翻译的基本功. 翻译通讯，1984（1）：31.
⑤ 张鸿才. 闲话傅雷的学问和文章. 图书与情报，1986（Z1）：201.

"案本—求信—神似—化境"四个"构成一个整体"的"既各自独立又相互联系"的概念中,指出这个整体性的概念"当为我国翻译理论体系里的重要组成部分"。[1] 他的提法曾在当时译界引起重要反响。许渊冲的《翻译的理论和实践》也专门探讨了"形似""意似"和"神似"的关系。通过独到的论证得出:"翻译要求'意似',不求'形似',最妙的是'神似'。"[2]似乎人们想通过对傅译成就的进一步肯定和对"神似"的进一步指认,来给第一次论争画上一个完整的句号。

二、第二次论争:傅译的优劣及其风格得失

1986 年,《社会科学》发表了《论格调》一文,引发了傅雷翻译研究中的第二次论争。作者在注释中指出,傅雷"大概对鲁迅的译外国文学就该保持外国风味的'硬译'论很不赞同……可是因为应顺'中国化'的译风,虽然十分用心,有些译文对原著说来不免降格"。作者提及《约翰·克利斯朵夫》里的片段翻译时说:"鲁迅是从日语引文间接翻译的,但细心的读者如果对照傅雷的有关译文品读一下,就会觉得鲁迅的转译(绝对忠实于日语原文)更为诗意盎然,而傅则相形逊色"。作者继续表明自己的见识,"平情而论,在同时的法译作家中,傅雷并不高于黎烈文、梁宗岱、盛澄华诸人,而且常常表现在艺术情趣上"。[3] 文章对傅雷及其翻译的评价很不看好,一是傅译对于原著不免降格;二是傅译与鲁译比相形逊色;三是傅雷并不高于同时代的几位法国文学翻译家,尤其在艺术情趣上。如果我们是不了解傅雷的读者,可能会听信这位作者的评论,但读过傅雷译文或傅雷书信的人绝不会苟同这样的恶评。该文作者的断语没有实例佐证,应是个人色彩很浓、个人情绪很强的主观评判。作者把译自日语的鲁译与译自法语的傅译比较,得出傅译"相形逊色",显然不能令人信服。他认

① 罗新璋. 我国自成体系的翻译理论. 翻译通讯, 1983(8): 9, 12.
② 许渊冲. 翻译的理论和实践. 翻译通讯, 1984(11): 10.
③ 何满子. 论格调. 社会科学, 1986(5): 73-74.

为傅雷的"艺术情趣"不高,恐怕也不用我们反驳了。

但我们还是决定把作者何满子对照的鲁迅和傅雷翻译的《约翰·克利斯朵夫》中的片段展示给读者,因为从两个中译文也能看出批评者的"格调"。刘靖之和许渊冲也都曾选用过这一片段,是七岁半的小约翰·克利斯朵夫夜晚躺在床上,回想白天听到贝多芬序曲的情景:

法文:...（L'ouverture de Beethoven entendue au concert grondait à son oreille.)... Il la reconnaissait. Il reconnaisait ces hurlements de colère, ces aboiements enragés, il entendait les battements de ce coeur forcené qui saute dans la poitrine, ce sang tumultueux, il sentait sur sa face ces coups de vent frénétiques, qui cinglent et qui broient, et qui s'arrêtent soudain, brisés par une volonté d'Hercule. Cette âme gigantesque entrait en lui, distendait ses menbres et son âme, et leur donnait des proportions colossales. Il marchait sur le monde. Il était une montagne, des orages soufflaient en lui. Des orages de fureur! des orages de douleur! ... Ah! quelle douleur! ... Mais cela ne faisait rien! Il se sentait si fort! ... Souffrir! souffrir encore! ... Ah! que c'est bon d'être fort! Que c'est bon de souffrir, quand on est fort!...①

鲁译:他用耳朵的根底听这音响。那是愤怒的呼唤,是犷野的咆哮。他觉得那送来的热情和血的骚扰,在自己的胸中汹涌了。他在脸上,感到暴风雨的狂暴的乱打。前进着,破坏着,而且以伟大的赫尔鸠拉斯底意志蓦地停顿着。那巨大的精灵,沁进他的身体里去了。似乎吹嘘着他的四体和心灵,使这些忽然张大。他踏着全世界直立着。他正如山岳一般。愤怒和悲哀的疾风暴雨,扰动了他的心。……怎样的悲哀啊……怎么一回事啊!他强有力这样地自己觉得……辛苦,愈加辛苦,成为强有力的人,多么好呢……人为了要强

---

① Romain R. *Jean-Christophe*. Paris: Albin Michel, 1931: 220.

有力而含辛茹苦,多么好呢!……①

傅译:他认得这音乐,认得这愤怒的呼号,这疯狂的叫吼,他听到自己的心在胸中忐忑乱跳!血在那里沸腾,脸上给一阵阵的狂风吹着,它鞭挞一切,扫荡一切,又突然停住,好似有个雷霆万钧的意志把风势镇压了。那巨大的灵魂深深的透入了他的内心,使他肢体和灵魂尽量的膨胀,变得硕大无朋。他顶天立地的在世界上走着。他是一座山,大雷大雨在胸中吹打。狂怒的大雷雨!痛苦的大雷雨!……哦!多么痛苦!……可是怕什么!他觉得自己那么坚强……好,受苦吧!永远受苦吧!……噢!要能坚强可多好!坚强而能受苦又多好!……②

刘靖之的观点与何满子的观点恰恰相反。他认为:"拿鲁迅从日文翻译出来的一段与傅雷的予以比较,我们便清楚地知道其中的优劣;……很明显,从纯中文的观点来看,傅译比鲁译高明多了;……两位译者在翻译这段文字时,分别在于鲁迅大概不太知道约翰·克利斯朵夫脑海里的音乐而傅雷则相当熟悉贝多芬的序曲"③。许渊冲的评论是:如果只用"信"的标准来检验,没有一种译文不"信";如用"信达"衡量,鲁译文字老化;如用"信达雅"三字检验,傅译以精炼胜。④

1990 年,《世界文学》发表了《浅谈翻译的"信"》。作者郑永慧就傅译梅里美的中篇小说《高龙巴》中存在的错误,进行了归类式的指证。小说译文共 9 万余字,有误译 15 处、漏译 9 处以及"小毛病"11 处。作者在一一列出后指出:"由此可见,翻译要做到绝对的'信',是何等的困难。傅雷尚且如此,遑论我辈!在翻译上从来没有捷径,只有多一分谦虚谨慎,才能少一分失误。"⑤文章似乎在告诉我们,翻译的好坏不仅与译者的专业水

---

① 鲁迅,译. 罗曼罗兰的真勇主义. 莽原,1926(7-8):275.
② 傅雷,译. 约翰·克利斯朵夫. 人民文学出版社,1980:115.
③ 刘靖之. 神似与形似. 台北:书林出版有限公司,1996:324-325.
④ 许渊冲. 为什么重译《约翰·克利斯朵夫》. 外国语,1995(4):39.
⑤ 郑永慧. 浅谈翻译的"信". 世界文学,1990(3):299.

平有关,例如傅雷的中外文水平、文学修养;也与译者的实践姿态有关,如"谦虚谨慎"。但孤傲的傅雷是否谦虚谨慎呢? 作者还指出,信与不信的首要区别,在于"能否做到译出原作的风格和韵味"。接着他批评道,"译者刚译完一本轻松浪漫的梅里美小说,又拿起一本严肃凝滞的巴尔扎克长篇来翻译,在脑子里和笔底下能转得过弯来吗? 结果必然以译者的语言、思想和感情,来代替作者的思想、感情和意境,形成译者自有的翻译风格,对译任何作家的作品都一个样"。文章在这里虽没明确所指,但影射是清楚的。文章力图说明,像傅雷这样的"名翻译家",在"达"和"雅"方面可谓造诣深矣,"但在'信'的方面,却尚难保证不失误"①。这个观点总让人听得别扭,似乎也不太同于多数人对傅雷译文的共识,即傅雷的译文是忠实的、传神的,只不过他的翻译风格过于明显。几乎同时,也出现了另一篇指出傅译错误的评论。作者举例说明了傅雷在词语辨义方面的失误以及译入语的不贴切。对傅雷颇具讽刺意味的是,作者竟举出傅译中一些地方"不符合汉语表达习惯",或尚不够"了解对象国的社会文化、风俗习惯"。这两点正是傅雷明确主张要做好的,并努力践行的。然而我们发现,两篇评论的基调似有不同。前者似乎通过"误译""漏译"和"小毛病"的例句,上升到翻译的"信"的高度上,来指出问题的严重性,字里行间似乎又有某种言外所指;而后者似乎仅仅就事论事,虽没有理论的提升,但阅读起来却感到作者中性的笔触、客观的评论。文章标题中的"瑕不掩瑜 瑕瑜互见"虽不如《浅谈翻译的"信"》击中"要害",但也正说明了某种公允。作者只是发现了一些"与原文有出入"的地方,"值得商榷",便"试为此文,切磋技艺"。②

这一阶段,我们还读到了许钧的《关于风格再现——傅雷先生译文风格得失谈》。这是傅雷翻译研究中出现的第一篇以"理"服人的文章。作

---

① 郑永慧. 浅谈翻译的"信". 世界文学, 1990(3): 291, 299.

② 端木华. 瑕不掩瑜 瑕瑜互见——读傅雷先生译文札记. 中国翻译, 1991(2): 30-32.

者的理论意识通过对奈达、阿诺德、马迪纳等人思想观点的运用而展现。作者围绕"傅雷自成一家的翻译风格是再现还是损害了原作的风格"进行了缜密的论证。步步相随、环环相扣的阐述、举例和评析，摆事实讲道理，客观理性的批评方式，让读者心服口服地认同了他的观点："再现原作风格，应以原作的标准为标准"；"傅译风格容易引起后人诟病，也许正是因为他的艺术个性在译作中表现得过于充分，以致部分遮掩了原作风格"；"再现风格的最低标准是：译作风格不能有损于原作风格；最高标准还是钱锺书先生说的那句话：译作必须'完全保存原有的风味'"。①

　　第二次波澜后期，同样也出现了一些从正面肯定傅译的文章。如彭长江的《读傅译巴尔扎克的名著〈贝姨〉》②和张成柱的《文学翻译中的情感移植》③。而罗新璋的《傅译罗曼·罗兰之我见》最早见于 1994 年 3 月 5 日的《文汇读书周报》上。文章虽然是随感式的，没有从文学翻译的基本理论与技巧的角度来写，但也是立足于现代翻译学的视野。作者指出了"傅译效应"背后的"有着举足轻重，甚至是决定性作用"的"译者的主体意识"。这种主体意识一方面表现在译者的"用心于世"，希望选择《约翰·克利斯朵夫》及《贝多芬传》，能"像普罗米修斯把火种盗给人类一样"，"给当年处境险恶的知识青年，带来光明"；另一方面表现在，译者在翻译过程中，"融进了自己的朝气与生命激情，自己的顽强与精神力量"。所以，"傅译罗曼·罗兰，是欲借天下之大言，以自励兼励人，以自树兼树人"。④ 文章虽没有借用纷繁抽象的现代翻译理论，但也没有影响作者对问题实质的把握。后期这些肯定性的研究成果尤其罗新璋的力作，似乎给第二次波澜渐渐画上了句号。

---

① 许钧. 关于风格再现——傅雷先生译文风格得失谈. 南外学报，1986(2)：61.
② 彭长江. 读傅译巴尔扎克的名著《贝姨》. 中国翻译，1992(2)：34-38.
③ 张成柱. 文学翻译中的情感移植. 中国翻译，1993(4)：13-16.
④ 罗新璋. 傅译罗曼·罗兰之我见//傅敏. 傅雷谈翻译. 北京：当代世界出版社，2006：137，140.

三、第三次波澜：傅译经典面临挑战

在傅雷翻译研究的第一次论争中，我们可以看到，许渊冲是傅雷的忠实拥护者，也是神似说的捍卫者。他对洪素野等人观点的批驳十分有力，掷地有声。从他的举例可以看出，他对傅雷的译文有过细致的研究。他力挺傅雷，可以说明傅雷是他的榜样。然而，许渊冲毕竟也是长期从事翻译实践的大家，在中英互译和中法互译上成就卓著。而且他还有着自己明确的追求："文学翻译是两种语言的竞赛，而重译则是两个译者之间，有时甚至是译者和作者之间的竞赛"①。他"重译"②过雨果、司汤达、福楼拜和莫泊桑的作品，之后开始重译《约翰·克利斯朵夫》。1995 年，他发表了《为什么重译〈约翰·克利斯朵夫〉》，谈了原因："傅译已经可以和原作比美而不逊色，如果再创造的'美'能够胜过傅译，那不是最高级的乐趣吗？""21 世纪的翻译家应该和作家不分高下，所以我要和傅雷展开竞赛。"③傅雷曾说过，"我们在翻译的时候，通常是胆子太小，迁就原文字面、原文句法的时候太多"。许渊冲对此评论道："这句话一语中的"④，因为"傅译成功之处在'神似'，失败之处在'迁就原文字面'。"⑤"如果译文只寻求和原文'对等'，结果往往只能……紧紧跟在原文后面……；翻译文学永远不能和创作文学比美，更不可能胜过创作了。"所以，他要"发挥译语优势"，不能像傅雷那样"迁就原文字面"。只有在翻译过程中发挥"优势论"和"竞赛论"，他的译文才可能胜过傅译；只有胜过傅译，"翻译文学才有可能和

① 许渊冲. 为什么重译《约翰·克利斯朵夫》. 外国语，1995(4)：40.
② 许渊冲. 谈重译——兼评许钧. 外语与外语教学，1996(6)：56. 许渊冲说："'重译'有两个意思：一是自己译过的作品，重新再译一次；二是别人译过的作品，自己重复再译一遍，这也可以叫作'复译'，但我已经用惯了'重译'二字，所以就不改了"。——笔者注
③ 许渊冲. 为什么重译《约翰·克利斯朵夫》. 外国语，1995(4)：40.
④ 许渊冲. 我译《约翰·克里斯托朵夫》//杨绛，等. 一本书和一个世界. 北京：昆仑出版社，2005：35.
⑤ 许渊冲. 文学与翻译. 北京：北京大学出版社，2003：580.

创作文学平起平坐"。① 不过不管怎样,像许渊冲这样既有勇气又有底气的译家提出与傅雷竞赛,客观上都是对业已形成的傅译经典提出了挑战,是让经典来接受某种考验。

但许渊冲的"重译"观中,有两点认识还是本文肯定的。第一,他认为"重译是提高翻译水平的一个好方法"②,"重译才是真正的文学翻译,因为不必费力去解决理解问题,而可以集中精力去解决表达问题,看怎样表达得更好"③。人类历史上的优秀文化成果,都不是某个个人独立创造出来的,他不可能从一无所有的初始状态,一下子走到人类文化的高峰上。他毕竟要继承先人的优长,站在先人的肩膀上,继往开来,才能攀上新的高峰。莎士比亚的悲喜剧基本都是用了他那个时代的大大小小、形形色色的脚本、蓝本,经过他创造性的整合而成千古名剧;荷马史诗应该是荷马根据当时的英雄史诗、神话故事和古代歌谣等整理而成。中国的《三国演义》之前还有《三国志》,等等,这样的例子恐怕很多。同样,"江声浩荡"已经成为读者心中的"一句话经典",成了傅译《约翰·克利斯朵夫》的一个重要符号,浓缩了洋洋百万余言,穿越了历史与永恒。④ 但我们不妨也指出,在傅雷之前,敬隐渔也译过这样的句子"江涛之声,破岑寂,涌将上来,浩浩荡荡,犹如猛兽底啸声一般"⑤(Le grondement du fleuve montait plus fort dans le silence, comme un mugissement de bête⑥)。许渊冲说:"每个作家和翻译家都有自己的'局限性'。如能取人之长,补己之短,那就可以使文学创作和文学翻译前进一步;取人之长越多,进步也越大。"⑦这话是很有道理的。第二,他认为文学翻译是建立世界文学的重要途径。他说:"译作如果能和原作比美,甚至胜过原作的话,那就可以在本国建立

---

① 许渊冲. 为什么重译《约翰·克利斯朵夫》. 外国语,1995(4):40.

② 许渊冲. 为什么重译《约翰·克利斯朵夫》. 外国语,1995(4):40.

③ 许渊冲. 谈重译——兼评许钧. 外语与外语教学,1996(6):59.

④ 宋学智. 现代翻译研究视阈下的傅译罗曼·罗兰. 外语与外语教学,2008(3):6.

⑤ 敬隐渔,译. 若望克利司朵夫. 小说月报,1926(1):9.

⑥ Romain,R. Jean-Christophe. Paris:Albin Michel,1931:26.

⑦ 许渊冲. 为什么重译《约翰·克利斯朵夫》. 外国语,1995(4):37.

世界文学。……如果能把本国文学译成外文,能使外国读者'知之、好之、乐之',那就是在全世界建立世界文学了。"①可以看出,许先生有着超越一般翻译工作者的远大的事业追求,而且很早就前瞻性地想到中国文化"走出去"的大问题,并且,他自始至终执着地践行自己的理想和追求,表现出一个有追求有抱负的知识分子的积极姿态。

20世纪90年代起,名著复译在我国市场经济的大潮中找到了生机。在琳琅满目的复译作品中,与傅雷有关并且被读者看好的,还有许钧复译的巴尔扎克的《邦斯舅舅》。那么,许钧为什么也要挑战傅译《邦斯舅舅》呢?他这样回答,"我复译《邦斯舅舅》的目的十分明确,我是从文学翻译批评研究这个角度,通过复译,仔细学习研究一下傅雷先生的译文,傅雷先生的译文真的应当说是一座宝库,有待于我们批评界去发掘研究。傅雷先生是个奇迹,大多数人为这个奇迹所震,只知道说好,可他究竟给我们的译界带来了什么,却还没有人系统地整理过,这也不太正常"②。许钧虽然在翻译理论和实践两方面建树很高,但仍抱着虚心学习的目的,来复译《邦斯舅舅》,通过复译来发掘、整理傅雷译文的价值,从翻译批评的角度探讨傅译给我们带来了什么。关于复译与超越的问题,许钧说,"至少应该是新译作问世的动机里包含有超越的追求"。他认为,在严肃的复译中,"大多数译者都是有追求的,他们的'复',绝不是一味的重复,而是希望——不管做没做到——有所超越"③。

继许渊冲的《为什么重译〈约翰·克利斯朵夫〉》后不久,《外国语》再次刊发了许钧的《译者、读者与阅读空间》,文章主要是对傅译《邦斯舅舅》中存在的不足发表见解,涉及原作文化意义在译文中的改造、原文形象在译文中的改动、译语文化色彩的掺入以及独特新奇的原文形式的纯粹汉化等几个方面。这篇文章有两点值得我们注意:(1)它虽是针对傅译《邦

---

① 许渊冲. 为什么重译《约翰·克利斯朵夫》. 外国语, 1995(4): 40.
② 许钧. 给文学翻译一个方向. 文艺报, 1995-05-20(6).
③ 许钧. 给文学翻译一个方向. 文艺报, 1995-05-20(6).

斯舅舅》中存在的不足或缺陷而发,但绝非指谬摘误型的文章,而是从读者为中心的文本意义阐释理论和读者反应批评理论出发,加以分析的。通过实例,指出了译者的阐释之于读者的阅读的重要性,诚如文章标题已经揭示,强调了读者的阅读空间和想象空间是建立在译者正确的阐释活动基础上的翻译阅读机制。文章谈问题深中肯綮,批评有分寸,重理性,摆事实讲道理。他最后指出:"作为译者,为读者着想,以纯粹的中文献给读者,应该是件好事。但异域的文化,异域的审美,异域的形象,难免也有一些看似'怪诞'而一时难以接受的表达方式,全都纯粹汉化了,对想了解一点异国情调,吸收一点外国文化的读者,恐怕是一种遗憾。不妨在可以接受的前提下,多给读者留一点阅读空间和想象的余地"①。(2)作者发文时虽然已有自己的译本《邦斯舅舅》出版,但并没有在每一例质疑的傅译之后,附上自己的译文以示对比,仅有一处用了自己的译文,放在理解原文的阐释中。这一方面说明作者的谦逊不矜,另一方面也许他认为,自己的东西应由他人评判,而不是自己来兼裁判吧。

那么,许渊冲译的《约翰·克里斯托夫》有没有胜过傅译呢?实事求是地说,一百多万言的长河小说,许译不可能没有突破或胜出的地方。但比例究竟是多少呢?许渊冲自己来了个"正词反译":"《约翰·克里斯托夫》参考了傅雷译本,大约有 10% 不容易超过"②。言下之意很清楚了。当然面对翻译巨匠傅雷,他多半的自我评论还是婉约其辞的,他说自己的重译是参考了傅译"取长补短"而来的,他的新译和傅译比"各有千秋",或"不在傅译之下",或"难分高下",或都能使人"感情上'乐之'"。"敢为天下先"的许先生这时甚至不免几分羞羞答答。

管筱明认为,许译与傅译"整体风格各有千秋,难分轩轻,字句处理许译略胜一筹。这个'胜'就是胜在细节上,前后呼应上,音乐术语上,尤其

---

① 许钧. 译者、读者与阅读空间. 外国语,1996(1):36.
② 许渊冲. 谈重译——兼评许钧. 外语与外语教学,1996(6):57.

是胜在现代口语上"①。管氏举了两人的译文,仍然是七岁半的小克利斯朵夫躺在床上回想白天听到贝多芬序曲的那个情景。我们不妨看其中一句,原文是 Il marchait sur le monde。鲁迅译为"他踏着全世界直立着"。marcher 的"行走"的意思没有译出。傅译为"他顶天立地的在世界上走着"。许渊冲评说:傅雷"加译的'顶天立地'简直可以说是胜过罗曼·罗兰的原文"。许渊冲自己译为"他在世界上大步前进",自己添加了"大步"(à grands pas)。他认为"大步前进"的译法"不在傅译之下"。②尽管添加的词意在原文内涵中,但我们是否可以考虑,原文的"不言"在译文中也用"不言"处理?原文的"虚"尽量在译文中也保留"虚"?这一点对许渊冲和对傅雷一样。比如是否可译为:"他迈步在天地间"?当然,我们对这一句原文,可以琢磨半天,琢磨一天,他们可能当时只考虑了片刻时间。

许渊冲有没有超越傅雷,管筱明并不想过多在这个问题上纠缠。他说:"本来文学翻译属于艺术而非科学,评判孰优孰劣常凭主观感受,所以超不超过并不重要,关键是要有超过的胆魄和锐气"。所以就像管氏小文标题《试与傅雷比高》那样,这还是比较妥当的说法。许渊冲的"重译"有没有超过傅雷,能否成为经典,需要经历时间上的考验,这一点留给后人评说吧。但管筱明说:"傅译初版已有五十余载,如果至今仍无人敢于超越,那绝不是好现象,只能说明我们后人不争气。"③我们认为所言极是。

一部外国文学经典出现几个译本,是可以理解的,正如莎士比亚的作品,我们有了朱生豪的译本,还有梁实秋的译本,它们都有不可取代的价值。这也是翻译经典不同于纯文学经典的地方。越是经典的文学作品,就越具有挖掘不尽的阐释空间和审美空间,那么多一部翻译文本,就可能给读者打开新的眼界,提供理解原作、欣赏原作的新的维度和视角。所以名著复译,只要译者具有驾驭语言的能力,具有求真的姿态,具有不俗的

① 管筱明. 试与傅雷比高. 人民日报海外版,2020-07-10(7).
② 许渊冲. 为什么重译《约翰·克利斯朵夫》. 外国语,1995(4):38.
③ 管筱明. 试与傅雷比高. 人民日报海外版,2020-07-10(7).

审美能力,复译作品的艺术价值就在那里了。从这个认识出发,许渊冲译的《约翰·克里斯托夫》与韩沪麟译的《约翰·克利斯朵夫》能引起我们的关注,也说明了它们的价值。距许渊冲文发表五年后,他的《约翰·克里斯托夫》终于 2000 年出版。这一年也出版了韩沪麟译的《约翰·克利斯朵夫》。2002 年,《中国翻译》发表了许钧的《作者、译者和读者的共鸣与视界融合》。文章以《约翰·克利斯朵夫》开篇第一句的翻译为个案进行分析,通过对傅雷、许渊冲和韩沪麟三种不同的阐释的比较,"从上下文、文化语境、作者意图、本文意图及译者追求等方面来说明,在具体的翻译过程中,译者应充分考虑文本的局部与整体意义、语言层面与审美、文化层面之间的辩证关系"①。文章通过对照和比较发现,许译和韩译在完全重复的原文中,呈现的是前后"并不一致的译文"。"就阐释的角度而言,如果译者在翻译全书过程中,忽视了在全书中明显具有特别意义的某些词语的重复及其价值,不能不说是个遗憾。傅雷先生对贯穿了约翰·克利斯朵夫整个生命的莱茵河,对在约翰·克利斯朵夫生命中永不停息的浩荡江声,有着自己深刻的理解。……他译的(江声浩荡)这四个字,并没有仅仅限于原文的字面意义,也没有限于与该句紧密相联的第一段,而是基于他对原作整体的理解与把握。"当然,"由于分析的只是全文的第一句的翻译,因此不能当作对傅雷、许渊冲和韩沪麟三个译本的全文进行评价的依据"。② 文章对于探索翻译批评的有效途径提供了方法论的参照。

那么,许钧译的《邦斯舅舅》和傅雷译的比较又如何呢?似乎至今还无人对此做过探讨。不过许钧自己是这样说的:译一部作品,"有了前人的工作作底,大致的轮廓放在那里,你就能多腾些心思出来考虑色彩了,线条了,自己的风格了这一类的事情"。这个观点与许渊冲一致。关于新译本超越旧译本的话题,许钧这样说:"超越不是一件容易事。这就是为

---

① 许钧. 作者、译者和读者的共鸣与视界融合——文本再创造的个案批评. 中国翻译, 2002(3): 23.

② 许钧. 作者、译者和读者的共鸣与视界融合——文本再创造的个案批评. 中国翻译, 2002(3): 26-27.

什么到现在傅雷先生译过的东西还少有人敢去动的原因。好的译本是不倒的常青树,可以说在今天还没有像傅雷先生这样的大家。"①

傅雷是"我国文学翻译史上的一座高山"②,或者说,一座富矿。对它的开采挖掘不会因为有不同的声音就停止。所以如同前两次波澜一样,在第三次波澜末期,我们也看到了《试论傅雷的翻译观》一文,文章作者之一即《邦斯舅舅》的复译者并不让我们吃惊,因为,真正求知和求真的译者都是把傅雷当作一个大师级的榜样,通过不同方式和途径在探索、寻觅大师成功的足迹的。即便许渊冲抱着明确要和傅雷竞赛的愿望,也是在心里把他视为一个高峰,才生成这种老当益壮的雄心的。作者依据傅雷书信和傅雷译本序及内容介绍等重要文字,深入傅雷的内心世界,从"翻译动机、读者利益及美学追求三个方面",探讨了傅雷的翻译观,是文本之外研究傅雷翻译的较早且有较高价值的文章。③ 此文也可以视为第三次波澜的一个尾声。

四、第四次波澜:关于傅译粗糙的论争

2005 年,《书摘》上发表了郑永慧的《傅雷译文的失误》。作者借孙恒教授当年之口评判道,"傅雷译的《嘉尔曼》是一个比较成熟的好译本,但是,郑永慧翻译的《卡门》……比傅雷的译本更臻完善";郑译本的优点主要表现在"形象更加完整""文字更加练达""风格更加统一"。随后郑永慧指出傅译《高龙巴》中有令他"大吃一惊"的种种错误"达五十余次"。④ 孙恒教授当年的文章《评〈卡门〉的两个中译本》刊登在长沙铁道学院的《长院科技》1985 年第 1 号上。此后郑氏就渐渐成了"傅雷译文的批判者"。毋庸置疑,傅雷译文中当然有缺陷和瑕疵,任何一个高超的译者都不可能百分百地复制原作者的思想感情,任何翻译经典与原作相比都有不逮,这

---

① 许钧. 给文学翻译一个方向. 文艺报, 1995-05-20(6).
② 管筱明. 试与傅雷比高. 人民日报海外版, 2000-07-10(7).
③ 肖红,许钧. 试论傅雷的翻译观. 四川外语学院学报, 2002(3):92-97.
④ 郑永慧. 傅雷译文的失误. 书摘, 2005(5):94,95.

也是文学活动在翻译实践中的一种真实表现。可郑氏指出错误的方式、他的评论、他的观点在其 1990 年发表的《浅谈翻译的"信"》一文中,已经提过。十五年过去了,他对傅译错误还停留在原来的认识上,没有思想的深入、观点的出新。《傅雷译文的失误》一文摘自同年出版的《一本书和一个世界》。郑永慧在文中一方面影射拥有五百万言译文的傅雷从"轻松浪漫的梅里美"转到"严肃凝滞的巴尔扎克","脑子里和笔底下能转得过弯来吗"? 另一方面,他追述自己"一发而不可收拾"的翻译成果,他翻译过梅里美、巴尔扎克以及乔治·桑、雨果、萨特、纪德、罗伯·格里耶等十几位风格各异的法国及法语世界作家的作品,译著等身达"40 余本,600 多万字"。殊不知自己脑子里和笔底下能否转得过弯来? 是否又以自己不变的语言、思想和感情,应付了风格各异的法国作家? 再者,他坦承自己从事文学翻译,因为"时间很紧,不可能先译成草稿,修改后再抄一遍,作为定稿。我只能在稿纸上一次写成,即为定稿"。① 可这样的译稿能和傅雷一改二改三四改的译稿相比吗? 再次,他自称是"傅雷译文的批判者",但他能够否认,傅雷译文总体上是精彩的吗? 如果能对傅译一分为二地加以评论,可能会赢得读者的认同。

2005 年,还有一个对傅雷的批评,因为在网络上传播,而更有影响。那时的网络上,《张承志推出新作〈鲜花的废墟〉,批评傅雷译文粗糙》一文的标题很是醒目,引人关注。原来 2005 年 1 月,张承志的新作《鲜花的废墟》刚由北京新世界出版社出版。此书的内容正如副标题所揭示,它是作者的"安达卢斯纪行"(安达卢斯是阿拉伯人对穆斯林的西班牙的称谓)。但作者强调:"它和流行书市的境外旅游书毫不相干。因为它的举意,首先是对这个霸权主义横行的世界的批判。其次则是对一段于第三世界意义重大的历史的追究、考证和注释。"它是一部"情感浸透"的"学习笔记"。这次安达卢斯行,张承志是手握着傅雷翻译的梅里美的《卡尔曼》(据我们掌握的信息,傅雷的译本名为《嘉尔曼》)吊古访今的。早在"文革"期间,

---

① 郑永慧. 傅雷译文的失误. 书摘,2005(5):95.

他在内蒙古插队时,就读过这部影响了他的"文学趣味和笔法"的小说。此行,他"靠傅雷先生译笔的指点","走遍了梅里美笔触所及的一个个地点"。然而,当他"发现"《卡尔曼》的结尾处,一段"罗马尼学"里的语言学例句被傅雷删去了,他毫不掩饰地表达了自己的思想:"不知为什么,傅译删去了这一段里的语言学例句。类似的粗糙也流露在对付比如阿拉伯词语的时候(如译阿卜杜·拉赫曼为阿勃拉·埃尔·拉芒)。与其说这是一个失误,不如说这是一个标志——中国的知识分子缺乏对特殊资料的敏感,也缺乏对自己视野的警觉。"①张承志对傅雷的批评,就在这里。话虽不多,但措辞极重。"粗糙"的傅译与我们知道的求真传神的傅译的鲜明对比,对特殊资料缺乏敏感、对自己的视野缺乏警觉的中国知识分子与我们认识中作为中国优秀知识分子的典型代表的傅雷的鲜明对比,反差到了黑白两极的程度。这些文字产生的视觉冲击波,又被网络扩大,散播开来。也许这不是张承志本人的意愿,而是商家的炒作方式,想用这种"噱头"招徕读者对其新作的关注。但"张承志批评傅雷"这个主要内容是不可否认的。

对此,许钧发表了《粗糙、失误还是缺乏警觉——谈张承志对傅雷的"批评"》。许钧说,张承志"把三顶帽子扣在了傅雷的头上","第一顶是:粗糙。因为删去了几个'语言学例句',或没有按如今的译法译一个阿拉伯的人名,便说傅雷译笔'粗糙',恐怕确实是'失度'了"。"像傅雷这样优秀的大家,因为替读者着想,略去了几行字不译,就被戴上了'粗糙'的帽子,那么天下还有哪一个翻译家不是'粗糙'的呢?"第二顶帽子是"失误",因为张氏"没有过分纠缠于此,而是一笔带过",许钧也"略去不谈"。但张氏认为这个失误"不如说是一个标志",这就引出了第三顶帽子:"中国的知识分子缺乏对特殊资料的敏感,也缺乏对自己视野的警觉。"第三顶帽子确实很重,达到了"上纲上线"的地步。许钧的回应主要围绕两点:

① 张承志. 鲜花的废墟——安达卢斯纪行. 北京:新世界出版社,2005:小引 2-4,211-212.

(1)为什么张氏要扣上这么一顶沉重的帽子？许钧分析，在张氏看来，"傅雷删去的，不是无关痛痒的文字，而是'特殊资料'"。因为"小说开篇处，有一大段对古战场孟达的学究式语言"，日本学者年前发表的《安达卢西亚风土记》也提请他注意，梅里美在小说开篇提出的"不仅是一家之言，他很可能是最早的一位古孟达地望的正确诠释者"。"这个信号"使他特别"留心了小说结尾"。还因为在小说结尾处，他发现梅里美"突兀地、也许可以说是不惜破坏和谐地，填进了大段的'罗马尼学'"，张氏"直觉地意识到：对这个结尾，梅里美是在有意为之，他是较真的和自信的"。张氏说，在梅里美"那个时代，远没有流行冒充现代主义的时髦，他不顾那么优美的一个起承转合，把干巴巴的一段考据贴在小说末尾，究竟为了什么呢？"他认为"或许含义只对具备体会的人才存在"。许钧借张承志话语所做的分析，是可以使我们对张氏之所以产生严厉的批评，达到"同情之理解"的。(2)傅雷是否应该戴上这顶帽子呢？对此，许钧的做法很简单："以文本说话"，将傅雷略去不译的几行字逐字直译，呈在读者面前（内容见注①）。我们读后认为，傅雷译文中为删去这个语言学例句所加的注释，是如实地、妥当地做了可信的解释。就此许钧发话，"这就是张承志在大做文章借以批评傅雷的几行文字。对一般的'中国知识分子'而言，这实在看不出是什么'特殊资料'"；随后发问，"对傅雷先生为读者考虑故意略去不译的几行字，张承志先生是不是太敏感了？太警觉了？"许钧文章最后还指出，"对一种语言，对一个地区，或对某一人群，爱之欲其生，恨之欲其

---

① 傅雷删去的"语言学例句"的几行字："德国的波希米语的过去时态是在用作命令式的动词词根后加上 ium 构成。在西班牙的罗马尼语中，动词的变位均采取加斯蒂语动词的第一人称变位形式，原动词 jamar，即"吃"的过去时，应有规则地变为 jamé，即'我吃了'；原动词 liar，即'拿'的过去时，应变为 lillié，即'我拿了'。不过有少数几个古老的波希米语动词例外，如 jayon, lillon。我不知还有别的动词保存这一古老形式。"——许钧译（见许钧. 粗糙、失误还是缺乏警觉——谈张承志对傅雷的"批评". 粤海风，2005(6)：62.）

死,这里是不是有被情绪掩盖的理性?对此,我们倒该警觉才是!"①

我们认为,张承志为什么"太敏感、太警觉"呢?因为在他看来,可能傅雷删去的语言学例句,与古孟达地望的正确诠释有关,进一步,与他在书中的"举意"之一,即关于"一段于第三世界意义重大的历史的追究、考证和注释"有关。所以,张承志不是没有看到傅雷加的注释,而是不能相信注释中的理由,因为傅雷的解说不是他期待的。但从此以后,网络上也多了许钧的质疑文章《粗糙、失误还是缺乏警觉——谈张承志对傅雷的"批评"》,算给这件"网络风波"一个不能缺少的批复,让读者对"张承志批评傅雷"的根底有了如实的了解和正确的判断。

五、结　语

任何研究都离不开两个方面:研究客体和研究主体。我们就从这两个方面对上文的考察发表我们的观点。从研究客体看,(1)傅雷翻译作品并非是一帆风顺地成为翻译经典的,而是经历了一次又一次的质疑和批评,甚至是泼污水式的颠覆和解构的。但真正的经典是经得起糟蹋、挑战和任何考验的。刘海粟说:"添上一块石头,去掉一筐土,都不会改变山峰的高度。"②所以历史也已证明,傅译经典不会因为那些恶评而黯然失色。(2)要正确看待傅译经典中的错误。任何翻译家都不可能十全十美地诠释原作的意图,这一方面在于,作者与译者之间因时间之延与空间之异,不可能达到跨越两种文化的彻底的绝对的灵犀相通;另一方面也在于,文学审美空间本来就是开放的、弹性的,在互补中建构着的,一部原作有多个译本并存的现象说明,对译本之间的差异有时应持宽容的态度。

本书的研究主体确切地说是批评主体。翻译批评的目的是让翻译活动在良性的轨道上健康发展,是要对不利于翻译活动发展的因素叫停,对

---

① 许钧. 粗糙、失误还是缺乏警觉——谈张承志对傅雷的"批评". 粤海风,2005 (6):60-62.

② 转引自金圣华. 傅雷与他的世界. 北京:生活·读书·新知三联书店,1996:208.

有利于翻译活动发展的因素加以呵护。翻译批评能否达到这个目的,是否具有建设性的价值,不仅取决于批评者的学识水平和理论视野,更取决于批评者的胸襟和境界。批评不应以揭短为目的,如果只看到翻译经典中的错误瑕疵而无视其中的美瑜和价值,恐怕很难赢得多数人的共鸣,最终的效果也恐怕是事与愿违。在众多批评者中我们注意到,许钧对傅雷译文中引人诟病地方的批评是有分量的、深刻的,但又是让人心悦诚服的,原因就在于他做到了批评的理性和公允,没有情绪的偏倚和主观的夸张,实事求是,以理服人。他是在肯定了傅雷是一棵常青树、一座高山和一个大写的"人"后,才看待其缺陷和不足的。他在对《约翰·克利斯朵夫》三个译本的比较中,以"求是"为原则,以"求真"为标准,对傅译的精彩与优美给予了高度评价,对同行译文中不及傅译的地方做了铁面无私的批评。对于张承志"小题大做"批评傅雷译文粗糙,许钧又表现出责无旁贷的担当,他是代表法国文学翻译界做出回应的。他的驳斥中有这么一句:"像傅雷这样优秀的大家……被戴上了'粗糙'的帽子,那么天下还有哪一个翻译家不是'粗糙'的呢?"这句话足可以说明很多问题:他一定是对我国现当代的翻译家做过系统的研究,摸过底,才这么反问的。这是学识的问题;反观有的批评者,自以为指出了名家的缺点而仿佛自己达到了与名家并列的高度,实则没有高度,这也是眼界的问题;傅雷的卓著是比较出来的卓著,而不应用圣贤的标准来挑刺于他,降格于他,这也是胸襟的问题。如果让翻译大师身上的缺点无限扩大,正说明批评者自己的胸襟逼仄,因为他的心里已容纳不下大师身上的优长;只有看到傅雷在我国文学翻译事业上的突出成就,在我国文化建设事业上的巨大贡献,才能看到傅雷所达到的人生境界,反过来,才能让读者感觉到批评者的境界。因为评别人也是在评自己。批评的目的绝不应该是打倒一个翻译巨匠,而应该是从正反维度去探寻巨匠身上拥有的推动文学翻译事业更上一层台阶,促使翻译质量进一步提高的着力点和关键要素。

第三节　傅雷与翻译文学经典研究中的几个要点

我国的傅雷翻译研究主要从改革开放始,经历了由浅而深、由随感而理论、由现象接近本质的变化,经历了从文艺美学到文化社会学和回归文本几个阶段,见证了中国文学翻译理论的发展,成为中国翻译研究领域不可或缺的一部分。在越来越变成集体有意识的研究活动中,不乏法语界的专家、翻译界的名家和文学界的一流学者,他们的研究在理论、方法等方面和宏观、微观等视角均有突破,起到引领和启示的作用。在研究过程中,偶尔也有质疑、商榷的声音,有助于我们避免研究中的过度褒扬,兼顾正反立论。

傅雷在中国"堪称一两个世纪也难得出现的一两位翻译巨匠"[①],在其名译中系统考察翻译文学经典生成的内在要素和主要环节,系统探讨译者取舍定夺的深层动机和表达原作神韵的经典手法,在超越语言的层面,探讨制约和操纵译者诠释和读者接受的文化、社会、历史和意识形态等因素,有助于突破传统观念,深入理解文学翻译活动的实质与意义,探索当代视野下的文学翻译理论阐释的新形态。而文学翻译以翻译文学为目的,以翻译文学经典为境界。"经典"研究在国外已有三十年,其间,布鲁姆、库切等人的观点以及美国《批评探索》杂志上的讨论不但使"经典"问题成为国外探讨的焦点之一,也成为我国文学研究领域的一个热点,不少学者围绕"经典"著书立说、各抒己见。翻译文学经典研究有必要抓住国内外经典讨论丰富的话语资源,探索自己的认知和评价体系,开发自己的解读和阐释空间,充实自己的审美和接受空间。在傅雷翻译经典研究中,下面几个要点值得我们关注。

---

① 柳鸣九. 超越荒诞:法国 20 世纪文学史观. 上海:文汇出版社,2005:27.

一、经典化研究

国内外相当一部分学者认为,文学经典化是指文学作品经受外部政治意识形态和主流诗学操控的过程和结果。但翻译文学经典化研究,应当较为明显地包括:从内部探讨原文到译文转换生成过程中译者的经典化再创作实践和从外部探讨文本旅行过程中在异域各种权力话语的"赞助"和"共谋"下的经典化。外部探索需要考察和研究我国文化土壤"墒情"和审美气候之于文本生命的拓展延绵,也包括接受美学视角下读者的参与。内部探索不容忽视,既可以从语言学角度关注法汉符号对比中的异质成分,如何在傅雷笔下得到创造性的转化,也可以从文艺美学视角阐释傅雷如何在形合与意合之间,实现其神似翻译主张,进而关注傅雷在作者意图、文本意图和历史语境中对译语"纯语言"①的练就,关注翻译经典最终在译者与作者的"合铸"下完成。翻译文学经典化既包含翻译主体对原作进行语言上创造性的转化过程,也包含静态的译本在译语文化场被权力话语合法化和读者解读本土化的过程。翻译文学经典化是文本内部因素(如符号转换)和外部因素(如传播接受)两者"合力"的结果,但内部的"恒久之至道"②具有长效性,外部的"现世利益"③张目或遮蔽具有历史性。

二、经典性研究

国内文学界的经典讨论中,有两个倾向:一是经典性归经典性,经典化归经典化,似乎两不相干;二是对经典性的认识似乎只是论者研究前之所得,而不见其研究后的归纳和提升。我们认为,经典性与经典化在研究

---

① 本雅明. 译者的任务//陈永国. 翻译与后现代性. 北京:中国人民大学出版社,2005:6.
② 刘勰. 文心雕龙. 北京:中国社会科学出版社,2004:13.
③ 恩格斯. 论早期基督教的历史//马克思,恩格斯. 马克思恩格斯全集(第22卷). 北京:人民出版社,1965:526.

过程中的关系应表现为,第一,探讨经典性的一般概念(其品格、内涵、特征),且称经典性 I;第二,经过文学翻译的内部经典化和翻译文学的外部经典化过程研究;第三,从经典化上升到学理层面,由现象深入本质,归纳出新,提升经典性,且称经典性 II。关于经典性的探讨,以下两点值得关注:第一,文本蕴藉阐释的超越性与译入语语言形式诠释的典范性,原作艺术生命与新配语言形式化合的创造性。通过傅译经典的历史性、现代性、耐读性和可授性,揭示两个民族创造性审美元素即原作艺术实质的创造性与译语语言比配的创造性两者的化合,揭示翻译文学经典的特有品格、核心内涵。第二,跨文化、跨文明的精彩"对话"展现的审美独特性和再丰富性。尝试阐明翻译经典的世界品质不仅在于具有双重民族性,更在于通过跨文化、跨文明的审美元素的创造性整合,用"第三只眼"丰富了人类的诗意的存在,揭示翻译文学经典独有的文学和文化价值与功能。

三、主体形象研究

傅雷是一个在音乐、美术、书法及文学评论等方面修养极高的文学翻译家,这一点在我国译坛可以说无出其右。因此,如何避免描述一个"思想扁平、精神单薄"的翻译主体,而揭示一个因其思想的深度、艺术的高度、实践的力度和影响的广度而成为现代以降特立独行、丰满立体的主体形象尤为重要。傅雷在毕生的文学翻译活动中之所以能创造出翻译文学经典,第一,与其能打通上述各艺术领域,在更高的层面上形成超越性的审美眼光有关;第二,与其儒、道合一的生命价值追求有关。他把道家思想中的浑然天成之美与儒家精神中的知其不可为而为之的执着,完好地结合在自己的翻译再创作活动中;第三,与其兼收并蓄中西文艺美学思想,具有大文明、大文化的胸怀有关。傅雷跨文化的翻译工作做得精彩,在于他有不同凡响的跨文化和跨文明的眼界,使他在大到文本选择小到字句推敲上,都显出卓尔不群的眼力;第四,与其坚持民族文化立场、恪守民族身份认同有关。傅雷作为汉文化主体性的代表,在文学翻译活动中,自觉地维护了汉语语言的传统,又展示了汉语语言的优美;既守住了自己的文化根性,又激活了汉语表达的灵性,他充分调动了自己的文学内在维度的修养与外在维度的体认,"代言"了法国文学大师的作品。

四、试金石作用

傅雷具有典范性的翻译实践和得到实践印证的翻译思想,可以使傅译经典作为试金石,对"杂语喧哗"的当代西方译论做检验性研究,辨识其在中国"解释的有效性"。检验西方译论在外译汉上的适宜性和局限性、不足性和启发性,是为了尝试初步形成我们的话语机制,探索适应我国翻译实践的理论研究新模式,探讨形成真正与西方"对话"的可能。对于现代视野中的当代西方文艺理论和翻译理论,既要具有开放的心态,又要具有批判的意识;不唯新是从、盲目跟风,也不故步自封、因循守旧。应努力探索当代西方理论中的合理成分,通过傅雷的美学思想和翻译思想,在中西两种理论体系中,以两者之"同"来寻求理论的发展更上一个台阶,使我们的认识更进一步,理解更深一层;从两者的"异"处寻求理论在哲学思想、价值观念和语言文化习惯上的突破和新的生机出现。傅译经典的实践价值在于为我们提供了可授性的范本,其学术价值在于为我们提供了跨文化和跨学科的探讨视角。我们站在当代理论的高度研究傅雷与其翻译经典,也是力图寻求傅雷之于今天文学翻译的实践意义和理论意义,力图把握未来翻译文学发展的方向。

五、"神似"说的现代转换

"神似"是中国传统文艺美学中的论点,源自东晋画家顾恺之的"传神"。现代以降,这一论点被移用到文学翻译领域,有茅盾、曾虚白、朱生豪的"神韵"说,有林语堂的"传神"说,有朱光潜的"近似"说,有陈西滢和傅雷的"神似"说。因译著等身、译笔精妙的傅雷的标举和践行,"神似"说光大于译界内外。基于上述"神似"在中国现代译论中清晰的发展脉络,基于我国传统文论可资借鉴的话语资源,基于外译汉的大量实践,尤其是傅雷和朱生豪的优美的实践印证,加之西方现代译论形态的参照,似应把

"神似"说作为我国译论中可以进行现代转换的核心命题加以探讨,从传统语文学、现代语言学和当代文化学三个层面进行挖掘,从哲学维度加以审视,借当代西方译论加以观照,以"形与神"的关系为突破口,努力释放其中蕴含的现代性因素。在当代译论种种"转向"与求变的学术动态下,以傅雷一流的翻译经验为核心资源,借助当代译论的阐释机制,可以为我国翻译理论生成话语分析和批评的新形态做出尝试。开发中国翻译理论的现代话语机制,需要我们立足中国文化渊源,把握当代理论前沿。一方面,中西结合,中学为体,西学为用;另一方面,贯通古今,在继承中创新,其中,打破传统思维定式,破除"神似"与"化境"各领风骚的惯性思维模式,可能是"神似"论取得突破性进展的重要一步。

六、要重视翻译文学与外国文学、中国文学和世界文学的关系

翻译文学与外国文学、中国文学和世界文学的关系不可否认,这是翻译研究的跨学科特征使然。外国文学与翻译文学有血脉关系,对傅译经典的价值、特色做静态研究,有助于更好地从翻译角度研究外国文学,为汉译法国文学和法语法国文学的比较提供可能;翻译文学在译语民族的文学进程中的客观参与性,是比较文学和翻译学可以共同开发的领域。对傅译经典的传播、接受做动态研究,触及汉译法国文学对中国现代文学进程的参与,可以说,翻译文学是中国现代文学史下的一条暗河;世界文学经典是翻译文学经典的归宿,当今,世界文学趁着经典讨论东风而在比较文学界开始受到热议,但它还会因翻译文学的独特视角而增添新的活力,打开新的话语空间。

第四章 实践性分析与过程性解剖

第一节 巴氏三译家的共同遭遇与不同反应

傅雷先生一生共翻译了巴尔扎克的作品十五部,累计二百五十万字左右,构成傅雷后期翻译活动的重心。傅雷同时代的译者穆木天和高名凯的译著虽然也很多,但今天几乎退出了图书市场,淡出了读者的视野。而当今一些译家笔下的巴氏作品,也并没有取代傅雷的译本,更难说超越傅译了。傅雷笔下的《高老头》初译于 1946 年,重译于 1951 年,再译于1963 年,是傅雷的代表性译著之一。赵少侯对它(1951 年的译本)的评论,在今天看来,仍然值得我们在分析研究傅雷及他的翻译时参考。

一、赵氏指向三译家

1952 年,赵少侯在《翻译通报》第 7 期上发表了《评傅雷译〈高老头〉》。赵少侯是当时人民文学出版社的责任编审,也是法国文学翻译家。傅雷在那时已通过其名译《约翰·克利斯朵夫》《贝多芬传》《欧也妮·葛朗台》和《贝姨》等作品,赢得了中国千万读者的口碑,成为新中国成立之初文化战线上做出巨大贡献的重要人物之一。他通过一部部名译展现出来的精湛的匠心和卓越的造诣,在读书界和文艺界确立了自己崇高的地位。所以,赵少侯的文章自然首先让我们关注到两个方面:一、赵氏说了什么?二、他又是怎么说的?

关于内容,赵氏主要选取了傅译《高老头》中的六个"具体例子"一一做了点评。其中三个例子对傅译做了点赞;三个例子对傅译提出质疑。随后,赵氏还从"技巧方面"简要地列举出一些短句译例,划分为"值得我们学习"和"不免""损害了译文忠实性"的两类。再来说赵氏的行文语气。他是这样开始评说的:"傅雷先生的译品,一般地说,都是文从字顺,流畅可诵……本书因为是译者修改过的重译本,晓畅犀利更是它的显著优点。"点赞的三个例子暂可不说,先从三个质疑的例子来看,在对第一个例子质疑后赵氏随即表示:"不知译者以为如何";对于第二个质疑的例子,在结束时他说明:"是否正确,希望译者以及读者加以讨论"。对于第三个质疑的例子,赵氏最后也承认,傅雷的翻译"原则上还是无可非议的,因为译一部四百余页的书,也是无法处处字斟句酌的"。可以看出,赵氏全文都表现出一种谨慎的言辞和商榷的口吻。"总的来说,译者加意追求的是'神似'而不是'形似'……,但这不等于说他在'形似'方面就毫不讲究";"译者之所以不注意这些小节,说句公道话,却不是粗枝大叶不负责任的表现"。① 尽管文章如此措辞谨慎,但对一个已经确立了不可动摇的地位的翻译大家率先提出质疑,仍然显示出作者的勇气。然而,这种勇气在换了批评对象后,又变成了一种毫不在乎的不客气了。

同一年稍前,在《翻译通报》第 3 期上,赵少侯发表了《评穆木天译〈从兄蓬斯〉》。赵氏起先以假设的语气批评说,"如果工作态度不够认真,译文不够忠实,不够清楚,那么,如此大量地粗制滥造的译品不但影响了读者对于巴尔扎克的认识,其所造成的物质、精神的损害也是不容忽视的";随后,他真的"不客气地说,这是一本很难令人满意的译本";并且划分出四项错误加以批评:佶屈聱牙、意义晦涩;死译原文成语;意义与原文相反或不符;任意创造只有自己懂的词。②

还是同一年,在《翻译通报》第 4 期上,赵氏又发表了《评高名凯译〈三

① 赵少侯. 评傅雷译《高老头》. 翻译通报, 1952(7):11-13.
② 赵少侯. 评穆木天译《从兄蓬斯》. 翻译通报, 1952(3):19-21.

十岁的女人〉中译本》。高名凯当时已经是我国著名的语言学家、汉语语法学家,不但精通法语,还是索绪尔《普通语言学教程》的最早译者之一。他与王力、吕叔湘三人的汉语语法研究,在 20 世纪 40 年代就达到了前所未有的高峰。然而对待这样一个人物,赵少侯却没有了对待傅雷的那种慎言,文章开门见山,一斧子就劈了下来:

> 这是一部典型的粗制滥造的译本。我用法文本对照地读了一百页,可以负责地说,这一百页里几乎没有一页没有错误。这些错误包括:误译、曲译、硬译、笔误、字句的误置等等情况;至于创造新的怪异词汇,把原文译成中国字而信手堆成难懂,或竟不懂的语句则更是一页数见的常事。有些错误,以译者中外文的修养、和语文的专门知识来说,本是可以避免的,但由于译者的草率马虎,竟没有避免。①

国内曾有学者对赵氏批傅不大认同,似乎他冒犯了大家,但读读这些严厉的字句想想,他对傅雷已经很是“手下留情”了。赵氏仍然通过具体的译例,指出高译“草率”“简直无法想象”;对于比较难懂的原文“穿凿附会”;“不肯仔细推敲的情况”“屡见不鲜”;还有不少“佶屈聱牙的例子”,等等。赵氏的评论等于彻底否定了高译《三十岁的女人》中译本。

1952 年,巴尔扎克作品在中国的三位主要译家同时被赵少侯请到了批评的前台。三者中,穆译最早,约十来部;高译当时最多,约二十部;傅译当时不多,出版的只有《高老头》《欧也妮·葛朗台》《贝姨》《邦斯舅舅》和《亚尔倍·萨伐龙》,但少而精,异军突起。程代熙在介绍《巴尔扎克在中国》的史料中,权威性地指出,“在翻译介绍巴尔扎克的作品方面,态度严肃认真、译笔生动流畅,在读者中影响较大的,要推傅雷”②。所以,就连赵少侯也直言不讳地比较指出:“读过高名凯、穆木天两先生译的巴尔扎克的小说,再来读傅雷先生的译本,实在有爬出步步荆棘的幽谷走上康庄大道的感觉。因为再也碰不到疙疙瘩瘩、弯弯扭扭的句子,再也遇不见稀

---

① 赵少侯. 评高名凯译《三十岁的女人》中译本. 翻译通报,1952(4):14.
② 程代熙. 巴尔扎克在中国下——出版史料丛谭之一. 读书,1979(7):87.

奇古怪费人猜想的词汇了。"①然而对于赵氏的伴随着点赞的慎言微词,傅雷也似乎并不买账。

二、三译家的反应

穆木天在同一期赵文之后,就做了答复。《翻译通报》给予穆氏提前阅读赵文的优先待遇,可以说明,曾为创造社成员的穆氏也是一个法国文学的重要的翻译家、研究家和知名学者。但他并没有做过多的辩解,答复信开头就说:"赵少侯同志关于我译的《从兄蓬斯》的批评,我大致同意。同时,我还希望他能更深入,更全面地,检查我的译文。我也希望别的同志帮我校订……如果我有时间的话,我想把已译过的巴尔扎克作品再校订一遍……"在答复信的最后,他说:"在翻译这些书的时候,我自以为还是认真的。绝没有想过自己是粗制滥造。但,客观上形成了粗制滥造,是应当由我负责的。"②在随后第 4 期《翻译通报》上,穆木天还结合当时的"三反"运动,更深刻地做了自我批评:"在翻译巴尔扎克时,个人主义思想还是很强的。在选题上,主要反映在《从兄蓬斯》和《绝对之探求》那几篇上……对于翻译语言的运用……以为巴尔扎克的作品,译得生硬些,风格更对,而脱离了读者。"③总之,他虚心地接受了赵氏"不客气"的批评。

高名凯也在与赵文同期的《翻译通报》上,对自己"翻译《巴尔扎克小说集》所犯的官僚主义作风的错误","向全国的翻译界和读者们做了一个检讨"。他承认翻译巴尔扎克是他的"谋生之道",此外,还有一个想"要当中国的巴尔扎克"的"不纯动机"。他"计算一下,《巴尔扎克全集》的译文至少有两千万言,不采取'急就'的办法就不能够完成任务,也就不能够成为伟人,因此就拿最快的速度来进行翻译"。这种"个人英雄主义"的"翻译态度是不严肃的"。他最后表示,"计划将来有工夫的时候要把我从前

---

① 赵少侯. 评傅雷译《高老头》. 翻译通报,1952(7):11.
② 穆木天. 穆木天同志的答复. 翻译通报,1952(3):21-23.
③ 穆木天. 我对翻译界"三反"运动的初步认识. 翻译通报,1952(4):5-6.

所出版的十几部《巴尔扎克小说集》重新加以修订,来补救我以往所犯的错误"。① 高名凯主攻的是语言学和汉语语法研究,还翻译出版了多部外国语言学专著,这种情况下翻译巴尔扎克作品,只能是他的副业。早在1949年翻译出版的巴氏《杜尔的教士》的《译序》中,他就这样写道:

> 这几年来,因为生活的颠沛,颇做了一些行外的事情。《巴尔扎克小说集》的翻译就是其中的一种。回想1941年冬天,我和燕京大学遭受同样的命运,其狼狈的情况实在是难以笔述。后来我受中法汉学研究所的聘请,担任研究员的职务。那时候,物价已渐高涨,汉学研究所所给我的报酬实在没有法子让我维持最低的生活。然而'不合适'的工作又不愿意接受,几乎没有一天不在经济的压迫之下。幸亏我的朋友俞鸿模先生和陈伯流先生约我为上海的书店翻译《巴尔扎克小说集》。于是,这外行的工作也就只好担任下来了。那时候,我的《汉语语法论》已经脱稿,所以每日到所工作六小时之后,回家时还能抽出时间来翻译,平均每日译出四五千字。②

高名凯坦诚了几点:翻译是他"行外的事情",他也是在做"外行的工作";因为经济窘困而翻译;日均译四五千字。而据宋奇考,傅雷"每日平均也只不过译一千二百到一千五百字"③。所以,无怪乎赵少侯对他的批评十分辛辣。对于巴尔扎克的一句原文"Je ferme les yeux sur ses intrigues",高译为"我闭着眼睛去瞧他的秘密行为"。赵氏纠正为"我装作没有看见他的鬼把戏"。赵氏对高译的批评很有主观臆测的成分,这是他对傅雷绝不敢有的。但他对高氏的主观臆测似乎又很是那么回事。他连讽带刺地臆测高氏的翻译过程:译者"等不到看完整句就落了笔。所以一看见'Je ferme les yeux'马上在纸上写出'我闭着眼睛';往下一看,还有'sur ses intrigues'三个字,于是又添上了'瞧他的秘密行为'。他已忘记,

---

① 高名凯. 我在翻译中的官僚主义作风. 翻译通报,1952(4):4.
② 巴尔扎克. 杜尔的教士. 高名凯,译. 上海:海燕书店,1949:译序1.
③ 转引自罗新璋. 翻译论集. 北京:商务印书馆,1984:545.

一秒钟以前在'眼睛'前边所写的'闭着'两个字。于是就让侯爵夫人闭着眼睛去瞧东西了"①。

两年后,傅雷在致宋奇的信中提到了赵氏对他的评论,"赵少侯前年评我译的《高老头》,照他的批评文字看,似乎法文还不坏,中文也很通;不过字里行间,看得出人是很笨的"。傅雷也反评他道:"去年他译了一本四万余字的现代小说,叫做《海的沉默》,不但从头至尾错得可以,而且许许多多篇幅,他根本没懂。甚至有'一个门'、'喝我早晨一杯奶'这一类的怪句子"②。

三、赵对傅的具体点评及傅的回应

那么,赵氏具体点评了什么呢?我们先看三个质疑的例子。其中之一,法文是"Son châle à franges maigres et pleurardes semblait couvrir un squelette tant les formes qu'il cachait étaient anguleuses",赵文里的傅译是"身体只剩一把骨头、穗子零零落落像眼泪一般的披着,仿佛就披在一副枯骨上面"。赵氏的点评是:"既是穗子,说它披着就不如说垂着好";此外法文 tant 及 maigre"也未译出"。笔者核查傅译,发现赵氏看走了眼,傅译实为:"身体只剩一把骨头,穗子零零落落像眼泪一般的披肩,仿佛就披在一副枯骨上面"③。赵氏把"披肩"看成了"披着",也把一个逗号抄成了顿号。其中之二,赵氏认为,傅雷把法文"...l'un de ces Ratons parisiens qui ne connaissent même pas leurs Bertrands"译成"做了傀儡而始终不知牵线的是谁",忽略了《火中取栗》中的两位人物拉东(猫)和培尔特朗(猴子),不如译成"做了拉东而始终不知道谁是培尔特朗"或者"做了火中取栗的猫,还不知道叫他取栗的猴是谁",这样对内容和形式都有照顾,"既使读者了解到愿意,同时也让读者知道原著表达思想的原来形

---

① 赵少侯. 评高名凯译《三十岁的女人》中译本. 翻译通报,1952(4):14.
② 傅雷. 傅雷文集·书信卷. 北京:当代世界出版社,2006:591.
③ 傅雷,译. 高老头(重译本). 上海:平明出版社,1951:15.

式", 当然若取第一种译法 "必须加注"。其中之三, 赵氏认为, 傅雷把法文
"on l'a mis à toute sauce depuis une heure" 译成 "一个钟点以来, 只听见
他的事儿", 是 "失之于太自由, 没有充分达出原文的形式, 也没有把原文
的风趣传达出来"。当然, 赵氏也通过与穆木天的 "把人搞得糊涂死了" 的
译文的比较, 指出 "傅雷先生的译文与原文的精神是符合的"。关于这个
例子, 赵氏首先指出傅雷把 "messieurs, laissez donc le Père Goriot, (et
ne nous en faites plus manger)" 译成 "诸位不能丢开高老头 (让我们清净
一下)" 这是 "正说反译的一个好例子"。其实他又看走了眼, 傅雷译文是
"能不能丢开……"。值得我们注意的是, 傅雷在 1963 年第三次翻译《高
老头》时, 对后两个受到质疑的译句没做修改。

再看三个点赞的例子。其中之一, 虽然赵氏认为傅译 "恰当有力", 傅
雷 1963 年第三次翻译时, 还是把两个分句连了起来, 由 "古的太太和伏盖
太太, 只恨字典上咒骂的字眼太少" 变成 "古的太太和伏盖太太只恨字典
上咒骂的字眼太少"[①]。其中之二, 赵氏认为, 傅雷把法文 "Elle était jolie
par juxtaposition" 译成 "她的好看并非靠什么眉清目秀, 而是由于五官四
肢配搭得巧", 因译者增加了 "并非靠什么眉清目秀" 这个短句, 而 "把她所
以美的特殊原由烘托得更醒目", 更完全符合原文的精神。然而, 傅雷在
第三次翻译《高老头》时, 竟改成了 "她的好看是由于五官四肢搭配得巧",
这是赵氏评析中 "照字面" 的译法。第三个点赞例子的最后一句, 当时傅
雷译为 "他……在油漆之下发现了原来的木料"。但傅雷在第三次翻译修
改过程中, 还是依照法文 "Il aperçut... le bois, sous le vernis" 调整为
"他……在油漆之下发现了木料"。从傅雷对着三个被点赞的译例的改动
看, 可以说, 傅雷并不在乎赵少侯的好评。你认为是妙译的典范, 我再次
翻译时觉得它欠佳, 照样修改。

不久之后, 发生了又一场纠纷。1955 年 4 月, 傅雷翻译的巴尔扎克的
《于絮尔·弥罗埃》同样遇到赵少侯的审读。赵氏肯定了傅译 "是认真的,

---

① 傅雷. 傅雷全集 (第 1 卷). 沈阳: 辽宁教育出版社, 2002: 363.

忠实的,对原文的理解力也是极其深刻的",但同时也指出,"惟译者的译文风格,似乎已稍稍落后于时代。最突出的地方,即喜欢用中国的陈词,这种陈词在中文读起来十分顺口,而对法文的原意不免发生夸大、缩小或加添枝叶的毛病;……傅雷先生的译笔自成一家,若由编辑部提意见请他修改,不惟他不同意,事实上也有困难"。赵少侯提出,"关于他的译笔及似是而非的译法,……请领导决定"①。时任人民文学出版社副社长的楼适夷做了批复:"傅雷译文,总的说,品格是高的,能传神,不拘泥逐字逐句,应该承认这种译文的风格。"②作为傅雷的老友,楼适夷慎重地请傅雷的好友钱锺书再来审读,不料钱的意见,傅雷也难接受,还向钱"开火",使钱陷入纠纷与尴尬。③ 楼适夷决定请语言学家叶圣陶从中文角度提提意见,叶老次年二月回复:"这部译稿是我细心看的,词语方面并无不妥适处。看了一遍,仅仅做这么一句话的报告,似乎太简单,可是要详细的说,也没有什么可说了。"④至此,有关《于絮尔·弥罗埃》的纠纷案尘埃落定,译本于 1956 年 11 月出版。

四、怎样看赵氏的评论和傅雷的反应

笔者认为,赵少侯在批评原则上,做到了一分为二,即便在批评质疑中也有肯定的某个侧面。他主张,翻译批评应该"褒贬并重"⑤。也看得出来,他很希望自己的观点和评说是客观的。而对某个具体案例,即便只有批评,也总是用一种商榷的口吻,措辞尤其谨慎。在批评方法上,他使用了比较法。全文有四处列出穆译来做比较,无论是点赞还是质疑傅译,都有此法的运用,这就使得他的见解在两种译文的比较中更易被认同。最重要的一点是,他的翻译观念在今天看来,也不落后。他提出的问题在今

① 转引自傅雷. 傅雷文集·书信卷. 北京:当代世界出版社,2006:649.
② 转引自傅雷. 傅雷文集·书信卷. 北京:当代世界出版社,2006:649.
③ 金梅. 傅雷传. 长沙:湖南文艺出版社,1993:236-237.
④ 转引自傅雷. 傅雷文集·书信卷. 北京:当代世界出版社,2006:649.
⑤ 赵少侯. 再谈翻译批评. 翻译通报,1952(5):18.

天也仍然值得我们去深思,既涉及内容与形式、也涉及归化与异化这些根本性的问题。赵文开篇褒扬了傅译的优长,随后话锋一转道:读者"却又另外有了一种不大放心的地方,……那便是这样流利自然的译笔是否仍能完全忠实于原文? 是不是为了追求中译文的通顺畅达,有时也多少牺牲了原文的形式?"例如,在第二个质疑的例子上,赵氏认为,"译者只译其内在的精神而遗弃了它的外表形式",而这外表形式涉及《火中取栗》的寓言故事。译文如果对形式和内容"双方兼顾"的话,还能"附带地起了丰富中国语言的作用"。在第三个质疑的例子上,他认为傅雷没有译出manger(＝eat)和 sauce 在句中的双关含义,"因为说话的时候,他们正预备吃饭"。译文应当让"读者除了得到和读傅译文一样的认识而外,同时更领会到原文的风趣"。所以,文章最后赵氏提出自己的观点:"用中国旧小说里的句法来译外国小说,好处是明白流畅,文字不会佶屈聱牙。但也有一个毛病,那就是把一切异国的东西都装在旧的形式里,读者对新的事物既不能有一种精确的认识,也无从窥见外国文表达情感、叙述故事的曲折笔法。所以使用这种方法是需要有节制的。"①赵文在六十多年前针对后两个译例提出的问题,在今天看来,仍然是很有探讨价值的。

当然,赵文也有缺陷。第一,他对两处傅译看走了眼,造成自己的评论失去了事实凭借,这种粗疏也影响到自己希求的客观性。第二,他质疑的力度反映了当时的认知体系和学术研究的状况,只注意到原文外表形式对丰富中国语言的作用,而不能有意识地站在文化层面明确指出语言形式下的文化韵味、文化内涵和翻译活动的文化目的和文化得失。第三,赵氏虽能看出问题,但自己的论说也存在漏洞。如在第三个质疑的例子中,说巴尔扎克用了 manger 和 sauce 两个词,是选择了"两句成语",而实则只与一个法语成语"mettre qn. à toutes les sauces(以各种方法使用某人)"有关。

那么,我们又怎样看待傅雷的反应呢? 笔者认为,傅雷不会因为自己

---

① 赵少侯. 评傅雷译《高老头》. 翻译通报,1952(7):13.

的性子烈脾气暴就放弃了"学问第一,艺术第一,真理第一"的生命追求和"真理至上"的立身原则。① 否则,他后来不会说"1957 年前译的都已看不上眼","眼光比从前又高出许多";② 也不会在 1963 年第三次翻译《高老头》了。虚心接受批评的人后来并没有真的重新修改或校订,当时不买账的人后来真的又修改了,这才是后来的真实情形。所以,傅雷致宋奇信中提及此事时,所表现的不买账甚至不在乎的样子,可能只是一个有血有肉的文人的表象常态,而实际上,他在第三次翻译《高老头》时,偏偏选中赵氏并不十分看好的一句"照字面"的译文"她的好看是由于五官四肢搭配得巧",正可说明,他认真比较了几种译法,慎重地思考过赵氏的意见。当然,这也说明,他与赵氏有着不同的翻译原则和审美标准,所以,傅雷不会以赵氏的优劣评判为转移,而始终按照自己的价值尺度来表达作品中的艺术。赵氏指出 tant 的"作用"以及 maigre(细小)的意思没有译出,在傅雷看来,恐怕"见仁见智",而未做回应。③ 相反,赵氏大加赞赏的译句,傅雷当改则改。傅雷说过:"我自己常常发觉译的东西过了几个月就不满意;往往当时感到得意的段落,隔一些时候就觉得平淡得很,甚至于糟糕得很。当然,也有很多情形,人家对我的批评与我自己的批评并不对头;人家指出的,我不认为是毛病;自己认为毛病的,人家却并未指出。"④同样的情况还有,赵少侯指出:傅雷为了"过分求神似,过分求译文的通顺","常常把他在旧小说里得来的许多句法和词汇应用在译文里面"。⑤ 傅雷却觉得"为了翻译,仍需熟读旧小说,尤其是《红楼梦》"⑥。傅雷在致宋奇和傅聪的信中,对此有充分阐述,此处从略。但可以肯定,傅雷也认为,"把原文的地方性完全抹煞,把外国人变了中国人岂不笑话!"⑦总之,傅雷

---

① 傅雷. 傅雷文集·书信卷. 北京:当代世界出版社,2006:28,344.
② 傅雷. 傅雷文集·书信卷. 北京:当代世界出版社,2006:357.
③ 傅雷. 傅雷文集·文学卷. 合肥:安徽文艺出版社,1998:227.
④ 傅雷. 傅雷文集·书信卷. 北京:当代世界出版社,2006:289.
⑤ 赵少侯. 评傅雷译《高老头》. 翻译通报,1952(7):13.
⑥ 傅雷. 傅雷文集·书信卷. 北京:当代世界出版社,2006:586.
⑦ 傅雷. 傅雷文集·书信卷. 北京:当代世界出版社,2006:575.

的改与不改,既反映了他的审美品位和艺术眼光,也反映了他的严肃认真的工作姿态。

五、异化与归化的理论与实践

赵氏质疑的两个译例,涉及出发语的文化韵味和出发语特有的双关趣味,实质上涉及翻译中异的元素的转换问题。在人类的思想和文化普遍地相互开放并一路发展而来的今天,在翻译实践与翻译理论得到了长足发展的今天,对这样的问题应当说,我们已经取得了共识,即尽可能地让目的语民族了解出发语民族的奇观异景,了解异域民族异样的视角、异样的视野、异样的感受方式和表达方式,以期不断丰富自己的语言表达形式、自己的文化蓄积、自己的情感世界和审美世界。单从这两个译例看,傅雷的翻译是可以改进的,傅雷归化倾向的翻译对中国读者有溺爱之嫌。翻译活动最终是把外国文学归化入译语民族阅读宝库的行为,但这种归化行为不等于在技的层面只能采取归化的手法。把外国特有的知识文化归化为我们共有的知识文化,需要我们尽量保留外来的异,有了异,才有外国文学文化的奇光异彩,这样也才能实质性地扩充、丰富我们的文化宝库。傅雷虽然自称在理智上是"纯粹东方人",在感情上又是"极像西方人",对西方文化不但有开放的胸襟,还有吸收、消化的行动,但他也说过:"越研究西方文化,越感到中国文化之美,而且更适合我的个性。"①或许这种文化立场正是他倾向归化翻译策略的深层原因。

然而,异化与归化这对矛盾在此还没有完全解决。赵氏提出了策略上的问题,不等于说他就令人满意地解决了实践中的问题。例如,他把法文"...l'un de ces Ratons parisiens qui ne connaissent même pas leurs Bertrands"译成"做了拉东而始终不知道谁是培尔特朗"或者"做了火中取栗的猫,还不知道叫他取栗的猴是谁",就是机械地套用了傅雷译文的格式。"傀儡不知牵线的是谁"这句话是可以成立的,但拉东不知谁是培尔

---

① 傅雷. 傅雷文集·书信卷. 北京:当代世界出版社,2006:382,430.

特朗,就与"我们熟知的《火中取栗》的故事"矛盾了,因为拉东与培尔特朗是相识的。所以,如果译成"一个甚至连自己的对手培尔特朗都不了解的(巴黎)拉东"似乎与原文更贴切。同样,他质疑傅译后拿出的又一句译文"一点钟以来,哪种酱油里都有高老头的味儿"(on l'a mis à toute sauce depuis une heure)也不妥,因为不是高老头的味儿进入到每种酱油里了(sauce 此处也应译为"调味汁",酱油只是调味汁里的一种),而是每种调味汁都在高老头(这道菜)上浇过了、洒过了,每一种味道吃"高老头"的方法都尝过了。所以,如果译成"什么味道的高老头我们都尝过了"或"什么调味汁都在他身上用过了"似乎与原文意思更相符。这样两句"异化"的翻译,或许才具有不走样的文化意象。

第二节　傅译《艺术哲学》的互文性解读

依波利特·阿道尔夫·丹纳(Hippolyte Adolphe Taine,1828—1893)是法国著名史学家兼文艺评论家,其代表作《艺术哲学》是"一部有关艺术、历史及人类文化的巨著"①。他创造性地将自然科学的研究方法运用到精神科学的研究当中,在欧洲学术界产生重大影响。1929 年,傅雷在法留学期间,着眼于向国人介绍"这种极端的科学精神"②,用月余时间将《艺术哲学》的第一编第一章译成中文,名为《艺术论》,发表在《华胥社文艺论集》。时隔三十年之后,傅雷于 1958—1959 年间完成《艺术哲学》全本的翻译工作,由人民文学出版社于 1963 年出版。在等候发排期间,又手抄其中第四编"希腊的雕塑",另加笺注,寄给傅聪。故傅译《艺术哲学》有一本全译本,另有部分章节的初译和重译。为方便行文,本书将全译本称为"全译",将重译后寄给傅聪的第四编称为"重译"。本书以丹纳《艺术哲学》的不同傅译为研究对象,尝试从互文性的角度,对傅雷的翻译

---

① 傅雷. 傅雷文集·书信卷. 合肥:安徽文艺出版社,1998:509.

② 傅雷. 傅雷全集(第 16 卷). 沈阳:辽宁教育出版社,2002:397.

策略及翻译时的心理活动进行解读,并对傅雷在翻译过程中所展现的译者主体性进行探讨。

一、互文性与翻译研究

互文性(intertextualité)的概念于 20 世纪 60 年代末由朱丽娅·克里斯蒂娃(Julia Kristeva)首次提出。她从巴赫金的对话和复调理论中得到启发,认为"任何一个文本都是在它以前的文本的遗迹或记忆的基础上产生的,或者是在对其他文本的吸收和转换中形成的"①。互文性理论最初被理解为一种文学创作手法和文本表现形式,经过几十年的发展与流变,该理论逐渐呈现出狭义和广义两个走向。

持狭义互文性观点的学者以法国的新文体学家里法泰尔和叙事学理论家热奈特为代表。"所谓狭义,是用互文性来指称一个具体文本与其他具体文本之间的关系,尤其是一些有本可依的引用、套用、影射、抄袭、重写等关系。"②可见,狭义互文性是针对某个确定的文本,研究其与其他具体文本之间的关系。根据热奈特的理论,这种关系包括横向的共存关系("互文性"),以及纵向的派生关系("超文性")。热奈特还提出另外三种文本间的关系,即"类文性""元文性"和"统文性",但后来的研究者很少提及。

广义互文性的代表是克里斯蒂娃、巴特、德里达及美国耶鲁学派。"广义互文性一般是指文学作品和社会历史(文本)的互动作用(文学文本是对社会文本的阅读和重写)。"③它不再局限于具体的互文本本身,而将眼光投向互文本所处的社会历史文化空间,认为"所有的思想联想和传统都可以合法地变成一个文本的一部分;每一个文本都可以通过新的阅读而发生别的一些联想;各种文本是相互联系的"④。也就是说,互文性可以

---

① 秦文华. 翻译研究的互文性视角. 上海:上海译文出版社,2006:13.
② 秦海鹰. 互文性理论的缘起与流变. 外国文学评论,2004(3):26.
③ 秦海鹰. 互文性理论的缘起与流变. 外国文学评论,2004(3):26.
④ 秦文华. 翻译研究的互文性视角. 上海:上海译文出版社,2006:32.

通过作者的写作,融合作者的想象和意图,将社会历史文化的某些代码纳入文本来实现;也可以通过读者的阅读,以联想的方式对文本进行互文性解读来建立。当然,这两个途径对于狭义互文性同样适用。只不过,狭义的互文性将联想内容局限于两个或几个具体文本之间,广义的互文性联想则不仅可以指涉其他文本,还扩展到整个社会历史文化传统。两者的存在空间及互文指涉内容有较大差异。

由此我们需要引出另一个概念,即"文本",它对于互文性的界定是非常重要的。文本也有狭义和广义之分。狭义的文本是指"作者创造出来供读者阅读的具体语言性或符号性物品"。广义的文本则"包含了天文地理、语言文化、政治历史等从自然科学到社会科学、人文科学甚而指不同的人和事"。① 那么,狭义互文性实则是针对狭义的文本概念而言的,广义的互文性则扩展到更大的范围,即狭义文本和广义文本之间。本文使用"文本"一词,除非其前有定语,都是指狭义的文本概念。

根据互文性所跨越的文本空间类型,笔者将互文性划分为三种:一是狭义文本和狭义文本之间的互文性;二是狭义文本和广义文本之间的互文性,包括从狭义到广义、从广义到狭义两个方向。这是之前学者致力研究的范畴,两者都是传统意义上的文本互文性。对互文性理论加以引申,我们可以得出第三种互文类型,即广义文本和广义文本之间的互文性。鉴于广义的文本概念和广义的文化概念内涵意义相近,都将一个国家或民族的历史地理、风土人情、传统习俗、文学艺术、政治法律、宗教信仰、价值观念等等包括在内,故笔者称其为"文化互文性"。后文将对此加以讨论。

由于互文性理论所具备的兼容性、多元性、开放性、动态性等特征,被中外学者广泛运用于翻译研究。"以哈蒂姆和梅森为代表的学者,坚持翻译的本体研究,把意图性融入互文性研究中,从而提出了有关翻译方法、翻译评论的指导性建议……我国有相当一些翻译研究就是在他们的研究

---

① 转引自秦文华. 翻译研究的互文性视角. 上海:上海译文出版社,2006:47,50.

基础上展开的。"以德里达为代表的学者则将"互文性概念演化成'延异'、'播撒'等,然后与解构主义的文本观相融合,形成了解构主义的翻译观。这种翻译观……其理论倾向明显多于实用倾向"。①

有学者撰文指出我国翻译界存在的对互文性理论的误解、误读及误用现象,这值得我们深思。的确,互文性理论消解了逻各斯中心,最终指向文本意义的不确定性。如果无法确定文本的意义,翻译将无法实现。这似乎是一种悖论。然而,任何学科都可以借鉴其他理论的合理成分为己所用,对于翻译这门新兴的学科也是如此。互文性理论作为一种研究方式,为翻译研究提供了一个更广阔、多元的视角。"翻译研究的互文性突破了传统翻译研究的封闭模式,将翻译从语言运作的层面上呈辐射状渗透到立体多维的话语空间"②,即由语言、文本、主体、文化、话语层面组成的空间。通过对源语文本和译语文本的互文性解读,可以多方面、全方位地探究文本的意义,以更好地完成翻译实践,减少和避免误读、误译现象。本书对傅译《艺术哲学》的文本互文性解读,正是基于这一点。而文化互文性的提出,则是受互文性理论的启发,对其进行的一种尝试性的阐发。

本书将围绕上述三种互文空间类型展开,既运用狭义的互文性概念,更借鉴广义的互文性理论。一方面着眼于源语文本的互文指涉,分析傅雷是如何将其转化到译语文本的;另一方面着眼于译语文本对译语文化的潜在互文指涉,分析傅雷是如何对译文读者在阅读过程中可能产生的不当联想进行规避的。此外,将对傅雷揭示的古代希腊和古代中国的文化互文性进行阐发。下面让我们通过具体实例来解读傅雷的翻译策略。

二、傅雷翻译策略的互文性解读

针对具体情况,笔者将傅雷关涉互文性的翻译策略归纳为四种,分别

---

① 熊锡源. 互文性概念在翻译研究中的应用//罗选民. 文化批评与翻译研究. 北京:外文出版社,2005:502.
② 秦文华. 翻译研究的互文性视角. 上海:上海译文出版社,2006:38.

为直译加注、转化互文、规避互文和提示互文。根据狭义的互文性理论，引用是最常见的一种互文手法。在《艺术哲学》一书当中，充斥着大量直接引文和间接引文。但这些互文内容多为相关文史资料，属于史实性的东西，译者发挥主体性的空间有限，傅雷均采取直译加注，即直接翻译、必要时加注的策略。注释作为一种副文本，是对正文本的必要补充。傅雷在注释中阐述的内容，有对相关社会历史文化背景的介绍，也有对互文指涉内容的直接说明。这对于读者更好地理解作品是很有帮助的。副文本的概念由热奈特提出，和作品的关系当属他所谓的"类文性"。对直译加注的翻译策略，本书不再详加说明，我们将着重探讨另外三种翻译策略。

1. 转化互文

傅雷在《艺术哲学》的"译者序"里面评论说，丹纳的"行文不但条分缕析，明白晓畅，而且富有热情，充满形象，色彩富丽"，"绝无一般理论文章的枯索沉闷之弊"。这大概也是该著作流传广泛的原因之一。其虽为理论作品，却有很强的文学性，有大量描写的文字。且看下面一个例子。

> 例 1：Là, dans unpalais éblouissant, assis sur des trônes d'or, ils boivent le nectar et mangent l'ambroisie, pendant que les Muses «chantent avec leurs belles voix». [1]

这段文字描写的是住在奥林匹斯山顶上的希腊神明的生活。句中隐含了两个互文参照，即 le nectar 和 l'ambroisie。这两个词语来自希腊神话，前者指用蜜制成的一种神喝的饮料，后者指众神的食物，均有令人长生不老之功效。根据英国当代著名翻译理论家哈蒂姆和梅森设计的互文参照的识别、转移程序，译者首先遭遇到互文信号，如此处的 nectar 和 ambroisie 两个词，它们激发译者去搜索互文内容。接着译者需要构想各种路径，以沟通互文信号和它的前文本。此处前文本就是希腊神话中的相关描述。在从互文信号走向前文本的过程中，译者需要越过互文空间。

---

[1]　Taine，H. A. *Philosophie de l'Art*(Tome 2). Paris：Librairie Hachette，1909：122.

在这个空间当中,译者需要思考一系列问题,比如:该互文参照承载的信息有多大作用？作者的意图是什么？在翻译时是传达它的形式还是内容,还是两者兼顾？换句话说,是要形似还是神似,还是形神兼备？解决了这些问题之后,进入最后一个关键性的步骤,即重新评估该互文符号对所在文本起到的符号学作用,并在翻译时保留这些价值。①

在上述的例子当中,nectar 和 ambroisie 两个互文参照指的是希腊神明的饮料和食物。根据上下文,句子依然是对众神生活的描写,互文信号并未脱离其前文本的语境,其符号价值在新文本中并未有所增减。根据哈蒂姆和梅森的理论,完成这些分析之后,就实现了互文参照的转移。但在实际翻译实践中,译者至此实则才完成了翻译的第一阶段,即理解阶段。在翻译的第二个阶段,即重新表达阶段,译者还面临着另一重困难,即跨越第二个互文空间。

从广义上来讲,文本与其所依存的文化之间的关联即是一种互文性,那么整个历史文化传统都可视为某一特定文本的前文本。源语文本与源语文化之间形成一种互文空间,译语文本与译语文化之间存在另一个互文空间。译者作为沟通源语与译语的媒介,有责任将其在源语文本中解读出来的互文转移到译语当中。但是这种转移往往无法直接完成,加注的形式可以说是对互文的直接转移,即将互文内容以副文本的形式呈现出来。更多的情况下,译者需要对源语的互文参照进行变易、转化,在不得已时舍弃其外延,而着重将原作者的意图和该互文参照的符号学价值转存到译语当中,这就是笔者所说的"转化互文"。至于这种互文转化到什么程度,要根据实际交际的需要,并且在很大程度上取决于译者个人的文学修养和审美判断。只有成功跨越了两个互文空间,即从源语的互文参照到前文本,再从译语的前文本到互文参照,对互文的翻译才能实现。此处从 nectar 和 ambroisie 到希腊神话,是译者跨越的第一个互文空间,

---

① 熊锡源.互文性概念在翻译研究中的应用//罗选民.文化批评与翻译研究.北京:外文出版社,2005:500.

完成了理解;从中国的历史文化传统中找到相应的中文表达,是译者需要
跨越的第二个互文空间。

我们现在来看傅雷的译文:

> 他们在辉煌的宫殿中,坐在黄金的宝座上,喝着琼浆玉液,吃着
> 龙肝凤脯,听一群缪斯女神"用优美的声音歌唱"。①

傅雷将 le nectar 翻译为"琼浆玉液",将 l'ambroisie 翻译为"龙肝凤
脯"。琼浆玉液指用美玉制成的浆液,其中琼也是美玉的意思。在中国古
代的神话传说中,琼浆玉液是王母娘娘举办蟠桃盛会的佳品,凡人喝了它
可以成仙。龙肝凤脯和龙肝凤胆、龙肝凤髓相近,比喻极难得的珍贵食
品。从字面上来看,"琼浆玉液"和"龙肝凤脯"与原文中的希腊神明的饮
食并不对应。傅雷的译文实则将原文提升到了表征的高度,而非对其形
象的简单模仿。le nectar 和 l'ambroisie 两词传达的是希腊神明的生活状
态,所饮、所食都是常人得不到的、可令人长生不老的东西。"琼浆玉液"
和"龙肝凤脯"作为中国神仙的饮品和食物,也是凡人难以企及的,也具备
令人长生不老功效。原文中的两词指涉希腊神话,译文中的两词指涉中
国神话。两者所表征的内容是一致的。中文读者本不知道希腊的神吃的
什么、喝的什么,却了解中国神仙的生活。通过"琼浆玉液"和"龙肝凤脯"
两个互文参照,读者可以想象到中国的神仙,进而推想希腊的神的生活状
态。"琼浆玉液"和"龙肝凤脯"两词将源语中表达的抽象事物具体化,舍
弃了形似;但这样的译文在译语读者头脑中激发的互文联想同源语读者
得到的阅读效果基本一致,因此做到了神似。这同傅雷的翻译主张不谋
而合。

应当指出的是,从客观上来讲,译文中两个词的使用太过归化,未能
实现"等值"的互文转化。由于文化差异性的存在,将源语文本的互文现
象等值转化到译语文本的难度极大,有时甚至无法实现。译者只能在互

---

① 丹纳. 艺术哲学. 傅雷,译. 南京:江苏文艺出版社,2012:261.

文空间里最大限度地发挥主观能动性,适当调控形与神的关系,努力寻求等值的互文。正如傅雷在《高老头》重译本序里面所讲的,"以甲国文字传达乙国文字所包含的那些特点,必须像伯乐相马,要'得其精而忘其粗,在其内而忘其外'。而即使是最优秀的译文,其韵味较之原文仍不免过或不及。翻译时只能尽量缩短这个距离,过则求其勿太过,不及则求其勿过于不及"①。

总之,转化互文就是将在源语文本中解读出来的互文现象,通过一定程度的变易,转存到译语文本当中。在这一过程中,译者要根据作者的意图及自己的审美判断对译文进行调控。能够实现等值转化是理想的译文;如果不能实现等值,则求其勿太过,或勿过于不及。

2. 规避互文

译者在翻译过程中,除了要解读、转化原文的互文性,还要考虑到译文的潜在互文性,因为"每一个文本都可以通过新的阅读而发生别的一些联想"②。由于译语读者一般不懂原文,懂原文的也未必会对照去看,因此极有可能会认为自己通过译文读到的互文指涉就是原作者在源语文本中表达的东西。这种互文有可能是译者的匠心所在,也有可能是因译者表达不当而导致的某种误读。因此,译者在遣词造句上必须慎重。下面以傅雷全译本和重译本的对比为例,看傅雷是如何规避这种潜藏在译文中的互文性误读的。

例 2:Un village tout entier, parèdre en tête, interroge et écoute curieusement des voyageurs. ③

作者在这里谈论的是希腊人的种族特性。字面意思很容易理解:整个村子,以副村长为首,都来好奇地向游客打听或者听其讲话。傅雷的全译本是这样的:

① 傅敏. 傅雷谈翻译. 北京:当代世界出版社,2005:4.
② 转引自秦文华. 翻译研究的互文性视角. 上海:上海译文出版社,2006:32.
③ Taine, H. A. *Philosophie de l'Art* (Tome 2). Paris:Librairie Hachette, 1909:97.

　　一看到游客，整个村子从村长起都来问讯，津津有味的听客人谈话。①

　　单从文本的外延意义上来讲，译文意思完整，表述清晰，且对原文语序做了适当调整，更加符合中文的表达习惯。这段译文似乎并不存在问题。但在寄给傅聪的手抄笺注本中，傅雷却对其进行了改动。重译本如下：

　　一看到游客，整个村子从副村长起都来问长问短，津津有味的听客人谈话。②

　　对比后我们发现，傅雷将"村长"改为了"副村长"，这样使译文更加精确。因其不涉及互文，此处忽略。更重要的一处改动在于，将"问讯"改成了"问长问短"。傅雷为何做出这样的修改呢？让我们来试着还原傅雷重译时的心理活动。

　　在手抄《艺术哲学》第四编（"希腊的雕塑"）的过程中，傅雷同时充当了几个不同的角色。他既是丹纳原文的读者，又是其阐释者和译者；既是自己原译本的读者，又是其改写者。在这多重身份当中，傅雷首先是自己译文的读者。他要站在中文读者的立场上审视自己的译文。当读到"整个村子……都来问讯"一句时，普通读者或许不会察觉，但对具有较高文学修养且有一定互文识别能力的读者来说，则会从中听到来自其他文本的声音："村中闻有此人，咸来问讯"（出自《桃花源记》）。两者在句式和语境上的类似，会轻而易举地唤起此类读者的相关文学记忆。而傅雷对于中国古典文学是有着颇深的造诣的。

　　一般来讲，读者在阅读过程中，由互文参照激发的联想会使文本的意义变得更丰富，从而增加阅读的愉悦感。但在这段译文当中，对《桃花源记》的指涉（至少其客观效果的确存在）很容易让读者"出戏"。读者跟随

---

①　丹纳. 艺术哲学. 傅雷，译. 北京：人民文学出版社，1981：250.
②　丹纳. 艺术哲学. 傅雷，译. 南京：江苏文艺出版社，2012：244.

作者的脚步:先是介绍了希腊土地的两个特点——既是丘陵地带,又是海滨之区;继而说明这种地形鼓励当地居民出去航海;继而解释这种生活方式特别能刺激聪明,锻炼智力;继而罗列现代希腊人天赋优厚的表现;然后读者被突然带进了桃花源……"都来问讯"四字在此非常突兀,其互文指涉打乱甚至打断了读者的阅读节奏,成为阅读的障碍。而根据原文的叙述,希腊人的生活并非世外桃源式的。此处对桃花源的指涉会导致对原文的误读。因此,深受中国传统文化熏陶的傅雷对其进行了修改。

再来看重译本。傅雷用"问长问短"代替了"问讯"。问讯在表示询问的意思时是一个中性词,没有感情色彩。问长问短意思是仔细地问,多表示关心。原文中有 curieusement(副词:好奇地)一词,同时修饰动词 interroger(询问,提问)和 écouter(听)。也就是说,"村民一看到游客",既好奇地询问,也好奇地倾听。根据原来的译文,"整个村子从村长起都来问讯,津津有味的听客人谈话",听的动作有"津津有味"来修饰,询问的动作却没有修饰语。这样原文的意义在译文中就出现了一小部分亏损,尽管无伤大雅。而修改后的"问长问短"一词将村民的好奇和专注的神态,询问内容的不分巨细都表现出来,生动形象。因此,重译本不仅避免了不必要的对桃花源的互文指涉,而且将原文的意义表达得更加完整,也更加传神。

类似的例子还有:

例 3:Au contraire, les Arcadiens, enfermés dans leurs montagnes, demeurent rustiques et simples.①

全译:相反,山居的阿卡提亚人始终粗野简单。②

重译:相反,守在山中的阿卡提亚人始终粗野简单。③

全译本中的"山居"一词容易引起以下的互文指涉,如白居易等人的

---

① Taine, H. A. *Philosophie de l'Art* (Tome 2). Paris: Librairie Hachette, 1909: 96.
② 丹纳. 艺术哲学. 傅雷, 译. 北京: 人民文学出版社, 1981: 249.
③ 丹纳. 艺术哲学. 傅雷, 译. 南京: 江苏文艺出版社, 2012: 243.

《山居》诗,王维的《山居秋暝》《富春山居图》等。这种富有诗意的闲适意味与原文是不匹配的,故傅雷将其改为"守在山中",以示异国他乡的阿卡提亚人的封闭和蒙昧。

从阅读效果出发,傅雷还特别注重事物名称的翻译,以是否适合出自西欧作家之口为标准。如,他将 marbre 一律翻译为"云石",而非"大理石"。究其原因,傅雷在书中有两处解释。"云石即大理石,因大理为我国地名,不宜出自西欧作家之口,故改译为云石,且雕塑用的云石多半是全白的,与大理石尚有区别。"又:"云石即 marble,通称为大理石,但大理为中国地名,故译文不能不避免。西方人绝非用我们的云南出的大理石,marble 原是西方自有的产品。"①又如,傅雷将 oignon 一律翻译为"玉葱"而非"洋葱"。笔者认为,这是由于"洋"字是旧时中国人俗称外来事物时的用语,如洋车,洋布,洋火,洋钉等(洋葱于 20 世纪初传入我国,亦当属此列),故"洋葱"亦不宜出自西欧作家之口。其实这种细微的差别一般读者根本不会注意到,只因其可能引起不当的互文关联(即外国人使用带有中国色彩的字眼指称事物),傅雷在遣词时做了精心的处理,其对待翻译的严谨态度可见一斑。

《艺术哲学》一书中还存在对文化互文性的规避。请看下面一段文字:"等到你望着碧蓝的南海,光辉四射……想表达这个美感,便自然而然提到生自浪花的女神的名字[阿弗洛狄特——维纳斯],跨出波涛,使凡人和神明都为之神摇魄荡的女神的名字。"方括号内的文字是傅雷的注释。为何在此处添加这一副文本呢?我们可以从重译本的笺注得到答案:"从水中诞生的阿弗狄洛特(即维纳斯)令人想起中国古代传说中的'洛神'。"②可见,译者怕读者读到此处时联想到中国的洛神,故特意指出女神的名字是维纳斯,以避免对原作的误读。这种基于文化相似性而产生的互文性联想就是笔者所谓的"文化互文性",而重译本中的笺注内容就是

---

① 丹纳. 艺术哲学. 傅雷,译. 南京:江苏文艺出版社,2012:24,266.
② 丹纳. 艺术哲学. 傅雷,译. 南京:江苏文艺出版社,2012:318.

下文所讲的提示互文。

3. 提示互文

《艺术哲学》第四编的重译本有个非常有趣的地方,即傅雷的笺注。这些笺注本是写给傅聪的,也就是说译者在加这些笺注的时候心目中的读者只有一个,即其子傅聪。后出版社在刊印其重译本时,保留了这些笺注,读者才有幸得见。

品读这些笺注,会发现另一个有趣的地方,即其中有大量有关文化相似性的提示。根据解构主义的翻译理论,"任何文本都与所有语言关联;换言之,任何语言都不是孤立存在的,一切语言都包含着其他语言的因素"。也就是说,文本的互文性是跨语言的。语言是文化的载体,跨语言也即跨文化。哈蒂姆和梅森认为"文本的使用者能辨识并参与不同文本间以及不同意义指向系统间的交互过程。这种交互过程可以发生在同一种语言内部,也可以发生在不同的语言之间"①。上述观点说明文本互文性可以跨文化而存在。里法泰尔坚持将一切互文关系置于同一个母体(matrix)内进行考察,认为任何文本都是属于同一母体的变量。如果将整个人类文明看做是一个大的母体,我们是否可以说,这一母体内部的不同广义文本之间,即不同文化之间,也存在着互文性;每一种文化,都是从属于人类文明的变量呢? 这是本文不揣浅陋的推论。

其实从上文中转化互文的例子,我们已经初见文化互文性的端倪。源于希腊神话的 le nectar 和 l'ambroisie,与中国神话的"琼浆玉液"和"龙肝凤脯",其表征意义具有极大的相似性。反过来,正是由于这种文化相似性,傅雷才能将其进行转化。英国著名科学家、汉学家李约瑟在《中国科学技术史》第一卷导论部分提到,中国和欧洲不仅在器物方面有实质上的一致性,而且在文学、民间传说及艺术中也存在类似的事物。例如,在中国和高卢都能找到很多"独足神",即人首鱼尾的神像;中国的蚩尤和神

---

① 熊锡源. 互文性概念在翻译研究中的应用//罗选民. 文化批评与翻译研究. 北京:外文出版社,2005:500.

农氏的像与希腊牛首人身神相似；欧亚两洲开犁祈年的各种仪式全都有共同之处；艾草在中国、欧洲甚至墨西哥都被用于驱邪；波斯人菲尔多西的史诗《王书》与中国的《封神演义》有很多相似点等等①。这些可以使我们进一步确定文化相似性的存在。

　　广义的互文性理论认为所有文本都是互文本，在任何一个文本中都能找到其他文本的痕迹。不同国家和民族的文化亦是如此。根据德国民族学创始人巴斯蒂安的"原质思想"（Elementangedanken），"人的精神本质也具有共同性……任何人种、任何地区，都潜藏着一定数量的相同的基本概念"②。这些相同的观念产生了相同的物质文化和精神文化的要素。研究共相现象的学者提出"人类精神的一致性、思维的同一性和逻辑的普遍性"③的观点，尽管带有先验论的倾向，却不无道理。童庆炳在《文学经典建构诸因素及其关系》一文中，提到了人类共通的"人性心理结构"④。这些观点尽管措辞不同，其核心思想是一致的，即人类的生理、心理结构具有共通性，因而会产生相同的精神、思维、逻辑和心理活动。由于"人同此心，心同此理"，不同民族在面对相似的外界环境时会采取相同的适应手段，故而有可能会独立创造出相同的文化。随着历史发展，不同国家、地区和民族间的交流日益增多，不同文化之间相互碰撞、传播，本族文化引进、吸收、融合其他文化的成分，使得文化间的互文性成为可能。而在日益全球化的今天，这种文化互文性更加突显。今天甚至可以说，由于自人类文明以来的相互交往、相互交流活动的开展，在几乎任何一种文化中都能找到其他文化的痕迹。傅雷敏感地发现了古代希腊和古代中国之间的文化互文性，在笺注中将其揭示出来。

---

① 李约瑟. 中国科学技术史（第1卷）·导论. 袁翰青，等译. 北京：科学出版社，1990：162-173.
② 祖父江孝男，等. 文化人类学事典. 乔继堂，等译. 西安：陕西人民出版社，1992：290.
③ 许钧. 当代法国翻译理论. 武汉：湖北教育出版社，2004：38.
④ 童庆炳. 文学经典建构诸因素及其关系. 北京大学学报（哲学社会科学版），2005（5）：72.

　　丹纳在讲述古希腊人的种族特性时,有一段对清谈场面的描写:"在希腊哲学是一种清谈,在练身场上,在廊庑之下,在枫杨树间的走道上产生的;哲学家一边散步一边谈话,众人跟在后面。"①无独有偶,我国魏晋时期亦盛行清谈之风。当时的文人士大夫常常聚在一起,围绕《周易》《老子》《庄子》"三玄"展开辩论,就有无、本末、体用等玄学问题交流心得。众所周知的"竹林七贤"即是清谈名士的代表。他们常集于竹林之下,谈玄论道,寄情山水。而最有名的清谈盛况当属永和九年的兰亭聚会,通过王羲之的《兰亭集序》我们当可遥想当时曲水流觞的清谈场面。②傅雷识别了这种文化互文性,故在此笺注曰:"此是我们两晋六朝的风气。"

　　当讲到希腊人的宗教问题时,书中讲道:"他们把推动命运和分配命运的那股隐藏的力造成一个内梅修斯(嫉妒与报复的女神,笔者注),专门打击骄傲的人,抑制一切过分的事。神示的重要箴言中有一句是:'勿过度'。"③希腊人在遇到大事的时候,往往会求神示,即由占卜者将神的启示用口说出来。有点类似于我们在神前求签。傅雷在此笺注曰:"我国古代的占卜书,易经,也以谦卦为上上大吉。"谦卦在《周易》六十四卦中居第十五,坤上艮下,坤为地,艮为山,即原本高于地的山现在却居于地下。《象》曰:"天道亏盈而益谦,地道变盈而流谦,鬼神害盈而福谦,人道恶盈而好谦。"无论是天道,地道,人道,鬼神道,都推崇"满招损,谦受益"的原则,这同内梅修斯"打击骄傲的人,抑制一切过分的事"是一致的。谦卦暗含的谦恭、谦虚、谦让等意义也就是希腊神示的"勿过度"。谦卦在六十四卦中是唯一不仅卦辞吉,而且六爻爻辞均吉的一卦,故傅雷称其为"上上大吉"。可见古希腊和中国一样都有重谦的思想。④

　　同样的例子还有,讲到古希腊是无事生非的强辩家、雄辩家和诡辩家的发源地,留下许多似是而非和怪癖的议论,笺注曰:"我国春秋战国及先

---

①　丹纳. 艺术哲学. 傅雷,译. 南京:江苏文艺出版社,2012:263.
②　周礼. 魏晋的清谈之风. 国学,2012(9):52.
③　丹纳. 艺术哲学. 傅雷,译. 南京:江苏文艺出版社,2012:252-253.
④　陈碧. 周易"谦"卦的哲学内涵. 求索,2004(1):152.

秦时代亦然如此。"讲到希腊人把生活看作行乐,认为"最美的生活就是和神的生活最接近的生活",笺注曰:"以上写的完全与吾国的道教思想没有分别。"限于篇幅,不一一细论。

由于同时精通源语和译语,译者能够跨越语言障碍,发现不同文化间的互文性。傅雷将中希古代文化之间惊人的一致性在文本中揭示出来,丰富了文本内容,引人深思,使读者获益良多。

三、互文性视角下的译者主体性

上文中我们从互文性的角度具体分析了傅雷在翻译和重译《艺术哲学》时采取的策略,运用翻译策略的过程也是发挥译者主体性的过程。综观这些策略,我们可以得出以下几点认识。

首先,译者的翻译动机会影响翻译策略的选择。关于傅雷译介《艺术哲学》的初衷,我们可以在《艺术论》的"译者弁言"中找到答案。"然而我之介绍此书……因这种极端的科学精神,正是我们现代的中国最需要的治学方法。尤其是艺术常识极端贫乏的中国学术界,如果要对于艺术有一个明确的认识,那末,非从这种实证主义的根本着手不可。"①本着向中国介绍科学精神及艺术常识的目的,傅雷在译文中加入大量注释,包括脚注和正文中放在方括号内的简短说明。傅雷甚至对作者的某些原注进行了再注释。这些介绍性的文字对中国读者了解西方艺术史是大有裨益的。

其次,傅雷善于从译语读者的立场出发,注重译文产生的阅读效果。上文中"琼浆玉液""龙肝凤脯""问讯""山居"等例子都说明了这一点。在审阅自己译文的过程中,傅雷很好地把握了读者的文化背景知识可能导致的阅读倾向,从而有效地转化或者规避了互文。对文化互文性的提示也是从读者的立场出发的。

再次,译者除了处理好与读者的关系之外,还要处理好与原作作者的

---

① 傅雷. 傅雷文集·艺术卷. 上海:上海远东出版社,2016:221-222.

关系。傅雷曾将选择原作比作交朋友,表明他很注重通过作品与作者进行跨越时空的精神沟通。上文中傅雷对"云石"和"玉葱"两词的选择,正是基于对原作者的尊重和认真负责,避免"把外国人变了中国人"①。处理好同其他主体之间的关系,实现译者与作者、读者的视界融合,是译者的职责所在,也是对译作质量的一种追求。

四、结　语

将"互文性"理论引入到翻译研究当中,大大拓宽了翻译研究的范围。从互文性的角度解读一部译作,不再单单研究译作同原作的关系,还可以考察译作同作者、读者(包括源语读者和译语读者)、译者三个主体间的关系,以及同其他译本、同源语及译语两种社会历史文化背景之间的关系。本文对丹纳《艺术哲学》傅译本的互文性解读正是这样一种尝试。

受互文性理论及傅雷笺注的启发,我们提出了"文化互文性"这一概念。文化人类学学者的大量研究成果,可以成为文化互文性存在的有力证明。总之我们认为,文化互文性一方面起源于人类心智的一致性,另一方面得益于文化交流与传播。文化交流与传播离不开翻译活动,因此翻译在文化的互文性发展中发挥着重要作用。而优秀的翻译如傅译对沟通异质文化的作用更为显著,是推动文化互文性良性发展的有效媒介。翻译文学经典的价值既表现在文学性上,也表现在文化性上。在文化的多样性中透视文化的互文性,或许还可以给我们更多的启示。

第三节　傅雷文学翻译的精神与艺术追求
——以《都尔的本堂神甫》翻译手稿为例

《都尔的本堂神甫》是傅雷翻译的巴尔扎克最后几部作品之一,用功甚多。这里,我们仍以傅译手稿为材料,对其中的初译稿、修改稿和誊正

---

① 傅敏. 傅雷谈翻译. 北京:当代世界出版社,2005:23.

稿所呈现的翻译动态过程加以考察和探讨,力图揭示傅雷能成为一代巨匠,就在于他把自己的精神追求和艺术追求紧密结合在翻译实践中。

一、执着求真,永无止境

翻开傅雷的三部手稿就能发现,初译稿上密密麻麻的蝇头小楷如云山雾海,几乎难以辨识,游龙走凤般的字符记载了译者呕心沥血的路程;修改稿上或删或添的字句穿梭其间,揭示了译者反复琢磨、再三推敲的内心活动;誊正稿逐渐露出眉清目秀的容貌,间或有精细加工,显示了译者精益求精的翻译作风。三部手稿是否等于说,傅雷翻译《都尔的本堂神甫》一共进行了三遍? 我们以故事开头第一段中的一句话为例:

> Il traversait donc, aussi promptement que son embonpoint pouvait le lui permettre, la petite place...①
>
> 初译稿①:他急急忙忙穿过小广场,不过身体肥胖,再快也快不了多少。
>
> ②:他赶快穿过小广场,不过长的一身肥肉,再快也快不了多少。
>
> 修改稿①:他赶快穿过小广场,不过他长的一身肥肉,再快也快不了多少。
>
> ②:他急急忙忙穿过小广场,不管一身肥肉多么累赘,还是尽量走快。
>
> 誊正稿①:他急急忙忙穿过小广场,不管一身肥肉多么累赘,他尽量的走快。
>
> ②:他急急忙忙穿过小广场,不管一身肥肉多么累赘,他尽量的加快脚步。②

也就是说,修改稿和誊正稿上的第一遍,并非我们想象的是前一稿上确定文字的直接誊抄。一贯精益求精、执着求真的傅雷,不可能在誊抄前

---

① Balzac, H. *Le Curé de Tours*. Paris: Editions Garnier, 1953: 1.
② 傅雷. 傅雷全集(第3卷). 沈阳: 辽宁教育出版社, 2002: 7.

稿时停止或放弃修改,一定是边誊抄边思索,一路修改下来的。傅雷曾在
《翻译经验点滴》中说,"《老实人》的译文前后改过八道",绝非夸张之辞,
甚至是更严格意义上的八道。这里,傅雷连翻译加修改,前后进行了六道
加工。我们在对照中还发现,译文出版后,小说中的文字与誊正稿上的文
字仍有多处不同,仅举一例:

> J'ai porté des sentiments trop constants au cher défunt pour ne
> pas me croire le droit de disputer son image à tout le monde. ①

> 誊正稿:我对过世的神甫感情始终不变,决不肯放弃保存他肖像
> 的权利。

> 译著中:我对过世的神甫感情始终不变,决不肯放弃权利,不保
> 存他的肖像。②

这个例子可以验证傅雷与宋奇通信中说的话:"*La Cousine Bette* 初
版与 *Eugénie Grandet* 重版均在看校样,三天两头都有送来。而且每次
校,还看出文字的毛病,大改特改。"③傅雷翻译《都尔的本堂神甫》是在
1960 年,这时他已有三十年翻译实践经验,本就具有深厚的文学修养和过
硬的语言能力,但是,他在文学翻译的道路上从不得过且过,而是永无止
境地追求。傅雷在文学翻译活动中之所以能取得巨大成就,除上述那些
客观条件外,应该说,一个重要原因就在于,他首先有着严肃认真、执着进
取的精神姿态,自始至终对翻译事业表现出极大的虔诚,"视文艺工作为
崇高神圣的事业……把损害艺术品看作像歪曲真理一样严重"④。

我们在手稿的封面上,看到傅雷用毛笔记下的一些文字和时间:"《都
尔的本堂神甫》附《比哀兰德》二稿,初稿一九六〇年五月二十一——九月
十一日译完,九月十七——十月十日改讫,十月十二——十一月六日誊

---

① Balzac, H. *Le Curé de Tours*. Paris:Editions Garnier,1953:83.
② 傅雷. 傅雷全集(第3卷). 沈阳:辽宁教育出版社,2002:62.
③ 傅敏. 傅雷谈翻译. 北京:当代世界出版社,2005:25.
④ 傅敏. 傅雷谈翻译. 北京:当代世界出版社,2005:8.

讫,誊正稿十一月二十八日校阅讫。"翻阅初稿,第一页上有两个眉注:"21-V-1960"和"22-V",标明傅雷1960年5月21日开始动笔、当天的翻译量,以及第二天(即"22-V")又翻译了多少。就这样日日不辍,标注到初译结束,使每一天的翻译工作历历在目。修改稿上同样用眉注的方式记载了标明每天修改量的日期和标明每天誊抄量的日期,连续不断,直到结束。这样,《都尔的本堂神甫》与《比哀兰德》的初译、修改和誊正的整个形成过程,清晰地呈现出时间的脉络①。我们虽然已经知道,傅雷工作起来非常认真、严谨,兢兢业业,但这样的发现还是有点超出我们的设想,让我们为之感动。一个大师级的翻译家以科学的精神来从事文学翻译活动,仔仔细细,一丝不苟,这从一个侧面揭示出优秀翻译家傅雷先生崇高的敬业精神。

在手稿的封面上,傅雷还写下了两部作品的字数:155720字。上面已说,傅雷于1960年5月21日至9月11日译完初稿的,也就是说,傅雷在110天内初译了155720个汉字,平均每天只译1415个字。对比今天我们的翻译活动抢速度、赶时间的浮躁做法仍大有市场。这不仅是译者的问题,也是与出版机构有关的问题。严肃的艺术家总是遵循着艺术的规律。视艺术规律于不顾,不可能创作出优秀成果。宋奇在了解傅雷翻译30万字的《贝姨》,"前后总要八个半月"的时候,就曾说:"以傅雷的经验和修养,每日平均也只不过译一千二百到一千五百字,可见翻译是快不来的。"②傅雷的翻译速度反映出他严肃、认真、踏实的翻译精神。

另外值得一说的是,1958年4月至1961年9月,傅雷被错划为"右派",三年半的政治生涯被蒙上不白之冤。然而正是在这样极为不公的政治打击下,傅雷依旧凭着自己对翻译事业一贯的坚贞、执着和强烈的使命意识,译出了包括《都尔的本堂神甫》在内的多部作品,在逆境中显示出一

---

① 巴尔扎克身后,一切版本都将《都尔的本堂神甫》与《比哀兰德》合为一册,傅雷也同时翻译了两部作品,由人民文学出版社合为一册于1963年出版。——笔者注

② 傅雷. 致林以亮论翻译书//罗新璋. 翻译论集. 北京:商务印书馆,1984:545.

代巨匠的精神本色。

真正的翻译大师,尤其像傅雷这样具有崇高的精神和人格魅力的翻译巨匠,始终让我们景仰。他们在我们心中顶天立地的形象,其实是从他们平凡的工作中一点一点地塑造起来的。翻译工作是实践活儿,译者只有一步一个脚印地做好、做实每一个具体环节,实实在在、坚定不移地去努力,才能最终站立在坚实的巅峰之上;只有从脚下做起,从眼前做起,从细微处入手,用心用力,克服一个个具体的障碍,解决一道道具体的难题,孜孜矻矻,才能构建起翻译文学的丰碑。傅雷求真的精神、严谨的作风和执着的姿态,正表现在他的翻译实践活动中。正是由于傅雷呕心沥血献出了高水平的译作,才让巴尔扎克的一部部作品脍炙人口。《都尔的本堂神甫》是傅雷翻译生涯后期的作品之一,加上弥足珍贵的三部手稿材料为我们隐约呈现出文学作品动态的翻译过程,尤其值得我们关注。

二、傅雷翻译动态过程剖析

《都尔的本堂神甫》是巴尔扎克笔下的一个中篇,因写作手法的朴素、深刻、一针见血,和故事结局的有力的悲剧色彩,在《人间喜剧》中占着重要地位。小说中主要有三个单身人物:阴狠而不露声色的教区委员脱罗倍,天真无知又笨拙懦弱的大堂副堂长皮罗多,还有一个心胸促狭、性格扭曲的老姑娘迦玛,她是承包两个神甫膳宿的房东。脱罗倍长期觊觎皮罗多舒适的房间,故事就围绕皮罗多房间的得失展开并发展下去,酿成一幕悲惨的戏剧。下面,我们就来考察和探讨傅雷在迻译这部外国文学作品的活动中,如何进行一遍又一遍的修改、完善,最终走过了这一动态的翻译过程的。我们拟从傅雷自认为的翻译中的困难之处、他的翻译主张以及预定目标三个方面,来进行解读。

1. 从傅雷"个人最无办法的"地方看

故事以老姑娘向皮罗多宣战开场。由于皮罗多拆了老姑娘家的聚会中心,老姑娘虚荣心受挫,恼羞成怒,对皮罗多开始产生了敌意和咬牙切齿的憎恨。在一个大雨倾盆的夜晚,她故意把出门的皮罗多锁在外面遭受雨淋。第二天一早,脱罗倍来向皮罗多告借大部头的《全国教区产业总目》,"两个教士双双下楼,个人挟着一册厚厚的对开本,走进饭厅放在一张半圆桌上",就听迦玛尖厉的声音冲着皮罗多响起:

Qu'est-ce que c'est que ça? J'espère que vous n'allez pas encombrer ma salle à manger de vos bouquins. [1]

在此我们只关注那句简单短小的问句。傅雷初译:"这是什么东西"? 后修改成:"什么东西啊"? 第一种问话是一种很平常很普通的问话形式,第二种问话似乎略微还带有温和的语气,都与迦玛当时对皮罗多的态度不吻合,她对皮罗多是恨得要死,讨厌极了,既要寻衅攻击报复,又没有多余的话愿与他说。通过对迦玛当时心理的"咂摸",傅雷最后修订为:

什么东西? 希望你不要把书堆在我饭厅里。[2]

"什么东西"四个字简短有力,可以表现迦玛见了皮罗多就来气又不想与他多废话的心态,似乎还可以让我们对迦玛说话时的脸色进行想象。

傅雷在 1951 年 4 月写给宋奇的信中说:"谈到翻译,我觉得最难应付的倒是原文中最简单最明白最短的句子。例如 Elle est charmante = she is charming,读一二个月英法文的人都懂,可是译成中文,要传达原文的语气,使中文里也有同样的情调、气氛,在我简直办不到。而往往这一类的句子,对原文上下文极有关系,传达不出这一点,上下文的神气全走掉了,明明是一杯新龙井,清新隽永,译出来变了一杯淡而无味的清水。甚至要显出 She is charming 那种简单活泼的情调都不行。"[3]上面的例子告诉我们,对简短明了的句子,译者往往"轻敌",真正的大师如傅雷,却依旧十分重视,因为他们体会到了其中的韵味和色彩,并努力加以表现,所以他们能在别人看似平凡之处做得比别人精彩。

---

① Balzac,H. *Le Curé de Tours*. Paris:Editions Garnier,1953:31.
② 傅雷. 傅雷全集(第3卷). 沈阳:辽宁教育出版社,2002:28.
③ 傅敏. 傅雷谈翻译. 北京:当代世界出版社,2005:22.

傅雷同年 7 月与宋奇谈到翻译时又说:"我个人最无办法的,第一是对话……现在大家用的文字上的口语都是南腔北调,到了翻译,更变得非驴非马,或是呆板得要死。原作的精神一点都传达不出。第二是动作的描写,因为我不善于这一套,总没法安排得语句流畅。"①关于傅雷在"对话问题"上所做的修改和提高,可见上篇《傅雷的对话翻译艺术》中的第四个译例。

现在,我们来看作品中一段关于动作的描写:

L'innocent Birotteau joignit ses mains comme pour prier et pleura de chagrin à l'aspect d'horreurs humaines que son âme pure n'avait jamais soupçonnées. Aussi effrayé que s'il se fût trouvé sur le bord d'un abîme, il écoutait, les yeux fixes et humides, mais sans exprimer aucune idée, le discours de sa bienfaitrice. ②

迦玛和脱罗倍的阴谋得逞,皮罗多离开了迦玛家,被他的朋友——都尔的贵族特·李斯多曼夫人收留。因为此举,加上她侄儿——年轻的海军上尉公开蔑视脱罗倍,不仅危及侄儿的前程,还影响远在巴黎的小叔子的议员生涯。她不得不改变初衷,向皮罗多说出事情的严重以及她的为难,请皮罗多离开府上。原文是皮罗多听她说时的反应,请看傅雷的翻译:

初译稿:忠厚的皮罗多心地太纯洁了,从来想不到人与人间有这样卑鄙龌龊的事,他合着手,仿佛对着丑恶的景象祈祷,痛哭。他惊心动魄,好像面临着万丈深渊,听着保护人的说话,睁着湿漉漉的眼睛一动不动,一点没有表情。

修改稿:天真的皮罗多合着手,仿佛对着人间的丑恶祈祷,痛哭;在他纯洁的心中,从来没想到有这样卑鄙的事。他像面临万丈深渊

---

① 傅敏. 傅雷谈翻译. 北京:当代世界出版社,2005:25.

② Balzac, H. *Le Curé de Tours*. Paris:Editions Garnier, 1953:75.

一样的恐怖,听着保护人的长篇大论,湿漉漉的眼睛一动不动,也不表示什么感想。

誊正稿:天真的皮罗多当下合着手,仿佛为着人间的丑恶而向天祈祷,痛哭流涕;在他纯洁的心中,从来没想到有这样卑鄙的事。他像面临万丈深渊一样的恐怖,听着保护人的长篇大论,湿漉漉的眼睛一动不动,也不表示什么感想。[①]

原文实际是两个长句。从译文可以看出,这是一串动作的描写,有身体的动作和面部的表情动作。初译中,第一句的前半句较为抽象,后半句动作性明显,这样处理的效果不如誊正稿上的调整,把较实的描写"天真的皮罗多当下合着手……"置前,用来兼顾较为抽象的另外半句;从逻辑上讲,纯洁的心中想到什么不想什么,也可以通过"合着手"的天真的动作表现出来;更重要的是,原文中 joignit ses mains 就是主句的动作。第二句中,"他惊心动魄,好像面临着万丈深渊"不如誊正稿中"他像面临万丈深渊一样的恐怖"表达得更自然。经过两处大的修改和其他修改,译文总体变得动作衔接更自然,语句更流畅,既贴合原意,也有艺术效果。

值得说明的是,誊正稿上的译文"天真的皮罗多当下合着手,仿佛为着人间的丑恶而向天祈祷"中的"当下"和"而"字,在出版的译著中又删去了。这样就更简练、更显得文从字顺了。

2. 从傅雷的"神似"主张看

众所周知,傅雷是神似说的重要代表。"重神似不重形似"是他一贯的主张,是他的"译事看法"。傅雷在《翻译经验点滴》中这样说过:"中国人的思想方式和西方人的距离多么远。他们喜欢抽象,长于分析;我们喜欢具体,长于综合。要不在精神上彻底融化,光是硬生生的照字面搬过来,不但原文完全丧失了美感,连意义都晦涩难解,叫读者莫名其妙。"[②]也就是说,要摆脱原文在词法、句法上的束缚,不能硬生生地把汉语的文字

---

① 傅雷. 傅雷全集(第3卷). 沈阳:辽宁教育出版社,2002:59.
② 傅敏. 傅雷谈翻译. 北京:当代世界出版社,2005:10.

填入原文的词法、句法中,那样反而让意义晦涩难解;对于原文字词,要了解它在上下文中的意义而不仅仅是字典上的意义,不能总是硬生生地照字典搬过来。举例来看:

收留下皮罗多的特·李斯多曼夫人在请求皮罗多离开府上的时候,不但向他解释了与脱罗倍作对的严重性、可怕性,也"告诉他敌人的雄才大略,权势,仇恨和仇恨的原因;说脱罗倍在夏波罗面前屈服了十二年,对夏波罗咬牙切齿"(elle put... lui révéler la haute capacité, le pouvoir de son ennemi en lui en dévoilant la haine, en lui en apprenant les causes, en le lui montrant couché durant douze années devant Chapeloud, et dévorant Chapeloud)。接下来便是我们关注的:et persécutant encore Chapeloud dans son ami.①

初译稿:如今迫害夏波罗的朋友实际还是向夏波罗下毒手。

修改稿:如今算计夏波罗的朋友实际还是向夏波罗出气。

誊正稿:如今算计夏波罗的朋友实际仍是向夏波罗出气。②

这里我们注意到两点:第一,即使在初译稿中,傅雷也已经跳出原文句法,并没有硬生生地把汉语文字填入原文句法中,可以说,是"所求的不在形似而在神似";第二,修改后的定译比初译用词更精当,表达更合理:因为"迫害"虽是 persécutant 在字典上的意思,但照此直译反而不如"算计"更能传脱罗倍的阴狠暗毒之神;另外,夏波罗已经死了,脱罗倍不可能再向他"下毒手",只能拿他"出气"。

傅雷的翻译主张还包括:"译文必须为纯粹之中文,无生硬拗口之病"。"纯粹之中文"在字面上有绝对之嫌,但其本质是提倡使用地道的中文,避免外国中文、法文式中文。在傅雷看来,优秀的译文是"原作神味与中文的流利漂亮"两者的结合。译文疙里疙瘩,不通不畅,怎能传达原作的精神和风韵?傅雷翻译的作品,越往后期越能让读者忘掉是在读译作,

---

① Balzac, H. *Le Curé de Tours*. Paris: Editions Garnier, 1953: 75.

② 傅雷. 傅雷全集(第 3 卷). 沈阳:辽宁教育出版社,2002: 59.

因为译者已经为读者扫清了语言障碍,让读者直接去观赏国外的风景。上面我们举出的例子,大都可以借用于此,因而从略。说到"纯粹之中文",在此我们想提请关注这样两点:第一,傅雷很注意从汉语语法上去推敲译文,尽量使译文的语言符合汉语的标准和规范,试举一例:

Je voudrais bien vous mettre sa mort sur le dos. ①

特·李斯多曼夫人来到迦玛家谈判,老姑娘快要死了。脱罗倍一见到特·李斯多曼夫人,心里就对她说了上面的话。请看傅雷的翻译:

初译稿:我要把她送命的责任推在你头上。

修改稿:我要把她送命的责任推在你们头上。

誊正稿:我要把送她性命的责任推在你们头上。②

"她送命"与"送她性命"的区别在于后者的主语是他人,也就是"你们",所以责任在"你们"。傅雷的定稿翻译出了脱罗倍的言下之意。再看一例:

Vous pardonnerez à une femme d'être curieuse. ③

特·李斯多曼夫人和脱罗倍神甫谈判结束时,双方为着各自的利益化敌为友,特·李斯多曼夫人有意要请脱罗倍到府上玩韦斯脱牌,便说了上面的话。请看傅雷的翻译:

初译稿:女人家的好奇心请原谅。

修改稿:请你原谅,女人家总不免好奇。

誊正稿:请您原谅,女人家总不免好奇。④

初译句严格说是个病句,按语法分析,"女人家的好奇心"似乎成了句

① Balzac, H. *Le Curé de Tours*. Paris: Editions Garnier, 1953: 79.
② 傅雷. 傅雷全集(第3卷). 沈阳: 辽宁教育出版社, 2002: 61.
③ Balzac, H. *Le Curé de Tours*. Paris: Editions Garnier, 1953: 81.
④ 傅雷. 傅雷全集(第3卷). 沈阳: 辽宁教育出版社, 2002: 64.

子的主语。最终的译法既符合语法规范,又符合我们的口语表达方式。

第二是关于成语和四字结构。这是汉语语言的一个特色。傅雷在译文中对成语和四字结构的运用,显示了他在理解原作和表达原作上很高的水平。但我们在此更想探讨的是,傅雷并不执迷于成语或四字结构,而是从寻求最恰当的表达方式出发来翻译原作的。试举一例:

> L'hôtesse avait, depuis quelques années, enfanté un désir qui se reproduisait plus fort de jour en jour. Ce désir, que forment les vieillards et même les jolies femmes, était devenu chez elle une passion... [①]

请看傅雷的翻译:

> 初译稿:女主人几年来有个欲望,在心中一天天的滋长。这是老年人和漂亮太太都会有的欲望,在迦玛小姐却变成一种痴心妄想。

> 修改稿:女主人几年来有个欲望,一天天在心中滋长。那是老年人和漂亮太太都会有的,在迦玛小姐身上却变成一种念念不忘的野心(1)/一种强烈的痴情(2)。

> 誊正稿:女主人几年来有个欲望在心中一天天的滋长。那是老年人和漂亮太太都会有的,在迦玛小姐身上却变成一股强烈的痴情。[②]

passion 在字典上解释为"激情、酷爱、迷恋、嗜好"等,傅雷初译为"痴心妄想",词义与 passion 有联系但强调点走偏。傅雷在初译句的旁边还写着"梦寐以求",没有用因为也不太合适;在修改稿上起先译为"念念不忘的野心",也不能表达 passion 的意思。几经推敲,放弃成语,定为"强烈的痴情",正道出 passion 的文中之意。傅雷的修改、选择似乎在表明,译者应根据原文的意思在译文中寻找准确、恰当、得体的表达方式,纯粹之

---

① Balzac, H. *Le Curé de Tours*. Paris: Editions Garnier, 1953: 21.

② 傅雷. 傅雷全集(第3卷). 沈阳: 辽宁教育出版社, 2002: 22.

中文并不等于滥用成语或四字结构。

3. 从傅雷的翻译预定目标看

傅雷曾在写给罗新璋的信中说:"以行文流畅,用字丰富,色彩变化而论,自问与预定目标相距尚远。"①可见"行文流畅,用字丰富,色彩变化"是傅雷把握和检验自己的翻译质量的三个方面、三个标准。先以"行文流畅"而论。傅雷曾经说过:"凡作家如巴尔扎克……译文第一求其清楚通顺,因原文冗长迂缓,常令人如入迷宫。我的译文的确比原作容易读,这一点可说做到了与外国译本一样:即原本比译本难读。"②确实,阅读傅译巴氏作品,我们会感到傅雷的语言通顺流畅,意思表达得清楚分明。而且通篇可以说都不露翻译的痕迹,让我们感到他的译笔自然灵活,文从字顺。试举一例:

> Jamais courtisan ni diplomate ne mirent dans la discussion de leurs intérêts particuliers, ou dans la conduite d'une négociation nationale, plus d'habileté, de dissimulation, de profondeur que n'en déployèrent la baronne et l'abbé dans le moment où ils se trouvèrent tous les deux en scène. ③

这是巴尔扎克为特·李斯多曼夫人与脱罗倍神甫两人即将进行的斗智斗谋的舌剑交锋先做的铺叙。请看傅雷的译文:

> 初译稿:交际花也罢,外交家也罢,不论谈的是私人利益还是国家大事,从来没有比男爵夫人和神甫两个出台照面的时候,手腕更高明,说话更虚伪,心思更深的了。

> 修改稿:朝臣也罢,外交家也罢,不论是谈判私人利益还是国家大事,从来没有比男爵夫人和神甫两个出台照面的时候,手段更高

---

① 傅敏. 傅雷谈翻译. 北京:当代世界出版社,2005:56.
② 傅敏. 傅雷谈翻译. 北京:当代世界出版社,2005:27.
③ Balzac, H. *Le Curé de Tours*. Paris:Editions Garnier, 1953:78.

明，说话更虚假，心思更深的了。

誊正稿：朝臣也罢，外交家也罢，不论是谈判私人利益还是国家大事，从来没有比男爵夫人和神甫两个出台照面的时候手段更高明，说话更虚假，心计更深的了。①

我们注意到，从初译稿到誊正稿，并没有就行文的上下结构进行大动干戈的调整，这样的例子很多，说明傅雷基本已经做到了"行文流畅"，他对自己的要求应当视为更高更严的追求。本例初译中 courtisan 被误看为 courtisane，后纠正过来。再经过一些小小修改，最后译文更显自然流畅、清楚通顺。

所谓"用字丰富"，就是对同一名词、形容词、动词或句型等，要具备多种表达方式，不要以不变的一个表达模式去应付万变的场合、语境，否则会造成译文单调僵化、枯索沉闷。巴尔扎克在小说的前半部描写主人翁皮罗多时，常用形容词 bon，傅雷翻译时会根据上下文相应变化。例如：

例 1：entre toutes les petites misères de la vie humaine, celle pour laquelle le bon prêtre éprouvait le plus d'aversion était le subit arrosement de ses souliers à larges agrafes d'argent et l'immersion de leurs semelles. ②

傅雷译为：

在人生所有的小灾小难中，那好脾气的教士最恨大银搭扣的鞋子里突然灌水，弄得鞋底湿透。③

例 2：Là où un homme du monde ne se serait pas laissé griffer deux fois, le bon Birotteau avait besoin de plusieurs coups de patte dans la figure avant de croire à une intention méchante. ④

---

① 傅雷. 傅雷全集(第 3 卷). 沈阳：辽宁教育出版社，2002：61.
② Balzac, H. *Le Curé de Tours*. Paris：Editions Garnier, 1953：1.
③ 傅雷. 傅雷全集(第 3 卷). 沈阳：辽宁教育出版社，2002：1.
④ Balzac, H. *Le Curé de Tours*. Paris：Editions Garnier, 1953：14.

傅雷译为：

一个老练的人决不让人家抓第二回，忠厚的皮罗多直要脸上被抓了好几把才相信对方真有恶意。①

例 3：—Oui, mais vous logerez bientôt àl'Archevêché, dit le bon prêtre, qui voulait que tout le monde fût heureux. ②

傅雷译为：

"不过你马上要住到总主教官邸去了，"好心的皮罗多但愿个个人称心如意。③

例 1 和例 2 中的 bon 在初译稿上均是"老实的"，译者根据上下文做了修改。例 1 中 bon 译作"好脾气的"，是因为皮罗多玩牌赢了钱，又听说自己很有可能升为教区委员，心情好得意，所以尽管大雨倾盆，也没有脾气；例 2 中的 bon 译作"忠厚的"，应该是从皮罗多"心中既无怨恨也无恶意"、不藏害人之心的角度出发，兼顾 bon 的本义译出来的；例 3 译文本身已能清楚做出解释。

巴尔扎克在小说中，尤其在后半部，当皮罗多被迦玛和脱罗倍算计，变得倒霉落魄的时候，就改用 pauvre 来形容皮罗多了，如称其 le pauvre homme。傅雷根据上下文语境，把 le pauvre homme 分别译为"老好人"（原著 15，译著 19）、"可怜的家伙"（原著 46，译著 38）和"可怜虫"（原著 54，译著 42），限于篇幅，此处从略。

色彩变化和用字丰富是相互关联的。没有用字的丰富，谈不上色彩的变化，千篇一律的表达方式难以表现作品中多姿多彩的韵味。傅雷曾告诫傅聪，日常会话中，要学会"选用比较多样化的形容词、名词及句法"，来表达"感情、感觉、感受及思想的各种层次"。只有"好好选择字眼"，思

---

① 傅雷. 傅雷全集(第 3 卷). 沈阳：辽宁教育出版社，2002：16.

② Balzac, H. *Le Curé de Tours*. Paris：Editions Garnier，1953：31.

③ 傅雷. 傅雷全集(第 3 卷). 沈阳：辽宁教育出版社，2002：27.

想才不会"变得混沌、单调、呆滞,没有色彩,没有生命"①。文学翻译当然更需要这一方面的磨炼,傅雷在翻译过程中,就注意把自己深刻的理解和丰富的感受巧妙地传达出来。举例说明:

Je m'en moque autant que vous vous en moquez vous-même.②

皮罗多最后只希望索回已故好友夏波罗神甫的肖像画,其余东西都放弃。特·李斯多曼夫人代他向脱罗倍神甫提出,被后者与迦玛用十分虚滑又冠冕堂皇的理由回绝。特·李斯多曼夫人口里说道,大家犯不上为一幅不高明的画闹意见,心里便说了上面的原文。其中两次出现了动词 se moquer de,请看傅雷的翻译:

初译稿:你不在乎什么肖像,我跟你一样不在乎呢。

修改稿及誊正稿:你不在乎什么肖像,我何尝在乎呢。③

初译按 se moquer de 的本义两次直译而出,未尝不可,但修改后的"我何尝在乎呢"则更能反映出上流社会的贵妇人社交对话的神态。

三、结 语

在对《都尔的本堂神甫》三部翻译手稿的对照考察中,我们还发现,傅雷的修改不时也会还原到初译上面去。正如本文开头的那个例子,傅雷最初译为"他急急忙忙穿过小广场",后修改为"他赶快穿过小广场",最终又改回"他急急忙忙穿过小广场"。这种取舍主要还是从艺术效果来考虑的。文学作品注重想象,"赶快"不如"急急忙忙"更有表现性,"急急忙忙"相对较"实",让读者对动作的想象更具体,因而更出效果。再如前面第二部分的第一个例子,老姑娘看见皮罗多和脱罗倍各人挟着一册厚厚的对开本走进饭厅,就尖着嗓子冲着皮罗多说:"什么东西?希望你不要把书

---

① 傅雷. 傅雷文集·书信卷. 北京:当代世界出版社,2006:274.
② Balzac,H. *Le Curé de Tours*. Paris:Editions Garnier,1953:83.
③ 傅雷. 傅雷全集(第3卷). 沈阳:辽宁教育出版社,2002:64.

堆在我饭厅里。"后一句初译即是如此,修改稿则为:"希望你不要把书堆在我饭厅里啊。"我们的分析,加上一个"啊"字,改变了说话的语气,破坏了睚眦必报的老姑娘说话直接霸道、尖厉强硬的声调。所以两相比较,傅雷又选择了初译。

傅雷说过:"因为文学家是解剖社会的医生,挖掘灵魂的探险家,悲天悯人的宗教家,热情如沸的革命家;所以要做他的代言人,也得像宗教家一般的虔诚,像科学家一般的精密,像革命志士一般的刻苦顽强。"①完全可以说,傅雷做到了这些,他翻译巴尔扎克取得的成功是公认的。本文写作的目的,是要通过个案的考察和分析,揭示傅雷能够让巴尔扎克的《人间喜剧》在中国成功上演的背后因素,进一步,揭示傅雷成为现代我国数一数二的翻译巨匠的背后因素。这就是:傅雷具有崇高的精神追求,对翻译事业有强烈的使命意识,对文艺工作十分虔诚;他在追求艺术理想的过程中,在文学翻译的实践过程中,表现出认真严谨的作风,细致到标点的修改、虚词的去留,表现出刻苦顽强的姿态,呕心沥血、执着进取、一改再改、永无止境。翻译家傅雷能成为一代巨匠,就在于他在翻译实践中把自己的精神追求和艺术追求紧紧地结合在一起了。

---

① 傅敏. 傅雷谈翻译. 北京:当代世界出版社,2005:10.

第五章　理论性追问与探索性拓展

第一节　"神似说"的再认识空间

一、傅雷"神似说"的提出

中国近现代以来的翻译史上有两个人物,既有流传后世的翻译作品,又有影响后人的著名译论。一是严复与其"信达雅说";二是傅雷与其"神似说"。

傅雷由于长期从事法国文学翻译,他深刻认识到:"民族的 mentality 相差太远。外文都是分析的,散文的,中文都是综合的,诗的。这两个不同的美学原则使双方的词汇不容易凑合";"中国人的思想方式和西方人的距离多么远。他们喜欢抽象,长于分析;我们喜欢具体,长于综合。要不在精神上彻底融化,光是硬生生的照字面搬过来,不但原文完全丧失了美感,连意义都晦涩难懂,使读者莫名其妙"。他还深切地体会到,"译本与原作,文字既不侔,规则又大异。各种文字各有特色,各有无可模仿的优点,各有无法补救的缺陷,同时又各有不能侵犯的戒律";他还具体地发现出发语民族与译入语民族的种种差异如下:"两国文字词类的不同,句法构造的不同,文法与习惯的不同,修辞格律的不同,俗语的不同,即反映民族思想方式的不同,感觉深浅的不同,观点角度的不同,风俗传统信仰的不同,社会背景的不同,表现方法的不同"等,道出了原文与译文在语言文字、文化习俗、思维方式等方面的明显差异。基于上述体会和认识,经过二十多年的翻译实践,傅雷在 1951 年出版的《〈高老头〉重译本序》中开篇明义,提出了:"以效果而论,翻译应当像临画一样,所求的不在形似而在神似"的鲜明观念。十二年后,他在致罗新璋信中再次明确了自己对译事的看法:"重神似不重形似",同时把"行文流畅,用字丰富,色彩变化"作为自己的预定目标,也把"理想的译文仿佛是原作者的中文写作"作为一个翻译追求,鼓励翻译工作者"假定你是原作者,用中文写作"。①

二、主流评论

我国最早研究傅雷的专家罗新璋认为,傅雷"于信、达、雅之外,标举'神似',别树一义"。傅雷"从临画的方法推导出翻译的原理,而以传神立论,则把翻译从字句的推敲提高到艺术的锤炼"。② 而且,"傅雷以其大量优秀译作,实践自己的翻译观点,取得了令人注目的成就"③。罗新璋对傅雷"神似说"做了解读:"所谓'重神似不重形似',是指神似形似不可得兼的情况下,倚重倚轻,孰取孰弃的问题……,不是说可以置形似于不顾,更不是主张不要形似。"④这符合傅雷的思想,因为傅雷在同时期致宋奇信中就强调过:"我并不说原文的句法绝对可以不管,在最大限度内我们是要保持原文句法的。"⑤罗新璋进一步指出,"神似""案本""求信""化境"这四个概念"当为我国翻译理论体系里的重要组成部分";"傅雷把我国传统美学中这个重要论点,引入翻译理论,把翻译提高到美学范畴和艺术领域"。⑥ 深信中国翻译理论未来的刘宓庆认为,傅雷"将中国传统的艺术命题移花接木于翻译理论,将译论推向新的发展阶段。'神形'问题是中国

---

① 转引自傅敏. 傅雷谈翻译. 北京:当代世界出版社,2005:23,10,3,56,28.
② 罗新璋. 我国自成体系的翻译理论. 翻译通讯,1983(8):8.
③ 罗新璋. 读傅雷译品随感//傅敏. 傅雷谈翻译. 北京:当代世界出版社,2005:代序1.
④ 罗新璋. 我国自成体系的翻译理论. 翻译通讯,1983(8):8.
⑤ 转引自傅敏. 傅雷谈翻译. 北京:当代世界出版社,2005:23.
⑥ 罗新璋. 我国自成体系的翻译理论. 翻译通讯,1983(8):9.

艺术理论史上一个具有经典意义的重大命题,也是中国美学史上一个独特的美学范畴。傅雷以自己深厚的艺术素养和翻译功力推出新说,将翻译理论与美学理论结合了起来,是对严复的'三难'之说的重要补充"①。时任香港翻译学会会长的刘靖之认为,傅雷推出的"神似"论"这种'格言'式的句子总结了从严复提出'译事三难'以来五十年在翻译上所取得的经验,包括了较'信、达、雅'和'翻译的三重标准——忠实、通顺、美'更多的内涵,把翻译纳入了文艺美学的范畴……傅雷在翻译上所要达到的境界,使'信、达、雅'和'忠实、通顺和美的标准'看来过于简单,而且有种'搔不到痒处'的感觉。译文'神似'原文便是最高的境界,是钱锺书所说的'化'的境界"②。张柏然等则认为,傅雷的神似说"一方面反映了我国传统文论画论中以神为'君'为美的美学思想,另一方面,他把这种思想引入翻译领域,使翻译艺术融汇于我国传统的文论画论的沃流之中"③。

三、百家争鸣

除较早出现的上述主流评论外,近年来对傅雷"神似"思想的研究还可以划分为四个方面。(1)"神似说"来源考。多数学者认为傅雷"神似说"是从中国传统画论推导出来的,源于他在黄宾虹八秩画展期间表现出的美术鉴赏水平;也有不少学者认为傅雷"神似说"来源于中国古典文论和传统美学,这些情况下,他们总会在东晋画家顾恺之后,再从茅盾、曾虚白、陈西滢到林语堂等人一路清点下来。甚至也有研究追溯到其哲学渊源——两汉哲学争论中的形神之辩。④ (2)"神似说"内涵探。王秉钦认为傅雷"神似说"包含"化为我有"和"行文流畅,用字丰富,色彩变化"以及"气息贯通——文脉贯通"等内容。⑤ 也有论者认为,傅雷的"神似"内涵,

① 刘宓庆. 当代翻译理论. 北京:中国对外翻译出版公司,1999:203.
② 刘靖之. 神似与形似——刘靖之论翻译. 台北:书林出版有限公司,1996:9.
③ 张柏然,张思洁. 中国传统译论的美学辨. 现代外语,1997(2):26-27.
④ 张柏然,张思洁. 中国传统译论的美学辨. 现代外语,1997(2):26.
⑤ 王秉钦. 20 世纪中国翻译思想史. 天津:南开大学出版社,2004:233-237.

"大致可以用'精气神'三字概括……，因为相关表达……屡屡见于其翻译主张"①。郑海凌在梳理我国当代翻译学说时针对一些"机械的理解"或某种"错觉"做出自己的阐释，他从翻译实践的角度理解傅雷的翻译主张，认为傅雷的"重神似不重形似"应该是"依形写神，以形出神，形神统一"②。(3)质疑的声音。对傅雷的盲目崇拜和无限拔高，或妄自尊大地浅薄批判，都是不可取的。不同的声音有两种，其一表现为对"神化说"的直接质疑。《中国传统翻译思想："神化说"(前期)》指出：从现代翻译理论的角度看，神化派使用的术语定义含糊，张力很大，可以有多种不同的理解，这是中国传统理论停滞不前的一个原因；神化派"过分强调艺术的神秘，强调译者个人与原作者心灵的共鸣和创作灵感，使'神化'变成'神话'，最后就是……全盘否定翻译理论原则与方法。这看似荒谬，却是'神化说'的必然结论。"③其二表现为学者之间不同观点的交锋，如江枫的《傅雷，一位被误读了的语言艺术家——读傅雷译作部分评论有感》，文章批驳了那种认为傅雷是"离形得似"和以"意译"为主的观点，认为傅译"力求形神兼备"，以直译为主，并且"忠实而生动地传神"④。文章的积极意义在于提醒我们，只有从正反两面出发，才能越辩越明，在求真的道路上走远，深入下去。(4)比较研究。其一是国内之间比较研究，如对顾恺之为代表的中国传统绘画艺术和以傅雷为代表的文学翻译两种"形神观"的对比研究⑤；其二是国内与国外比较研究，如通过"傅雷与霍姆斯面对面"，探讨两者"异曲同工的翻译标准观"，以求在中西互鉴中走向翻译标准的解构与重建⑥。

---

① 杨全红. 傅雷"神似"译论新探. 外语与外语教学，2010(3)：49.
② 郑海凌. 文学翻译学. 郑州：文心出版社，2000：89.
③ 朱志瑜. 中国传统翻译思想："神化说"(前期). 中国翻译，2001(2)：3-8.
④ 江枫. 傅雷，一位被误读了的语言艺术家——读傅雷译作部分评论有感//许钧. 傅雷的精神世界及其时代意义——"傅雷与翻译"国际学术研讨会论文集. 上海：中西书局，2011：305，307.
⑤ 马宾. 东晋顾恺之与现代傅雷之跨时空对话. 考试周刊，2008(43)：229-231.
⑥ 王洪涛. 傅雷与霍姆斯面对面//许钧. 傅雷的精神世界及其时代意义——"傅雷与翻译"国际学术研讨会论文集. 上海：中西书局，2011：210-217.

无论国内之间比较还是与国外比较,都呈现出扩大研究的倾向,如对傅雷和彦琮的翻译思想进行比较研究;以及探讨德国功能翻译理论与中国传统"神话说"的异同及超越。① 研究面从傅雷的"神似说"扩大到傅雷的翻译思想、再扩大到中国的"神话说"(或神化说),说明傅雷的翻译观越来越引起学界的重视,越来越有阐释的空间。

四、傅雷"神似说"的影响

首先,傅雷"神似说"的影响表现在翻译领域内。诚如致力于法国文学翻译研究的张泽乾 1994 年所说:"傅雷的'神似'是对本世纪上半叶我国'神韵'、'气韵'、'传神'等说的丰富和发展,是翻译思想呈螺旋形上升的又一生动体现。"②实际上,傅雷"神似说"的影响不仅仅局限于法国文学翻译领域,它早已引起我国整个外国文学翻译界的关注。20 世纪初出版的两本学术专著《中国传统译论经典诠释——从道安到傅雷》和《20 世纪中国翻译思想史》均有评析。前者首次把傅雷的"神似"翻译思想归为翻译艺术观③;后者指出傅雷的"神似说""博采众家之长,集众家'神似说'之大成。故此,也成了众'神似说'之历史终结,成为中国翻译思想史上继严复'信达雅'说之后树起的又一面具有划时代意义的光辉旗帜"④。而《神似翻译学》著作的出版,则可以说是傅雷"神似说"在译学领域产生重要影响的例证,因为作者对"神似说"进行了"道与技"的建构,表现出试图把"神似说"提升成为一种学说的努力。作者对"神似"翻译学的立论基础做了论证,也对神似翻译的基本方法做了思考。作者尝试指出,"自傅雷后,

---

① 见孙丽冰. 彦琮、傅雷翻译思想比较研究. 河北学刊,2011(3):244-246;杨琦. 德国功能翻译理论与中国传统"神话说"的异同及超越. 当代教育理论与实践,2009(6):119-123.

② 张泽乾. 翻译经纬. 武汉:武汉大学出版社,1994:101.

③ 王宏印. 中国传统译论经典诠释——从道安到傅雷. 武汉:湖北教育出版社,2003:194.

④ 王秉钦. 20 世纪中国翻译思想史. 天津:南开大学出版社,2004:233.

神似翻译学便取代'信达雅'而成为中国翻译理论与实践的主流"①。"神似"与"形似"是我国文艺理论史上长期存在的一对关系,自从被引入文学翻译领域,一直是学人争议不断但无法达成共识的重要命题。本文只想说明,当代我国译学界的"形神"之辨,无不直接或间接地与傅雷的"神似说"有关,可以说都是傅雷"神似说"影响下出现的学海波澜。许钧的《"形"与"神"辨》梳理了傅雷之前的陈西滢与曾虚白的讨论和傅雷之后的许渊冲与江枫的争论。他认为,傅雷"以临画来比翻译,说明翻译之难,并以'神似'为克服困难的基本途径,这是很有见地的"。文章在探讨解决"形神"矛盾的途径与方法时指出:罗新璋对傅雷"神似"论的阐释,"为我们理解并处理翻译中的'形'与'神'的问题提供了可资借鉴的原则"。② 郑海凌的《漫谈"神""形"统一》旨在澄清傅雷"神似说"影响传播过程中出现的问题,消除人们在"领会、品评或实践'神似说'过程中"产生的误解。③ 孙迎春的《"神似"说探幽》虽在"探幽",也是以傅雷的"重神似不重形似"作为引子,考察其之"所本",描述其"源远流长、清晰可见的运行轨迹",并以"重神似不重形似"作为归结,指出其包含的艺术创造性这一重要意义。④ 孙致礼指出:"对于神似与形似,既要有主次之分,又要统筹兼顾,力求在'神形皆似'上下功夫,……兼取'神似'派和'形似'派两家之长,走一条'神形兼顾'的道路。"⑤

其次,傅雷"神似说"的影响也已波及文学翻译领域之外。这一方面是由于"神似"原本就是中国古典文论、传统美学中的概念,另一方面也由于傅雷多艺兼通,其由绘画要旨论及翻译要旨而引来的"神似",颇能引起译界外学人共鸣。傅雷"神似"特色的翻译作品在我国现当代文学史上的地位是不可忽视的。陈思和在比较了其他老一辈的法国文学翻译家的作

---

① 冯建文. 神似翻译学. 兰州:敦煌出版社,2001:7.
② 许钧. "形"与"神"辨. 外国语,2003(2):63,66.
③ 郑海凌. 漫谈"神""形"统一. 中国翻译,1992(4):21.
④ 孙迎春. "神似"说探幽. 中国翻译,1993(5):5-10.
⑤ 孙致礼. 也谈神似与形似. 外国语,1992(1):47.

品后指出,"傅雷的译文更好读,耐读,似乎在文字中传达出一种东方人消化了西方文化后而生的精神气韵";而"优秀翻译家的华语作品……在创造和丰富华文文学的历史上,其贡献与创作相同"。① 同样,傅雷"神似"观指导的翻译实践作品,对中国作家的文学创作也产生了重要影响。作家叶兆言在《想起了老巴尔扎克》中说:"傅雷的译本像高山大海一样让我深深着迷,我不止一次地承认过,在语言文字方面,傅雷是我受惠的恩师。巴尔扎克的语言魅力,只有通过傅雷才真正体现出来。"②"他译文中特有的那种节奏,那种语感,那种遣词造句的风格,都曾经深深地影响过我。"③

五、"神似说"的再认识和再阐释空间

1. 思想与理论、标准与策略、目标与方法

傅雷"神似说"的划时代意义和里程碑意义在于,它继"信达雅"后把中国译学发展到新的高度,至今无人超越。很难说"化境论"在实质上比"神似说"更高一层。但随着西方现代理论频频进入我国,国内也有学人开始从某些西论的视角尤其语言学理论的视角对"神似说"提出质疑甚至批评,认为"神似说"或"神化说"缺乏精密的分析,在理论上没有说清楚,旨意模糊,理性不足,感性有余。进而我们还听到这样谈论中国译学的观点:中国有翻译思想但没有翻译理论。对"神似说"的质疑和批评一方面从反面验证了"神似说"的影响力之大、关注度之高;另一方面,也确实能促使我们思考在中西文化碰撞和古今文明对话中,如何对待"神似说",如何重新认识"神似说"。

首先,我们要探讨思想与理论的关系。一方面,思想是大于理论的,就如同我们说"马克思主义、毛泽东思想、邓小平理论"一样。我们在此不说"毛泽东理论"就是因为"毛泽东思想"是由多个理论构成的,如《矛盾

① 转引自金梅. 傅雷传. 长沙:湖南文艺出版社,1997:序 1-2.
② 叶兆言. 想起了老巴尔扎克. 上海:华东师范大学出版社,2005:42.
③ 叶兆言. 怀念傅雷先生. 中国翻译,2008(4):25.

论》《实践论》和《新民主主义论》等。如果非要说"毛泽东理论",可能专指他的某个理论,如上述的《矛盾论》,或其军事方面的某个理论。从这里可以说,思想要比理论宏大,涵盖更广。这种大于理论的思想可以称为"大思想"。另一方面,理论也是由思想发展起来的,这时的思想也等于理念、甚至念头、想法,它小于理论,可以称为"小思想"。但是这种小思想只是从量上说的,它在量上还达不到一个理论所要求的论证的扩展性、充分性和系统性,不是说在质上有瑕疵。虽然是"小思想",但它是理论的核心要素,是理论的胚胎,理论的酵母。我们不能因为是"小思想"就小看它,因为理论正是由这样的"小思想"发展而来的。只有"小思想"合理、守正、科学,符合规律,才能保证生成的理论不走偏,发展壮大后真能发挥正确的引领作用。所以,理论的科学性就取决于"小思想"的科学性,理论的先进性取决于"小思想"的先进性,理论的创新性取决于"小思想"的创新性(当然我们也可以用"理念"甚至"想法"等同义词)。而"神似说"作为一种翻译思想或翻译观念、翻译主张,其对文学本质的把握,对艺术真谛的诠释,其本身的艺术价值性和合理性,都是不可否认的。当然对于它的科学性,需要我们在理论上充分展开,加以辨析、论证、阐明,把道理说透,论述彻底,这样它才具有说服人的力量。

其次再看"神似说",它是一种译论,一种翻译思想、翻译观念、翻译主张、翻译追求,是具体应用中的一种指导原则。它是对翻译成果进行评价的一个标准,同时也是翻译过程中指导我们解决疑难杂症的一种方法。傅雷提倡"神似",想必两者皆想。但傅雷并不想上升到理论的层面去说翻译的事,就像他曾经也说过:"谈理论吧,浅的大家都知道……谈得深入一些吧……最后也很容易抬出见仁见智的话,不了了之。……翻译重在实践。"[1]上文已述,傅雷在《〈高老头〉重译本序》中,就同时指出了原语民族和译语民族在语言文字、文化习俗、思维方式及审美意识等十一个方面存在的难以对等的差异。这至少可以说,傅雷提出"神似说",也是要把它

---

① 转引自傅敏. 傅雷谈翻译. 北京:当代世界出版社,2005:8.

作为解决这诸多方面疑难杂症的一种方法或手段的。

然而,神似作为一种方法,是否可以拿来运用于翻译实践中?是否可以让我们学习和操作呢?从传统而来的傅雷仍然保持着中国传统文人表达审美体验和审美价值的言说方式,他们善用感性的语言而非知性的语言寄托自己对于美的价值判断而非事实判断。他们不是为了现代意义上的对话或交流而发表己见,不是为了说服谁而表达心声。他们抒胸言志往往只是为了高山流水觅知音。觅得,则可以志同道合、怡情悦性;而若话不投机,那就各奔东西。所以"神似"如果作为一种方法或标准在傅雷那里没有说清楚,这不是傅雷的错。然而,它作为一个体现了中国译学发展脉络的关键词,一个对于改善和提高我国翻译质量具有指导意义的关键词,我们应当承认,对它的阐释还是远远不够的,它还留下了大量的话语空间需要我们去填补。

2. 中西理论形态差异与"神似说"现代学理转换的可能路径

在这种情况下看,那些对"神似"的质疑或批评不无道理,值得我们反思。我们应当取西人理论形态之长补我理论形态之短。傅雷自己就说过:"东方人与西方人之思想方式有基本分歧,我人重综合,重归纳,重暗示,重含蓄;西方人则重分析,细微曲折,挖掘唯恐不尽,描写唯恐不周。"①东西两种理论形态的不同也是东西两种思维方式不同的反映。中国文人在表达自我的文艺观时,除了随感而论,体验而论,诗性而论外,也倾向于总体而论,综合而论,宏观而论。这已形成惯性思维模式及由此而来的别具中国特色的理论话语形态及系统。虽然这样的理论话语形态及系统自有其存在的合理性及史学价值,但已不符合当代理论发展的需要,不能满足当代学人对理论形态的现代化诉求。然而话也说回来,中国文人的文化品评,其"总体而论"不是不经过细节和局部就论总体的,其"综合而论"不是不经过归纳和概括就综合的,其"宏观而论"不是不经过微观的观察与思考就论宏观的。看上去东方的理论及思维方式是自上而下的,偏爱

---

① 转引自傅敏. 傅雷谈翻译. 北京:当代世界出版社,2005:56.

给你一个一言以蔽之的说法,显得高度概括、精炼、言简意赅,其实它本来也是自下而上的,依实而出的,这与佛、道文化追求空灵缥缈的境界有关,但不是无本之木、无源之水,而是有根有据的某种顿悟、某种闻道,否则那些古代文论观点肯定站不住脚,更不会流传至今。只不过它把高度概括前的一步一步的递进,一环一环的归纳,一层一层的提炼省略了,而这正是西人理论中的见长之处,即在这种情况下的分析的细微曲折,描写的有板有眼,让你不得不认真看待他们的观察和分析手段。

所以,我们要在世界译论中发出中国学派的声音,就需要立足中国文化资源和特色优势进行探索,实现真正独有的理论创新或推陈出新。"神似说"是中国译论中值得进行现代转换的重要命题。"神似说"虽然只是一种翻译思想、翻译理念,还谈不上翻译理论,但它们是理论的内核,理论的种子,理论的酵母,至今深藏而仍有生命力,"蕴含着可以释放和转化的现代性因素"[1],其现代性学理转换的可能路径或许在于:

首先,要建构我们的当代理论,走国际化的学术之路,当回到审美再创作活动的原点,自下而上,渐次地恢复"神似"在民族审美记忆中拾级而上的演绎过程。换句话,要建构中国当代翻译理论新形态,在国际学术界发出中国声音,就要厘清"神似"在民族审美过程中的发展脉络。

其次,可从传统语文学、现代语言学和当代文化学三个层面进行挖掘,从哲学维度和现代阐释学加以审视,微观演绎,宏观归纳,在给文学翻译工作者指出通向审美高峰的路径和关键节点的过程中,充实"神似说"的话语空间,展露出其清晰的理性面貌,使得"神似"作为标准能剥去神秘的面纱,作为方法最终能切身致用。

继之,开展中西对话,通过中西理论形态的比较,大胆借鉴,小心求证,学会借西人的方式考察、描述、分析、判断,以图进一步发掘"神似说"的理论内涵,进一步丰富"神似说"的话语资源,让它在解决外译中和中译外的特有问题和特有矛盾的过程中,演绎成说服力强的理论依据,甚至是

---

[1] 宋学智. 对傅雷翻译活动的再认识. 光明日报,2019-01-16(11).

操作性大的应用方法。

　　最后,开展古今对话,在古典文论和现代阐释学之间穿梭我们的思维,营建我们的思想理论,既要立足神似,又要穿越神似,既要关注外译汉的老问题,又要面向汉译外的新问题,敢于突破,开拓向前,尝试用现代语言学透视传统译学的语言模式,用现代译学的思维模式观照古典文论,在继往开来中,探索"神似"给我们带来的新的启迪,寻求新的理论生机的出现。

六、结　语

　　理论的自信来源于文化的自信。"神似说"既立足于中国文化资源,也体现了中国特色和优势的文学翻译活动。"神似"从中国传统画论或古典文论进入中国译学领域,已近一个世纪(从茅盾 1921 年提出"神韵"起),现已成为中国现代译学发展进程中的一个重要坐标。它的学理探讨空间无疑伴有傅雷这样的翻译家大量而优美的翻译实践的印证和支撑。所以,以"神似说"为核心,开发出具有中国特色、能发出中国声音的中国译论现代话语机制,既是傅雷翻译活动留下的重要潜在价值,也是中国译学现代化演进的需要。

第二节　试论傅雷与"化境"

一、引　言

　　"神似"与"化境"是我国现代翻译理论体系中的两个核心概念,前者以傅雷为主要代表,后者为钱锺书所推出,译界似乎已普遍接受了这种各领风骚的认识定势,而多少有些疏于探讨两者之间的内在联系。本文通过揭示"神似"与"化境"的关系,通过考察傅雷的艺术追求、翻译思想及其实践体认,试图突破傅雷的"神似"说与钱锺书的"化境"论之间的表象之"隔",以期说明,钱锺书的"化境"主要是立足翻译的理想境界,来审视翻译实践；傅雷则是立足翻译实践，提出"神似"作为具体方法和要求，来指向"化境"。

二、傅雷的"化"与"化境"之论

傅雷在其家书中、在致友人书信中以及在其文艺评论中，除文学话题外，常常论及音乐、美术、教育等。在这些话题里，不时出现关于"化"的观点与思想。以美术为例，早在 1933 年，25 岁的傅雷针对"现代的中国洋画家"的创作就指出，他们"在西方搬过来的学派和技法，也还没有在他们的心魂中融化"①；他在 1943 年致黄宾虹的信中，也明确指出，"化古始有创新，泥古而后式微，神似方为艺术，貌似徒具形骸"。以教育为例，他在 1963 年写给干女儿牛恩德的信中说过："受教育决不是消极的接受，而是积极的吸收，融化，贯通"；在 1965 年写给成家榴的信中更明确指出，"求学的目的应该是'化'，而不是死吞知识，变成字典或书架"，他认为有些科学家在实际生活中毫不科学，也有文学家、艺术家骨子里俗不可耐，"都是读书不化，知识是知识，我是我，两不相关之故"。在音乐领域，因为傅聪从事钢琴演奏，傅雷谈到"化"的论点更多。傅雷与傅聪虽为父子两代人，却"从来不觉得有什么精神上的隔阂"，不断进行着心灵的对话。傅雷告诫傅聪："弹琴不能徒恃 sensation, sensibility……从这两方面得来的，必要经过理性的整理、归纳，才能深深的化入自己的心灵"；他认为音乐表现的新路，在于"掌握西方最最高新的技巧，化为我有，为我所用"。② 甚至父子俩人在书信往来中，对"化"还有过两次深入的交流。其中一次，傅聪谈到自己"无形中时时刻刻都在化"③，傅雷在 1962 年 4 月 1 日和 1965 年 5 月 27 日的两封信中，较为充分地阐述了自己的识见。傅雷用到"化境"一词，可以追溯到 1943 年他写的《观画答客问》："常人专宗一家，故形貌常

---

① 傅雷. 傅雷文集·文艺卷. 北京：当代世界出版社，2006：544.
② 傅雷. 傅雷文集·书信卷. 北京：当代世界出版社，2006：501，680，735，395，46，410.
③ 傅敏. 傅雷文集·书信卷. 合肥：安徽文艺出版社，1998：648.

同。黄氏兼采众长,已入化境,故家数无常。"①他在 1957 年 3 月 18 日致
傅聪的信中又说:"毛主席的讲话,那种口吻、音调,特别亲切平易,极富于
幽默感;而且没有教训口气,速度恰当,间以适当的 pause,笔记无法传达。
他的马克思主义是到了化境的,随手拈来,都成妙谛,出之以极自然的态
度,无形中渗透听众的心。"②

　　翻译活动是傅雷的主要存在方式,自然会成为他思考"化"的一个重
要对象。1962 年 5 月 9 日,傅雷在给傅聪的信中说:"近来我正在经历一
个艺术上的大难关,眼光比从前又高出许多。"就是在此前后,他更明显地
关注和思考翻译活动中"化"的问题。就在 1962 年 4 月 1 日致傅聪的那封
信中,傅雷写道:"来信说到中国人弄西洋音乐比日本人更有前途,因为他
们虽用苦工而不能化。化固不易,用苦工而得其法也不多见。……我们
能化的人也是凤毛麟角,原因是接触外界太少,吸收太少。……我自
己……在翻译工作上也苦于化得太少,化得不够,化得不妙。艺术创造与
再创造的要求,不论哪一门都性质相仿。"在 1963 年 1 月 6 日致罗新璋函
中,他指出译事"第一要求将原作(连同思想,感情,气氛,情调等等)化为
我有,方能谈到移译"。③ 罗新璋认为,只有经过化为我有的功夫,翻译时
才能下笔有"神"。④ "化为我有"虽然是"化"这个翻译大过程中的一环,但
也可以从一个侧面引出"神"与"化"的关系问题。

三、"神似"与"化境"的关系

1. "神似"与"化境":同源互补?

　　何谓"化境"?《现代汉语词典》解:"幽雅清新的境地;极其高超的境

① 傅雷. 傅雷文集·文艺卷. 北京:当代世界出版社,2006:553.
② 傅雷. 傅雷文集·书信卷. 北京:当代世界出版社,2006:200.
③ 傅雷. 傅雷文集·书信卷. 北京:当代世界出版社,2006:357,353,719.
④ 罗新璋. 读傅雷译品随感//傅敏. 傅雷谈翻译. 北京:当代世界出版社,2005:
　 代序 2.

界(多指艺术技巧等)。"①《辞海》一解:"指艺术修养达到自然精妙的境界。"②何谓"神似"?《现代汉语词典》解:"精神实质上相似;极相似。"《辞海》未作解。"神似"与"化境"是中国传统文艺美学中的论点。神似的源头可以追溯到东晋画家顾恺之的"传神";"化境"原为佛教用语,"自明代起开始常用于书论、画论、文论品评中"③。此处我们主要关注译学范畴内两者的关系,关注译界方家对两者所做的认知性探讨。

罗新璋既是我国傅雷研究方面的专家,也对钱锺书的译艺做过深入研究。他在《我国自成体系的翻译理论》中认为,"'神似'与'化境',一方面固然可说是对信达雅的一个突破,从另一角度看,亦未尝不是承'译事三难'余绪的一种发展"④。他在《中外翻译观之"似"与"等"》一文中开门见山,"讲文学翻译,我国推崇译笔出神入化",并借朱光潜翻译之论指出,译文得原文的近似,渐趋形成译界的共识,而"'似'这一论旨,在后来的翻译文论中,得以一脉相承,延续不绝","'神似'与'化境',可说都是承'似'之余绪生发开来的译论"。⑤ 他在《钱锺书的译艺谈》中又指出:"'出'神'入'化,是文学翻译的一种前进方向。"⑥可以说,在罗新璋看来,"神似"与"化境"具有来源与归宿的一致性。

张泽乾在其专著《翻译经纬》中探讨"我国近、现代的译论研究"时指出:"'神似'与'化境'堪称珠联璧合。傅氏论译事当如绘事,钱氏以文理通于译理。他们以诗情画意衍及文学翻译,皆源出自我国的古典文论、艺道与传统哲学、美学。"他也进一步指出:"'神似'说与'化境'论又各有倚重,并不雷同。神形兼备的'神似'侧重寓情于人,反映着现象与本质的内

---

① 见《现代汉语词典》商务印书馆 2003 年版.

② 见《辞海》缩印本,上海辞书出版社 1979 年版.

③ 于德英.“隔”与“不隔”的循环:钱锺书“化境”论的再阐释. 上海:上海译文出版社,2009:37.

④ 罗新璋. 翻译论集. 北京:商务印书馆,1984:15.

⑤ 转引自杨自俭,刘学云. 翻译新论. 武汉:湖北教育出版社,2006:361.

⑥ 罗新璋. 钱锺书的译艺谈. 中国翻译,1990(6):10.

在联系;情意交融的'化境'侧重寓情于物,体现着主观与客观的辩证统一。"①

《"隔"与"不隔"的循环:钱锺书"化境"论的再阐释》的作者,似乎从另一角度触及"神似"与"化境"的本质关联。作者论述如下:钱锺书认为"把文章通盘的人化或生命化"是中国固有的文学批评的一个特点,因此,中国的文评中不乏"筋骨""精魄""神韵""神似""气韵"等用语,"洋溢着生命的气息"。而"'神韵'、'神似'、'气韵'论者的翻译观所表现出来的'人化'特征,就是把原文'看成我们同类的活人'"。原文有形貌,有神韵和气韵,这些共同构成了原文的风格。翻译必须传达原文的风格,但形神不能兼顾,只好重神轻形"。而"'重神轻形'其实在本质上已经接近'灵魂转世',即钱锺书在为'化境'下注脚时所用的'投胎转世'之喻:'躯壳换了一个,而精神姿致依然故我'"。所以,"'投胎转世'之喻表明了'化境'论与'神韵'、'神似'、'气韵'的家族相似性"。如此分析,"神似"与"化境"的本质关联是可以顺理成章的。在作者看来,"它们均关注形神问题,认为文学翻译就是改形传神","具有明显的'人化'家族相似性",以钱锺书的"以文拟人,形神一贯"为追求。② 在张泽乾看来,两者"代表着同一文化传统,是相辅相成、互济互补的","得神似必入化境,入化境自得神似"。③

2. "神似"与"化境":前后递进?

那么,"神似"与"化境"两者是否是一种前后递进的关系? 罗新璋的"案本——求信——神似——化境"已经摆出顺序,似乎已不是暗示。中国人常说的"出神入化",也是一种清楚的表明,因为我们似乎不会说"入化出神"。但我们的问题在于:"神似"与"化境"是否是我国译学发展两个不同阶段的产物?"化境"比"神似"更高一个层次? 这是值得我们去面对

---

① 张泽乾. 翻译经纬. 武汉:武汉大学出版社,1994:102.
② 于德英. "隔"与"不隔"的循环:钱锺书"化境"论的再阐释. 上海:上海译文出版社,2009:52-53.
③ 张泽乾. 翻译经纬. 武汉:武汉大学出版社,1994:102.

以求解答的问题。当然对于这个问题,我们仍然把它放在文学翻译领域内来进行探讨。

《神似翻译学》的作者认为,"从翻译理论片言立要的历史看,立论越简约、概括性越强,就越接近于成熟完善。钱锺书用一个字概括翻译,就意味着神似翻译学的立论全面完成。至此,神似翻译学走过了传神(林语堂)——近似(朱光潜)——神似(傅雷)——化境(钱锺书)的历史道路,理论和实践都到了成熟完善的阶段"①。(按其线索,笔者认为,茅盾的"神韵"说当年也很有影响,可以划入其"神似翻译学"中,从年代看,茅盾1921年、林语堂1932年、朱光潜1944年、傅雷1951年、钱锺书1964年提出各自论点,脉络也是清晰一贯的。)当然作者也指出"傅雷、钱锺书完成神似翻译学的立论",言下之意,是共同完成的。但不管怎么说,即便作者指出"化""是神似翻译学最高最简的立论概念",也是把"化"作为"神似翻译学"内的一个概念,把"化境"作为"神似翻译学"发展脉络中的一环,没有脱离"神似翻译学"的同一理论体系、同一认知范围和同一构建框架。何况作者也认为,"傅雷有大量的出神入化的译作",这就等于说,傅雷的译作在达到传神的同时,也自然达到入化的艺术境地。②

《"隔"与"不隔"的循环:钱锺书"化境"论的再阐释》的作者认为,"钱锺书的'化境'论将'神韵'、'神似'、'气韵'论蕴而未宣的译文生命观明确地揭示出来,从而进一步发展了中国译论的'人化'特性"。笔者看,如果我们承认中国传统文评中的"筋骨""精魄""神韵""神似""气韵"等用语是在把文章生命化,使其内外"浑然一体,洋溢着生命的气息",那么"神似"(或"神韵""气韵")本身正体现了传统文论的"人化"特征,把译文的生命或艺术生命凸显出来,而非"蕴而未宣","神似"应当作为"人化"美学观的核心概念。作者借用了王国维之语:"言气质、言神韵,不如言境界。有境

---

①　冯建文. 神似翻译学. 兰州:敦煌文艺出版社,2001:8.

②　冯建文. 神似翻译学. 兰州:敦煌文艺出版社,2001:89,7.

界,本也;气质、神韵,末也。有境界而两者随之矣"。① 毋庸讳言,境界与神韵有本末之分,但两者的本末之距离恰如王国维自己随后所道明"有境界而两者随之矣",也就是说,两者虽有先后之别,但却是如影相随的关系。

罗新璋在《我国自成体系的翻译理论》中论及"神似"与"化境"时说过;"从要求和难度上说,'化境'比'神似'更进一步、更深一层。传神云云,本谈何容易;入于化境,当然更难企及"②。张泽乾的观点也是鲜明的,他在强调神似与化境"相辅相成、互济互补"关系的同时,明确认为,"将'神似'与'化境'视为中国译论特别是现代译论发展进程中的两个阶段,认定'化境'比'神似'更进一步、更深一层的看法很难说是言之有据的"。③如何审视、判断二人的论断呢? 一种较为妥当的办法,就是看一看"化境"和"神似"的代表钱锺书与傅雷二人是怎么说的。

钱锺书 1964 年发表于《文学研究集刊》上的《林纾的翻译》中,有一段常被引用的代表性文字,不妨再录于此:

> 文学翻译的最高标准是"化"。把作品从一国文字转变成另一国文字,既不能因语文习惯的差异露出生硬牵强的痕迹,又能完全保存原有的风味,那就算得入于"化境"。十七世纪有人赞美这种造诣的翻译,比为原作的"投胎转世"(the transmigration of souls),躯壳换了一个,而精神姿致依然故我。换句话说,译本对原作应该忠实得以至于读起来不像译本,因为作品在原文里决不会读起来像经过翻译似的。④

---

① 于德英."隔"与"不隔"的循环:钱锺书"化境"论的再阐释. 上海:上海译文出版社,2009:55,52,53.(另:上海古籍出版社 2005 版《人间词话》第 82 页《人间词话未刊手稿》为:"言气质、言神韵,不如言境界。境界为本也;气质、格律、神韵,末也。有境界,而三者随之矣";第 121 页《自编人间词话选》为:"言气格、言神韵,不如言境界。有境界,本也;气格、神韵,末也。境界具,而两者随之矣"。)
② 罗新璋. 翻译论集. 北京:商务印书馆,1984:14.
③ 张泽乾. 翻译经纬. 武汉:武汉大学出版社,1994:103.
④ 傅雷. 论文学翻译书//罗新璋. 翻译论集. 北京:商务印书馆,1984:696.

这段引文中,既出现了文学翻译的最高标准"化",也出现了文学翻译的理想境界"化境"。何谓"化境"?按钱氏解:一方面,"不能因语文习惯的差异露出生硬牵强的痕迹",另一方面,"又能完全保存原有的风味";或者一方面,"躯壳换了一个",另一方面,"精神姿致依然故我"。即便钱氏"换句话说",也是一方面,"读起来不像译本",另一方面,"对原作应该忠实"。钱锺书的"化境"可以归纳为两个指标,一是关于译文语言形式:即便换了一个躯壳,也要符合译入语的表达方式、行文范式;二是关于原作内容:要求译文保存"原有的风味",保存"依然故我的精神姿致"。

我们再来看"神似"说代表傅雷的审美追求。1951 年的《〈高老头〉重译本序》应当说是傅雷"神似"说的旗帜鲜明的宣言。傅雷认为,"假如破坏本国文字的结构与特性,就能传达异国文字的特性而获致原作的精神",等于"两败俱伤",所以,如果"假定理想的译文仿佛是原作者的中文写作","那么原文的意义与精神,译文的流畅与完整,都可以兼筹并顾,不至于再有以辞害意,或以意害辞的弊病了"。① 傅雷在 1951 年致宋奇的信中也曾说过:"要把原作神味与中文的流利漂亮结合,决不是一蹴即成的事",建议宋奇翻译过程中,"处处假定你是原作者,用中文写作",以此思考"某种意义当用何种字汇"。② 傅雷在 1963 年致罗新璋信中,表达他对"译事"的看法:"重神似不重形似;译文必须为纯粹之中文,无生硬拗口之病;又须能朗朗上口,求音节和谐;至节奏与 tempo,当然以原作为依归。"③傅雷三处所论,可以归为两类:一类仍是译文语言形式,包括"本国文字的结构与特性"、"译文的流畅与完整"、"中文的流利漂亮"、既"无生硬拗口之病"又能"朗朗上口"的"纯粹之中文";一类还是原作内容,是通过译文展现的原作内容,包括"原作的精神"、"原文的意义与精神"、"原作神味"、"重神似不重形似"、"以原作为依归"的"节奏与 tempo"之风格。

① 傅敏. 傅雷谈翻译. 北京:当代世界出版社,2005:3,4.
② 傅雷. 傅雷文集·书信卷. 北京:当代世界出版社,2006:579,583.
③ 傅雷. 傅雷文集·书信卷. 北京:当代世界出版社,2006:718.

进一步归纳,是译文语言形式的规范性和对原作精神风貌的再现这两项要求,与钱锺书的"化境"的两个指标本质相同。

罗新璋曾引用《荀子·正名》中"状变而实无别而为异者谓之化"来诠释钱锺书的"化":"状变"即"躯壳换了一个","实无别而为异者"即"精神姿致依然故我"。① 而主张神似的傅雷所追求的,是"原文的意义与精神,译文的流畅与完整"得到"兼筹并顾"。很显然,"躯壳换了一个"即是追求"译文的流畅与完整","精神姿致依然故我"即是保存"原文的意义与精神"。罗新璋也认为,"'译本……读起来不像译本',与傅雷所说'仿佛是原作者的中文写作',有异曲同工之妙;'而精神姿致依然故我',含义上似乎比'神似'又多所增进",但追本溯源,"也即是获致原作精神的'神似'"。② 所以,傅雷的"神似"与钱锺书的"化境",意义内涵别无二致。

据此可以说,从宽泛的传统文艺学概念上看,"'化境'比'神似'更进一步、更深一层"的说法,是可以成立的,因为"化境""把翻译从美学的范畴推向艺术的极致"了③;从钱锺书与傅雷对具体的翻译实践活动的认识上,尤其从钱锺书对"化境"的阐释与傅雷对"神似"的具体追求上看,"神似"与"化境"似乎不能算作我国译论发展进程中前后两个阶段的产物。两者虽有前后之 nuance,但不存在质的飞跃,而应该属于同一发展阶段中如影相随的连带关系。两者之间"本无高低优劣之分"④。

四、傅雷与化境

1. 从金圣叹说傅雷

王宏印认为,钱锺书的"化境"说可能有两个来源:一个直接的文字上的借用,可能来源于金圣叹的"三境"说中的"化境",另一个可能受到文学

---

① 罗新璋. 钱锺书的译艺谈. 中国翻译,1990(6):9.
② 罗新璋. 翻译论集. 北京:商务印书馆,1984:19.
③ 罗新璋. 翻译论集. 北京:商务印书馆,1984:19.
④ 于德英."隔"与"不隔"的循环:钱锺书"化境"论的再阐释. 上海:上海译文出版社,2009:53.

创作上的"意境"说或"境界"说的启发,如王国维的境界说①。金圣叹在《第五才子书施耐庵水浒传·序一》中是这样表达其"三境"说的:"心之所至手亦至焉者,文章之圣境也;心之所不至手亦至焉者,文章之神境也;心之所不至手亦不至焉者,文章之化境也。"金氏的文章本是寄望读者"观鸳鸯而知金针,读古今之书而能识其经营"②,而"三境"说更是要揭示作者的艺构层次,展示作品的艺术高度,提高读者的审美判断。宁宗一认为:第一种圣境是作家按预先的构思去表达,两者完全吻合,艺术效果是意尽于言;第二种神境是作家在构思时有些没有想到的东西,由于顺着人物的性格、沿着情节发展的轨道去写,结果在传达时无意得之,不期然而然,艺术效果是言有尽而意无穷;第三种化境不仅构思时没有想到,而且传达时也不及思索,而是沿着性格逻辑与情节趋势,信笔写去,有如造化神工,自然天工,艺术效果是含而不露意在言外。③ 王宏印认为,心到手到的圣境无论从创作上还是从翻译上都是"得心应手";心不到而手到的神境即所谓"神来之笔",也即"翻译上的无意识文字,或曰自动化操作";心手皆不到的化境是"创作中的不写之写",在翻译上"或可谓作不译之译,有所不译"。④ 有必要指出,一些论者借此探讨了"神境"与"化境"的关系。有观点认为,"'神'、'化'二境有着程度上的差别,但意在言外是共有的特征。金圣叹在评点中常把'神'、'化'连缀合用,可见他对两者的差异不甚看重,所着意处是两者与圣境的对比。略异求同观之……文学作品的表现能力不同,或言尽于意,或言外有意,而以言外有意为上品。"⑤还有观点指出,金圣叹在《贯华堂第六才子书西厢记》评点中把天下文章分三类,第三

① 王宏印. 中国传统译论经典诠释——从道安到傅雷. 武汉:湖北教育出版社,2003:177.
② 施耐庵,金圣叹. 金圣叹批评本水浒传上. 南京:凤凰出版社,2010:3,120.
③ 宁宗一. 中国小说学通论. 合肥:安徽教育出版社,1995:605.
④ 王宏印. 中国传统译论经典诠释——从道安到傅雷. 武汉:湖北教育出版社,2003:179-180.
⑤ 陈洪. 金圣叹传. 北京:人民文学出版社,2012:227.

类正与"神境"和"化境"相契合。① 言下之意,也是对"神境"与"化境"不做区别。甚至还有论者直接使用了"'神化'之境"合称两者。② 这些判识应该说有其道理,因为金圣叹的人物性格理论中的一个关键词就是"传神写照",虽然"传神写照"出自刘义庆的《世说新语》,但在金氏文评中得到了进一步阐发。

我们认为,金氏"化境"之"心不至",是指作者临笔时其"心"不在如何构思创作、如何塑造人物上面,而已"移心",借金氏语,已"亲动心"而为笔下人物,按人物性格与个性去发展,忘掉自己是作者,进入人物内心,说其所说,做其所做,实质是进入一种全然忘我纯然审美的艺术创作状态,没有留下创作者心思的痕迹和写作的意图,是一种出神入化的心不在焉。金氏"化境"之"手不至",是指行文没有"为赋新词强说愁"的造作与斧凿的痕迹,似造化而成,自然又天真,天然去雕饰,作品非"画工"而乃"化工之肖物"。傅雷的再创作活动,也达到了金圣叹"亲动心"的化境状态,诚如他在 1962 年 1 月 7 日致梅纽因的信中所说,"巴尔扎克《幻灭》一书,诚为巨构,译来颇为费神。如今与书中人物朝夕与共,亲密程度几可与其创作者相较。目前可谓经常处于一种梦游状态也"。傅雷翻译中的"手不至",无可争辩地表现在"仿佛原作者的中文写作"上,不见洋泾浜的翻译痕迹,一如钱锺书对化境的要求"读起来不像译本"。总之,金圣叹的"心手皆不至"就是不刻意地想、不刻意地写,如行云舒卷,似流水自行,故不见心迹、手迹。而"自信对艺术的热爱与执着,在整个中国也不是很多人有的"傅雷,审美眼光贯通文学、音乐与绘画等艺术之间,他同样认为,"理想的艺术总是如行云流水一般自然,即使是慷慨激昂也像夏日的疾风猛雨,好像是天地中必然有的也是势所必然的境界。一露出雕琢和斧凿的痕迹,就变为庸俗的工艺品而不是出于肺腑,发自内心的艺术了"。③

---

① 白岚玲. 才子文心:金圣叹小说理论探源. 北京:北京广播学院出版社,2002:238.
② 陈洪. 金圣叹传. 北京:人民文学出版社,2012:233.
③ 傅雷. 傅雷文集·书信卷. 北京:当代世界出版社,2006:687,356,248.

再看金圣叹关于“化境”的具体论说：“夫文章至于心手皆不至，则是其纸上无字、无句、无局、无思者也。而独能令千万世下人之读吾文者，其心头眼底窅窅有思，乃摇摇有局，乃铿铿有句，而烨烨有字”。[①] 所谓“无字、无句”并非真的“不写”而为白纸一张，而是指不见作者深层思想的直接的文字呈现，作者真正意欲表达的文字，隐藏在字里行间。文学作品若意蕴浅显，让读者一目了然，就失去了文学的魅力，所以，在金圣叹看来，“文章最妙，是目注彼处，手写此处，……而目亦注此处，手亦写此处，便一览已尽”[②]。“化境”之文，应是“借世间杂事，抒满胸天机”[③]，是“巧借古之人之事”，道胸中“七曲八曲之委折”[④]，而且，“实为佳时、妙地、闲身、宽心忽然相遭，油乎自动”[⑤]，自然而成。质言之，化境就是作者化掉了创作过程中的心迹和手迹，把自己的欲意和欲言化在了字里行间，含而不露，引而不发。那么，对于译者来说，就应当领悟作品字里行间的意义，从字里行间感受另一种“有思、有局、有句、有字”，通过已写文字之言筌，发现不写文字之妙韵，通过作者的表面文字，去感受并传达意在言外的铿铿之句和烨烨之字。翻译活动中，决不能拘泥于原符号形迹而遗失原文神韵。傅雷翻译过程中，就十分注重作品的字里行间。他在《翻译经验点滴》中说过：“想译一部喜欢的作品要读到四遍五遍，才能把情节、故事，记得烂熟，分析彻底，人物历历如在目前，隐藏在字里行间的微言大义也能慢慢咂摸出来。”[⑥]他早就批评过那些“无路可走才走上翻译路”的“十弃行”，“对内容只懂些皮毛，对文字只懂得表面，between lines 的全摸不到”。[⑦]

---

① 施耐庵，金圣叹．金圣叹批评本水浒传上．南京：凤凰出版社，2010：序(一)3．

② 王实甫，金圣叹．金圣叹批评本西厢记．南京：凤凰出版社，2012：8．

③ 金圣叹．公叔非悖．转引自叶玉泉．金圣叹评点经典古文．长沙：岳麓书社，2012：124．

④ 王实甫，金圣叹．金圣叹批评本西厢记．南京：凤凰出版社，2012：35．

⑤ 金圣叹．公叔非悖．转引自叶玉泉．金圣叹评点经典古文．长沙：岳麓书社，2012：124．

⑥ 傅雷．傅雷文集・文艺卷．北京：当代世界出版社，2006：191．

⑦ 傅雷．傅雷文集・书信卷．北京：当代世界出版社，2006：590．

罗新璋也曾这样评价过傅雷的译作:"拿傅雷译文与法文原文对照,读到精彩处,原著字里行间的含义和意趣,在译者笔下颇能曲尽其妙,令人击节赞赏!"①

那么,怎样方能化掉心迹手迹而做到无痕?金圣叹接着论道:"而烨烨有字,则是其提笔临纸之时,才以绕其前,才以绕其后,而非徒然卒然之事也……古人之所谓才,则必文成于难者……依文成于难之说,则必心绝气尽,面犹死人……故如庄周、屈平、马迁、杜甫,以及施耐庵、董解元之书。"②按金氏说,入化要有两个条件,一是创作之前的充分准备,"非徒然卒然之事";二是创作之中的呕心沥血,以致"心绝气尽,面犹死人"。我们看傅雷的翻译:第一,傅雷十分注重译前的准备,他在致罗新璋信中也再次强调,"任何作品,不精读四五遍决不动笔,是为译事基本法门";"*César Birotteau* 真是好书,几年来一直不敢碰……明年动手以前,要好好下一番功夫";《艺术哲学》……尚在准备阶段,内容复杂,非细细研究不能动笔"。③ 他在《翻译经验点滴》中还说过,他"把什么事看得千难万难……便是自己喜爱的作品也要踌躇再三。一九五三年译《嘉尔曼》,事先畏缩了很久,一九五四年译《老实人》,足足考虑了一年不敢动笔,直到试译了万把字,才通知出版社。至于巴尔扎克,更是远在一九三八年就开始打主意的"④。可见"视文艺工作为崇高神圣的事业"的傅雷,绝不会"徒然卒然"操觚从译。第二,一件上乘艺术品的完成,是通过艺术家百分之百地付出自己的心血,毫无保留地付出自己的精、气、神而实现的,所以说那时的艺术家"心绝气尽,面犹死人"不算夸张。其实傅雷在自己的翻译过程中,也达到了这样的程度。他说过,"琢磨文字的那部分工作尤其使我长年感到苦闷","无奈一本书上了手,简直寝食不安,有时连打中觉也在梦中推敲字句";服尔德的翻译"煞费苦心","译完了……身心都很疲倦";《幻灭》

---

① 转引自傅敏. 傅雷谈翻译. 北京:当代世界出版社,2005:代序1.
② 施耐庵,金圣叹. 金圣叹批评本水浒传. 南京:凤凰出版社,2010:序(一)3.
③ 傅雷. 傅雷文集·书信卷. 北京:当代世界出版社,2006:719,589,293.
④ 傅雷. 傅雷文集·文艺卷. 北京:当代世界出版社,2006:191.

"译来颇为费神"。长年倾心的翻译使他"视神经疲劳过度,眼花流泪"。傅雷的翻译过程是个凝神一志、苦苦思索、再三推敲、百般锤炼的过程,以致"肠子枯索已极"。① 若没有经过金圣叹所说的"才尽""髯断""目目霍""腹痛"的过程,就不会有"鬼神来助""妙则真妙,神则真神"的"出妙入神"的精彩译文。②

故化境之文,虽然最终如行云流水,巧夺天工,如"羚羊挂角,无迹可求",但在形成的背后浸透了创作者或再创作者的心血、汗水。而对于译者来说,一方面,只有在翻译再创作之前有充分准备,才能使作者潜入字里行间的"胸中之文"了然于己胸,将原作的"思想、感情、气氛、情调"等化为我有,感受"才以绕其前,才以绕其后"的美景妙着。另一方面,在迻译过程中,只有"文成于难",在苦苦斟酌、细细磨砺中,经过形形色色的艺术难关,经过"如径斯曲,如夜斯黑,如绪斯多,如蘖斯苦,如痛斯忍,如病斯讳"③的再创作,译者最终方能鬼斧神工,于"形诸笔墨"时,鬼使神差般地抵达出神入化的境界。

2. 从傅雷说金圣叹

傅雷对自己的翻译实践常做自我批评,"以前旧译,细检之下,均嫌文字生硬,风格未尽浑成";④"我重译《约翰·克利斯朵夫》的动机,除了改正错误,主要是因为初译本运用文言的方式,使译文的风格驳杂不纯",而重译后的《约翰·克利斯朵夫》,"风格较初译尤为浑成";⑤"《高老头》初译……文气淤塞不畅……更不必说作品的浑成了"。他在谈论中国古典诗歌时,称颂过杜甫"也有极浑成的诗"。⑥ 可以说,"浑成"是傅雷追求的

---

① 傅雷. 傅雷文集·书信卷. 北京:当代世界出版社,2006:192,574,53,719,687,718,32.

② 施耐庵,金圣叹. 金圣叹批评本水浒传. 南京:凤凰出版社,2010:383-384.

③ 王实甫,金圣叹. 金圣叹批评本西厢记. 南京:凤凰出版社,2012:35.

④ 傅雷. 傅雷文集·书信卷. 北京:当代世界出版社,2006:562.

⑤ 傅雷. 傅雷文集·文艺卷. 北京:当代世界出版社,2006:193,603.

⑥ 傅雷. 傅雷文集·书信卷. 北京:当代世界出版社,2006:216,39.

艺术境界。所谓"浑成",即浑然天成,既包含浑然一体、圆融完整,也包含自然天成、化工无痕。

"自然天成、化工无痕",上文已做探讨,对于作者,就是要去其心迹与手迹之痕;对于译者,就是要与作者心灵呼应,心有灵犀,不露翻译痕迹。而"浑然一体、圆融完整",上文未及,但确属傅雷一贯的艺术追求。傅雷在家书和致友人书信中,也时时论及:"艺术品是用无数'有生命力'的部分,构成一个一个有生命的总体";"中国画的特色在于用每个富有表情的元素来组成一个整体";"注意局部而忽视整体,雕琢细节而动摇大的轮廓固谈不上艺术;即使不妨碍整体,雕琢也要无斧凿痕,明明是人工,听来却宛如天成,才算得艺术之上乘"。傅雷与傅聪书信中,还曾较为深入地谈到"完整"的话题:"说到'不完整',我对自己的翻译也有这样的自我批评。无论译哪一本书,总觉得不能从头至尾都好;可见任何艺术最难的是'完整'!你提到 perfection,其实 perfection 根本不存在的⋯⋯。我们一辈子的追求,有史以来多少世代的人的追求,无非是 perfection,但永远是追求不到的,因为人的理想、幻想,永无止境,所以 perfection 像水中月、镜中花,始终可望而不可及。但能在某一个阶段求得总体的'完整'或是比较的'完整',已经很不差了。"①傅雷对"完整"或"perfection"的认识是理性的、客观的,另一方面,他也肯定了人类的追求和努力。在《〈约翰·克利斯朵夫〉译者弁言》中,他的观点更明确:"所谓完全并非是圆满无缺,而是颠扑不破的、再接再厉的向着比较圆满无缺的前途迈进。"②但不管怎样,我们可以说,傅雷把"完整"或"perfection"视为与"自然天成"同等重要的审美标准。

金圣叹的小说美学理论中,似乎没有明确提到"完整"或"整体",但其字里行间让我们大可领略。金圣叹在《读第五才子书法》中说:"《水浒传》不是轻易下笔,只看宋江出名直在第十七回,便知他胸中已算过百十来

---

① 傅雷. 傅雷文集·书信卷. 北京:当代世界出版社,2006:62,483,318,104.
② 傅雷. 傅雷文集·文艺卷. 北京:当代世界出版社,2006:599.

遍。若使轻易下笔，必要第一回就写宋江，文字便一直帐，无擒放。"在他看来，小说创作有两种情况，一是"有全书在胸而始下笔著书者"，二是"无全书在胸而姑涉笔成书者"。①《水浒传》无疑属于前者。无论第十三回"出名"的晁盖还是第十七回"出名"的宋江，都是"服从小说整体艺术表现的需要"②，服从了小说整体构思和布局的安排。金圣叹说："凡人读一部书，须要把眼光放得长。如《水浒传》七十回，只用一目俱下，便知其二千余纸，只是一篇文字。中间许多事体，便是文字起承转合之法。若是拖长看去，却都不见。"③这似可说明，在金圣叹眼里，"可以称为真正艺术品的小说，本身就应当是具有内在完整性与统一性的艺术整体"，"而作为一件完整的艺术品，它一旦被创造出来，成为一种独立的存在，就不会再留下作者进行加工的痕迹"。④

金圣叹在《水浒传·序一》中说"才之为言，材也"的同时，也指出"又才之为言，裁也"。所谓"裁"之说，即是"有全锦在手，无全锦在目；无全衣在目，有全衣在心。见其领，知其袖；见其襟，知其帔也。夫领则非袖，而襟则非帔，然左右相就，前后相合，离然各异，而宛然共成"⑤。郭瑞认为，金氏言论中有两点值得注意：第一，对题材进行剪裁的前提是把握其内在的、整体性的联系；第二，对题材进行剪裁的目的，是使各个局部能更好地构成一个完整的艺术整体。⑥而金圣叹接下来所说的古人用才"绕乎构思以后""绕乎立局以后""绕乎琢句以后""绕乎安字以后"，和由"化境"而论的"才以绕其前，才以绕其后"，以及对《第六才子书西厢记·借厢》的回批"用笔而其笔之前、笔之后、不用笔处无处不到"⑦等言论，无不昭示着对文学作品浑然一体、圆融完整的诉求，在整体的圆融、和谐中，用笔之前后之

① 施耐庵，金圣叹. 金圣叹批评本水浒传. 南京：凤凰出版社，2010：10，120.
② 郭瑞. 金圣叹小说理论与戏剧理论. 北京：中国文联出版公司，1993：68.
③ 施耐庵，金圣叹. 金圣叹批评本水浒传. 南京：凤凰出版社，2010：10.
④ 郭瑞. 金圣叹小说理论与戏剧理论. 北京：中国文联出版公司，1993：69.
⑤ 施耐庵，金圣叹. 金圣叹批评本水浒传. 南京：凤凰出版社，2010：3.
⑥ 郭瑞. 金圣叹小说理论与戏剧理论. 北京：中国文联出版公司，1993：387.
⑦ 王实甫，金圣叹. 金圣叹批评本西厢记. 南京：凤凰出版社，2012：44.

"才"方能"左右相就，前后相合""而宛然共成"，作者方能在字里行间"经营"出理想的审美空间。

傅雷明确提出艺术的整体观，把"整体性"作为审美标准和追求目标，应当是对"化境"说的进一步发展，丰富了"化境"说的内涵。"化境"不论对作者还是译者，都是要求无痕，只有局部的"化"而无整体的"化"，必然还会留下局部之间前前后后、上上下下衔接的痕迹，而真正的无痕是艺术品整体的无痕。

五、结　语

如果说，翻译中的"化境"说背后透示着王国维的"境界"说，那么，深受中国传统文艺美学思想熏陶的傅雷，曾给予王国维极高的评价。他认为，"中国有史以来，《人间词话》是最好的文学批评。开发心灵，此书等于一把金钥匙"①。当然，文学创作的"化境"与文学翻译的"化境"，两者的实现过程，不完全相同，因为原作只有一个作者即写作者，而译作有两个作者即译者和写作者，所以不能简单地要求译者不露心迹和手迹。译者想做到出神入化，须先明察作者的心迹，了解其背后的写作意图，辨识其暗藏的思维逻辑，如同傅雷能够发现毛泽东"讲话的逻辑都是隐而不露"那样，否则即便"读起来不像译本"，也离题背旨，不入化境。另一方面，在地道的译入语中保存原作的精神风貌，不露翻译腔，化掉译者的"手迹"，因两种语言和文化上面的种种差异，比作者实现化境的难度更大。所以，钱锺书说："彻底和全部的'化'是不可实现的理想。"②傅雷也说："能在某一个阶段求得总体的'完整'或是比较的'完整'，已经很不差了。"但我们从傅雷身上发现，对待化境的姿态与达到化境的程度，似乎有着某种关联，傅雷告诉傅聪："艺术没有止境，没有 perfect 的一天，人生也没有 perfect 的一天！惟其如此，才需要我们日以继夜，终生的追求、苦练。"他用"知其

---

① 傅雷. 傅雷文集·书信卷. 北京：当代世界出版社，2006：84.
② 钱锺书. 林纾的翻译//罗新璋. 翻译论集. 北京：商务印书馆，1984：698.

不可为而为之的精神"和努力,赢得了读者的好评。①

　　杨绛曾经这样忆傅雷:"抗战末期、胜利前夕,钱锺书和我在宋淇先生家初次会见傅雷和朱梅馥夫妇。我们和傅雷家住得很近,晚饭后经常到他家去夜谈……。我们和其他朋友聚在傅雷家朴素优雅的客厅里各抒己见,也好比开开窗子,通通空气……。到如今,每回顾那一段灰黯的岁月,就会记起傅雷家的夜谈。"②傅雷在家书和致友人书信中,谈到翻译方面的事情时,也不时提到钱锺书及杨绛、杨必。设想他们就翻译问题交换思想,也不是不可能。上文可以让我们得出:傅雷的"神似"与钱锺书的"化境"在内涵上具有一致性,在本质上具有相通性。借此是要回归本文要旨:翻译家傅雷也在追求理想的"化境"。钱锺书的"化境"主要是从翻译结果、翻译标准乃至站在翻译的理想境界,回头审视翻译实践、翻译过程的;傅雷则是立足翻译实践,面向"客观存在的艺术高峰"——化境,提出"神似"作为具体目标和美学原则,更是作为具体方法和翻译策略的。鉴于"中国人的思想方式和西方人的距离多么远。他们喜欢抽象,长于分析;我们喜欢具体,长于综合",傅雷感受深切:"要不在精神上彻底融化,光是硬生生的照字面搬过来,不但原文完全丧失了美感,连意义都晦涩难解。"③傅雷几十年伏案迻译,致力于精神上的彻底融化,也"迁想妙得",基本上做到了精神上的彻底融化,传神入化,正如陈思和所说:"傅雷的译文……似乎在文字中传达出一种东方人消化了西方文化后而生的精神气韵。"④然而他仍嫌自己"化得太少,化得不够,化得不妙",正说明"化境"是他孜孜以求的终极目标和努力向往的艺术高峰。傅雷的"神似"与钱锺书的"化境"是中国现代译论发展进程中的双子星。

①　傅雷. 傅雷文集·书信卷. 北京:当代世界出版社,2006:95,382.

②　转引自金圣华. 傅雷与他的世界. 北京:三联书店,1996:13.

③　转引自傅敏. 傅雷谈翻译. 北京:当代世界出版社,2005:10.

④　转引自金梅. 傅雷传. 长沙:湖南文艺出版社,1997:序1.

第三节 人文学：傅雷翻译研究的新视角

傅雷翻译研究的历程，既体现了中国传统的翻译研究的形态，也反映了西方翻译研究在中国的应用状况，可以说，见证了中国翻译理论的发展。这里我们拟从人文学的新视角，对傅雷翻译研究做出观照，试图为探索傅雷翻译研究的新视野抛砖引玉。

一、儒家的修身与做人

在我国，"人文"一词早先出现在《周易·贲卦》中："观乎天文以察时变，观乎人文以化成天下。"古人把人文与天文相对，认为人文参天文。《周易·序卦》又道："有天地然后有万物，有万物然后有男女，有男女然后有夫妇，有夫妇然后有父子，有父子然后有君臣，有君臣然后有上下，有上下然后礼仪有所错。"在古人眼里，宇宙的运行有其规律，人类社会的运作应当顺应天道，而每个个人则应该明白自己的社会位置、社会分工，承担好自己的职责，如同天上的星辰遵循自己的轨道运转一样。这样的社会才会像天体那样太平，运行有常。从这样的认识看，古代人文首先重视的是做人的问题，正如儒家的"修身齐家治国平天下"的观念一样，也把"修身"放在了首位。傅雷深受中国传统文化熏陶，十分注重人的德行、品格，把做人看作人生的第一要务。如同树长直了才能成材一样，人做正了才能成为有用之才。文学与艺术不同于科学与技术，十分注重个性，带有较大的主观性和感性色彩，而主观性和感性是因人而异的，所以做人的道理尤为重要，因为创作者自身的德行、精神风貌和思想状态不可避免地会反映到艺术作品中，创作者的品格制约着艺术作品的品格，创作者的品位决定着艺术作品的品位。傅雷说："做艺术家先要学做人。艺术家……要比别人较少不完美之处。"①傅雷教诲傅聪的一句名言就是"先为人，次为艺

---

① 傅雷. 傅雷文集·书信卷. 合肥：安徽文艺出版社，1998：422.

术家,再为音乐家,终为钢琴家"①。我们曾结合傅雷的翻译思想、翻译活动,揭示了傅雷翻译实践的成功路径:"先为人,次为艺术家,再为文学家,终为翻译家。"②傅雷还说过:"我始终认为弄学问也好,弄艺术也好,顶要紧是 humain,要把一个'人'尽量发展,没成为××家××家之前,先要学做人;否则那种××家无论如何高明,也不会对人类有多大贡献。"③

做人不仅仅是自己对待人的问题,还有自己对待事的问题,比如工作的问题,即如何把做人的道理用在自己的工作上。傅雷做人做得"真"就不仅表现在为人待人上,还表现在他从事的文学翻译活动中。细分起来,第一,他"真"的热爱翻译事业,他说过:"由于我热爱文艺,视文艺工作为崇高神圣的事业,不但把损害艺术品看做像歪曲真理一样严重,并且介绍一件艺术品不能还它一件艺术品,就觉得不能容忍,所以态度不知不觉地变得特别郑重。"④第二,在翻译活动中执着求"真",没有半点马虎。译前精读四遍五遍;译中细细琢磨,推敲文字;译后一改二改三四改。他的翻译态度之纯真和翻译实践工作之认真,都源于他的信仰:"真诚是第一把艺术的钥匙。"⑤

其实,对译者个人修养的如此关注,在汉代彦琮那里就有几乎全面的"八备"之说,这一方面反映了中国翻译研究中的某种传统特色,另一方面似乎也告诉我们,对于翻译家傅雷,我们在西方注重的"翻译主体"视角之外,还有人文主义视角下关怀的可能。

二、希腊精神与人生的意义

然而,中国古代的人文观,不免带有统治阶级的意志。以孔子为代表的儒家思想,也主要是服务于国家意识形态的。要你修身也好,完善你的

① 傅雷. 傅雷文集·书信卷. 合肥:安徽文艺出版社,1998:492.
② 宋学智,许钧. 傅雷翻译实践的成功路径及其意义. 江苏社会科学,2009(6):157.
③ 傅雷. 傅雷文集·书信卷. 合肥:安徽文艺出版社,1998:367.
④ 傅敏. 傅雷谈翻译. 北京:当代世界出版社,2006:8.
⑤ 傅雷. 傅雷文集·书信卷. 合肥:安徽文艺出版社,1998:421.

品行也好,或者,要你注重伦理道德,讲究礼仪秩序等等,都首先是为了维持国家机制的平稳运作,让你做个顺民、良民,让统治者省心、安心,所谓君君臣臣父父子子,天下太平。他们似乎并没有真正从健全你的人格发展上去加以考略。不过,傅雷早年留法期间,就接触到欧洲的人文主义思想,他本来就缅怀汉魏时代的文人的精神追求,因而更加崇尚希腊精神(他也称之为古典精神),那就是追求人的自由和幸福的人文精神。人不仅是为了统治阶级的利益委屈自己、约束自己地活着,也应追求自己的幸福、追求自在。他在给傅聪的信中这样阐释:"正因为希腊艺术所追求而实现的是健全的感官享受,所以整个希腊精神所包含的是乐观主义,所爱好的是健康,自然,活泼,安闲,恬静,清明,典雅,中庸,条理,秩序,包括孔子所谓乐而不淫,哀而不怨的一切属性……真正的古典精神是富有朝气的、快乐的、天真的、活生生的,像行云流水一般自由自在,像清冽的空气一般新鲜……而且只有真正纯洁的心灵才能保证艺术的纯洁,因为……纯洁也是古典精神的理想之一。"①

从傅雷对希腊古典人文精神的阐释中,我们似乎可以这样认为:人类应当有自我关怀的意识,有追求自身幸福的权利,这样你的人生才不至于索然寡味、百无聊赖,才会获得生命的快乐和生命的意义。因为古希腊艺术彰显的是人性而不是神性,为了避免把人性中的低俗的感官刺激当作幸福需求,傅雷强调了"纯洁的心灵"和"健全的感官享受","既不让肉压倒灵而沦为兽性,也不让灵压倒肉而老是趋于出神入定,甚至视肉体为赘疣,为不洁"。② 希腊精神既是乐观,富有朝气,健康,清新,天真,纯洁,同时也是活泼而又恬静,自由自在而又条理、秩序,自然而又典雅这样的某种对立而中庸的艺术生活方式,包括中国文化中的乐而不淫。这是傅雷对希腊的人文精神内涵上的诠释,也是他自身的人文主义思想的表露。人作为一种社会人,他的发展理应符合社会对他的期待,按照社会的种种

---

① 傅雷. 傅雷文集·书信卷. 合肥:安徽文艺出版社, 1998:468-469.
② 傅雷. 傅雷文集·书信卷. 合肥:安徽文艺出版社, 1998:468.

规格自我修身;但人也是自然人,他也应该按照超然于动物的理想去形塑自身,通过人文修养获得超然于动物的有品位的生活,实现人的生命意义。如此看,傅雷选择《幸福之路》和《人生五大问题》来翻译,或许正是基于这样的人文主义情怀。前者恰似"人生艺术的结晶品",后者则是"现世之人本主义论"。他在《译者弁言》中希望,在那个"风云变幻,举国惶惶之秋",颓丧的国人能够摆脱"现实的枷锁",走出"苦恼的深渊","在现存的重负之下挣扎出一颗自由与健全的心灵,去一尝人生的果实","不能压抑每个人求生和求幸福的本能"。① 即便他选择《艺术哲学》主要是出于其中"科学精神"和"实证主义"在中国的缺乏,也不能排除他期待的艺术含量对读者大众的熏陶作用。他把《艺术哲学》中六万多字的《希腊的雕塑》抄录,邮寄国外的傅聪,正说明《艺术哲学》具有人文修养的作用,可以让平淡的生活变得富有艺术韵味。人生的意义与生活的艺术化或艺术的生活化都有很大关系。

三、赤子之心与人生的价值

人生不仅要活得有意义,还要活得有价值。按儒家的人文精神,从"修身齐家"发展到"治国平天下",人生才实现了社会价值。当然,芸芸众生不可能都成为叱咤风云的英雄,成为拯救国家于危难中的豪杰,成为国家命运中举足轻重的帝王将相。这不过是一种雄心壮志,要把人的社会价值最大限度发挥。傅雷作为儒家的门徒当然不反对这一点,应当说,他十分肯定人生的价值就在于实现其社会的价值。他在舐犊情深的《家书》中就教诲过傅聪:"人的伟大是在于帮助别人,受教育的目的是培养和积聚更大的力量去帮助别人,而绝不是盲目的自我扩张。"②当然,只有当一个人具有高尚的操守、阔大的襟怀,才会往这一层去思考。人文精神的真正要义,也就在于突破个人一己的命运关切和幸福追求,而把群体或社会

---

① 傅雷. 傅雷文集·书信卷. 合肥:安徽文艺出版社,1998:264.
② 傅雷. 傅雷文集·书信卷. 合肥:安徽文艺出版社,1998:538.

的共同命运及幸福作为守护的对象。傅雷选择了翻译活动来走自己的自由职业生涯,是十分清楚这样做的人生价值及社会价值的。早在他从事翻译活动的初年,他就向罗曼·罗兰讨教何为英雄主义,应当说就有了答案。罗兰在回函中说:"为骄傲为荣誉而成为伟大,未足也;必当为公众服务而成为伟大。"①傅雷通过翻译致身社会就是伟大,通过翻译服务于读者大众就是英雄。他隐遁于精神境域,"通过翻译给颓丧的人们燃起希望","给痛苦的心灵打开通往自由的道路",这就是向生活在黑暗年代的民众传递了积极振作的人文精神。②

新中国成立之初,傅雷在翻译家身份之外,作为一个知识分子、作协秘书、政协代表,参加了多种社会文化工作,有的与翻译出版有关,更多的涉及更大的文化范围。傅雷对每一项社会文化工作的投入,以及对翻译工作的倾注,使我们不会忘记他一生坚守的一个精神家园:赤子之心。"赤子之心"语出孟子《离娄下》:"大人者,不失其赤子之心者也。"赤子本指婴儿,赤子之心就是像婴儿那样纯洁无瑕的心。傅雷翻译的第一部著作《夏洛外传》,就是因为主人公夏洛"天真未凿,童心犹在"。就是说,赤子之心从一开始就把傅雷与翻译事业结合了起来。傅雷说过:"赤子之心这句话,我也一直记住的……永远保持赤子之心,到老也不会落伍,永远能够与普天下的赤子之心相接相契相抱……艺术表现的动人,一定是从心灵的纯洁来的!"③也就是说从赤子之心来的。

赤子之心可以说是一个艺术家接近艺术女神、领悟艺术真谛的唯一途径。没有复杂的私欲心底和功利盘算,捧着一颗透明的心,赤条条无牵挂,艺术女神才会向你敞开大门。但傅雷对"赤子之心"的诠释中还特别强调了"爱":"所谓赤子之心,不但指纯洁无邪,指清新,而且还指爱!法文里有句话叫作'伟大的心',意思就是'爱'。"④傅雷是用一颗"赤子之心"

---

① 转引自傅雷. 傅译传记五种. 北京:三联书店, 1997:397.
② 许钧. 阅读傅雷 理解傅雷. 中国图书评论, 2007(1):101.
③ 傅雷. 傅雷文集·书信卷. 合肥:安徽文艺出版社, 1998:371.
④ 傅雷. 傅雷文集·书信卷. 合肥:安徽文艺出版社, 1998:421.

来从事文学翻译工作的,他对文学翻译的热爱不含一点杂质,纯粹的喜爱,因为纯而更真。所以,他在从事文学翻译的过程中才会那么倾心倾力,那么一丝不苟,那么投入,以致凝神一志,废寝忘食。傅雷的"赤子之心"不仅表现在对文艺工作、对翻译事业纯真的爱,以及在翻译过程中的尽心尽力,执着求真,还表现在他本来就用一颗赤诚的心对待读者大众,对待社会。从初期翻译英雄三传,要把从罗兰那里得到的恩泽转赠我国年轻的一代,到后期希望在自己的翻译岗位上做出"小小"的成绩,为社会尽力,乃至"为人类共同的事业——文明,出一分力,尽一分责任"[1],他自始至终一片丹心。因为赤子之心,傅雷奉献给我们的是翻译精品;因为翻译精品,傅雷赢得了广大读者,一代又一代的读者;因为读者,他实现了人生价值的社会化。

回过头来再看"观乎人文以化成天下",观察"人理之伦序",或明白"人之道",目的均是"教化天下",教化社会,使"天下成其礼俗"。也就是说,把一种人文思想推向社会,在社会实现其价值。如此说,傅雷的翻译活动,不正是把西方优秀的人文精神传播过来,启迪民心民智,来丰富我们的精神空间,来文化我们的社会,实现某种"化成天下"的作用吗?傅雷不但自己修身,也希望国人修身,他要通过翻译教化他人,希望读者大众提高修养,实现公民人文素质的提升。

四、德艺双馨与人生境界

人文精神也当包含超凡脱俗的努力和追求。从某种意义说,人类文明的进步,人类文化的发展,就是在不断的超凡脱俗和超越过去中实现的,从而跨上更高的台阶。生命个体如能不断超越自我,追求向上,就有可能达到理想中的人生境界。傅雷译介给我们的约翰·克利斯朵夫,就是一个不断攀登生命高峰的人物,约翰·克利斯朵夫的故事之所以感人、励人、树人,不是因为他完美无缺,而是因为他可以是每一个平凡的我们,

---

① 傅雷. 傅雷文集·书信卷. 合肥:安徽文艺出版社,1998:263.

但他不怕沉沦,更有自拔、更新的勇气,有着向上、向善的追求,有着人性中可圈可点的光辉,最后达到澄明的人生境界。

人的向上的超越性主要表现在两个方面:一是"德"的修炼。就像傅雷,他的崇高的人格、挺拔的品行、健康的操守,在他热爱文艺、从事文学翻译的过程中充分展现,使他变成一个"大写的人",彪炳中国翻译史。他的纯洁高尚的理想主义灵魂、始终不渝的使命意识、一生恪守的赤子之心,使他在翻译实践中不遗余力,不懈耕耘,为了捧出翻译精品忘我地付出。二是"艺"的熏陶。这个"艺"首先指纯艺术,如音乐、美术等,因为艺术是作为万物之灵的人类所独有的精神现象,表达了人类的爱美、求美和审美的愿望及努力,是人类自我关怀的一种文明标识,是人文精神的特色化的载体。艺术的发展史就是人类文明的发展史,就是人的发展史。它可以修养人性,提升情调,愉悦精神以致美化心灵。其次它也指"技艺",正如我们说一个人德艺兼备,可以一方面是他思想品德优,另一方面是他专业技能强,业务素质高。中国古代教育思想中的《六艺》也并非纯艺术,而是儒家要求学生掌握的六种技能,"礼、乐、射、御、书、数",并且还是文武并重。这两种解释都适合傅雷。

从第一点看,傅雷对艺术的热爱正如他所说,"在整个中国也不是很多人有的"①。他认为,"艺术乃感情与理智之高度结合",面对艺术,"关键在于维持一个人的平衡","情感与理性平衡所以最美,因为是最上乘的人生哲学,生活艺术";②一个音乐家假如能使听众如醉如狂,而自己屹如泰山,"像调度千军万马的大将军一样不动声色,……才是到了艺术与人生的最高境界"③。重要的是,从感觉、感受两方面得来的,经过理性的整理、归纳,成为其个性的一部分,人格的一部分。④ 换句话说,人的感性与理性达到平衡,之所以是"最上乘的人生哲学",是"艺术与人生的最高境界",

---

① 傅雷. 傅雷文集·书信卷. 合肥:安徽文艺出版社,1998:581.
② 傅雷. 傅雷文集·书信卷. 合肥:安徽文艺出版社,1998:289,468,547.
③ 傅雷. 傅雷文集·书信卷. 合肥:安徽文艺出版社,1998:363.
④ 傅雷. 傅雷文集·书信卷. 合肥:安徽文艺出版社,1998:344.

必有人格的积淀和德行的把控作为基础。所以,这是人性的纯洁圆满的境界,是德艺兼备的表现。从第二点看,德艺兼备不仅是对艺术工作者的要求和期望,也是对每个社会工作者的要求和期望,所以这个广泛的"艺"或"技艺"的解释,更具有普遍积极的社会意义。上文引用过傅雷的话:在成为这个家那个家之前,"先要学做人",就是说,一个人无论从事什么职业,都应当争取德艺兼备。而傅雷对从事文学翻译工作的人,更有明确的"艺"的要求:"译事虽近舌人,要以艺术修养为根本:无敏感之心灵,无热烈之同情,无适当之鉴赏能力,无相当之社会经验,无充分之常识,势难彻底理解原作";"文学既以整个社会整个人为对象,自然牵涉到政治、经济、哲学、科学、历史、绘画、雕塑、建筑、音乐,以至天文地理,医卜星相,无所不包"。所以文学翻译工作者要有足够的学识、广泛的修养。"文学的对象既然以人为主,人生经验不丰实,就不能充分体会一部作品的妙处。而人情世故是没有具体知识可学的。所以我们除了专业修养,广泛涉猎以外,还得训练我们的观察、感受、想象的能力;平时要深入生活,了解人,关心人,关心一切,才能亦步亦趋地跟在伟大的作家后面,把他的心曲诉说给读者听。"①

傅雷曾希望傅聪做"一个德艺俱备、人格卓越的艺术家"②。他还告诉傅聪:"艺术不但不能限于感性认识,还不能限于理性认识,必须要进行第三步的感情深入"③,他在《翻译经验点滴》中又这样说:"翻译作品不仅仅在于了解与体会,还需要进一步把我所了解的,体会的,又忠实又动人地表达出来。"④其实,两种说法的内在逻辑基本相同:对文学作品的"了解与体会"是第一步"感性认识";第二步"理性认识"就是深刻的理解、领悟,并找到对等的译句,但可能翻译过来的只是原作的文字而缺乏生命力;所以必须有第三步的"感情深入",那样,译者的语言才能像出自自己的肺腑,

---

① 傅敏. 傅雷谈翻译. 北京:当代世界出版社,2006:57,9,10.
② 傅雷. 傅雷文集·书信卷. 合肥:安徽文艺出版社,1998:349.
③ 傅雷. 傅雷文集·书信卷. 合肥:安徽文艺出版社,1998:420.
④ 傅敏. 傅雷谈翻译. 北京:当代世界出版社,2006:9.

具有感情和生命,才能真正"动人地表达出来"。傅雷做到了,他的语言生动、灵活、传神,传递出了原作的艺术生命,所以至今读者爱看。傅雷还说:"艺术家最需要的,除了理智以外,还有一个'爱'字!"①艺术的真谛就来源于爱,没有爱的艺术不可能打动人,没有感情投入的翻译不可能打动读者。傅雷译《约翰·克利斯朵夫》,"一边译一边感情冲动得很",所以这部巨像被赋予了新的生命,感染了我国一代又一代的读者。因为这种"感情深入",译者再创造出优美的艺术效果。

德艺兼备本身就是一种人文精神,一方面,视真诚为艺术的第一把钥匙,以赤子之心从事艺术;另一方面,在艺术中表现创作者的精神操守和内在品格。通过艺术来追求人生的道德境界,通过德行来攀登人生的艺术境界。一部艺术作品之所以感人,绝不单单在于作品的艺术表现形式和技巧的娴熟、高明,而主要在于这种娴熟、高明的形式和技巧理想地表达了创作者的人性之光、人格魅力和道德的高峰。而且,德艺交融,相得益彰,又从德艺兼备上升到德艺双馨。这是傅雷追求的高度,人生境界与艺术境界的叠合,是傅雷最终达到的生命境界。

傅雷说过,"眼界愈高,手段愈绌,永远跟不上耳";"艺术的境界无穷,个人的才能有限:心长力绌,惟有投笔兴叹而已"。②但傅雷的"跟不上"不等于"不跟";他的"投笔兴叹"不等于真的放弃了"一改二改三四改"。他只是道出了一个求"真"的艺术家与"真"之间永远存在的客观距离,但他"对自己的工作还是一个劲儿死干"③,虽不能至,心向往之。因为他明白:"艺术的高峰是客观的存在,决不会原谅我的渺小而来迁就我的。"④正因为傅雷"常常发觉译的东西过了几个月就不满意","改来改去还不满意",他对自己的译作总有再上一层楼的追求,所以到了晚年,才会有"正在经

---

① 傅雷. 傅雷文集·书信卷. 合肥:安徽文艺出版社,1998:421.
② 傅敏. 傅雷谈翻译. 北京:当代世界出版社,2006:56,4.
③ 傅雷. 傅雷文集·书信卷. 合肥:安徽文艺出版社,1998:597.
④ 傅敏. 傅雷谈翻译. 北京:当代世界出版社,2006:10.

历一个艺术上的大难关"的境况,"眼光比从前又高出许多"。① 傅雷通过文学翻译最终实现了他的人生价值和艺术价值,也登上了其人生境界和艺术境界的高峰。

五、结　语

人文学是关于人文精神的学科体系。人文精神主要包括从人的内部健全其人性和人格,重视其发展,提高其生存价值的取向和努力;以及从外部环境关怀、珍视、维护人的命运、尊严和其社会价值的追求和举措。从人的外部发展看,傅雷在"文革"中以其悲壮的死,捍卫了文明人的尊严,维护了知识分子的人格;从人的内部发展看,傅雷一生从事文学翻译事业,是欲借西方人文"以教化天下",告诉国人什么是"自由与健全的心灵",什么是人生的意义,什么是人生的价值,什么又是人生的境界。傅雷不仅是一个翻译实践家,还是一个人文实践家。他虽然没有从理论体系出发,系统地阐释过他的人文思想,就像没有系统阐释过他的翻译思想一样,但是他纯正的文学品味、出神入化的翻译艺术、对极具人文精神的作品的慧眼,对作品中人文思想的深刻领悟和准确再现,都说明了他的人文思想和他的翻译思想一样,是极有高度的。他一生的翻译实践活动对应了人文学的一个宗旨,即提高我们的人文意识、人文素养,让国民变得更人文。

过去,我们对人文学有所忽略,过多地让给了文化。殊不知,文化的核心是人化,人化的核心是人文。我们注意到,傅雷总是选择那些最具人文精神的作品进行翻译,总是能做到最佳代言原作者的人文精神。这不仅是因为傅雷的人文修养的高度,也因为文学能打动人的最终也是人文精神,如约翰·克利斯朵夫追求向上的生命旅程中表现出来的超越精神和大爱精神,如贝多芬为了创造更高级的美而敢于打破束缚的大无畏精神和自由的"力"。文学能留人的最终也是人文精神,如《高老头》及《人间

---

① 　傅雷. 傅雷文集·书信卷. 合肥:安徽文艺出版社,1998:524,598,582.

喜剧》其他作品中所衬托出来的普遍性的真、善、美。任何艺术形式都是服务于创作者的精神意识的。过去，我们过多地关注形式和内容的关系，认为文学作品重要的不是说了什么，而是怎么说的，正是"怎么说"构成或增加了作品的艺术性。但我们或许淡化了这个认识：文学的内容也好，形式也好，都是服从于作品的精神主旨的，而这种精神主旨正是创作者在作品中想要表达的人文精神、人文思想。也就是说，是人文精神、人文思想让作者选择了什么样的内容，选择了什么样的形式。再换句话，一个艺术品若没有灵魂，其形式再完美也只是一具空壳，而傅雷的卓尔不群就在于，他能透过原作的形式，把握原作的精神、原作的生命、原作的灵魂，并且完美地在译入语中还原。所以，在未来的傅雷翻译研究中，透过文学翻译中形式与内容的紧张关系，深入一步去探讨译入语的语言形式与内容对原作人文精神的传递，是会有新的研究空间出现在我们面前的。

第六章 傅译影响启示与未来研究空间

第一节 傅雷翻译的历史影响

一、一个翻译名家的诞生及影响

傅雷从 1929 年开始其翻译活动,在 20 世纪三四十年代就以《约翰·克利斯朵夫》和《贝多芬传》确立了自己优秀翻译家的地位,为自己赢得了广大的读者,尤其当时的进步青年。《约翰·克利斯朵夫》在商务印书馆出版后,于 1945 至 1948 年间,又在上海骆驼书店连出四版,其中,1946 年就出了两版。同样对于《贝多芬传》,上海骆驼书店 1946 年就出了两版,随后 1947 年和 1948 年又两度再版,在罗兰的传记中最受读者欢迎。可以毫不夸张地说,在 20 世纪三四十年代令人窒息的低气压下,《约翰·克利斯朵夫》曾引起万人空巷的争购传阅。茅盾在 1945 年说过:罗曼·罗兰的"巨著《约翰·克利斯朵夫》,和托尔斯泰的《战争与和平》,同是今天的进步青年所爱读的书,我们的贫穷的青年以拥有这两大名著的译本而自傲,亦以能辗转借得一读为荣幸"①。1945 年 1 月 25 日的《新华日报》载有一则报道:"罗曼·罗兰的名著《约翰·克利斯朵夫》,我们现已有傅雷的全译本。"这个小小的广告不可能是傅雷所为,也不可能是出版社所

---

① 茅盾. 茅盾全集(33 卷). 北京:人民文学出版社,2001:523.

为,但它却可以大大地表明,傅雷翻译的罗曼·罗兰,当年确实"是照耀我们青春时代的最精纯的光彩"①。傅雷为了"挽救"一个"萎靡"的民族,用充满正能量的《约翰·克利斯朵夫》和《贝多芬传》等译作,给黑暗里的人们点燃了精神火炬,促使当年的进步青年产生了"自拔与更新"的力量,以"大勇者"的精神坚持、奋斗,追求正义,拼搏向上,攀登生命高峰。因为傅雷的译笔,"多少人受(罗兰)先生感动与影响走上革命的路来。先生是桥。先生是灯塔"②。罗新璋指出:"这二本书,在沦陷区,在国统区,小焉哉,能使顽廉懦立,在黑暗的社会里洁身自好;大焉哉,对思想苦闷、寻求出路的知识青年,则在他们心上'把火燃着',起到激励有为之士奔向进步、奔向光明、奔向革命的促进作用。"③老作家阮波当年作为一个青年知识分子,就是怀揣着傅译《约翰·克利斯朵夫》奔赴延安的。

　　1949 年后,傅雷作为优秀翻译家的名声,在中国文化界、读书界更是家喻户晓。傅雷的翻译重心也以 1949 年为界,从罗曼·罗兰转移到巴尔扎克身上。巴尔扎克在中国当时有三位译家:穆木天、高名凯和傅雷。五十年代初,《翻译通讯》曾发表对三人译文点评的文章。穆氏和高氏受到的"待遇"极为严苛,傅雷则相反。④ 程代熙认为,"在翻译介绍巴尔扎克的作品方面,态度严肃认真、译笔生动流畅,在读者中影响较大的,要推傅雷"⑤。长期研究傅雷与巴尔扎克的香港中文大学的金圣华认为,傅雷是巴尔扎克在中国文坛上不辱使命的代言人⑥。显然,正是因为傅译"品格是高的",人民文学出版社那时才会把《巴尔扎克选集》的翻译重任放在他肩上。五十年代,傅雷可以直接与出版社社长、总编沟通,和中央宣传部、

①　陈学昭. 愿你安息在自有的法兰西. 新华日报, 1949-03-25.

②　李又然. 伟大的安慰者. 解放日报, 1945-01-30.

③　罗新璋. 傅译管窥. 图书馆学通讯, 1985(3):79.

④　见赵少侯. 评穆木天译《从兄蓬斯》. 翻译通报, 1952(3):19-21.;赵少侯. 评高名凯译《三十岁的女人》中译本. 翻译通报, 1952(4):14-15;赵少侯. 评傅雷译《高老头》. 翻译通报, 1952(7):11-13.

⑤　程代熙. 巴尔扎克在中国. 读书, 1979(7):87.

⑥　转引自傅敏. 傅雷谈翻译. 北京:当代世界出版社, 2005:114.

文化部的部长联络,这主要不是因为傅雷与他们有私交,而是因为傅雷那时就是国内首屈一指的翻译家,而这样的翻译家,是真正从事文化建设工作的重量级人物,拥有国内广泛的读者。1954 年,傅雷向全国文学翻译工作会议提交的万言意见书,能引起上层多位要人惊悚甚至汗颜,足可表明傅雷在翻译界的地位和水平。可惜 1949 年后的十七年间,由于"左潮涌动","左"的意识形态不断干扰傅雷的翻译活动,阻碍他以译事服务社会的努力。一个接着一个的"左"倾政治运动越演越烈,最终于"文革"初起时就褫去了翻译家的生命。否则,"眼光比从前又高出许多"的傅雷,一定会给读者创作出更多的翻译经典,他的贡献会更大,影响会更大。

二、作为一个翻译巨匠对翻译实践与理论研究的影响

作为国内译界首屈一指的翻译家,傅雷必然会成为我国有志于从事法国文学翻译的工作者学习的榜样,他给我们留下的大量的优秀译作,成为我们揣摩学习的对象、参考模仿的典范,成为我们领会其翻译思想、运用其翻译技巧和方法、提高我们的翻译质量的有力保证。施康强就曾说过:"我们这一代的法国文学翻译家(年龄约从五十岁到七十岁)或多或少都是傅雷的私淑弟子。我们最早接触的法国文学作品是傅译巴尔扎克。后来学了法文,对翻译有兴趣,对照原文精读的往往是一部傅译。我们折服于译者理解的准确和表达的精当,有时我们觉得自己不是在读一部翻译小说,而是一位中国作家在为我们讲述一个法国故事……他的译文完全可以看作汉语文学遗产的一个组成部分。"[1]傅雷研究专家罗新璋就把傅雷称为自己的"严师",他"踏上工作岗位后,学习条件甚差,周围也无师长,只好向傅译请教:对照原文,含英咀华,苦读四年……把傅译六本巴尔扎克,一本梅里美,整部《约翰·克利斯朵夫》,计二百五十四万八千字,一字不漏抄在原著上,以便随时翻阅检查"[2]。所以傅雷在致罗新璋信中才

---

① 施康强. 文学翻译:后傅雷时代. 文汇报,2006-10-16.
② 转引自傅雷. 论翻译书·附记. 外国文学,1982(11):67.

有"先生以九阅月之精力抄录拙译"一说。至今为止,我国的法国文学翻译质量在我国的外国文学翻译中始终排在前列,无疑得益于傅雷的影响。还有一点也同样重要:在我国出版的各种《法汉翻译教程》上,我们可以找到大量的傅译佳例,为培养我国未来的法国文学翻译人才发挥出傅译经典的作用。我国的英汉翻译和法汉翻译名家许渊冲也是傅雷的拥护者。他十分赞同傅雷的"神似"主张,认为"傅雷关于'神似'的理论来自他翻译《约翰·克利斯朵夫》等的实践"①;傅雷译法高人一着的地方,正是得力于他"化为我有"的"化"字,得力于他"恰恰做到了'神似'"②。许老先生在翻译领域取得令人瞩目的成就,与他学习和借鉴傅雷不无关系。20世纪90年代,他力图超越傅译,这种雄心魄力和实践努力,正是从他学习和借鉴傅译的初心发展而来的。改革开放至今,外国文学的译介空前繁荣,规模盛况之大,被称为我国历史上的第四次翻译高潮。在这样一个"翻译"的时代,越来越多的翻译工作者学习傅雷,效法傅译,正如柳鸣九所说:"今天,在傅雷所开辟的道路上,已开始出现前者呼、后者应的景象。"③而且,"傅雷先生的翻译业绩昭示着翻译工作的一条正道,也验证了译事中的一条至理,那就是文学翻译必须是有文学性、有艺术性的再创造"④。傅雷为整个中国译界竖起了大旗,他所代表的中国文学翻译活动的方向,被越来越多的翻译工作者信从。

傅雷的翻译思想十分丰富,但其中的"神似说"最具有理论探索的意义,对我国的翻译研究影响很大。傅雷不是"神似说"的第一人,但自从他鲜明提出"神似"主张,在他前面的众论家似乎都成了配角,成了他的铺垫。在他身后恐怕也不会有人举起"神似"而超越他。这或许也是其"神似说"影响大的一个表征。尽管傅雷的"神似说"不是严格意义上的翻译理论,它只是一种思想、一种主张,但不可否认,它是中国译学思想体系中

---

① 许渊冲. 翻译的理论和实践. 翻译通讯,1984(11):5.
② 许渊冲. 直译与意译(上). 外国语,1980(6):27.
③ 柳鸣九. 纪念翻译巨匠傅雷. 中国翻译,2008(4):22.
④ 柳鸣九. 傅雷翻译业绩的启示. 粤海风,2007(4):36.

的一个重要环节,是中国译学发展到现代阶段的标识。它是"我国自成体系的翻译理论"中的"重要组成部分"。① 重要的还在于,由此引发了我国译界在相当长的时期内从学理层面对它进行了正反两方面的多维探索,继而,也引发了近年来在国际化背景下翻译界对我国传统译论形态的沉思与追问,客观上推动并加快了中国译学研究理论化和现代化的步伐。

三、作为一个翻译大师的影响

1. 语言层面

柳鸣九说:"在译本汉语之精炼、之优美上,傅雷的确明显优于很多译家。他的译本的汉语水平本身就达到了文学语言、艺术语言的高度,这是他将一种外国语言艺术转化为本国语言艺术的结果,是他反复锤炼、精益求精的结果,这使得他摆脱了硬译的匠气,而有了造化的灵性。……他既是文学翻译的大师,也是翻译文学的大师。"②我国 20 世纪 50 年代初,傅雷认识到,白话文"刚刚从民间搬来,一无规则,二无体制……只能达意,不能传情";普通话还显得"artificial 之极","淡而无味,生趣索然,不能作为艺术工具"。③ 傅雷这时就明确了自己的一个翻译目的,"创造中国语言……我一向认为这个工作尤其是翻译的人的工作"④。为了改变"我国语体文历史尚浅,句法词汇远不如有二三千年传统之文言"的状况,傅雷这位"文艺工作者"通过切身的译事进行了"必要的试验"和"长期的摸索",他"吸收了活泼生动的古小说语言,合理借鉴了'骈散错杂'的文言,糅合了富有生命气息的方言,创造了'傅雷体华文语言'"⑤。由于傅雷的译本在读书界、知识界、文化界广为流传,"傅雷体华文语言"仿佛给"还在成长阶段,没有定形"的我国的语言输入了新鲜血液,客观上对中国现代

① 罗新璋. 我国自成体系的翻译理论. 翻译通讯,1983(8):12.
② 柳鸣九. 纪念翻译巨匠傅雷. 中国翻译,2008(4):21.
③ 转引自傅敏. 傅雷谈翻译. 北京:当代世界出版社,2005:22-23,10.
④ 傅雷. 傅雷文集·书信卷. 合肥:安徽文艺出版社,1998:148.
⑤ 许钧,沈珂. 试论傅雷翻译的影响. 外语与外语教学,2013(6):65.

白话文的发展并走向成熟,起到了有效的推助作用。王小波年轻时"偷偷地"读过傅雷的译笔,他说:"假如中国现代文学尚有可取之处,它的根源就在那些已故的翻译家身上。我们年轻时都知道,想要读好文字就要去读译著,因为最好的作者在搞翻译","最好的文体都是翻译家创造出来的。傅雷先生的文体很好","是他们(王道乾、查良铮、汝龙、傅雷——笔者注)发现了现代汉语的韵律。没有这种韵律,就不会有文学"。王小波的自白不但进一步肯定了傅雷体华文语言在中国现代语言文字发展进程中的积极作用,也指出了像傅雷这样的翻译大师创制的翻译文学作品对中国现当代文学创作产生过不可低估的影响。因为他们,"在中国,已经有了一种纯正完美的现代文学语言"。①

2. 文学层面

文学是语言的艺术,翻译大师突破思维定式和约定俗成,对汉语言的文学创造性的整合应用,激活了汉语言表达的灵性,扩大了汉语言的艺术表现空间,给中国作家的文学写作带来启迪和影响。叶兆言就旗帜鲜明地这样表达:"说到巴尔扎克的影响,还不如直截了当说傅雷的培养更好,很长时间内,我一直是把傅雷译本当做自己的语文教材,傅雷实际上就是我的语文老师……傅雷是翻译文学领域中最突出的一位,他不仅向我们贩卖和推销了外国文学,还把第一流的汉语范本展现在了读者面前,直接影响了很多有志于从事文学创作的人。"②同样,傅雷的译著《约翰·克利斯朵夫》对中国现代作家巴金、茅盾、胡风、路翎、梁宗岱等产生过重大的影响,当然这种影响主要是思想上、人格上、道德上、精神上的,除在路翎的创作上留下了一些明显的文学痕迹。《约翰·克利斯朵夫》"铸成了一代求索者的现实主义风格和文化人格建构,对中国新文学发展产生了巨

---

① 王小波. 沉默的大多数. 北京:中国青年出版社,1997:317,356,316,317.
② 叶兆言. 怀念傅雷先生. 中国翻译,2008(4):25.

大影响"①。而《约翰·克利斯朵夫》在中国的影响是最能显示经典的永恒性、无时间性的,因为它对当代中国作家的影响也不减当年。中国作协主席铁凝说过:《约翰·克利斯朵夫》是少年时期对她影响最深的外国文学作品;"《约翰·克利斯朵夫》在文学史上或许不是一流的经典,但在那个特殊年代,它对我的精神产生了重要影响。我初次真正领略到文学的魅力,这魅力照亮了我精神深处的幽暗之地,同时给了我身心的沉稳和力气"②。可以说,中国现代作家也好,当代作家也好,从傅译罗兰作品中,"首先接受了罗兰'为人'的思想,而后才从'为人'的角度去思考和实践'为文'的"。其实,"文学作品直接感染、震撼、鼓舞、影响了读者,才是真正实现了其文学的意义和价值"。③ 文学作品能给他们满满的精神正能量,比单纯的艺术手法、创作形式的影响更为重要。

3. 文化层面

一个限于翻译的"道"与"技"的人只能成为翻译匠,一个能超越翻译的"道"与"技"的人才能成为翻译大师。傅雷翻译的影响不仅在于他在语言层面的创造性的转化,"维护了汉语语言的传统,展示了汉语语言的优美……,激活了汉语表达的灵性"④,促进了现代白话文的完善和现代文学语言的发展;也不仅在于他为中国作家的文学写作提供了语言的节奏和韵律的范文及文体的模式,提供了创作主体为文之前应具备的感染读者的精神力量;还在于他在超越翻译的"道"与"技"之上,更具有文化的高度。他翻译罗曼·罗兰的《约翰·克利斯朵夫》,是因为它是"象征近代西方文化"的"一部伟大的史诗"⑤;他翻译巴尔扎克《人间喜剧》中的系列杰

---

① 钱林森. 傅雷翻译文学经典与现代中国知识者文化人格建构//许钧. 傅雷的精神世界及其时代意义——"傅雷与翻译"国际学术研讨会论文集. 上海:中西书局,2011:101.
② 铁凝. 文学是灯. 人民文学,2009(1):99.
③ 宋学智. 翻译文学经典的影响与接受. 上海:上海译文出版社,2006:181-182.
④ 宋学智. 傅雷及翻译文学经典研究中的几个要点. 外语与翻译,2014(1):23.
⑤ 傅雷. 傅雷文集·文学卷. 合肥:安徽文艺出版社,1998:262,254.

作,是因为它们呈现了法兰西的社会文化、风俗文化和历史文化;他翻译
丹纳的《艺术哲学》,是因为它是"一部有关艺术、历史及人类文化的巨
著"①。正是傅雷在文化意义上的主体自觉和超凡的眼光以及翻译实践中
对文化薪火的成功传递和移植,才使他"成为一位真正品味纯正的优秀文
化遗产的继承者与传播者"②。他不仅传播了法国文化,给中国读者带来
了异样的文化景观,也影响了中国文化人、中国文化界,乃至中国文化的
建设与发展。

　　傅雷的翻译活动实现了文化意义的最大化:他为我们留下了"值得传
承的一笔文化财富"③,一笔可以与中国文化相媲美的同样可以熏陶、滋养
中华民族的文化财富;同时,傅雷文学翻译的巨大成就,大大推动了中法
两国的文化交流,而两国之间的文化交流的新举措,又反过来进一步推动
了法国文学翻译活动的开展。近年来法方在中国设立的"傅雷计划"和
"傅雷翻译出版奖"就是最好的说明。

四、一个丰满的翻译家形象的影响

　　一般的优秀译者是通过其译"技"留下影响的,少数译者的影响中还
有一些"道"的成分。然而傅雷的影响远不止翻译的"技"与"道"。就像他
曾写过"独一无二的艺术家莫扎特"一样,我们也可以说傅雷是"独一无二
的翻译家"。作为一个翻译家,傅雷留给我们的形象比其他译家丰满得
多,其中除了他的高超的"技"与"道"外,还可以说:(1)傅雷是一个修养到
家的翻译家。这一方面是他坚持"以艺术修养为根本",艺术造诣卓然超
群,并且,打通了文学与音乐、绘画等门类中的关节,领悟到这些同样注重
形象的感性艺术的真谛和奥秘;另一方面,他在人生经验、人情世故等社
会杂学各方面完备了译者的综合修养,使得他译笔下形形色色的社会历

① 　傅雷. 傅雷文集·书信卷. 合肥:安徽文艺出版社,1998:509.
② 　柳鸣九. 纪念翻译巨匠傅雷. 中国翻译,2008(4):21.
③ 　柳鸣九. 纪念翻译巨匠傅雷. 中国翻译,2008(4):22.

史人物惟妙惟肖,社会历史画面生动触目。因而,他的译作的感染力才会特别大、特别强,特别长远,始终具有艺术的生命力。(2)傅雷是一个很有思想的翻译家。傅雷译著的光彩不仅在于他精益求精的翻译,还在于被选文本超然的品格。那些高格调文本的选择,恰好透示出傅雷思想的光泽。傅雷深受中国传统人文思想滋润,也深受西方优秀文化的熏陶。他总是把小我的翻译工作放在中华民族大我的局面中思考,寻求小我与大我的统一契合。他选择作品不但有很高的艺术标准,还有同样高的思想标准。他要借西方的"力"来振奋"一个萎靡而自私的民族",于是翻译了《约翰·克利斯朵夫》《贝多芬传》,翻译了那些"富有朝气的、快乐的、天真的、活生生的"具有"古典精神"[①]的西方作品;他要在新中国的文化建设上尽他的本分,促进文化的进步,于是在翻译巴尔扎克作品时,"想把顶好的译过来"。他"以自励兼励人,以自铸兼铸人,以自树兼树人"[②]作为指导思想,译介与传播西方文明和进步思想,既充分地表达了他的艺术情怀,也完美地阐释了他对广大中华读者的人文情怀。(3)傅雷是一个很有精神的翻译家。傅雷精神是一个大写的人的精神,始终坚信"弄学问也好,弄艺术也好,顶要紧是 humain,要把一个'人'尽量发展"[③]。他自觉建构自我高尚的人格,铸就君子的德行操守,秉持高蹈的精神风貌。傅雷精神也是一个大写的爱的精神,在国家危亡民族罹难之时,"抱着'我不入地狱谁入地狱'的精神"[④],传递西方进步和文明薪火,表现出忧国忧民的知识分子的纯洁的担当;在极左政治盛行的年代,则把"国计民生"和"风雨鸡鸣"牵挂在心,因而更加"耐性埋头尽他的本分,在他的岗位上干些小小的工作","竭尽所能的在尘世留下些少成绩"。[⑤]

　　在具体的翻译工作中,傅雷首先热爱自己的选择,对文学翻译情有独

① 　傅雷. 傅雷文集·书信卷. 合肥:安徽文艺出版社,1998:468.
② 　罗新璋. 傅译罗曼·罗兰之我见. 文汇读书周报,1994 年 3 月 5 日.
③ 　傅雷. 傅雷文集·书信卷. 合肥:安徽文艺出版社,1998:367.
④ 　傅雷. 傅雷文集·文学卷. 合肥:安徽文艺出版社,1998:265.
⑤ 　傅雷. 傅雷文集·书信卷. 合肥:安徽文艺出版社,1998:266,557.

钟,对包括文学翻译在内的艺术有极大热情,"自信对艺术的热爱与执着,在整个中国也不是很多人有的"①。其次,他表现出严肃认真的精神品格,"视文艺工作为崇高神圣的事业……把损害艺术品看做像歪曲真理一样严重"②。再者,他也表现出执着进取的精神姿态:"对自己的译文从未满意",明知"艺术没有止境,没有 perfect……",但还是"日以继夜,终身的追求、苦练"。③ 同时,他的执着进取也透示出他的生命追求,他的使命意识,他愿为读者大众之忠仆的纯朴而崇高的理想,因而傅雷的精神是有灵魂的精神,是追求艺术之真和生命之真的那颗赤子之心,是追求不断更新的艺术境界和人生境界的那份努力。他把做事的真和做人的真完好地结合起来,在翻译活动中实践人生的境界和艺术的境界的叠合,融人品于译品,融人格于文格,也因此,尽管他的躯壳已逝去,但我们始终感到他的精神与我们常在。

五、超越翻译家符号的影响

毕飞宇说:"傅雷是一位伟大的翻译家,一个翻译家给人们最多的当然是文学上的滋养,可是,傅雷给我们的远远超过了文学。"④这是因为傅雷不只是一位伟大的翻译家,他还是一位在文学批评、音乐和美术等领域很有建树的文艺批评家;他还写出了一本可以揭示他"在教子方面取得成功"的"言传身教和励志修身的好教材"《傅雷家书》;他还是一位"追求真善美、追求理想和光明,对国家和民族、对文化事业和文明建设有着强烈的使命感和责任感"的知识分子的代表。⑤ 而在傅雷令人敬仰的多重身份中,柳鸣九认为,"他最核心、最重要的价值还在于他丰厚而优秀的翻译业

---

① 傅雷. 傅雷文集·书信卷. 合肥:安徽文艺出版社,1998:581.
② 转引自傅敏. 傅雷谈翻译. 北京:当代世界出版社,2005:8.
③ 傅雷. 傅雷文集·书信卷. 合肥:安徽文艺出版社,1998:291,372.
④ 转引自许钧. 傅雷的精神世界及其时代意义——"傅雷与翻译"国际学术研讨会论文集. 上海:中西书局,2011:19.
⑤ 宋学智. 傅雷的人生境界——傅雷诞辰百年纪念总集. 上海:中西书局,2011:2.

绩"①。傅雷的多重其他身份符号当然超出了其翻译家的身份符号,然而又与其翻译家的身份符号有着这样那样的联系,这使得傅雷的翻译家符号之内涵格外厚重,在中国独树一帜,产生的影响无人可及。

傅雷是个文学批评家。他的《论张爱玲的小说》以其批评的价值取向、批评的力度和深度、知识与修养的广度以及其坚守批评正道的求真姿态和真诚的态度,至今依然是很有影响的批评范文。而他通过自己每一部译著的译者序,给广大读者所做的文本解读和分析评论,也足以表明,他是我们广大读者的"忠实的向导"。对文学与翻译的双双热爱使得他的文学批评的格调与他的文学翻译的品质始终相辅而行。

傅雷还是个音乐评论家。他因为罗曼·罗兰和贝多芬而走进音乐王国,不仅近乎完美地传递了罗兰音乐作品的精神灵魂,还原了贝多芬之"庄严面目",也成功地扩展到对莫扎特、肖邦等西洋音乐家的另一种形式的翻译——直接的诠释。翻译与音乐已在他身上互动交往,彼此引发,既结合在他的文学翻译中,也结合在他的音乐评论中。

傅雷还是美术鉴赏家。如果说他的《世界美术名作二十讲》编译"不仅跨越了学科和艺术门类的界限,更跨越了文化和语言的界限,因而应被看作是广义的文化翻译中的语符翻译的结晶"②,那么,他从中国传统画论借来的"神似"论,在译学领域更是发扬光大,使得绘画和翻译两个门类互证互通,相得益彰。他用"神似"论提升了文学翻译的审美境界,同时他在文学翻译领域做出的巨大成就,也进一步扩大了"神似"论的影响。

我们还可以说,傅雷是个教育家。在饱含深沉父爱和舐犊之情的教子篇《傅雷家书》中,我们会不时看到,苦心孤诣的傅雷以约翰·克利斯朵夫为例谈人生道路,教育傅聪如何为人;或以巴尔扎克作品剖析复杂的社会,教育傅聪如何处世。

---

① 柳鸣九. 纪念翻译巨匠傅雷. 中国翻译,2008(4):21.
② 王宁,刘辉. 从语符翻译到跨文化图像翻译:傅雷翻译的启示. 中国翻译,2008(3):28.

傅雷作为我国优秀知识分子的代表,具有崇高的精神操守和人格境界,正直阳刚,同时学贯中西,博大精深,可谓德艺双馨。长期的文化交流工作把他塑造成了具有西方的激情与东方的严肃的形象。无论想起傅雷就想起罗曼·罗兰和巴尔扎克,还是想起罗曼·罗兰和巴尔扎克就想起傅雷,都是傅雷作为文化知识分子留给我们的一个形象。

第二节　傅雷给当代学人的启示

傅雷不是中国法语翻译界的专利,他属于整个中国翻译界,甚至说,他是中国人文社科领域研究者关注的对象。他在文化战线上取得的巨大成就,使得他的影响波及包括翻译工作者、文艺工作者和教育工作者在内的一大批知识分子,给我们当代学人的未来探索也留下了重要启示。

一、做自身领域的专家和交叉领域的行家

如果我们要想在各自领域有所建树,有所造诣,那就需要我们不仅做本领域本学科的专家,还要做交叉领域交叉学科的行家。傅雷对傅聪的教诲"先为人,次为艺术家,再为音乐家,终为钢琴家",也启示我们尝试探得傅雷自身的成功路径:先为人(他是优秀知识分子的典型代表)、次为艺术家(他是造诣不凡的音乐评论家和美术鉴赏家)、再为文学家(他是功力深厚的文学批评家和美学家)、终为翻译家(所以他才会取得翻译事业上的辉煌)。他的成功之路似乎在告诉我们:做各种学问,只有"摆脱局限,在更大的知识范围内进行思考,甚至在相邻的门类中触类旁通,在独特的艺术性与普遍的艺术性之间相互参悟",才能真正把握艺术之道,逼近艺术的真谛,从而做出卓尔不凡的成就。

二、大文学观和大文化观并重

傅雷不仅具有大文学观,还具有大文化观。在他看来,翻译不仅是传递西方优秀的文学,也是传递西方优秀的文化,更是在创造人类的新文

化。他从事翻译工作,是要通过他的桥梁作用,把"东方的智慧、明哲、超脱""与西方的活力、热情、大无畏的精神融合起来",使"人类可能看到另一种新文化出现",是要"为人类共同的事业——文明出一分力"。① 由于他具有大文化的胸襟,希望"能在世界文化中贡献出一星半点的力量",所以他选择的作品品质更高,更具有文化的生命力和持久力,因而在新的文化土壤和文化气候中又焕发了新机,进一步"丰富了人类的精神财宝"。②

三、做开放的学者型的翻译家

傅雷不仅有翻译的文学视野和文化视野,还有翻译的学术视野,开放的胸怀。他选译《艺术哲学》,一是因为"这是一部有关艺术、历史及人类文化的巨著,读来使人兴趣盎然,获益良多"③,二是因为此书中运用的实证主义"这种极端的科学精神,正是我们现代的中国最需要的治学方法,尤其是艺术常识极端贫乏的中国学术界……中国学术之所以落后,所以紊乱也就因为我们一般祖先只知高唱其玄妙的神韵气味,而不知此神韵气味之由来"。"丹纳在他的时代毕竟把批评这门科学推进了一大步,使批评获得一个比较客观而稳固的基础。"④这是傅雷在 1929 年和 1959 年为其译著《艺术哲学》撰写的译者序中的论点。时至今日,我们仍能注意到这些评论的当下意义。在今天国际化、全球化的学术背景下,中国优秀学者和知识分子在尝试与国际接轨的过程中,取长补短,积极吸收西方有价值的思想理念、方式方法,其中就包括实证主义这门科学,给中国学术研究带来明显发展。所以,傅雷翻译的影响远远超出了翻译的层面,他是学者型的翻译家,有着学者的眼光、学者的敏锐、学者的思想,他向世界看齐向先进看齐的开放纳新的姿态,对当代中国学术界的发展仍有积极的意义。

---

① 傅雷. 傅雷文集·书信卷. 合肥:安徽文艺出版社,1998:527, 263.
② 傅雷. 傅雷文集·书信卷. 合肥:安徽文艺出版社,1998:264.
③ 傅雷. 傅雷文集·书信卷. 合肥:安徽文艺出版社,1998:509.
④ 傅雷. 傅雷文集·文学卷. 合肥:安徽文艺出版社,1998:241, 297.

四、保持知识分子的批评精神

在面向西方、译介西方的过程中，傅雷还有一点值得我们关注，那就是他的知识分子的批评精神。仍以《艺术哲学》为例，傅雷虽然把实证主义看作当时我们"思想上的粮食"和"补品中最有力的一剂"，但并没有把实证主义吹得天花乱坠，盲目加以信奉，而是一针见血地指出："丹纳全部学说的弱点，也就是实证主义的大缺陷。""这种极端的科学精神""只能解释艺术品之半面……只看到了'人'的片面，于是他全部的工作终于没有达到他意想中的成功"。[①]

五、守护民族魂和中国根

傅雷说过："真正的知识分子所独有的，就是对祖国文化的热爱"；"越研究西方文化，越感到中国文化之美"；"只有深切领会和热爱祖国文化的人才谈得上独立的人格，独创的艺术"。[②] 向西方学习也好，文化交流也好，创造世界新文化也好，应该建立在我们的民族身份确认、民族文化认同的基础上，而决不能迷失自我，像无根的浮萍、断线的风筝。只有对中国文化深入了解，才能发现西方文化的精华与糟粕，才能融合两种文化的优长。一个不了解本民族文化精髓的人，不可能了解外民族文化的精髓，怎么谈创造世界新文化呢？傅雷的大师地位"暗示了一个学贯中西的知识分子的自我建构：首先要把根深深扎在中华文化的土壤里，而后才面向世界，敞开胸怀，大胆吸收。只有这样，才能守护中华文化，光大中华文化；只有这样，才能与异域他者进行真正意义上的文化交流。傅雷说过，唯真有中国人的灵魂，才谈得上融合中西。这话在今天应特别值得我们重视和深思"[③]。

---

① 傅雷. 傅雷文集·文学卷. 合肥：安徽文艺出版社，1998：240-242.
② 傅雷. 傅雷文集·书信卷. 合肥：安徽文艺出版社，1998：590，630，263.
③ 宋学智. 傅雷的人生境界. 上海：中西书局，2011：2.

六、结　语

"傅雷的远去意味着一个文学时代的结束"①,但傅雷的意义不会随着那个时代的消逝而消逝。在中国文化"走出去"已经成为当前和未来我国翻译活动的新常态的语境下,傅雷的精神、傅雷的思想、傅雷的胸襟、傅雷的学识、傅雷的姿态以及傅雷的价值取向和生命追求,都具有经典一样的生命力,穿越时间,呈现于当下。它们将给我国向外翻的翻译新常态带来多方面的启示,将成为我国建构向外翻的新标杆的重要参照,值得我们继续探讨。

第三节　傅雷翻译研究的未来空间

文学翻译活动的实质就是解构与重构。翻译文学经典是对原著精当的解构并用译入语准确重构的典范性努力。无论解构还是重构,需要译者具备的不仅是两种语言的厚实的功底,还需要译者能够明晓语言所附着的文化蕴涵,更需要译者具有较高的艺术感受力和审美鉴赏力。也就是说,译一个艺术品要还它一个艺术品。然而,说翻译活动是一种解构活动,并不是说把原著解构掉了,让原著分崩离析了,因为译者再怎么解构,原著依旧在那里,原著的丰姿依然故我。但是这种解构对译者来说,是必不可少的一环,它是要译者凭着自己的语言、文学和文化功力,深入到原著的字里行间,去领悟和把握原著的艺术生命和其表现形式,把握原著的精神要义。从重构的环节看,译者不啻需要具备较高的译入语语言的表达力,因为单单的译入语语言的表达力可能看起来既达又雅,很能迷惑读者,但对照原文,恐怕就发现跑偏了。所以,对于翻译活动中的重构环节来说,最困难也最紧要的是要在两种语言相异的地方寻找匹配度最高的译入语表现形式,找到与原语贴切的、相宜的转换符号。文学翻译的再创

---

① 叶兆言. 怀念傅雷先生. 中国翻译, 2008(4): 26.

造性就表现在这里。傅雷的翻译活动应当说,正具有这种代表性和典范的意义,正是在这样的解构与重构的过程中,傅雷让一部部翻译文学经典诞生出来,给中国读者呈现出法国文学和文化的盛宴。

未来的傅雷翻译研究应如何发展?笔者以为,应当两条腿走路:一条是科学性,一条是艺术性。所谓科学性,就是研究过程中,重客观轻主观,重实证轻虚拟,重知性轻感性。重事实、重逻辑、重缜密。比如运用翻译语料库所进行的研究,让统计发声,让数据说话。就像对于某一部傅雷翻译的作品,我们可以研究其中一个单词的多种翻译,或某种句式的不同处理,以此分析其中的变化,权衡其得失,品味微妙的色彩差异,来探讨何为佳译,从而提高翻译质量。所谓艺术性,就是把文学作品当作文学作品而不是科学作品,注重并探索作品的文学性、艺术性和人文性。当代学术研究受一些相当科学的研究范式的影响,对传统中的一些无可量化的学术成分(如神似论)颇有微词,认为那种探究是含糊而起神秘而终。然而,文学作品如果都可以丁是丁卯是卯地分解得一清二白,文学价值就离它而去了。就如同我们把维纳斯的雕像解构粉碎,可以得出石粉的种种成分,但它的艺术和审美价值就荡然无存了。文学是人学。我是谁?从哪里来?到哪里去?这些千古疑问不会因为得不到答案,就被人类摈弃。所以,文学作品中的艺术性、审美性和人文性,不能因为科学还无法给予它一个公认的、明确的指标性定论而被人类束之高阁,放弃追问。当然,傅雷文学翻译和翻译文学研究中的两条腿走路,不应是非此即彼的,排他的,而应是彼此相关的,互补的。强调科学,而不能机械自封,少了灵气;强调艺术,而不能玄妙离谱,少了缜密。我们应当既重事实又重思辨,既重设问又重逻辑。任何一条腿过于有力,另一条腿过于疲软,都易发生研究的偏颇,失之片面。只有两条腿都坚实有力,才能走得快,走得稳,走得正。无论强调翻译研究的科学性或艺术性,还是强调科学性与艺术性的并重,目的都是进一步深入傅雷翻译经典研究,从而进一步领悟文学翻译活动的实质和历史使命,进一步领悟翻译文学的本质和世界意义。

优秀的译者往往都是其所译作家和作品的研究者,甚至研究专家,就像傅雷之于巴尔扎克，傅雷之于罗曼·罗兰。且不说成就了其翻译精品的双语功力、艺术修养和执着认真的实践姿态了。因为成为所译作家的研究者或研究专家，可以真正了解作者的创作思想，真正把握作品的精神与风貌，从而才能成为名副其实的原作者的代言人。然而，从译本的客观呈现上来看，再优秀的译本或已经被称为经典的译本，都不可能达到通篇的浑成完美，都不可避免地存在这样那样的瑕疵。也就是说，即便再优秀的译者个体，有其所长的同时，难免也有其短。那么如此看来，我们是否可以让后来的译者，在先前译者留下的优秀译本上，进行完善式的再加工和打磨，用优秀译者之间的长板弥补相互间的短板？当然，这样可能会遇到现行某些法律保护条文的禁阻，但是可以想象，未来的读者是会欢迎这种集优秀译家的集体才华再创做出来的译品。纵观中外文学史发现，莎士比亚的作品中不少都是根据先前存在的某个脚本或故事再加工而成的；罗贯中的名篇小说《三国演义》也以前人陈寿的正史《三国志》为蓝本。在世界文学遗产中，不乏这些才华横溢的作者，他们站在先贤的成就之上，创造出了更加耀眼的文学瑰宝，从而流传千古，成为穿越时间的经典。当然，目前这还是任何外国文学翻译都绕不过去的翻译伦理问题。

翻译工作要做好，不仅是译者个人的事，还是出版商、赞助人和相关文化管理机构的事，也是整个翻译界、读书界以及文化界的事，但翻译质量的提高，关键还在于译者自身。作为名副其实的翻译主体，译者如何在翻译实践中调集自身的才能和潜能，克服两种语言转换中的异的障碍，达到传送异域文学瑰宝，实现人类优秀思想和人文精神的传播的目的，不是一劳永逸而是长期不断的实践工程。以翻译家傅雷为例，他的优秀译作是经过他一改二改三四改再创作出来的。然而他对自己的翻译成果曾做过这些自评：一方面，他说过"至此为止，自己看了还不讨厌的，只有《文明》……"；而另一方面，仅几个月后他又说了"至于《文明》，当时下过苦功，现在看看，又得重改了"，所以，他"自己常常发觉译的东西过了几个月就不满意"。一方面，他曾经说过："我回头看看过去的译文，自问最能传神的是罗曼·罗兰";而另一方面,后来他也说过:自己"眼光比从前又高出许多,五七年前译的都已看不上眼"。① 傅雷的自我评价实际上是提醒我们,文学翻译的质量提升是没有终点的,文学翻译的质量工程永远在路上,没有最好,只有更好。未来的任何外国文学翻译,都是文明的人类向着更美更善的目标不断前进的过程,正如傅雷所说:"艺术没有止境,没有perfect 的一天,人生也没有 perfect 的一天! 惟其如此,才需要我们日以继夜,终生的追求、苦练;要不然大家做了羲皇上人,垂手而天下治,做人也太腻了!"②追求翻译质量的最高境界永远是虽不能至,心向往之。也许人类存在的意义,就在这样的不断进取、去追求精神更上一层楼的过程中。

中国当代译学经历了西方语言学派、文化学派、形式主义、结构主义、解构主义、女权主义、后殖民主义等现代派和后现代派的洗礼,西方当代译学理论给中国译学带来了启迪,引发了一次次探讨与关注,用西方翻译理论来观照中国的翻译实践活动,成为中国译学研究的一种主流趋势。然而,在看似繁荣的中国当代翻译理论探索中也隐蔽着困惑,西方翻译理论能否完全适合并能全面阐释以汉语为目的语的翻译实践? 我们能否依据自己的翻译经验建立汉语特色的翻译理论? 傅雷的翻译成就得到公认,他的译作可以说经过了时间的考验,至今无人真正超越。因此,以傅译经典为平台,探讨中、西译论之间的张力与互动,让当代西方翻译理论直接面对傅雷翻译经典,努力探索当代西方理论中的合理成分,以傅雷具有典范性的翻译实践为试金石,检验西方当代翻译理论,来审视现当代翻译理论"解释的有效性";同时,仍以傅译经典为平台,探讨传统译论与现代译论之间的继承与创新,从超越语言层次的当代翻译理论的文化视野,探讨傅雷翻译思想、翻译活动中蕴含的"现代性因素",发现其经久不衰的理论价值和实践价值。这两点很重要,本课题只是做了初步性的探讨。

---

① 傅雷. 傅雷文集·书信卷. 合肥:安徽文艺出版社,1998:150,155,524,155,582.
② 傅雷. 傅雷文集·书信卷. 北京:当代世界出版社,2006:95.

应当说,这两点是傅雷翻译研究中的难点,但未来不仅对于外译汉也对于汉译外,都会具有指导意义或参考价值,具有实用性或启示性。西方当代翻译理论面对傅译经典所显露的"解释的有效性",傅雷翻译思想、翻译活动中蕴含的"现代性因素",因本身的价值性和非简约性,值得未来专门研究。

参考文献

Albir, A. H. : *La Notion de Fidélité en Traduction*. Paris: Didier Erudition, 1990.

Balzac, H. *Le Curé de Tour*. Paris: Editions Garnier, 1953.

Batista, C. *Traducteur*, *Auteur de l'Ombre*. Paris: Arléa, 2014.

Berman, A. *L'épreuve de l'étranger*, *culture et traduction dans l'Allemagne romantique*. Paris: Gallimard, 1984.

Brunel, P. , Pichois, C. , & Rousseau, A.-M. *Qu'est-ce que la Littérature comparée?*. Paris: Armand Colin,1983.

Cahoone, L. (ed.). *From Modernism to Postmodernism*. Oxford: Blackwell, 1996.

Durastanti, S.*Eloge de la trahison*. Paris, New York: Le Passage Editions, 2002.

Eagleton, T. *Literary Theory*: *An Introduction*.Minneapolis: University of Minnesota Press, 1983.

Escarpit, R. *Sociologie de la Littérature*. Paris: Presses Universitaires de France, 1978.

Gouanvic, J. M. *Sociologie de la traduction*. Artois: Presses Universités, 1999.

Grandmont, D. *Le Voyage de Traduire*. Creil: Bernard Dumerchez, 1997.

Kristeva, J.*Pour comprendre la traduction*. Paris: L'Harmattan, 2009.

Kristeva, J. *Bakthine*, *le Mot*, *le Dialogue et le Roman*. Paris：Seuil, 1969.

Ladmiral, J. R. *Sourciers et ciblistes*. Paris：Les Belles Lettres, 2014.

Meschonnic, H. *Poétique du traduire*. Paris：Editions Verdier, 1999.

Mounin, G. *Les problèmes théoriques de la traduction*. Paris：Editions Gallimard, 1963.

Oustinoff, M. *La traduction*. Paris：Presses Universités, 2003.

Oustinoff, M. *Traduire et communiquer*. Paris：CNRS Editions, 2011.

Oseki-Dépré, I. *Théories et pratiques de la traduction littéraire*. Paris：Armand Colin, 1999.

Rolland, R. *Jean-Christophe*. Paris：Albin Michel, 1931.

Taine, H. A. *Philosophie de l'Art* (Tome 2). Paris：Librairie Hachette, 1909.

巴尔扎克. 杜尔的教士. 高名凯，译. 上海：海燕书店，1949.

巴尔扎克. 高老头. 傅雷，译. 上海：平明出版社，1951.

白岚玲. 才子文心：金圣叹小说理论探源. 北京：北京广播学院出版社，2002.

本雅明. 译者的任务//陈永国. 翻译与后现代性. 北京：中国人民大学出版社，2005：3-12.

别林斯基. 别林斯基选集(第三卷). 满涛，译. 上海：上海译文出版社，1982.

博尔赫斯. 博尔赫斯文集·文论自述卷. 王永年，陈众议，等译. 海口：海南国际新闻出版中心，1996.

博尔赫斯. 博尔赫斯全集·散文卷. 王永年，等译. 杭州：浙江文艺出版社，2000.

布尔迪厄. 艺术的法则. 刘晖，译. 北京：中央编译出版社，2011.

布鲁姆. 西方正典. 江宁康，译. 南京：译林出版社，2011.

蔡方鹿，陈欣雨. 李贽的经典观探析. 西南民族大学学报(人文社会科学版)，2010(2)：186-190.

曹丹红. 两种翻译诗学观的比较及其启示. 外语研究，2007(1)：44-47.

曹建文. "经典颠覆"的隐忧. 光明日报，2005-06-20.

曹山柯. 对"互文性"理论运用于国内翻译批评的反思. 中国翻译, 2012(4)：
　　91-95.

曹顺庆. 文化经典、文论话语与比较文学. 学术月刊, 2007(3)：100-105.

陈碧. 周易"谦"卦的哲学内涵. 求索, 2004(1)：152-154.

陈德鸿, 张南峰. 西方翻译理论精选. 香港：香港城市大学出版社, 2000.

陈定家. 市场与网络语境中的文学经典问题. 文学评论, 2008(2)：42-46.

陈红旗. 经典性的缺失和意义的祛蔽——论新时期文学第一个十年. 小说评
　　论, 2011(4)：4-9.

陈洪. 金圣叹传. 北京：人民文学出版社, 2012.

陈平原. 经典是怎样形成的——周氏兄弟等为胡适删诗考(二). 鲁迅研究月
　　刊, 2001(5)：18-36.

陈琦. 文化研究视角下"世界文学"的学科边界. 中国比较文学, 2013(2)：
　　16-25.

陈思和. 我不赞成"红色经典"这个提法. 南方周末, 2004-05-06.

陈太胜. 文学经典与理论：变与不变的辩证. 天津社会科学, 2005(3)：
　　99-101.

陈太胜. 文学经典与文化研究的身份政治. 文艺研究, 2005(10)：49-57.

陈文忠. 走出接受史的困境——经典作家接受史研究反思. 陕西师范大学学
　　报(哲学社会科学版), 2011(4)：26-37.

陈学超. 论中国现当代文学的经典建构. 陕西师范大学学报(哲学社会科学
　　版), 2007(1)：71.

陈学昭. 愿你安息在自有的法兰西. 新华日报, 1949-03-25.

陈雪虎. 当代经典问题与多元视角. 天津社会科学, 2005(3)：102-105.

陈众议. "陌生化"与经典之路. 中国比较文学, 2006(4)：11-22.

陈众议. 明天的记忆——虚拟时代的文学经典. 外国文学动态, 2007(1)：
　　35-36.

陈众议. 经典的偶然性与必然性——以《堂吉诃德》为个案. 外国文学评论,
　　2009(1)：17-30.

陈众议. 经典背反及其他. 外国文学研究, 2010(2)：71-79.

陈众议. 下现实主义与经典背反. 当代作家评论, 2010(6): 17-24.

程代熙. 巴尔扎克在中国(下)——出版史料丛谭之一. 读书, 1979(7): 86-92.

程锡麟, 秦苏钰. 美国文学经典的修正与重读问题. 当代外国文学, 2008(4): 61-67.

程正民. 经典在对话中生成. 文化与诗学, 2008(1): 121-127.

达姆罗什, 等. 世界文学理论读本. 北京: 北京大学出版社, 2013.

丹晨. 关于傅雷精神的反思——《傅雷传》读后. 博览群书, 1997(6): 4-6.

丹纳. 艺术哲学. 傅雷, 译. 北京: 人民文学出版社, 1981.

丹纳. 艺术哲学. 傅雷, 译. 南京: 江苏文艺出版社, 2012.

蒂费娜·萨莫瓦约. 互文性研究. 邵炜, 译. 天津: 天津人民出版社, 2003.

董洪川. 托·斯·艾略特与“经典”. 外国文学评论, 2008(3): 104-112.

董希文. 从文学活动“四要素”看当前文学经典的重构. 中州学刊, 2007(4): 232-236.

冻凤秋. 傅雷: 翻译家的学人风范. 21世纪, 2003(9): 44-45.

端木华. 瑕不掩瑜 瑕瑜互见——读傅雷先生译文札记. 中国翻译, 1991(2): 30-32.

恩格斯. 论早期基督教的历史 // 马克思, 恩格斯. 马克思恩格斯全集(第22卷). 北京: 人民出版社, 1965: 523-552.

方梦之. 译学词典. 上海: 上海外语教育出版社, 2004.

方忠. 论文学的经典化与中国现代文学史的重构. 江海学刊, 2005(3): 189-193.

冯汉津. 福楼拜是现代小说的接生婆. 社会科学战线, 1985(2): 284-295.

冯建文. 神似翻译学. 兰州: 敦煌出版社, 2001.

佛克马. 所有的经典都是平等的, 但有一些比其它更平等. 中国比较文学, 2005(4): 56-65.

傅雷, 译. 傅译传记五种. 北京: 生活·读书·新知三联书店, 1997.

傅雷. 论翻译书·附记. 外国文学, 1982(11).

傅雷. 傅雷文集·书信卷. 合肥: 安徽文艺出版社, 1998.

傅雷. 傅雷文集·文学卷. 合肥：安徽文艺出版社，1998.

傅雷. 傅雷全集. 沈阳：辽宁教育出版社，2002.

傅敏. 傅雷谈翻译. 北京：当代世界出版社，2006.

傅雷. 傅雷文集·文艺卷. 北京：当代世界出版社，2006.

傅雷. 傅雷文集·傅雷谈文学. 南京：江苏文艺出版社，2010.

福楼拜. 福楼拜文学书简. 丁世中，译.北京：北京燕山出版社，2012.

傅敏. 傅雷谈翻译. 北京：当代世界出版社，2005.

盖生. 文学理论的时尚化批判——以"后文学时代"为例. 甘肃社会科学，
　　　2003(4)：98-101.

高名凯. 我在翻译中的官僚主义作风. 翻译通报，1952(4).

高楠. 文学经典的危言与大众趣味权力化. 文学评论，2005(6)：149-153.

高玉. 文学翻译研究与外国文学学科建设——吴元迈先生访谈录. 外国文学
　　　研究，2005(1)：1-7，171.

耿龙明. 翻译论丛. 上海：上海外语教育出版社，1998.

歌德. 歌德论世界文学. 查明建，译. 中国比较文学，2010(2)：1-8.

葛桂录. 思想史语境中的文学经典阐释——问题、路径与窗口. 福建师范大
　　　学学报(哲学社会科学版)，2012(3)：55-61.

葛兆光. 现在，还读经典么?. 文汇报，2002-10-25.

管筱明. 试与傅雷比高. 人民日报海外版，2000-07-10(7).

郭继民. 如何解读经典. 重庆社会主义学院学报，2011(5).

郭明浩. 孔子"述而不作"与经典传承. 社科纵横，2011(5)：95-98.

郭瑞. 金圣叹小说理论与戏剧理论. 北京：中国文联出版公司，1993.

郭延礼. 中国近代翻译文学概论. 武汉：湖北教育出版社，2005.

郭玉斌. "速朽"，还是"经典"?. 文学自由谈，2010(3)：150-155.

何满子. 论格调. 社会科学，1986(5)：71-74.

何玉蔚. 走进经典　体悟经典——谈外国文学经典的教学. 才智，2013(23).

和磊. 文化研究语境中文学经典的建构与重构. 文艺研究，2005(9)：
　　　155-157.

贺玉高.通过经典的对话. 中国比较文学，2004(4)：52-65.

洪素野. 直译、硬译与意译. 读书, 1980(4): 153-154.

洪子成. 中国当代的"文学经典"问题. 中国比较文学, 2003(3): 90-93.

胡安江. 翻译文本的经典建构研究. 外语学刊, 2008(5): 93-96.

胡安江, 许钧. 译者的隐身——论傅译作品的语体选择. 中国翻译, 2009(2): 28-33.

胡庚申. 傅雷翻译思想的生态翻译学诠释. 外国语, 2009(2): 47-53.

胡良桂. 世界文学与国别文学. 长沙: 湖南人民出版社, 2004.

胡淼森. 如何能走进经典. 中国图书评论, 2009(3).

胡适. 胡适全集(第1卷). 合肥: 安徽教育出版社, 2003.

胡思勇. 傅雷的"引进观"——读《傅雷传》有感. 学习月刊, 1996(1): 45.

胡友笋. 经典的品性与守望. 宁夏社会科学, 2008(4): 154-156.

黄大宏. 重写: 文学文本的经典化途径. 陕西师范大学学报(哲学社会科学版), 2006(6): 93-98.

黄浩. 从"经典文学时代"到"后文学时代"——简论"后文学社会"的五大历史特征. 文艺争鸣, 2002(6): 37-39.

黄浩, 张春城. 文学经典主义批判——兼答盖生先生. 吉林大学社会科学学报, 2005(3): 58-66.

黄浩, 黄凡中. 从文学信仰时代到文学失仰时代——对文学经典主义的批判. 吉林大学社会科学学报, 2007(4): 112-119.

黄俊杰. 中国经典诠释传统(一): 通论篇. 上海: 华东师范大学出版社, 2008.

黄曼君. 中国现代文学经典的诞生与延传. 中国社会科学, 2004(3): 149-159.

黄曼君. 回到经典 重释经典——关于20世纪中国新文学经典化问题. 文学评论, 2004(4): 108-114.

黄曼君. 新文学传统与经典阐释. 武汉: 湖北教育出版社, 2005.

黄勤, 王晓利. 论傅雷的艺术翻译观. 西安外国语大学学报, 2010(1): 67-70.

黄一斓. 论文学经典的心灵依托功能——兼谈否定主义文艺学的经典观. 文

艺理论研究，2009(1)：137-141.

江宁康. 世界文学：经典与超民族认同. 中国比较文学，2011(2)：11-19.

姜礼福. 经典重释之范例——评杨金才《美国文艺复兴经典作家的政治文化阐释》. 外国文学研究，2010(4)：172-175.

蒋芳. 傅雷对巴尔扎克的接受与传播. 衡阳师范学院学报，2005(5)：48-53.

金宏宇. 90 年代的文学经典化之争. 光明日报，1999-06-24.

金健人. 文学经典的结构与功能. 文艺理论研究，2008(5)：103-109.

金梅. 从《傅雷家书》看傅雷的艺术思想. 文艺理论与批评，1987(3)：79-88.

金梅. 做一个严肃高明的批评家——傅雷文艺思想札记之一. 天津师范大学学报(社会科学版)，1987(5)：68-73.

金梅. 做一个德艺俱备，人格卓越的艺术家——傅雷艺术思想札记之一. 辽宁师范大学学报(社会科学版)，1987(6)：55-61.

金梅. 傅雷传. 长沙：湖南文艺出版社，1997.

金梅. 傅雷的历史观念与世界眼光. 文学自由谈，1998(2)：70-76.

金圣华. 傅雷与巴尔扎克. 读者良友，1984(6)：54-57.

金圣华. 文学翻译的创作空间. 翻译季刊，1995(2).

金圣华. 傅雷与他的世界. 北京：生活·读书·新知三联书店，1996.

金圣华，黄国彬. 因难见巧. 北京：中国对外翻译出版公司，1998.

金圣华. 纪念真学人、真君子傅雷先生//许钧. 傅雷的精神世界及其时代意义——"傅雷与翻译"国际学术研讨会论文集. 上海：中西书局，2011.

金圣叹. 公叔非悖. 转叶玉泉《金圣叹评点经典古文》. 长沙：岳麓书社，2012.

金文宁. 从《诺顿美国文学选读》看美国文学经典重构. 上海理工大学学报，2011(1)：30-38.

金志平. 傅雷译论的贡献//宋学智. 傅雷的人生境界. 上海：中西书局2011：123-128.

敬隐渔，译. 若望克利司朵夫. 小说月报，1926(1).

卡尔维诺. 为什么读经典. 黄灿然，等译. 南京：译林出版社，2006.

康长福. 论沈从文的经典观. 德州学院学报，2007(5)：1-4.

科尔巴斯. 当前的经典论争. 文学前沿, 2005(1)：30-61.

孔莉. 全球化语境中文学经典的解构与重构. 吉首大学学报(社会科学版),
    2010(7)：118-120.

库切. 何谓经典. 文汇报, 2003-10-24.

库切. 异乡人的国度：文学评论集. 汪洪章, 译. 杭州：浙江文艺出版
    社, 2010.

乐黛云. 中国翻译文学史·序//孟昭毅, 李载道. 中国翻译文学史. 北京：北
    京大学出版社, 2005.

李春青. 文学经典面临挑战. 天津社会科学, 2005(3)：47-48.

李舫. 颠覆经典的背后. 人民日报, 2006-04-18.

李健吾. 福楼拜评传. 桂林：广西师范大学出版社, 2007.

李健吾. 咀华集咀华二集. 北京：人民文学出版社, 2007.

李景端. 文学翻译史上的一座里程碑——怀念傅雷. 中国翻译, 2008(4)：
    26-27.

李梦馨. 作为"经典中心"的中心——论《哈姆雷特》. 南方文坛, 2011(1)：
    75-78.

李蕊芹. 近二十年文学经典化研究述评. 文艺评论, 2012(6)：36-39.

李圣锋. 朱熹经典诠释方法现实意义探析. 黑河学刊, 2009(7)：30-31.

李晓霞. 傅雷译者主体性研究. 济南：山东大学硕士学位论文, 2010.

李岩. 关于"经典问题"的几点思考. 安徽文学, 2008(10)：339-340.

李屹. 互文性与视域融合：创造性翻译的诗学维度. 外语教学, 2011(5)：
    100-104.

李又然. 伟大的安慰者. 解放日报, 1945-01-30.

李玉平. "影响"研究与"互文性"之比较. 外国文学研究. 2004(2)：77-84.

李玉平. 多元文化时代的文学经典理论. 天津：南开大学出版社, 2010.

李玉平. 此"经典"非彼"经典"——两种文学经典刍议. 南开学报(哲学社会
    科学版), 2011(6)：96-102.

李约瑟. 中国科学技术史(第 1 卷)导论. 袁翰青, 等译. 北京：科学出版
    社, 1990.

栗丽进. 从傅雷的《高老头》译本看释意理论的应用. 重庆：四川外语学院硕士学位论文，2008.

林精华. 文学经典化问题研究. 北京：人民文学出版社，2010.

凌建英，宗志平. 图像时代文学经典的命运与美育意义. 文学评论，2007(2)：200-202.

刘洪涛. 世界文学观念的嬗变及其在中国的意义. 中国比较文学，2012(4)：9-21.

刘靖之. 神似与形似. 台北：书林出版有限公司，1996.

刘俐俐. 后现代视野与文学经典问题域的新问题. 南京社会科学，2012(3)：137-143.

刘凌. 傅雷的审美理想. 齐鲁学刊，1990(5)：82-86.

刘宓庆. 当代翻译理论. 北京：中国对外翻译出版公司，1999.

刘象愚. 经典、经典性与关于"经典"的论争. 中国比较文学，2006(2)：44-58.

刘勰. 文心雕龙. 北京：中国社会科学出版社，2004.

刘意青. 经典. 外国文学，2004(2)：45.

刘勇. 文学制度视角下的经典建构. 文艺评论，2012(7)：26-29.

刘毓庆. 从文学到经学. 名作欣赏，2010(10)：75-79.

柳鸣九. 罗曼·罗兰与《约翰·克利斯朵夫》的评价问题. 社会科学战线，1993(1)：270-275.

柳鸣九. 超越荒诞：法国 20 世纪文学史观. 上海：文汇出版社，2005.

柳鸣九. 傅雷翻译业绩的启示. 粤海风，2007(4)：36-37.

柳鸣九. 纪念翻译巨匠傅雷. 中国翻译，2008(4)：21-22.

卢玉玲. 不只是一种文化政治行为——也谈《牛虻》的经典之路. 中国比较文学，2005(3)：181-193.

鲁迅，译. 罗曼罗兰的真勇主义. 莽原，1926(7-8)：254-288.

罗曼·罗兰. 约翰·克利斯朵夫. 傅雷，译. 北京：人民文学出版社，1980.

陆扬. 经典与误读. 文学评论，2009(2)：83-87.

罗新璋.《论翻译书》附记. 读书，1979(3).

罗新璋. 读傅雷译品随感. 文艺报，1979(5)：58-62.

罗新璋. 我国自成体系的翻译理论. 翻译通讯, 1983(8): 9-14.

罗新璋. 翻译论集. 北京: 商务印书馆, 1984.

罗新璋. 傅译管窥. 图书馆学通讯, 1985(3): 78-83.

罗新璋. 钱锺书的译艺谈. 中国翻译, 1990(6): 3-11.

罗新璋. 傅译罗曼·罗兰之我见. 文汇读书周报, 1994-03-05.

罗新璋, 陈应年. 翻译论集. 北京: 商务印书馆, 2009.

马宾. 东晋顾恺之与现代傅雷之跨时空对话. 考试周刊, 2008(43): 229-231.

马汉广. 西方文学经典与后现代意识. 文艺研究, 2011(12): 59-66.

马克思. 黑格尔法哲学批判. 北京: 人民出版社, 1962.

马克思, 恩格斯. 共产党宣言. 北京: 人民出版社, 1971.

茅盾. 茅盾全集(33卷). 北京: 人民文学出版社, 2001.

孟繁华. 文学经典的确立. 光明日报, 1998-02-03.

孟繁华. 文学经典的确立与危机. 创作评谭, 1998(1): 24-26.

孟繁华. 新世纪: 文学经典的终结. 文艺争鸣, 2005(5): 7-10.

孟昭毅, 李载道. 中国翻译文学史. 北京: 北京大学出版社, 2005.

莫言. 我与译文//王蒙, 等. 作家谈译文. 上海: 上海译文出版社, 1997: 234-242.

莫聿. "文学经典"解读. 中国社会科学院研究生院学报, 2007(3):94.

穆木天. 穆木天同志的答复. 翻译通报, 1952(3):21-23.

穆木天. 我对翻译界"三反"运动的初步认识. 翻译通报, 1952(4):5-6.

南帆. 文学史与经典. 文艺理论研究, 1998(5): 8-15.

南帆. 文学经典、审美与文化权力博弈. 学术月刊, 2012(1): 92-101.

宁宗一. 中国小说学通论. 合肥: 安徽教育出版社, 1995.

怒安. 傅雷谈翻译. 沈阳: 辽宁教育出版社, 2005.

潘德荣. 经典与诠释——论朱熹的诠释思想. 中国社会科学, 2002(1): 56-66.

潘辛毅. 直接面对经典——杨义学术思想的一个重要原则. 新闻爱好者, 2010(4): 136-137.

彭长江. 读傅译巴尔扎克的名著《贝姨》. 中国翻译, 1992(2): 34-38.

彭建华. 17 世纪莎士比亚的经典化过程. 外语与外语教学, 2013(3): 74-79.

彭书雄. 文学经典问题研究在中国. 中州学刊, 2010(3): 232-236.

钱理群. 我们怎样读名著. 视野, 2006(10): 81-82.

钱理群. 我们为什么要读经典. 基础教育, 2006(12): 36-37.

钱林森. "爱真与美的'冷血诗人'"——福楼拜在中国. 蒲峪学刊, 1994(2): 31-35.

秦弓. 略论中国现代文学的经典重读. 江苏行政学院学报, 2004(3): 111-117.

秦海鹰. 互文性理论的缘起与流变. 外国文学评论, 2004(3): 19-30.

秦海鹰. 克里斯特瓦的互文性概念的基本含义及具体应用. 法国研究, 2006(4): 16-27.

秦文华. 在翻译文本新墨痕的字里行间——从互文性角度谈翻译. 外国语, 2002(2): 53-58.

秦文华. 翻译研究的互文性视角. 上海: 上海译文出版社, 2006.

塞尔顿, 等. 当代文学理论导读. 刘象愚, 译. 北京: 北京大学出版社, 2006.

邵炜. 从傅雷的《艺术哲学》的翻译看翻译的接受美学. 四川外语学院学报, 2008(6): 88-92.

沈小燕. 经典与解读——浅论《论语解读》的传承与创新. 中国校外教育, 2010(4): 49.

施康强. 文学翻译: 后傅雷时代. 文汇报, 2006-10-16.

施康强. 译本序//福楼拜. 包法利夫人. 周克希, 译. 上海: 上海译文出版社, 2011.

施耐庵, 金圣叹. 金圣叹批评本水浒传上. 南京: 凤凰出版社, 2010.

石雨. 翻译的"多元性"给我们的启示——读林以亮《文学与翻译》. 中国翻译, 1988(3): 43-46.

宋炳辉. 理论的生成辐射和本土问题意识——兼论四年来关于"经典的解构与重建"问题的讨论. 中国比较文学, 2006(4): 23-35.

宋学智. 一部翻译文学经典的诞生——傅雷逝世 40 周年纪念. 中国翻译, 2006(5): 41-44.

宋学智，许钧. 谈傅雷精神的内涵及其当下意义——傅雷逝世40周年纪念.
　　外国语，2006(5)：53-56.

宋学智. 翻译文学经典的影响与接受. 上海：上海译文出版社，2006.

宋学智. 现代翻译研究视阈下的傅译罗曼·罗兰——纪念傅雷先生诞辰100
　　周年. 外语与外语教学，2008(3)：4-6.

宋学智. 傅雷及翻译文学经典研究中的几个要点. 外语与翻译，2014(1)：
　　21-24.

宋学智，许钧. 傅雷翻译实践的成功路径及其意义. 江苏社会科学，2009
　　(6)：154-157.

宋学智. 傅雷的人生境界. 上海：中西书局，2011.

苏睿. 中国社会意识形态对外国文学经典的影响. 安徽文学，2013(6)：
　　92-93.

苏珊·桑塔格. 同时：随笔与演说. 黄灿然，译. 上海：上海译文出版
　　社，2009.

孙恒. 评卡门的两个中译本. 长院科技，1985(1).

孙凯. 从三版《高老头》看傅雷的"翻译冲动". 法国研究，2013(1)：52-60.

孙丽冰. 彦琮、傅雷翻译思想比较研究. 河北学刊，2011(3)：244-246.

孙绍振. 西方文论的引进和我国文学经典的解读. 文学评论，1999(5)：
　　15-26.

孙绍振. 解读文学经典的意义——在东南大学的演讲. 名作欣赏，2003(4)：
　　97-104.

孙迎春. "神似"说探幽. 中国翻译，1993(5)：5-10.

孙致礼. 也谈神似与形似. 外国语，1992(1)：47-79.

谭英. 从原创性和历时性特征解读《狂人日记》的经典性. 牡丹江师范学院学
　　报(哲学社会科学版)，2011(4)：18-19.

谭英. 说不尽的狂人——从审美品格的现代性解读《狂人日记》的经典性. 名
　　作欣赏，2011(23)：102-103.

唐桂馨，王向东. 傅雷翻译活动的主体间性研究. 西南民族大学学报(人文社
　　科版)，2013(3)：195-199.

陶东风. 文化经典在百年中国的命运. 文艺理论研究, 1995(3)：33-38.

陶东风. 文学经典与文化权力(上)——文化研究视野中的文学经典问题. 中国比较文学, 2004(3)：58-74.

陶东风. 红色经典：在官方与市场的夹缝中求生存(下). 中国比较文学, 2004(4)：34-51.

陶东风. 大话文学与消费文化语境中经典的命运. 天津社会科学, 2005(3)：89-94.

陶东风. 精英化——去精英化与文学经典建构机制的转换. 文艺研究, 2007(12)：16-25.

陶水平. 当下文学经典研究的文化逻辑. 黑龙江社会科学, 2007(1)：102.

铁凝. 文学是灯. 中国文学, 2009(1)：4-5.

童庆炳. 文艺学边界三题. 文学评论, 2004(6)：54-59.

童庆炳. 文学经典建构的内部要素. 天津社会科学, 2005(3)：86-88.

童庆炳.《红楼梦》、"红学"与文学经典化问题. 中国比较文学, 2005(4)：41-55.

童庆炳. 文学经典建构诸因素及其关系. 北京大学学报(哲学社会科学版), 2005(5)：71-78.

童庆炳, 陶东风. 文学经典的建构、解构和重构. 北京：北京大学出版社, 2007.

万书辉. 后经典时代的文本生产策略. 文艺理论研究, 2007(1)：17-23.

汪介之. 20 世纪俄罗斯文学经典的重新认识. 南京师范大学文学院学报, 2010(2)：45-51.

王秉钦. 20 世纪中国翻译思想史. 天津：南开大学出版社, 2004.

王恩衷, 编译. 艾略特诗学文集. 北京：国际文化出版公司, 1989.

王宏印. 中国传统译论经典诠释——从道安到傅雷. 武汉：湖北教育出版社, 2003.

王洪涛. 傅雷与霍姆斯面对面. 上海翻译, 2008(4)：8-12.

王坤, 蓝国桥. 经典与文艺学学科生机的反思. 学术研究, 2008(3)：151-155.

王腊宝. 阅读视角、经典形成与非殖民化——关于我国外国文学研究的一点反思. 外国文学研究, 2000(4): 15-23.

王蒙. 泛漫与经典: 当前文艺生活一瞥. 文艺研究, 2010(7): 39-46.

王宁. "文化研究"与经典文学研究. 天津社会科学, 1996(5): 90-94.

王宁. 文学经典的构成和重铸. 当代外国文学, 2002(3): 123-130.

王宁. 现代性、翻译文学与中国现代文学经典重构. 文艺研究, 2002(6): 32-40.

王宁. 文学的文化阐释与经典的形成. 天津社会科学, 2003(1): 96-102.

王宁. 经典化、非经典化与经典的重构. 南方文坛, 2006(5): 30-34.

王宁. 文学研究疆界的扩展和经典的重构. 外国文学, 2007(6): 69-78, 125.

王宁, 刘辉. 从语符翻译到跨文化图像翻译: 傅雷翻译的启示. 中国翻译, 2008(4): 28-33.

王钦峰. 中国新文化场域中的外国文学经典. 文艺理论研究, 2008(5): 110-116.

王确. 文学经典的历史合法性和存在方式. 文学评论, 2007(2): 67-73.

王实甫, 金圣叹. 金圣叹批评本西厢记. 南京: 凤凰出版社, 2012.

王向远. 翻译文学导论. 北京: 北京师范大学出版社, 2004.

王小波. 沉默的大多数. 北京: 中国青年出版社, 1997.

王云霞, 李寄. 论傅雷的后期翻译. 外国语文, 2010(3): 98-102.

韦努蒂. 翻译研究与世界文学//达姆罗什, 等. 世界文学理论读本. 北京: 北京大学出版社, 2013:203-204.

韦苇. 文学经典品格谈. 浙江师范大学学报(社会科学版), 2000(3): 1-4.

尉利工. 论朱熹对经典文本的体验诠释. 中州学刊, 2010(6): 161-165.

魏东. 李健吾——福楼拜的知音. 中华读书报, 2007-07-04.

吴承学, 沙红兵. 中国古代文学的经典. 中山大学学报(社会科学版), 2004(6): 14-24.

吴笛. 经典传播与文化传承. 杭州: 浙江大学出版社, 2011.

吴兴明. 从消费关系座架看文学经典的商业扩张. 中国比较文学, 2006(1): 20-34.

吴炫. 穿越当代经典. 社会科学, 2003(3)：13-19.

吴义勤. 我们该为经典做点什么. 小说评论, 2005(2)：112-113.

吴义勤. 文学的经典性与当代文学的走向：在宁夏青年作家创作座谈会上的
　　发言. 朔方, 2009(6)：106-111.

席扬. 文学经典的"生成"语境与"指认"困境——以"十七年"散文的文学史叙
　　述变迁为例. 文史哲, 2009(3)：98-103.

晓华. 价值视野中的文学经典. 文学评论, 2008(6)：18-22.

肖红, 许钧. 试论傅雷的翻译观. 四川外语学院学报, 2002(3)：92-97.

肖四新. 文学经典论争与外国文学经典的重构. 中国政法大学学报, 2009
　　(3)：84-88.

肖四新. 文学经典必备的品质. 广东外语外贸大学学报, 2010(1)：75-79.

谢天振, 查明建. 中国现代翻译文学史. 上海：上海外语教育出版社, 2004.

谢天振, 李小均. 傅雷那远逝的雷火灵魂. 北京：文津出版社, 2004.

熊锡源. 互文性概念在翻译研究中的应用//罗选民. 文化批评与翻译研究.
　　北京：外文出版社, 2005：271-281.

修文乔. 从傅译副文本看傅雷的翻译观和读者观. 广东外语外贸大学学报,
　　2008(6)：66-69.

许崇信. 许崇信教授论直译与意译. 读书, 1979(3)：125.

许军娥. 文学经典研究现状扫描. 时代文学, 2008(1)：96-98.

许钧. 关于风格再现——傅雷先生译文风格得失谈. 外语研究, 1986(2)：
　　57-61.

许钧. 关于文学翻译批评的思考. 中国翻译, 1992(4)：30-33.

许钧. 给文学翻译一个方向. 文艺报, 1995-05-20(6).

许钧. 译者、读者与阅读空间. 外国语, 1996(1)：32-36.

许钧, 袁筱一. 当代法国翻译理论. 南京：南京大学出版社, 1998.

许钧. 作者、译者和读者的共鸣与视界融合——文本再创造的个案批评. 中
　　国翻译, 2002(3)：23-27.

许钧. "形"与"神"辨. 外国语, 2003(2)：57-66.

许钧. 当代法国翻译理论. 武汉：湖北教育出版社, 2004.

许钧. 粗糙、失误还是缺乏警觉——谈张承志对傅雷的"批评". 粤海风, 2005 (6): 60-62.

许钧. 阅读傅雷 理解傅雷. 中国图书评论, 2007(1): 99-101.

许钧, 宋学智. 20 世纪法国文学在中国的译介与接受. 武汉: 湖北教育出版 社, 2007.

许钧. 傅译巴尔扎克的启示. 外语与外语教学, 2008(3): 1-4.

许钧. 赤子之心, 人文情怀: 傅雷永远活着. 中国翻译, 2008(4): 20-21.

许钧. 翻译概论. 北京: 外语教学与研究出版社, 2009.

许钧. 傅雷译作的文化意义. 外语教学与研究, 2011(3): 437-444.

许钧. 傅雷的精神世界及其时代意义——"傅雷与翻译"国际学术研讨会论文 集. 上海: 中西书局, 2011.

许钧, 宋学智. 走进傅雷的翻译世界. 北京: 高等教育出版社, 2008.

许钧, 宋学智. 傅雷文学翻译的精神与艺术追求——以《都尔的本堂神甫》翻 译手稿为例. 外语教学与研究, 2013(5): 744-753, 801.

许钧, 沈珂. 试论傅雷翻译的影响. 外语与外语教学, 2013(6): 62-67.

许晓琴. 阐释文学经典, 重构西方文化史——读赛义德《文化与帝国主义》. 中国图书评论, 2006(12): 107-109.

许渊冲. 直译与意译. 外国语, 1980(6): 28-34.

许渊冲. 翻译的理论和实践. 翻译通讯, 1984(11): 5-11.

许渊冲. 为什么重译《约翰·克利斯朵夫》. 外国语, 1995(4): 37-40.

许渊冲. 谈重译. 外语与外语教学, 1996(6): 56-59.

许渊冲. 文学与翻译. 北京: 北京大学出版社, 2003.

许渊冲. 我译《约翰·克利斯朵夫》//杨绛, 等. 一本书和一个世界. 北京: 昆 仑出版社, 2005: 35-38.

续小强. 为什么读经典和《为什么读经典》. 小说评论, 2011(3): 147-151.

阎景娟. 文学经典论争在美国. 北京: 社会科学文献出版社, 2010.

杨道麟. 经典小说三大元素的美学特质. 喀什师范学院学报, 2011(2): 71-74.

杨建. 乔伊斯的"经典"观. 外国文学研究, 2006(6): 96-93.

杨琦. 德国功能翻译理论与中国传统"神话说"的异同及超越. 当代教育理论
　　与实践, 2009(6): 119-123.

杨全红. 傅雷"神似"译论新探. 外语与外语教学, 2010(3): 49-53.

杨义. 经典的发明与血脉的会通. 文艺争鸣, 2007(1): 1-3.

杨振, 许钧. 从傅雷译作中的注释看译者直接阐释的必要性:以《傅雷译文
　　集》第三卷为例. 外语教学, 2009(3): 82-84, 89.

杨自俭, 刘学云. 翻译新论. 武汉: 湖北教育出版社, 2006.

叶朗. 多读经典和细读经典. 中国教育报, 2004-03-18.

叶廷芳. 重视经典, 谨防经典主义. 文艺争鸣, 2009(12): 23-25.

叶兆言. 想起了老巴尔扎克. 上海: 华东师范大学出版社, 2005.

叶兆言. 怀念傅雷先生. 中国翻译, 2008(4): 23-26.

易严. 从《家书》看傅雷的中西文化观. 群言, 1992(1): 41-43.

于德英. "隔"与"不隔"的循环:钱锺书"化境"论的再阐释. 上海: 上海译文
　　出版社, 2009.

余岱宗. 文学经典:"筛选"与"危机". 东南学术, 2007(1): 140-146.

郁玉英. 透视当前关于文学经典的理论研究. 宁夏大学学报(人文社会科学
　　版), 2009(6): 150-153.

郁玉英. 论文学传播中的共生现象及其对文学经典生成的影响:以宋词为中
　　心. 江西社会科学, 2012(3): 86-91.

曾宏伟. 经典能这样误读吗:就《经典与误读》一文与陆扬先生商榷. 学术界,
　　2009(5): 119-126.

曾艳兵. 中国的西方文学经典的生成与演变. 湘潭大学学报(哲学社会科学
　　版), 2009(4): 126-130.

曾艳兵. 中国的英国文学经典. 天津师范大学学报(社会科学版), 2010(2):
　　65-70.

查明建. 文化操纵与利用:意识形态与翻译文学经典的建构——以 20 世纪
　　五六十年代中国的翻译文学为研究中心. 中国比较文学, 2004(2):
　　89-105.

查明建. 论世界文学与比较文学的关系. 中国比较文学, 2011(1): 1-9.

詹冬华. 时间视阈中的文学经典. 文学评论, 2009(4): 36-39.

张柏然. 中国传统译论的美学辨. 现代外语, 1997(2): 26-30.

张成柱. 浅谈翻译的理解和表达. 外语教学, 1980(2): 52-57.

张成柱. 谈谈文学翻译. 翻译通讯, 1983(3): 25-28.

张成柱. 模糊学在文学翻译中的应用. 中国翻译, 1989(2): 19-21.

张成柱. 文学翻译中的情感移植. 中国翻译, 1993(4): 13-18.

张承志. 鲜花的废墟——安达卢斯纪行. 北京: 新世界出版社, 2005.

张德明. 经典的普遍性与文化阐释的多元性——从荷马史诗的三个后续文本谈起. 外国文学评论, 2007(1): 19-27.

张鸿才. 闲话傅雷的学问和文章. 图书与情报, 1986(Z1): 200-201, 203.

张华. 文学自由与经典的重造——沈从文的文学批评理论的解读. 民族论坛, 2007(8): 42-43.

张立群. 论文学经典与文学史经典——以"红色经典"为例. 重庆社会科学, 2005(11): 72-75.

张立群, 王瑾. 20 世纪外国文学经典化问题. 淮阴师范学院学报(哲学社会科学版), 2006(2): 243-247.

张丽军. 文学评奖与新时期文学经典化. 南方文坛, 2010(5): 26-29.

张丽君. 外国文学经典阅读的跨文化跨媒介重构分析. 语文建设, 2013(27): 77-78.

张隆溪. 钱锺书谈比较文学与"文学比较". 读书杂志, 1981(10): 132-138.

张隆溪. 论《失乐园》. 外国文学, 2007(1): 36.

张隆溪. 经典在阐释学上的意义 // 黄俊杰. 中国经典诠释传统(一): 通论篇. 上海: 华东师范大学出版社, 2008: 1-10.

张荣翼. 文学经典机制的失落与后文学经典机制的崛起. 四川大学学报(哲学社会科学版), 1996(3): 44-52.

张泽乾. 翻译经纬. 武汉: 武汉大学出版社, 1994.

赵少侯. 评穆木天译《从兄蓬斯》. 翻译通报, 1952(3): 19-21.

赵少侯. 评高名凯译《三十岁的女人》中译本. 翻译通报, 1952(4): 14-15.

赵少侯. 再谈翻译批评. 翻译通报, 1952(5).

赵少侯. 评傅雷译《高老头》. 翻译通报, 1952(7): 11-13.

赵学勇. 消费时代的"文学经典". 文学评论, 2006(5): 206-208.

郑海凌. 漫谈"神""形"统一. 中国翻译, 1992(4): 23-26.

郑海凌. 文学翻译学. 郑州: 文心出版社, 2000.

郑惠生. 驳"文学经典的终结"——与吴兴明教授商榷. 学术界, 2009(1): 121-128.

郑惠生. 论文学经典的生成、意义和特性——兼与王确《文学经典的历史合法性和存在方式》商榷. 社会科学评论, 2009(1): 11-19.

郑适然. 论傅雷的艺术思想. 广西社会科学, 1992(6): 85-88, 105.

郑永慧. 文学翻译的基本功. 翻译通讯, 1984(1): 31-32, 41.

郑永慧. 浅谈翻译的"信". 世界文学, 1990(3): 290-299.

郑永慧. 傅雷译文的错误. 书摘, 2005(5): 94-95.

周克希. 译边草. 上海: 百家出版社, 2001.

周礼. 魏晋的清谈之风. 国学, 2012(9): 52.

周铁项. 试论傅雷的艺术主体思想——兼谈艺术的审美表现. 河南大学学报(社会科学版), 2002(4): 110-114.

周宪. 文化研究的"去经典化". 博览群书, 2002(2): 26-27.

周宪. 经典的编码和解码. 文学评论, 2012(4): 85-96.

朱光潜. 朱光潜全集(十七卷). 合肥: 安徽教育出版社, 1997.

朱国华. 文学"经典化"的可能性. 文艺理论研究, 2006(2): 54-61.

朱立元. "经典"观念的淡化和消解——对 20 世纪 90 年代"全球化"语境中中国审美文化的审视之二. 文艺理论研究, 2001(5): 58-62.

朱志瑜. 中国传统翻译思想: "神化说"(前期). 中国翻译, 2001(2): 3-8.

祖父江孝男, 等. 文化人类学事典. 乔继堂, 等译. 西安: 陕西人民出版社, 1992.

佐哈尔. 多元系统论. 张南峰, 译. 中国翻译, 2002(4): 21-27.

附　录

附录1:本专著已发表论文题目一览

1. 何谓翻译文学经典,《中国翻译》2015 年第 1 期(宋学智);

2. 傅雷翻译研究的人文学视角,《中国翻译》2017 第 4 期(宋学智);

3. 傅雷翻译研究中的几次论争及思考,《外国语》2016 第 6 期(宋学智);

4. 傅雷文学翻译的精神与艺术追求,《外语教学与研究》2013 第 5 期(许钧,宋学智);

5. 经典的未来探索空间,《小说评论》2014 第 1 期(宋学智);

6. 翻译文学经典研究中的问题与思考,《外语学刊》2017 第 1 期(宋学智);

7. 傅雷的治学态度与精神,《中国社会科学报》2016 年 10 月 31 日第 7 版(宋学智);

8. 传统文学与现代文化空间里的经典研究,《南师大文学院学报》2013 第 3 期(宋学智);

9. 巴尔扎克三译家的共同遭遇与不同反抗,《外国语文》2016 第 2 期(宋学智);

10. 傅雷翻译的影响与启示,《外国语文》2019 第 3 期(宋学智,宫研);

11. 经典论争二十年:观点交锋与未来展望,《社科纵横》2013 第 12

期(宋学智);

12. 外国文学经典研究述要与前瞻,《社科纵横》2015 第 11 期(宋学智);

13. 傅译《艺术哲学》的互文性解读,《社科纵横》2014 第 10 期(王红丽,宋学智);

14. 傅雷及翻译文学经典研究中的几个要点,《外语与翻译》2014 第 1 期(宋学智);

15. 外国文学经典研究在中国,《外国语文研究》2012 第 2 期(王秋艳,宋学智);

16. 翻译文学经典研究在中国,《外国语文研究》2013 第 1 期(李岩,宋学智);

17. 傅雷"神似说"对译学中西对话、古今对话的启示,《光明日报》2020 年 9 月 26 日第 10 版(宋学智)。

附录 2:对傅雷翻译活动的再认识①

宋学智

傅雷是中国著名的翻译家,早年曾留学法国巴黎大学,一生翻译了大量法文作品,其中包括巴尔扎克、罗曼·罗兰、伏尔泰等名家的经典著作。长久以来,傅雷译作备受读者青睐,其文学魅力经久不衰。

傅译经典的长久魅力

翻译活动过程是解构与重构的过程。解构如同庖丁解牛,游刃于语言符号形式和艺术表现形式之间,理解原作内容与精神,把握原作艺术生命。重构就是用译入语形式重构原作字里行间的含义,还原原作表现手法的艺术生命,其中的关卡是寻找与原语言所指和能指贴切相宜的转换符号。文学翻译的创造性主要表现在这里,傅雷的翻译艺术也体现在这里。他一方面精准把握法汉两种语言之间的差异,常年琢磨,"有时连打中觉也在梦中推敲";另一方面用出神入化的翻译突破了两种语言转换的屏障,化解了内容与形式这对翻译中难以调和的矛盾,保持了原作的生命力。

文学作品能够真正打动读者的不是内容和形式,而是作品中的人文精神和人性的真善美。文学作品的内容与形式都是作者用来表现思想和精神的工具。一件艺术作品若没有灵魂,其形式再完美也只是一具空壳。从这个角度来说,翻译如果仅着眼于内容与形式这对矛盾的解决,会落入工具理性至上的陷阱,而傅雷译作早已超越这对矛盾,更重视作品中的人文精神和人性之光。他在翻译过程中超越形式与内容的简单对立,突破"技"的层面的种种藩篱,精准抓住并成功再现原作的精神风貌,这使得傅雷译作成为经典。作为翻译经典,他的作品一方面通过外域民族不同的

---

① 《光明日报》,2019 年 01 月 16 日第 11 版理论版。

审美视角和审美范式,给我们带来具有异国情调的审美享受,拓展了我们的文学天地和文化视界,另一方面为我国翻译质量的提高树立了典范,在理解和表达原作内涵的深度与精度、领悟和再现原作风韵的形式与方法上,为后来的译者提供了可以学习和效法的范本,在实践上具有极高的指导价值。

通过翻译建构世界文学

20 世纪 50 年代末,傅雷表示,自己的翻译活动是在为"世界文化"做贡献。翻译文学兼容了两个民族的文学元素和文化元素,是原语民族文学内容和译语民族语言形式两大主块的有机化合,是两个民族文学性和文化性交叉融合而演化出的新样态。世界文学展示了世界多元文化的相汇相容、调适整合和交融出新,也是更多民族元素的融合。世界文学在一定程度上体现着翻译活动的建构性力量。世界文学视角不同于翻译文学视角,它的立足点在外国文学和翻译文学之上,超越了民族文学(无论出发语民族文学还是译入语民族文学),可以摆脱民族目光的局限,打开一个兼顾双边的更为广阔的视界,让我们能够看到两个民族相同的价值观念和各自的特色之处,探索人类如何共存的精神家园。傅雷用一生的劳作给我们留下了宝贵的翻译财富,并且经过了时间的检验,傅雷不仅创造了优秀的翻译文学,而且创造了优秀的世界文学。当前,翻译与世界文学的密切关系已成为国际学界的热点话题,"世界文学来源于翻译""翻译构建世界文学"的观点已得到普遍认同,但讨论的话语权基本还在国外学者那里。中国是个翻译大国,我们要重视并不断发展我国的翻译事业,为我国在世界文学领域拥有更大的话语权提供助力。

为中国学派发声

傅雷的翻译精髓不仅体现在"神似说"上,也包含了"化境说"。他在写给友人和家人的书信以及其他评论中,多次提及"化境":1943 年,他说黄宾虹"兼采众长,已入化境";1962 年,他嫌自己的翻译"化得太少,化得不够,化得不妙"。他提出,将"神似"作为具体目标和美学效果,更作为翻译策略和方法,来追求"化境"。"神似"与"化境"作为中国传统文艺美学中的关键词,背后有着我国传统文论丰富的话语资源;作为中国译论发展进程中的重要坐标,有着像傅雷这样的翻译家大量而优美的翻译实践加以印证和支撑。我们要在世界译论中发出中国学派的声音,就需要立足中国文化资源和特色优势进行探索,实现真正独有的理论创新。"神似说""化境说"是中国译论中值得进行现代转换的重要命题。"神似说"与"化境说"虽然只是翻译理念,还谈不上翻译理论,但它们是理论的"内核""酵母",其中蕴含着可以释放和转化的现代性因素。因此,要建构中国当代翻译理论新形态,在国际学术界发出中国声音,就要厘清"神似"与"化境"在民族审美过程中的发展脉络,运用考察、描述、分析、判断等研究方法,发掘其理论内涵,充实其话语空间,使"神似说"与"化境说"揭去神秘面纱,展露清晰的理性面貌。可从传统语文学、现代语言学和当代文化学三个层面进行挖掘,从哲学维度和现代阐释学角度加以审视,通过中西理论形态的比较,大胆借鉴、小心求证,让"神似说"与"化境说"在解决外译中和中译外特有问题的过程中,演绎成具有说服力的理论依据。总之,以"神似说"与"化境说"为核心,开发出具有中国特色、能发出中国声音的中国译论现代话语机制,是傅雷翻译活动留下的重要潜在价值。

附录 3:傅雷如何翻译罗曼·罗兰和巴尔扎克[①]

宋学智

"江声浩荡"的背后故事

2006 年我在准备博士学位论文的时候,江枫先生打来电话问我选了什么题目,我说是关于傅雷翻译的《约翰·克利斯朵夫》的研究,就听电话那边江枫先生厚重而洪亮的声音道:"'江声浩荡。'傅雷的翻译,好啊,很好。"这让我想起,作家邰耕曾经说过:"罗曼·罗兰的四大本《约翰·克利斯朵夫》是一部令人难忘的著作,二十多年前我曾阅读过,许多情节都淡忘了。但书中开头的'江声浩荡'四个字,仍镌刻在心中。这四个字有一种气势,有一种排山倒海的力量,正好和书中的气势相吻合,……对阅读者的心灵产生巨大的冲击。"

1937 年到 1941 年间,傅雷精耕细作,完成了《约翰·克利斯朵夫》一百多万字的翻译,于国破山河在的岁月出版,曾引起无数读者的争购传阅。茅盾在 1945 年说过,罗曼·罗兰的"巨著《约翰·克利斯朵夫》和托尔斯泰的《战争与和平》,同是今天的进步青年所爱读的书,我们的贫穷的青年以拥有这两大名著的译本而自傲,亦以能辗转借得一读为荣幸"。老作家阮波在傅雷著译研讨会上说,当年她作为一个青年知识分子,就是怀揣傅译版的《约翰·克利斯朵夫》奔赴延安的。

其实,在傅雷之前,曾有敬隐渔译的《约翰·克利斯朵夫》第一卷《黎明》的前半部分;有黎烈文译的第四卷《反抗》的片段;有静子和辛质译的第六卷《安戴耐蒂》;紧随傅译之后,还有钟宪民和齐蜀夫译的第一卷《黎明》。但由于这些译者的艺术功力可能还有所不逮,或缺乏持久的意志,

---

[①] 《光明日报》,2019 年 12 月 14 日第 10 版光明讲坛。

更没有清醒的意识去思考民族危难中读者的期待,没有强烈意愿去完成历史赋予译者的使命,以上的版本最后都一一偃旗息鼓。只有傅雷那时意识到,"我们比任何时都更需要精神的支持,比任何时都更需要坚忍、奋斗,敢于向神明挑战的大勇主义"。傅雷为了"挽救"一个"萎靡"的民族,完成了《约翰·克利斯朵夫》的翻译,给黑暗里的人们点燃了精神火炬,促使当年的进步青年用"顽强的意志"去追求崭新的天地,拼搏向上,攀登生命高峰。

"江声浩荡"是傅译《约翰·克利斯朵夫》开篇的第一句,为什么能成为这部译作的一个重要符号,留在读者的记忆深处?我们不妨简要分析一下莱茵河与作品主人公的关系。在《约翰·克利斯朵夫》这部"音乐灵魂谱写的交响曲"(茨威格语)中,可以说,莱茵河有着这样四层蕴意:一,它象征着主人公克利斯朵夫奔流向前的生命旅程;二,它象征着生生不息的人类的生命长河;三,它传递着吸收两岸思想,融合法德优秀文化,再生西方新文明的希望;四,它表达了作者以莱茵河为纽带来包容共饮一江水的两岸各国人民,实现人类之间的和谐共处的思想。概而言之,莱茵河的这四层蕴意构成了作品的主要精神,所以莱茵之声便是作品主要精神的奏鸣,是作品的音乐主旋律。罗曼·罗兰按交响乐的结构布局莱茵之声,恰恰说明,莱茵之声确实蕴意丰富而又重要,特殊而又意味深长。为了烘染一个英雄的诞生,为了突显莱茵河的特殊蕴意,小说开门见山,奏响了作品的音乐主题,经过"呈示"和"发展",最后又"再现"了莱茵之声(作品开篇几处译文,从"江声浩荡"到"浩荡的江声",又到"江声浩荡",再到整个作品尾声,回归"江声浩荡")。

我们通读作品可以领会到,傅雷翻译的"江声浩荡"传达出了莱茵河的四层蕴意:一、克利斯朵夫任生命的波涛怎样起伏颠簸,依然扬起远航的风帆,百折不回;二、只有一代又一代的英雄儿女,像克利斯朵夫那样去努力、去奋斗,才有希望重新缔造一个理想的文明世界;三、"拉丁文化太衰老,日耳曼文化太粗犷,但是两者汇合融和之下,倒能产生一个理想的新文明",傅雷这样的阐释可以说是他精彩传神的翻译的依凭;四、唯有胸襟像长江大河那样宽宏的人,方能有浩荡的情怀,方能在心中培育出大爱人类的情感。所以,"江声浩荡"传达出了这部恢宏巨著的主要精神。"江声浩荡"译句的重复,就是这部音乐作品的主旋律在重复、回旋、再现。

傅雷早在 1937 年的《译者献辞》中就提出,这部作品"是贝多芬式的一阕大交响乐"。从交响乐的角度看,可以说,"江声浩荡"传达出了波澜起伏、令人心潮澎湃的乐思,传达出了那融和欧洲文明的美妙的和声。"江声浩荡"一句的翻译,是傅雷深厚的文学功力和高超的艺术修养在其火热的激情下的绝妙的融合。"江声浩荡",听来不但音节铿锵、清晰响亮,而且音律和谐,平平仄仄,自然而又匀称,最大限度地彰显了音乐效果,给读者带来了融视觉与听觉于一体、符合这部作品创作特色的艺术享受。多少年来,它之所以撞击读者的心灵,给读者留下深刻难忘的感受,就在于它着实太传神了! 借用傅雷自己的话说,它确实"含有丰满无比的生命力"。它给读者描绘出的是一幅意象深远、蕴意丰富、"包藏无限生机"的宏图;它那略含陌生化的搭配,使得读者不由得稍作停留,来感受语言的张力;它自身的音乐感,又洞开了一个音响的天地,给这部作品的主要精神,赋予了一个回荡在读者心海的不息的强音。读罢作品,细细品味后感觉,一部激昂着"英雄"的精神和生命的活力、荡漾着不同文明的和声的《约翰·克利斯朵夫》,洋洋百万余言,似乎全都浓缩到了"江声浩荡"之中。也正因为"江声浩荡"浓缩了这部音乐长河小说的激情与活力、气势与气度、精神与灵魂、艺术与风骚,它才能穿越历史,常驻读者心间。

打开傅译《约翰·克利斯朵夫》,我们首先读到的是《译者献辞》:"真正的光明决不是永没有黑暗的时间,只是永不被黑暗所掩蔽罢了。真正的英雄决不是永没有卑下的情操,只是永不被卑下的情操所屈服罢了。所以在你要战胜外来的敌人之前,先得战胜你内在的敌人;你不必害怕沉沦堕落,只消你能不断的自拔与更新"。也许,不少读者的内心在这里已被傅雷攫住,因为每个读者应该都有,或者都有过英雄梦,而英雄原来并非高高在上的完人,芸芸大众都有可能成为英雄。这是非常接地气的话,朴实而又真诚,想必可以触动几乎每一个读者,让他们内心刹那之间产生

"自拔与更新"的力量。

1934年,傅雷致函罗曼·罗兰,向他讨教了英雄主义。罗兰在复函中说:"夫吾人所处之时代乃一切民众遭受磨炼与战斗之时代也;为骄傲为荣誉而成为伟大,未足也;必当为公众服务而成为伟大……"罗曼·罗兰告诉傅雷:为公众服务,才是真正的伟大、真正的英雄;作为一个艺术家,应当把为公众服务和为民族乃至全人类之忠仆,作为自己应当追求的"崇高之社会意义"与"深刻之人道观念"。傅雷在回信中说:"不肖虽无缘拜识尊颜,实未误解尊意。"傅雷与罗兰虽天隔东西,但两人思想是相通的,精神是契合的,所以这样的《译者献辞》才能和作品的内容产生同频共振的效果,让读者情不自禁地"以虔诚的心情来打开这部宝典"。傅雷后来也正如罗曼·罗兰所说的那样,"洁身自好之士惟有隐遁于深邃之思想境域中",以从事文学翻译来服务大众,振兴民族,以大勇无功的姿态为社会的文明奉献一生。傅雷后来对好友宋淇说:"我回头看看过去的译文,自问最能传神的是罗曼·罗兰,第一是同时代,第二是个人气质相近。"

1952年,傅雷又推出了《约翰·克利斯朵夫》重译本,使得作品"风格较初译尤为浑成",但我们发现,"江声浩荡"依然如故。

关于《高老头》和《于絮尔·弥罗埃》的纠纷

傅雷也是巴尔扎克在中国的忠实代言人,一生译有巴氏作品15部(出版14部,"文革"期间遗失翻译手稿1部),其中《高老头》《欧也妮·葛朗台》《贝姨》《幻灭》等作品由于傅雷的倾力翻译,深受读者喜爱,至今不衰。不过在傅雷那个年代,还有两位巴尔扎克的译家:穆木天和高名凯,前者是曾经的创造社成员,翻译工作最早,约有10部;后者是我国知名语言学家,译得最多,约21部。傅雷的巴尔扎克作品译介既非最早也非最多。

不过,程代熙在介绍《巴尔扎克在中国》的史料时,权威性地指出:"在翻译介绍巴尔扎克的作品方面,态度严肃认真、译笔生动流畅,在读者中影响较大的,要推傅雷。"当年人民文学出版社的责任编辑赵少侯,也曾直言不讳地比较后指出："读过之前版本的巴尔扎克小说,再来读傅雷先生的译本,实在有爬出步步荆棘的幽谷走上康庄大道的感觉。因为再也碰不到疙疙瘩瘩、弯弯扭扭的句子,再也遇不见稀奇古怪费人猜想的词汇了。"

早在 1938 年,傅雷就开始打巴尔扎克的主意,或许因为巴尔扎克的浩瀚博大,傅雷需要假以时日,准备酝酿,才让巴氏作品构成他后半期翻译的重心。此外,《人间喜剧》描绘了 19 世纪上半叶法国社会方方面面的风貌,也十分对应傅雷的翻译观,即:"文学既以整个社会整个人为对象,自然牵涉到政治、经济、哲学科学、历史、绘画、雕塑、建筑、音乐,以至天文地理、医卜星相,无所不包"。傅雷曾对好友宋淇说过:"鄙见以为凡作家如巴尔扎克……,译文第一求其清楚通顺,因原文冗长迂缓,常令人如入迷宫。我的译文的确比原作容易读。"

1952 年,赵少侯在《翻译通报》第 7 期上发表了《评傅雷译〈高老头〉》。赵少侯也是法国文学翻译家。他的评论一分为二,三个译例点赞,三个译例质疑。但即便质疑,也有肯定的某个侧面,也是用一种商榷的口吻,什么"不知译者以为如何","是否正确,希望译者以及读者加以讨论"以及"原则上还是无可非议的"等等措辞,显得十分谨慎。他知道傅雷的脾气,也知道他的真才实学,开篇褒扬道:"傅雷先生的译品,一般地说,都是文从字顺,流畅可诵……本书因为是译者修改过的重译本,晓畅、犀利更是它的显著优点",但随后话锋一转:可读者"却又另外有了一种不大放心的地方……那便是这样流利自然的译笔是否仍能完全忠实于原文? 是不是为了追求中译文的通顺畅达,有时也多少牺牲了原文的形式?"

两年后,傅雷在致宋淇的信中,提到了赵氏对他的评论:"赵少侯前年评我译的《高老头》,照他的批评文字看,似乎法文还不坏,中文也很通;不过字里行间,看得出人是很笨的。"同时傅雷也反评他道:"去年他译了一本四万余字的现代小说,叫作《海的沉默》,不但从头至尾错得可以,而且许许多多篇幅,他根本没懂。甚至有'一个门''喝我早晨一杯奶'这一类的怪句子。"

不久之后,又发生了一件事。傅雷翻译的巴尔扎克作品《于絮尔·弥罗埃》同样遇到赵少侯的审读。赵氏肯定了傅译"是认真的,忠实的,对原文的理解力也是极其深刻的",但同时也指出:"惟译者的译文风格,似乎已稍稍落后于时代。最突出的地方,即喜欢用中国的陈词……傅雷先生的译笔自成一家,若由编辑部提意见请他修改,不惟他不同意,事实上也有困难。"他提出:"关于他的译笔及似是而非的译法……请领导决定。"时任人民文学出版社副社长的楼适夷,慎重地请傅雷的好友钱锺书再来审读,不料钱的意见,傅雷也难接受,而且还向钱"开火",使钱陷入尴尬之中。于是楼适夷又决定请语言学家叶圣陶从中文角度提提意见,叶老次年二月回复:"这部译稿是我细心看的,词语方面并无不妥适处。看了一遍,仅仅做这么一句话的报告,似乎太简单,可是要详细地说,也没有什么可说了。"至此,有关《于絮尔·弥罗埃》的纠纷案尘埃落定,译本最终出版。

"翻译工作要做得好,必须一改再改三四改"

需要指出的是,傅雷在 1963(三次翻译《高老头》时,对译文自然又做了修改或调整。所以,傅雷致宋淇信中提及此事时,所表现的不买账甚至不在乎的样子,可能只是一个有血有肉的文人的表象常态。但他也并没有以赵氏的优劣评判为转移,即便赵氏当时大加赞赏的译句,傅雷觉得还是欠佳,后来照样做了修改。

傅雷后来说:"我自己常常发觉译的东西过了几个月就不满意;往往当时感到得意的段落,隔一些时候就觉得平淡得很,甚至于糟糕得很。当然,也有很多情形,人家对我的批评与我自己的批评并不对头;人家指出的,我不认为是毛病;自己认为毛病的,人家却并未指出。"但总体说来,傅雷对别人改动他的文字,是很光火的,那些相关出版社的不少编审都领教过傅雷的脾气。因为傅雷笔下的文字,通常都是他经过认真的思考、琢磨,几经推敲才选定的,所以他不会认为别人的选字用词比他更准确、更到位。

当然，这不等于说，傅译就是完美无瑕的；就没有可以商榷、改进的地方了。至少，傅雷归化倾向的翻译对中国读者就有溺爱之嫌。但无论如何，求真求美的傅雷，发现自己不妥当不完善的翻译时，不会不改，因为他始终把"学问第一、艺术第一、真理第一"作为自己的追求。

傅雷在《〈高老头〉重译本序》的最后说："这次以三阅月工夫重译一遍，几经改削，仍未满意。艺术的境界无穷，个人的才能有限：心长力细，惟有投笔兴叹而已。"同样，傅雷虽这么说，但他也没有真的撂下手中的笔，从此放弃他的追求。他只是道出了一个求"真"的艺术家与"真"之间永远存在的客观距离。但他"对自己的工作还是一个劲儿死干"，虽不能至，心向往之，因为他明白："艺术的高峰是客观的存在，决不会原谅我的渺小而来迁就我的。"他对自己的译作总有再上一层楼的要求，十分执着，所以到了晚年，才会有"正在经历一个艺术上的大难关"的境况，"眼光比从前又高出许多"。

傅雷曾对宋淇说："无奈一本书上了手，简直寝食不安，有时连打中觉也在梦中推敲字句"；《高老头》正在重改，改得体无完肤，与重译差不多"；他对傅聪说："翻译工作要做得好，必须一改再改三四改"；他对梅纽因说："巴尔扎克《幻灭》，译来颇为费神。如今与书中人物朝夕与共，亲密程度几可与其创作者相较"；他在《翻译经验点滴》中说："琢磨文字的那部分工作尤其使我常年感到苦闷"；等等。这一切，都因为他"视文艺工作为崇高神圣的事业，不但把损害艺术品看作像歪曲真理一样严重，并且介绍一件艺术品不能还它一件艺术品，就觉得不能容忍"。

傅雷对自己的翻译活动还有独特的认识，他说："译者不深刻的理解、体会与感受原作，决不可能叫读者理解、体会与感受"；又说："即或理解，亦未必能深切领悟。"其实，他是在向我们传经送宝：文学翻译不只是理解原文意义，还要去体会、感受、领悟原文的妙处、原文的韵味；"理解"之外，还要有"体会""感受""领悟"，这样翻译过来的东西才有文学味道。傅雷的翻译，耐读、耐回味，既能把字里行间的微言大义都咂摸出来，又能出神入化地表达出来，这与他对翻译活动的这种认识有极大关系。

因为傅雷的翻译作品质量好、品格高，人民文学出版社才把《巴尔扎克选集》的翻译任务交给他，"种数不拘——傅雷说，由我定，我想把顶好的译过来"。因为傅雷在译介巴尔扎克上面做出的重要成就，他被法国巴尔扎克研究学会吸纳为会员。他与宋淇谈翻译时说过："我的经验，译巴尔扎克虽不注意原作风格，结果仍与巴尔扎克面目相去不远。只要笔锋常带情感，文章有气势，就可说尽了一大半巴氏的文体能事。"

中華譯學館·中华翻译研究文库

许　钧◎总主编

第一辑

第二辑

第三辑

关于翻译的新思考 许 钧 著
译者主体论 屠国元 著
文学翻译中的修辞认知研究 冯全功 著
文本内外——戴乃迭的中国文学外译与思考 辛红娟 刘园晨 编著
古代中文典籍法译本书目及研究 孙 越 编著
《红楼梦》英译史 赵长江 著
改革开放以来中国当代小说英译研究 吴 赟 著
中国当代小说英译出版研究 王颖冲 著
林语堂著译互文关系研究 李 平 著
林语堂翻译研究 李 平 主编
傅雷与翻译文学经典研究 宋学智 著
昆德拉在中国的翻译、接受与阐释研究 许 方 著
中国翻译硕士教育探索与发展（上卷） 穆 雷 赵军峰 主编
中国翻译硕士教育探索与发展（下卷） 穆 雷 赵军峰 主编

图书在版编目(CIP)数据

傅雷与翻译文学经典研究 / 宋学智著. —杭州：
浙江大学出版社，2020.12
　（中华翻译研究文库 / 许钧主编）
　ISBN 978-7-308-20765-2

　Ⅰ.①傅… Ⅱ.①宋… Ⅲ.①傅雷(1908—1966)－
文学翻译－研究 Ⅳ.①I046

中国版本图书馆 CIP 数据核字(2020)第 259656 号

中华译学馆题言美

傅雷与翻译文学经典研究

宋学智　著

出 品 人	褚超孚	
总 编 辑	袁亚春	
丛书策划	张　琛　包灵灵	
责任编辑	陆雅娟	
责任校对	田　慧	
封面设计	程　晨	
出版发行	浙江大学出版社	
	（杭州市天目山路 148 号　邮政编码 310007）	
	（网址：http://www.zjupress.com）	
排　　版	浙江时代出版服务有限公司	
印　　刷	杭州高腾印务有限公司	
开　　本	710mm×1000mm　1/16	
印　　张	18.5	
字　　数	260 千	
版 印 次	2020 年 12 月第 1 版　2020 年 12 月第 1 次印刷	
书　　号	ISBN 978-7-308-20765-2	
定　　价	68.00 元	